Blumenbar
Willkommen im Club

Christine Koschmieder

Schweinesystem

Blümenbar
bei Aufbau

CHRISTINE KOSCHMIEDER, geboren 1972, lebt und arbeitet in Leipzig. Betreibt seit 2003 die Literaturagentur *Partner + Propaganda* für zeitgenössische Literatur aus Deutschland, Post-Jugoslawien und dem US-amerikanischen Hinterland. Sie hat nie im Schlachtbetrieb, als Terroristin oder Mary-Kay-Beraterin gearbeitet, fährt aber immer wieder nach Iowa. Schweinesystem ist ihr Debüt.

Es gibt kein richtiges Leben im falschen. Oder doch? Elisabeth, Studienrätin in der westdeutschen Provinz, ist unglücklich verheiratet und nachlässige Mutter. Als sie bei einem Kuraufenthalt in Warnemünde dem Ungarn Alexander begegnet, stürzt sie sich in eine filmreife Affäre, ohne zu ahnen, in wessen Auftrag dieser Mann arbeitet. Die Amerikanerin Shirley hat von Männern längst die Schnauze voll, denn in Marshalltown, Iowa, kann jeder mit Schweinen und niemand mit Frauen umgehen. Da kommt ihr die Chance, als freie Vertreterin die revolutionäre Mary-Kay-Hautpflege zu verkaufen, gerade recht. Doch die schöne Welt der Hautpflege von Frauen für Frauen entpuppt sich keineswegs als Paradies.

American Dream und deutsche Tüchtigkeit, Black Panther und RAF, FBI und Verfassungsschutz. Politischer Kampf und Emanzipation, Sehnsucht und Täuschung – die USA und Deutschland vereint eine düstere Geschichte über den Verrat vieler zum Wohle Einzelner, über Abhör- und Fleischskandale, über verwehrte Gleichheit und verratene Brüderlichkeit. Christine Koschmieder erzählt diese mit leichter Hand und Augenzwinkern.

Christine Koschmieder

Schweinesystem

Roman

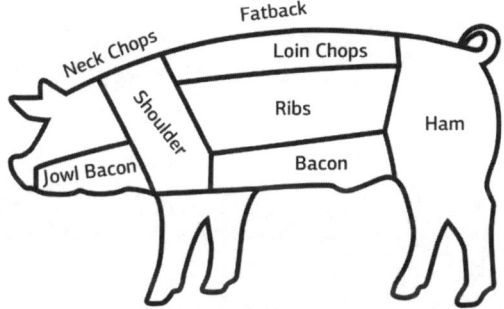

Blumenbar

Die Entstehung dieses Werks wurde durch ein Stipendium
der Kulturstiftung des Freistaates Sachsen ermöglicht.

ISBN 978-3-351-05012-2

Blumenbar ist eine Marke der Aufbau Verlag GmbH & Co. KG

1. Auflage 2014
© Aufbau Verlag GmbH & Co. KG, Berlin 2014
Einbandgestaltung und Illustration Tim Jockel
Typografie: Isabella Heine, Stuttgart
Satz Greiner & Reichel, Köln
Druck und Binden CPI – Clausen & Bosse, Leck
Printed in Germany

www.blumenbar.de
www.aufbau-verlag.de

whydunnit?
I'll cure* it.

* to cure: heilen, erhärten, pökeln

🔊 O.k., hier ist der Deal, Genosse – wir ziehen beide unsere Püppchen bis zum Anschlag auf und lassen sie flitzen. Und in zwei Jahren gucken wir, welche von beiden hochgegangen ist … Wie bei ner Wippe oder bei der Schiffschaukel im Luna Park. Geht ein Ende hoch, geht das andere runter, alright, comrade?

▬▬▬, SAC,
Legat Office Frankfurt, 1979

INHALT

BAND I
Fleischbeschau 11
Bevor sie zu Koteletts werden,
stehen die Schweine im Sonnenuntergang auf der Weide 11
Schlucken lernen 23
SCHWEINE 38
Alle Engel fliegen hoch 44

BAND II
Betäubung 53
Die Waffen der Frotteerevolutionärin
kommen per Luftpost 55
Wer mitspielen will, muss die Regeln kennen 64
Elisabeth versucht, sich freizuschwimmen 83
Wovon Fleischverwerterinnen träumen 96
Alexander gibt den Romeo 106
Ich kann einen Oreo-Keks aus Ihnen machen 119

BAND III
Verarbeitung 143
Mata Hari, Karteileichen & Sozialismus
in Technicolor 145
Das Wunder nimmt seinen vorgeschriebenen Lauf 152
Zwischen dänischen Möbeln und Hirschgulasch 163
Hagen verkackt's 190
I got you babe (und bald auch einen Tiefkühlschrank) 202
Elisabeth hat die Kacke satt 220
Befreiungsversuche 224

BAND IV
Selbsterhitzung 249
È pericoloso sporgersi – Nicht hinauslehnen 251
Carol lässt die Maske fallen und der Präsident fällt um 267
Pfirsichdosen, Galgenmännchen und
andere Todesarten 277
Halbe Hummeln sind nicht wettbewerbsfähig 287

BAND V
Zersetzung 295
Gesang des Schweinesystems 297
Dancing Queen 316
Terror Make-up 320
Spurensuche auf der Kanincheninsel 339
Alles vorbei, Tom Dooley 346
Stilllegung der Schlachtstrecke 351
Vertrauensbildende Maßnahmen 355
SYSTEM 360

FINAL CUT
SCHWEINESYSTEM 370
Break the Dull Steak Habit 376

BONUS TRACKS
Chronik 1979–2013 385

BAND I
Fleischbeschau

Bevor sie zu Koteletts werden, stehen die Kühe im Sonnenuntergang auf der Weide

Waldhilsbach, 7. September 1979

 Wenigstens ist es um die sowjetische Raumfahrt nicht besser bestellt als um ihr Liebesleben. Beides ist im Keller gelandet. Aufmunternd lächeln Wladimir Afanassjewitsch Ljachow und Waleri Wiktorowitsch Rjumin, die beiden ansehnlichen sowjetischen Weltraumhelden, ihr von der Zeitung unter dem geblümten Schuhputzlumpen hervor zu, ihr, der armseligen Person, die auf der obersten Kellertreppe hockt und versucht, die verdammte Valium runterzukriegen. Nichts ist, was es vorgibt zu sein. Kosmonauten sind keine Helden. Der Schuhputzlumpen war mal ein Bettbezug. Selbst das französische Bett (ohne Ritze!), ihr erstes Ehebett, ist im Keller gelandet. Wann sie sich auf diesem Bett das letzte Mal französisch gefühlt hat, weiß sie nicht mehr, aber der Anblick lässt sie an ein Foto aus dem Parisurlaub mit Hagen 1969 denken. Sie haben die Köpfe aneinandergelegt, ihre Pupillen verschwinden fast unter dem Lid, so heftig verleiert sie die Augen, um ihn anzuhimmeln. Eine schielende Jean-Seberg-Kopie im neunten Monat. *Das* war eine der besten Szenen ihrer Ehe. Hat alles gestimmt, der Schauplatz, ihre Frisur, das Schwarz-Weiß. Inzwischen hat das Farbfernsehen Einzug gehalten, die Scheidungsrate steigt, sie heult ihrer jungen, schielenden Jean-Seberg-Kopie hinterher und das Blumenkohl-

wasser kocht über. Der Mann, der glaubt, dass sie übermorgen in London ihre ehemaligen Gasteltern besucht, gibt draußen im Nieselregen neben dem Saugwagen der *Sickergruben- und Fäkalienentsorgung* Prognosen darüber ab, wann sie endlich an die Kanalisation angeschlossen werden, während der Schlauch die Überreste ihrer Ehe aus der Klärgrube saugt: Den frittierten Camembert, mit dem sie Hagens Kollegen beeindrucken wollte. Damit nichts danebenging und die Küche noch auslüften konnte, hatte sie die Camemberts schon mittags in die Fritteuse geworfen, vergessen, das Sieb aus dem Öl zu ziehen, und sich nochmal hingelegt. Da hat selbst die Dekoration aus Mandelblättchen, Petersilie und aufgetauten Tiefkühlpreiselbeeren nichts mehr gerettet. Dann natürlich die unvermeidlichen Obsttorteletts mit Gelatineüberzug und Sprühsahne, für den Besuch der Schwiegereltern, »Sahne aus der Dose, na, so was gab's damals noch nicht, wir haben die immer per Hand aufgeschlagen, elektrische Handrührgeräte, da war nicht dran zu denken, und fertige Torteletts, naja, sicher praktisch, als arbeitende Frau, aber so ein Mürbeteigboden, selbst gebacken mit viel Liebe und guter Butter, das ist schon was anderes, oder, Hagen?« Nicht zu vergessen, Hagens Wurstgulasch, einzementiert in Mondaminpampe, und die panadeverkleisterten Koteletts. Ferner: Kopfsalatblätter, ertränkt in einer Sauce aus Kondensmilch, Zitrone und Zucker, außerdem Kassler mit Sauerkraut, Leber mit Röstzwiebeln, Fischstäbchen mit Remoulade. Dosenravioli. Immer wieder: Eier. Rührei, Spiegeleier, gekochte Eier, bemalte Eier, Fleischkäse mit Spiegelei, Eigelb in der Quarkspeise, glänzende Eier mit verbrutzelten Rändern im Ochsenauge, Eier im Pfannkuchen, Eier im Tatar mit Kapern und Zwiebeln. Ob ihre Ehe wohl ein französischer Schwarz-Weiß-Film geblieben wäre, wenn sie weniger Eier verbraten hätten?

»Na los, Pats, wird das heute noch was? Ich dachte, du willst mitfahren.« Es macht sie wahnsinnig, wie lange dieses Kind brauchen kann, natürlich musste Pats noch mal hoch in ihr Zimmer irgendwas holen und jetzt kommt sie nicht in ihre Stiefel, natürlich hakt der Reißverschluss wieder. »Hagen, könntest *du* bitte deiner Tochter mit dem Reißverschluss helfen, dann bist du uns umso schneller los! – Ich warte im Auto.«

Jetzt ist es drei, über den Königstuhl brauchen sie eine halbe Stunde, wenn sie in der Plöck gleich einen Parkplatz findet, schaffen sie's bis um vier in die Fußgängerzone, bleiben noch zwei Stunden bis Ladenschluss. Den Regenmantel kriegt sie bei Hettlage, ein paar warme Wollstrumpfhosen auch, Handcreme und Ohrenstöpsel in der Drogerie Werner. Ein Schauder überkommt sie, als ihre Oberschenkel das schwarze Noppenkunstleder berühren. Es hat zu nieseln angefangen. Sie klemmt sich eine Gauloise zwischen die Lippen, lässt den Motor warmlaufen und startet das Scheibenwischerkino. Hawaiitoasts, die hat sie vorhin bei ihrer Aufzählung noch vergessen. Aber auf Toast Hawaii gehört ja auch kein Ei. Nur Ananasscheiben. Auf Toast Hawaii machen sich Scheiben einfach besser als Stücke. Aber das hier ist kein Toast Hawaii. Das hier ist ihr VW-Käfer, und das Scheibenwischerkino auf ihrer Frontscheibe fragt nicht nach Ästhetik. Nach Unversehrtheit schon gar nicht. Wie immer versucht der linke Scheibenwischer, sein Ananasscheibendrittel auf die feuchte Scheibe zu malen, zuversichtlich und beschwingt zieht das Wischblatt seinen großzügigen Bogen von links nach rechts, für den Bruchteil einer Sekunde liegt das perfekte Ananasdrittel klar und unbeschädigt vor ihr und sie hat freien Blick auf die inzwischen geleerte Sickergrube, aber schon funkt der rechte Wischer wieder dazwischen und macht alles zunichte.

Ihre rechte Hand liegt auf dem Steuerknüppel, beim Versuch, die Zigarette am Aschenbecher abzustreifen, fällt die aufgetürmte Asche in den Fußraum. Warum ist der rechte Scheibenwischer der Zerstörer und der linke der Gute? Projektive Identifikation mit dem fahrerseitigen Wischer, hat Volker gemutmaßt. Volker ist Seelenklempner, der muss es wissen. Selbst durch die beschlagene Seitenscheibe und den Zigarettenqualm hindurch kann sie erkennen, wie Hagen Pats über den Kopf streicht und ihr etwas in die Hand drückt, bevor er die Tür hinter ihr schließt und sie mit hängenden Schultern die Treppe runterschleicht, verdammt nochmal, warum freut das Kind sich nicht, dass sie mit in die Stadt darf? Aber nein, Fräulein schweigt die Fahrt über. Schweigt, als sie am Märchenparadies vorbeifahren. Schweigt, als die malerische Altstadt durch die Bäume sichtbar wird, schweigt, als sie in die Plöck einfahren und schweigt zum Glück auch, als ihre Mutter minutenlang an leeren Parklücken vorbeifährt, bis sie drei nebeneinander liegende findet, in die sie ohne zu manövrieren einparken kann. Pats steigt aus und schweigt. Ihr Strumpfhosenzwickel hängt irgendwo zwischen den Oberschenkeln.

»Könntest du bitte deine Strumpfhose hochziehen! Wie du rumläufst, merkst du das eigentlich nicht?« Natürlich sagt dieses Kind nichts, steht einfach nur stumm, irgendwie unterwürfig, da. Natürlich kann sie die Strumpfhose nicht weiter nach oben ziehen, die *ist* einfach zu kurz. »Du bist doch jetzt wirklich kein Kleinkind mehr, du musst beim Anziehen doch merken, wenn dir was nicht passt. Warum kannst du nicht rechtzeitig Bescheid sagen, dann ersparen wir uns so eine peinliche Situation!« Sie muss doch dazu zu bringen sein, irgendetwas zu sagen, wie lange will sie sich eigentlich demütigen lassen? »Na danke, ich hatte zwar was anderes vor, schließlich muss *ich* übermorgen nach London fliegen, aber wenn Fräulein Pats eine Strumpfhose braucht, dann gehen wir halt zuerst zu C & A und kaufen eine.« Als ob sie den gierigen Blick nicht sehen würde, den Pats auf die Konditoreiauslagen wirft. Ein Kännchen Kaffee wäre ja schon verlockend, aber die Blicke, bis sie einen Tisch gefunden haben, und die Zeit, bis die Kellnerin die Karte gebracht und Pats sich endlich entschieden hat. Außerdem kostet das bestimmt wieder drei oder vier Mark, und zu Hause steht schließlich die Kaffeemaschine. »Na los, ein Hut, ein Stock, ein Regenschirm, das spielt ihr doch immer, wie ging das doch gleich?« Erstaunt guckt Pats zu ihr hoch, hat wohl nicht erwartet, dass der Wind heute nochmal dreht. Zögernd setzt sie den rotbraunen, an der Kuppe zerschrammten Lederstiefel einen Schritt vor, »und eins«, zieht den linken Fuß nach, »und zwei«, wieder kommt die zerschrammte Kuppe unter dem blauen Dufflecoat hervor, »und drei«, schmerzhaft drücken ihr Pats Finger den Ehering ins Fleisch, als wollte sie ihr etwas zurückgeben, heimzahlen, »komm, Mama, und vier«. Der feine Nieselregen ist ihnen in die Fußgängerzone gefolgt, noch braucht man keine Kapuze, aber in der warmen Kaufhausluft wird der feuchte Schleier ihre Haare in eine klebrigklamme Masse verwandeln. »Ein Hut, ein Stock, ein Regenschirm«, abrupt bleibt Pats stehen, die vorbeigehenden Passanten lächeln belustigt, um sie herum spannen sich die ersten Regenschirme auf. »Schluss jetzt, Pats, ich will unter dem Dach sein, bevor es richtig losgeht.« Ihren guten Willen hat sie jetzt doch wirklich bewiesen. Pats schluckt. Saxophontöne reißen Löcher in den tristen Nachmittag, die nasse Luft. Elisabeth nimmt Pats an die Hand, zieht sie, vorbei an C & A, an Regenschirmen und Schaufensterauslagen, über die glänzenden Pflastersteine. Bis sie vor dem Schuhladen stehen. Der Saxophonspieler hat sich so weit nach hinten gebeugt, dass sein Hut fast das Schaufenster berührt. Er muss *sie* meinen, er hat sie gerufen: *Folge mir, Mary Elisabeth Poppins*. Gleich werden singende Pinguine aus dem Schuhladen watscheln und einen Stepdance aufführen, eine bonbonfarbene Karussellgondel wird vor Pats halten, und der Himmel verwandelt sich in Zuckerwatte. Den Kopf in den Nacken gelegt spürt sie, wie die Regentropfen auf ihre geschlossenen Lider schlagen.

Was hat sie nicht alles angestellt, um glücklich zu werden: Anglistik studiert und Geographie, erstes und zweites Staatsexamen, Referendariat in Nullkommanichts. Sie ist alleine aus der hessischen Provinz in die große Universitätsstadt gezogen, hat sich die leichten Mädchenzigaretten ab- und Gauloises angewöhnt (für Gitanes hat ihre Überwindung dann doch nicht gereicht, von denen ist ihr immer schlecht geworden). Eine ein-Meter-zweiundsechzig-kleine Person von achtundvierzig Kilo beeindruckt die brillanten Alphatierchen auch schon mit Gauloises, vor allem, da sie am Abend locker eine Packung wegraucht und ihr davon höchstens die Lippen austrocknen. Nur ihre viel zu kleinen Brüste waren ein eindeutiges Manko. Denn natürlich haben sie das registriert, die künftigen Akademiker, sie selber hätte nie einen Gedanken darauf verwendet, ob sie wohl große Penisse haben. Mit nach Hause genommen und geheiratet haben die dann natürlich doch lieber die mit den großen Brüsten, die, für deren Körbchengröße sie sich vor der Dessousverkäuferin nicht zu schämen brauchen. Aber für verqualmte Abende und Blicke durch viereckige Brillengestelle, »Eliten sind Machteliten«, eignet sich die fast schon asexuelle Elisabeth viel besser, tiefes Luftholen, »weil sie ihre Auffassung durchzusetzen vermögen und nicht, weil sie das Fleisch auf dieselbe Art tranchieren, die gleichen Bücher lesen und denselben Theaterstücken applaudieren.« Vielleicht bestand ihre Eignung vor allem darin, nicht auf der Frage rumzureiten, wie glücklich die Beauvoir wohl mit Sartre und dem vermeintlich einvernehmlichen Beziehungsmodell gewesen ist.

Es brauchte nicht lange, bis die 23 Gauloises in der Aufwachspucke sie genauso angewidert haben wie ihre Selbstverleugnung, und so hat sie sich ein Dreivierteljahr später für den Einzigen entschieden, der kein viereckiges Brillengestell braucht und sie auch tagsüber zum Lachen bringen kann und der ihre Hühnerbrüste mag und dabei Billy Wilder zitiert, der über Audrey Hepburn gesagt haben soll, »das Mädchen wird den Busen noch völlig aus der Mode bringen«. Für den Mann, der morgens um neun mit einem Korb voll Butterbroten, hartgekochten Eiern und Sardellenpaste im Hausflur steht, ihrer Zimmerwirtin ein Usambaraveilchen in die Hand drückt und mit dem Kinn eine Geste die Treppe hinauf macht: Das Fräulein Untermieterin wolle er abholen, ja, zu einem Ausflug, zur Thingstätte, ja, ja, die kenne man auch als junger Mensch noch, und ja, danke, gewisse Tugenden pflege man auch heute noch, entgegen aller Vorurteile, ja, er wisse, was über die Studenten in der Zeitung stünde, und nein, danke, einen Kaffee jetzt gerade nicht und die Fotos könne man ja ein andermal ... Sie weiß noch, wie sie an der Stelle kichern musste hinter ihrer Glastür, oben im ersten Stock, auf sechs Quadratmetern mit Dachfenster zum Schlossberg, und sich beinahe am Zahnpastaschaum verschluckt hat, weil sie schon vor sich sieht, wie er nachher, wenn sie unter irgendeinem Busch abseits der Thingstätte liegen, mit seiner großen Pranke ihre kleine, magere Brust umschließen und sagen wird, »ja, danke, gewisse Tugenden pflegt man auch heute noch, die Liebe zur freien Natur, ach nein, die Liebe in der freien Natur, ach nein, die freie Liebe in der Natur«, und dann wird er seine Hand hochnehmen und ihre Brustwarze sich wegen der plötzlichen Kühle aufrichten und er sich über sie beugen und ihre Brustwarze zwischen die Lippen nehmen, sein Räuber-Hotzenplotz-Bart wird kratzen, und wird auf ihrer Brustwarze herumkauen, gerade so fest, dass sie das Unbehagen herunter schluckt und sich ganz fest einredet, dass es so sein muss. Während ihr Hinterkopf rhythmisch über die kurzen trockenen Grasbüschel schrappt und Hagen sich mit den Armen rechts und links von ihrem Oberkörper abstützt – wer ihn über das Gestrüpp hinweg sieht, muss denken, dass da einer Liegestütze im Zeitraffer macht –, freut sie sich auf die Butterbrote und die hartgekochten Eier, die sie hinterher mit großen Schlucken Chianti direkt aus der Flasche runterspülen werden. Bis heute hat sie den Geruch von hartgekochten

Eiern in der Nase, wenn er kommt. Aber jetzt ist es zu spät, ihm zu sagen, dass ihr das Brustwarzenkauen schon immer unangenehm war. Seine Wortspiele sich abgenutzt haben. »Früher hat dir das gefallen«, ja, früher hat sie gehofft, wenn ihr das gefiele, dann würde alles gut.

»Mama?« Pats tritt von einem Bein aufs andere, »ich muss mal. Und wir wollten doch Strumpfhosen kaufen.« Wie sie dasteht, mit gegrätschten Beinen, den Strumpfhosenzwickel mindestens eine Handbreit unter dem Schritt, mit diesen großen Augen. Gleich wird sie die Tränen nicht mehr halten können, ihre Mundwinkel zucken schon. »Herrgott, verdammt nochmal, putz dir doch die Nase«, Elisabeth zerrt ein zusammengeknülltes Tempo aus dem Ärmelaufschlag, »wenn du schon kein eigenes hast, mach doch mal den Mund auf, statt mich so anzustarren!« Hass durchflutet einen, angeblich, aber das Bild stimmt nicht, ihr Hass fühlt sich anders an, kantig, und er kommt in Stößen. Ihr Hass kriecht in sie hinein und nimmt ihr die Fäden aus der Hand, sobald sie Pats Gesichtsausdruck sieht, die Demütigung in ihren Augen, die sie nicht mehr sehen will, nicht mehr aushalten kann.

»Entschuldigung, können Sie sich vielleicht zur Abwechslung mal Ihren Kundinnen widmen? Sie sehen doch, dass die Schlange immer länger wird.« Wie auf Kommando drehen sich die Köpfe in der Schlange zu ihr um. Die Plastikbügel, an denen Pats neue Strumpfhosen baumeln, rutschen zwischen ihren feuchten Fingern durch und landen auf dem Kaufhausboden. »Wenn Ihnen nicht gefällt, wie wir unsere Arbeit machen, können Sie sich gerne an einer anderen Kasse anstellen, junge Frau.«

Ruckartig straffen sich ihre Schultern, sie geht in Kampfposition. »Mama, nicht!«, Pats hält ihr die drei-zum-Preis-von-zwei-Strumpfhosen hin, wischt sich die Knie ab und guckt von unten zu ihr herauf. »Mama, wir haben es doch schon fast geschafft«, steht ihr ins Gesicht geschrieben, dann guckt sie sehnsüchtig rüber zu dem Palominopferd vor der Umkleidekabine, eigentlich ist sie dafür schon viel zu groß, aber da wird sie dann gerne wieder zum kleinen Mädchen, das auf mechanischen Münzeinwurfspferden reitet. »Wissen Sie, wenn Sie Ihre Arbeit machen würden, hätte ich ja nichts gesagt, aber vor Ihrer Kasse warten fünf Personen.« Jetzt heben auch die Kunden an den Wühltischen und Ständern den Blick von Preisschildern und Reinigungshinweisen, um zu sehen, was da an der Kasse vor sich geht. Elisabeth spürt die Hitze am Hals, mit Sicherheit kriechen ihr dunkelrot hektische Flecken am Hals entlang. »Die Reihenfolge, in der wir den Bedürfnissen unserer Kunden nachkommen, überlassen Sie bitte uns. Im Übrigen könnte ich die Dame schon längst kassiert haben, wenn *Sie* hier nicht den Betrieb aufhalten würden.« Sie hätte es dabei bewenden lassen sollen. Sie hätte sich nicht provozieren lassen dürfen.

Pats ist anzusehen, dass sie weiß, was jetzt kommt. Ihr Kopf verschwindet fast in ihrem großen roten Rollkragen, mit hängenden Armen weicht sie einen Schritt zurück, stolpert dabei in die Plastiktüte einer Kundin. »Herrgott, pass auf, die werden doch ganz schmutzig.« Sie reißt ihr die Strumpfhosen, die fast auf dem Boden schleifen, aus der Hand, mit drei Schritten ist sie an der Schlange vorbei, drängt die Kundin, die gerade bezahlen will, beiseite, stützt die Handflächen auf die Theke und lehnt sich der Verkäuferin entgegen. Bis sich ihre Gesichter fast berühren. Das hier ist ein Kaufhaus. In Kaufhäusern gibt es an jeder Ecke Spiegel. Sie weiß, was die Kassiererin gerade vor sich sieht: ein feindseliges Wesen mit stahlblauen, durchdringenden Augen und kriegerisch abstehenden Haaren, die sich wie eine Schlangenbrut auf ihrem Kopf winden, eine Mischung aus Gorgo und der Amazone, die sie so gerne wäre. ›Doppelt gemoppelt hält besser‹, sagt sie immer, Amazonen haben sich eine Brust abnehmen lassen, um besser schießen zu können, sie hat gleich gar keine. Die einzige Waffe, die ihr zur Verfügung steht, ist der Bügel mit den Mädchenstrumpfhosen Größe 148.

Sie kann doch nicht allen Ernstes, doch, kann sie, die Kassiererin zuckt zurück, ihre Kollegin ist schon am Haustelefon, um die Wühltische herum ist es still geworden, Kinder zeigen mit dem Finger auf Elisabeth, »Mama, was macht die Frau da?« Nur das Palominopferd bewegt sich mechanisch auf seiner Schiene vor und zurück. Eigentlich hatte sie die Verkäuferin bitten wollen, ihr zwei Fünfziger für den Münzeinwurf zu wechseln, sie hatte sich sogar schon den Satz überlegt, »ob Sie mir bitte eine Mark kleinmachen können, für das Pferd?«, kleinmachen, hätte sie gesagt, nicht »einwechseln«, und nicht »für den Münzeinwurf«, sondern »für das Pferd«. Man muss nur die Worte richtig aussuchen. Sie verwendet viel Zeit auf die richtigen Worte, es soll sie ja keiner für arrogant halten, nur weil sie keinen Dialekt kann. Und jetzt das. Nicht mal mehr auf dem Palominopferd wird Pats reiten können, das hat sie gründlich vermasselt, der Striemen im Gesicht der Kassiererin fängt sofort an zu schwellen. »Ein bisschen Aufmerksamkeit, ist das zu viel verlangt?« Die Frau neben ihr starrt, das geöffnete Portemonnaie in der Hand, auf die Kassiererin. Diese billig verschweißten Plastikbügel haben scharfkantige Nähte, selber schuld, wenn man für eine Billigkette arbeitet, bei einem textilverkleideten Bügel wäre die Wange der Kassiererin besser weggekommen. Die Frau neben ihr hat ihre Brille abgenommen und wischt mit den Fingern auf den Gläsern herum. Keiner hält Elisabeth auf. An der Rolltreppe zögert Pats, bevor sie auf die geriffelte Platte tritt, die vor ihr aus dem Boden kommt, den Blick rückwärts über ihre Schulter auf das Palominopferd geheftet. Als der Metallkasten mit den blinkenden Glühbirnen, auf dem das Pferd befestigt ist, langsam aus ihrem Blickfeld entschwindet, versucht sie ihre Hand zwischen Pats' zusammengeballte Finger zu schieben. Als Pats' Widerstand nachlässt, spürt sie in ihrer Handinnenfläche zwei harte Münzen. Das war es also, was Hagen seiner Tochter in die Hand gedrückt hat.

17:43 zeigt die große Uhr im Schaufenster gegenüber. Um sich in der Scheibe zu spiegeln, muss sie sich direkt davor stellen, auch wenn das so aussieht, als wollte sie die Fahndungsplakate studieren, dabei will sie nur die abstehenden Haare flachdrücken. Ingrid Siepmann mustert sie missbilligend von ihrem Fahndungsplakat herunter, *versagt, Elisabeth*, scheint sie zu sagen, *was willste denn mit deiner kleinen, spießbürgerlichen Strumpfhosenattacke, deiner individualistischen Tat, schon bewirken?* Die hat's geschafft, sich losgesagt, hat verzichtet auf die bürgerlichen Annehmlichkeiten, Vorsicht Schusswaffen, da hätte sie eben eine von gebrauchen können. Oder die Mohnhaupt, mit ihren tiefen Augenschatten, fünf Jahre jünger als sie und auch nur 1,60–1,62 m groß.

Eine kleine, aber entschlossene Person. Ansonsten kann sie beim besten Willen keine Ähnlichkeit erkennen, *meine kleine Terroristin* nennt Hagen sie manchmal, liebevoll klingt das allerdings nie. Ab 18 Uhr rutscht sie in die nächste Tarifstufe, aber in drei, vier Minuten können sie's bis zum Parkhaus schaffen. »Komm, das mit der Drogerie lassen wir jetzt, ich kann mir die Sachen auch noch am Flughafen besorgen.« An der Fassade über ihren Köpfen lässt der Pustefix-Bär bläulich und lila schillernde Seifenblasen in den schiefergrauen Abendhimmel steigen.

Schlucken lernen

Es gibt eine ganz bestimmte Aufgabe zu erledigen. Sie ist diejenige, die das hinkriegt. Hilf ihr, stolz zu sein auf das, was sie tut. Sorg dafür, dass sie Anerkennung bekommt. Wertschätzung und Anerkennung sind ihr Lohn. Verschaff ihr genügend davon.
Porkette Handbuch

Perry, September 1st 1979

Blondie ist zum dritten Mal mit *Heart of Glass* durch. Ob sie's nochmal riskieren kann? Nicht, dass Larry genau in dem Moment reinkommt, wenn sie nackt vom Tisch steigt, um die Kassette zurück zu spulen. Um sieben war Schichtende, garantiert hat Wayne sich noch was einfallen lassen, um ihn bis halb acht aufzuhalten, eine Viertelstunde in der Umkleide, zwei, drei Zigaretten mit den Jungs, Rührei mit Bratkartoffeln und Speck bei *Safeway* – Larrys Morgenprogramm ist fast so verlässlich wie die Weltzeituhr. Tatsächlich, kaum setzt Blondie zum vierten Mal an, *Once I had a love, and it was a gas*, hört sie den Kies in der Einfahrt knirschen. Gleich wird Larry die Tür zu seinem Pick-up hinter sich zuschmeißen, dann das Poltern, wenn er seine Arbeitsstiefel auf der hinteren Treppe fallen lässt, die fellgefütterte Weste abstreift und das karierte Flanellhemd aufknöpft (er hat nur karierte Flanellhemden). Mit einem Klirren kommt seine Gürtelschnalle auf den Küchenfliesen auf, ein sanftes Ploppen, die Kühlschranktür, das darauffolgende metallische Knacken verrät ihr, dass es keine Milchflasche ist, die er sich daran aufmacht. *Soon found out I was losing my mind*, gleich wird sich sein nackter Oberkörper mit der ausgefransten Narbe, die sie so gerne mit dem Finger nachfährt, durch die bunten Plastikschnüre schieben, *seemed like the real thing, but I was so blind / Mucho mistrust, love's gone behind*, in Erwartung, sie im Frotteemantel am Frühstückstisch zu finden. »Shirl, bist Du wach? – Was'n das für 'ne beschissene Musik? Um die Uhrzeit!« Gleich. Gleich. Das Haarspray, das Trish ihr im Salon draufgemacht hat, hat sie sofort wieder rausgebürstet. »Angela Davis«, hat sie versucht zu beschreiben, wie es hinterher aussehen soll. Verrucht und verwegen. Eine Rebellin zwischen all den betonierten Haarhelmen à la Doris Day. »Fick mich, lass mich die schmutzige Bettwäsche, den Schlachtgeruch und den Mittleren Westen vergessen.« Das sollte ihre Botschaft an Larry sein. Natürlich hat sie's beim Friseur ein bisschen anders beschrieben: »So Richtung Black Power«. Kopfschüttelnd hat Trish toupiert, kopfschüttelnd *Aqua Net* in den

Afro gesprüht, ihr die Tür aufgehalten und sie mit einem Kopfschütteln in die nach Schlachtbetrieb und Faulgasen stinkende Willis Avenue entlassen. Die Donuts-Verkäuferin musste sich ganz schön anstrengen, nicht dauernd auf ihre Angela-Davis-Frisur zu starren, aber die ist auch auf Doris Day hängen geblieben und am Rückspiegel ihres Chevy hängen selbstgebastelte Miniaturmaiskolben aus Salzteig. Larry macht das an, ihre Haare mit beiden Händen an den Wurzeln zu packen und bei jedem Stoß dran zu reißen. Deswegen hat sie das Haarspray auch gleich wieder ausgebürstet. Heute kriegt er einen Freifahrtschein, heute darf er alles, heute wird sie alles mit sich machen lassen. Gleich. Sie wird ihn sogar in den Mund nehmen. Wenn sie ihn heute in den Mund nimmt und Larry an ihren Haaren reißen lässt, wenn sie ihn dazu bringen kann, sich gehen zu lassen, wenn er einmal vergisst, sich über den Haushalt oder Pete aufzuregen, dann …

»Was soll das? Kann man hier nicht mal morgens seine Ruhe haben?« Sein Oberkörper schiebt sich durch die bunten Plastikschnüre, die aufgefädelten Kunststoffperlen klackern gegen die Bierflasche. Sein Blick, der zunächst verdutzt auf ihren Oberschenkeln landet – auf dem Esstisch hat er sie nicht erwartet – wandert zu ihrem Gesicht. »Is' keine Milch mehr da.« Nur ganz kurz mustert er ihren Afro, bevor sein Blick zu ihren Unterschenkeln zurückkehrt. »Und rasier' dich mal.«

An den Haaren hat er sie an dem Tag nicht mehr gepackt, und von der Schwangerschaft hat sie ihm auch nicht erzählt. Plötzlich hat sie das Schwein in ihm gesehen. Will sie ein Kind von einem Schwein, den Rest ihres Lebens zwischen Schweinen zubringen?, hat sie sich gefragt, als

Annie sie acht Stunden später zu ihrer ersten Mary-Kay-Party abgeholt hat. »Ihr arbeitet doch alle in der Fleischverarbeitung?«, hat Carol Sendich, die Mary-Kay-Direktorin mit dem Goldzahn und der goldenen Hummel am Revers, sie gefragt. »Dann stellt euch bitte mal folgende Situation vor: Ihr wollt ab sofort den Verkauf von Corned Beef neu organisieren. Ihr habt einen Termin mit dem Werksleiter und stellt ihm euer Konzept vor. Und eure Konditionen natürlich. Erstens. Sie geben mir 50 % Kommission auf jede verkaufte Büchse Corned Beef. Zweitens. Ich überzeuge weitere Frauen, Corned Beef zu verkaufen. Auf jede Büchse Corned Beef, die eine von mir angeworbene Frau verkauft, bekomme ich Provision. Drittens. Ich lege selbst fest, wann und wie viel ich arbeite. An manchen Tagen werde ich keinen Gedanken an Corned Beef verschwenden, an anderen wird Ihr Fließband nicht hinterherkommen, so viel Corned Beef werde ich verkaufen. Für die immense Steigerung Ihres Corned-Beef-Absatzes schulden Sie mir Anerkennung: Brillantschmuck, exotische Reisen, Prämien. Muss ich noch erwähnen, dass ich dazu einen eigenen PKW benötige? Pink. Pink muss er sein.« Mit großen Augen haben sie dagesessen und die Frau mit dem Goldzahn angestarrt. Ihre Freundin Annie hat es nicht beim Träumen belassen. Annie hat noch am selben Abend den Bestellschein ausgefüllt.

Seitdem schwärmt Annie über abgebrühten Schweinehälften von Hautpflegeprodukten, schmeißt nach, vor und zwischen ihren Schichten Hautpflegepartys und versucht, in der Umkleide verschwitzte Fließbandarbeiterinnen für eine Mary-Kay-Karriere zu begeistern. Natürlich hätte Carol Sendich am liebsten auch gleich Shirley Pesternecks

Unterschrift einkassiert. Ob sie, wenn die Produkte ihr doch so zusagen, es nicht selber mit Mary Kay versuchen möchte, schon allein wegen der 50% Rabatt, die sie als selbstständige Schönheitsberaterin auf jede Bestellung bekommt. Dass sie doch mal ganz unverbindlich mit einer Party bei sich anfangen könnte, als Gastgeberin springen für sie 10% Rabatt auf alles raus, was sie an dem Abend kauft. Einen Lippenstift legt sie noch oben drauf. Klar hat Carols Vorstellung sie beeindruckt. Natürlich hat sie ihr das komplette Basis-Set aus Reinigungscreme, Gesichtswasser, Nachtcreme, Maske und Grundierung für 27,50 Dollar abgekauft und selbstverständlich ist sie sofort eingesprungen, als Annie sie letzte Woche gebeten hat. »Weißt du, Shirl, wenn du schon nicht selber einsteigen willst, kannst du ja vielleicht wenigstens eine Party bei Gloria in Marshalltown organisieren und deine Porkette-Mädels dazu einladen. Wenn jede von denen nur eine Creme nimmt, oder die Maske oder einen Lippenstift – das wird ein Mordsspaß, glaub mir, und ich hab hinterher meine 30, 40 Dollar beisammen. Scottie braucht schon wieder diesen teuren Hustensaft.«

Als würde sich auch nur eins von ihren Porkette-Mädels mit *einer* Maske oder *einer* Creme begnügen. Zu fünft haben sie sich bei Gloria, Shirleys Mom, in Marshalltown um den Küchentisch gedrängt, in den Mundwinkeln die Salzkrümel ihrer *Salty Dogs,* Shirley, Annie, Choppy Cindy und Betty, eine Schulkantinenkollegin ihrer Mom. Die beiden Älteren hatten schon ein bisschen vorgeglüht, wobei, was heißt älter, so jung ist Cindy auch nicht mehr. Ihre Lederhaut macht sie wahrscheinlich älter, als sie ist, aber über vierzig ist sie auf jeden Fall. Drei in Alkohol konservierte Weiber und Annie, das Hühnchen, mit ihren 24 Jahren und ihrer glatt über die Wangenknochen gespannten Haut, an jedem Ohrläppchen ein Glitzerklunker, Beine bis zum Hals und ein Mund, in den die halbe Oscar-Mayer-Belegschaft gerne mal was reinschieben würde. Ihre Porkettes haben sich mit den Handrücken die Salzkrümel aus den Mundwinkeln gewischt und gehofft, dass in den Tübchen, die Annie da abwechselnd hochhält und auf- und zuschraubt, auch ein bisschen Annie drinsteckt. Annie, die Cremes auf ihren Händen und in ihren Gesichtern verteilt, »das ist eine Serie, alles aufeinander abgestimmt, einzeln bringen die nicht die erwünschte Wirkung, die kann ich euch nur als komplettes Set verkaufen.« Was haben sie gehofft, dass sie auch ein bisschen was vom Annie-Look aus diesen Tübchen herausdrücken und auf ihren Gesichtern verteilen können. Annie, die die Reihenfolge von Reinigungscreme und Maske verwechselt und ihnen natürlich hinterher die Tübchen doch einzeln verkauft, mit dem Fingernagel kleine Portionen aus dem Tiegel schabt und in Frischhaltefolie einwickelt, damit sie sich einen Tiegel zu dritt leisten können, scheiß drauf. Dann jede noch einen *Salty Dog*, sie hatten einen Mordsspaß, Annie ihre 43 Kröten in der Tasche, Betty einen Schwips und »ne Haut wie'n Babypopo, wie'n Babypopo ...«

Gloria hat Annie ein zweites Bettzeug gegeben, »in dem Zustand fahrt ihr nicht mehr zurück«, dann haben sie in Shirleys altem Kinderzimmer gelegen und sie hat Annie von der missglückten Stripteaseaktion erzählt. Und dass sie schwanger ist. Sie haben noch eine und noch eine geraucht und schweigend durch das kleine Fenster in die Nacht gestarrt. In der Dunkelheit lässt sich leichter vergessen, dass sie von Maisfeldern, Schlachtanlagen und Futtersilos umgeben sind. Kurz vor dem Einschlafen hat Annie gemurmelt, »ganz ehrlich, Shirley, wenn du Larry echt abschießen willst, wär' Mary Kay doch die ideale Lösung für dich. Was die andere Geschichte angeht, du weißt schon, da hat Carol garantiert auch eine Lösung.«

Carol Sendich, das ist die Frau mit dem Goldzahn, für die 1980 das Jahr werden soll, in dem sie ihre nylonbestrumpften Beine in einen Pink Cadillac schwingt. Carol Sendich aus der Ukraine, deren Urgroßmutter nicht mal ein Plumpsklo hatte (geschweige denn Nylonstrumpfhosen), für die 1980 das Jahr werden soll, in dem sie ihre Verkaufseinheit zur erfolgreichsten von Iowa macht. Dazu braucht sie Mädels wie Shirley und Annie. Annie, der man die Legende vom alten Fellgerber mit den jungen Händen sofort abkauft. Alt und knittrig soll er eines Tages gewesen sein, wie nicht anders zu erwarten. Die Natur macht auch vor alten Fellgerbern nicht Halt. Bemerkenswert allerdings, dass sie vor seinen Händen Halt gemacht hat. Das hat auch den alten Fellgerber gewundert. Bis er sich daran erinnert hat, dass er seine Hände jahrelang in Gerbsäure gebadet hat. Klug, wie so ein alter Fellgerber ist, erkennt er den Zusammenhang zwischen Gerbsäure, Tier- und Frauenhäuten und entwickelt eine verjüngende Hautpflegeserie für Frauen. So die Legende. Dabei war Annies Haut schon makellos, *bevor* sie Mary-Kay-Produkte verwendet hat. Jedenfalls vergeht in Annies Leben inzwischen kaum ein Tag ohne Carol Sendich, die alles, was sie über Hautpflege, alles, was sie über Rekrutierung, alles, was sie über die einmalige Chance weiß, die Mary-Kay-Frauen bietet, mit Annie teilt. Genauso wenig, wie seit ihrem Gespräch in ihrem alten Mädchenzimmer in Marshalltown ein Tag vergeht, an dem Shirley Eudora Pesterneck nicht darüber nachdenken würde, was *sie* sich alles leisten könnte, wenn sie sich Annie und Carol und all den Frauen anschließt, die beschlossen haben, mit Mary-Kay-Kosmetik ihr Leben zu bereichern.

Kaum waren sie aus Marshalltown zurück, hat sie sich vor den Badspiegel gestellt und versucht, sich selber anzusprechen. Aber sie hat sich's nicht abgekauft. Carol würde sie alles abkaufen. Carol Sendich, die ihr erzählt, dass die Flügel von Hummeln – den Gesetzen der Aerodynamik zufolge – einfach zu schwach sind und ihr Körper zu schwer, als dass die Hummel fliegen könnte. Aber die Hummel weiß das nicht. Sie fliegt einfach los. Carol Sendich, die es mit Mary-Kay-Kosmetik in weniger als einem Dreivierteljahr zur Verkaufsdirektorin und zum Buick Regal gebracht hat. Bei Carol ist die Magie wahr geworden. Von Carols Gesichtspflegepartys geht keine ohne die komplette Basisausstattung raus. Bei Carol ist nichts mit Portiönchen in Folie packen und Tubeninhalte zentimeterweise kaufen. Wenn jemand einer Hummel das Fliegen beibringen kann, dann Carol. Also hat sie Carol angerufen, sie hätte es sich überlegt und würde jetzt doch gerne die Gastgeberin sein. »Wunderbar, Sweety, wusst' ich's doch, dass du früher oder später anbeißen würdest – ich erkenn doch eine Mary-Kay-Kandidatin!« Nicht mal groß was vorbereiten müsse sie, nur einen Tisch frei räumen, dazu vier Stühle. Für Spiegel und Unterlagen hat Carol sich zuständig erklärt –

»fließend Wasser und ein paar Handtücher wird's bei dir ja wohl geben.«

Dann hat Carol sogar extra eine Riesenschüssel *Snowy Confetti Chicken Salad* in ihrem Buick Regal angekarrt, damit Shirley nach ihrer Schicht nicht auch noch Häppchen zubereiten muss. Eine Stunde nach der Party steht sie mit immer noch perfekt erdbeerroten Lippen in Larrys Küche, während Shirley ihre Salatschüssel spült. Carols Makellosigkeit lässt die vergilbten Wände und die von Feuchtigkeit aufgequollenen Pressspanregale noch schäbiger wirken. Als könnte sie Gedanken lesen, legt Carol Shirley ihre erdbeerroten Fingernägel auf die Schulter. Unter der Puderschicht wirken die matten Härchen auf ihren Wangen fast durchsichtig, nur der vorstehende Leberfleck über ihrem erdbeerroten Mundwinkel glänzt. Vielleicht klebt Carol den da auch nur hin, sie wird mal drauf achten müssen, ob der immer an derselben Stelle sitzt. Mit dieser Frau kann sie ja wohl schlecht über künstliche Schönheitsflecke und die Nachteile von Pressspanregalen reden, von der Fließbandzerlegung von Schweinen oder dem Gewerkschaftsstreik in Greeley ganz zu schweigen. »Dein Hühnchen-im-Schneegestöber-Salat war großartig, verrätst du mir das Rezept?« Sie reicht Carol das hellblaue Salatbesteck mit den Hühnerköpfen, Carols erdbeerfarbene Mundwinkel heben sich, ihr Blick wandert über Shirleys handetikettierte Einmachgläser auf den Wandborden. »Eigentlich ist das mein ganz persönliches Geheimrezept. Aber für dich mach ich eine Ausnahme – bist ja schon fast eine von uns!« Die Duftwellen, die Carol aussendet, sind schwer und üppig, Jasmin und irgendwas Orientalisches, eine ganz andere Liga als Shirleys Allerwelts-*Charlie*. »Also, du brauchst:

Gelatine, Hühnerbouillon und Mayonnaise. Komm bloß nicht auf die Idee, die selber zu machen, die kaufst du schön im Glas und in der gesparten Zeit machst du locker drei Partytermine aus. Ich steh ja auf Hellmann's.« *Hellmann's*, schreibt Shirley auf den Einkaufszettel, Carol muss ja nicht wissen, dass sie lieber die markenlose Mayo nimmt, die ist fast 20 Cent günstiger. »Was das Hühnchenfleisch angeht: Büchsenhühnchen! Den Unterschied merkt kein Mensch. Nur den Sellerie musst du schon selber schnippeln. Sellerie ist ein so dankbares Gemüse, ganz wenig Kalorien.« Sellerie mag ich nicht besonders, liegt ihr schon auf der Zunge und ob sie den durch Mais oder Möhren ersetzen kann. Carols Blick sagt alles. Der Sellerie steht nicht zur Debatte. Carol Sendich hat in ihrer grenzenlosen Großzügigkeit ausgerechnet *sie*, Shirley Eudora Pesterneck mit der Schmuddelküche und dem struppigen Afro, auserkoren und bietet *ihr* die Chance ihres Lebens. Da sortiert man nicht einfach den Sellerie aus. »Die Gelatine rührst du in die heiße Bouillon und lässt das abkühlen, bis es zu gelieren anfängt. Mach bloß nicht denselben Fehler wie ich, in der Zwischenzeit schnell Wäsche aufhängen zu wollen – kaum komm ich zurück in die Küche, ist das Zeug so fest, dass ich's stürzen kann. Ein Grund mehr, dir eine Haushaltshilfe zu nehmen, wenn du ernsthaft bei Mary Kay einsteigen willst.«

Ein Rezept für finanzielle Unabhängigkeit hat sie sich erhofft, und jetzt soll sie teure Mayonnaise kaufen, Sellerie essen, den sie hasst, und Geld ausgeben, das sie nicht hat? »Sobald die Mischung zähflüssig wird, mischst du die restlichen Zutaten und die steifgeschlagene Sahne drunter und stellst das über Nacht kalt.« Genau. Sellerie wegen der Kalorienarmut, aber Schlagsahne unter den Salat schmuggeln. Sie wird sich hüten, Carol auf diesen Widerspruch hinzuweisen. »Zum Garnieren kannst du Gurkenrosetten oder Radieschenröschen nehmen wie die meisten. Ich persönlich hab's ja gerne ein bisschen stilvoll, ich nehme Kapern und Oliven. Aber da kann nicht jeder was mit anfangen.« Wie zufällig lässt Carol den Zeigefinger über die Etiketten von Shirleys Einmachgläsern mit den eingelegten Gurken, dem süß-sauren Kürbis und der eingekochten Sülze streifen. »Möchtest du ein Glas mitnehmen? Hausmannskost. Kocht meine Mom nach original polnischem Rezept.« Aus dem Ausguss gluckert es. Sie hängt das Geschirrtuch über den Boiler und streckt sich nach einem Glas, »Hier, Schweinskopfsülze, sozusagen die polnische Version von deinem Gelatinesalat. Passt gut zu Bratkartoffeln.« Carols Pupillen weiten sich, sie ähnelt jetzt ein bisschen den Trickfilmfiguren aus den Cartoonserien, die Pete immer guckt. Zögernd nimmt sie das handbeschriftete Einmachglas entgegen, das Shirley ihr hinhält. Als würde die Schweinskopfsülze gleich nach ihren sorgfältig maniküerten Fingernägeln schnappen. »Danke, aber ich habe lange und hart gearbeitet, um mich von meiner ukrainischen Sippe abzusetzen. An deiner Stelle würde ich auch nicht so mit meinem Polackenerbe hausieren gehen, wenn du's bei Mary Kay zu etwas bringen willst.« Carol nimmt ihr die Salatschüssel aus der Hand, stellt das Glas mit der Schweinskopfsülze in die Schüssel und drückt mit dem Rücken die Verandatür auf, den Buick hat sie direkt neben Larrys klapprigem Dodge in der Auffahrt geparkt. »Aus dir könnten wir wirklich was machen, ich sehe da großes Entwicklungspotenzial. Manchmal ist es nur eine

Frage der Disziplin. Alles andere stehen wir gemeinsam durch.« Noch einmal legen sich die erdbeerfarbenen Fingernägel auf Shirleys Unterarm. »Pass auf: Ich lasse dir jetzt einfach die Starterausstattung da, ohne Zahlung, ohne Vertrag. Dafür räumst du deine polnische Sülze aus dem Regal, stellst ein Basis-Set auf den freigewordenen Platz und guckst, was das mit dir macht. Falls du noch was anderes aus dem Regal zu räumen hast ...«, sie wirft einen vielsagenden Blick auf Shirleys Bauch und streicht mit dem Finger über das Einmachglas in der Salatschüssel. »Wenn du bei Mary Kay einsteigst, kann es passieren, dass du viel schneller erfolgreich bist, als du dir jetzt vielleicht erträumen kannst. Dazu bräuchten wir aber die ganze Shirley. Da muss man sich auch mal von liebgewonnenen Dingen verabschieden können.« Die Spitze ihres glänzenden Pumps landet auf der Trittklappe von Shirleys Mülleimer, die erdbeerroten Fingernägel umschließen jetzt fest das Sülzeglas. »Ich kann mir vorstellen, dass die Teilnahme an einem unserer Gesichtspflegeseminare in London dir bei deiner Entscheidung helfen könnte. In London läufst du keine Gefahr, beim Betreten oder Verlassen bestimmter Gebäude erkannt zu werden, wenn du verstehst, was ich meine ...«

Sie hat Larry immer noch nicht gesagt, dass sie schwanger ist. Ein Gesichtspflegeseminar in London, er wird sie für verrückt erklären. Andererseits, die Vorstellung, sich regelmäßig die Haare machen zu lassen und im eigenen Auto über die Highways zu brausen, vielleicht sogar mit schwarzen Ledersitzen, oder wenigstens Kunstleder, eine riesige Sonnenbrille im Gesicht, die Musik bis zum Anschlag aufgedreht, Blondie, Pete Seeger, die King Singers –

Musik, die *ihr* gefällt, nicht Larrys Country-Gejaule – und nur mit Frauen zu tun zu haben, Frauen, denen sie dabei helfen kann, mehr aus sich rauszuholen und sich unabhängig zu machen von Männern, die sich wie Schweine benehmen.«...wärst du finanziell unabhängig und könntest jeden Monat etwas für Petes Zukunft zurücklegen.« Carol guckt sie auffordernd an, das Glas mit der Schweinskopfsülze in ihrer Hand schwebt über dem geöffneten Mülleimerdeckel. Wenn sie sich Larrys Verhalten in den letzten Tagen anguckt, kann sie sich immer weniger vorstellen, ein Kind mit ihm ... Carol scheint ja wirklich an sie zu glauben. Sie schluckt kurz, guckt auf das Einmachglas, auf den geöffneten Mülleimer und nickt Carol zu. »Mir ist natürlich klar, dass ein Busticket nach Chicago oder in irgendeine andere anonyme Großstadt günstiger ist als eine Reise nach London. Deswegen beteiligt sich Mary Kay natürlich an der Qualifizierung von Frauen, die die Chance ergreifen wollen.« Carol öffnet die Hand mit dem Glas und nimmt den Fuß von der Trittklappe, der zufallende Deckel übertönt das Geräusch beim Aufprallen des Glases. »Lass es mich so formulieren: Dein Höhenflug bei Mary Kay soll nicht an zu schweren Flügeln scheitern. Wenn du dich von irgendwas befreien willst, ruf mich an. Wir bei Mary Kay sind füreinander da.«

Carol hat Shirley die Zaubersätze diktiert, die sie aufrichten sollen, wenn sie zweifelt. Die Zaubersätze, deren Magie sich entfaltet, sobald man sie aufschreibt. Also hat Shirley noch am selben Abend die Einmachgläser mit der Sülze, dem süßsauren Kürbis und den eingelegten Gurken aus dem Küchenregal geräumt und die Tuben und Tiegel mit Reinigungscreme, Gesichtswasser, Nachtcreme, Maske und Grundierung dort aufgebaut. Den Zettel mit den magischen Sätzen an den Badspiegel gehängt, damit die Magie sich entfalten kann. Hat sich vorgenommen, sobald er nach Hause kommt, mit Larry zu sprechen. Ihm endlich von der Schwangerschaft zu erzählen. Ob er sich das vorstellen kann, ein Kind mit ihr, und dass sie nebenbei ein bisschen was mit Kosmetik dazuverdient. Aber dann ist er wieder erst so spät von seiner Sauftour nach Hause gekommen, dass sie schon längst im Bett lag. Er muss noch am Kühlschrank gewesen sein und sich den Rest Snowy Confetti Chicken Salad reingeschoben haben. Sein Sellerieatem war kaum auszuhalten. Irgendwann ist sie mit hochgeschobenem Nachthemd aufgewacht, hat gespürt, wie sich etwas an ihrer Unterhose vorbei in sie hineinschiebt und bevor sie etwas sagen konnte, hat er ihr mit der Zunge ein paar Selleriefasern in den Mund geschoben.

Carols Jasmingeruch hängt noch in der Küche, Carols Worte in ihrem Kopf, und den Selleriegeschmack hat sie auch mit Zahnpasta nicht weggekriegt. Shirley zieht die Verandatür hinter sich zu und tritt in den kühlfeuchten Morgennebel, der sich in den nächsten zwanzig Minuten lichten wird, auch wenn er jetzt noch wie eine feuchte Mullbinde in ihre Mundhöhle zu kriechen und sich um ihre Lungen zu legen versucht. Eine feuchte Mullbinde getränkt mit Kadavergeruch. Sie wirft ihre Tasche auf den Beifahrersitz, schiebt die leeren Bierdosen im Fußraum beiseite und klettert ins Fahrerhäuschen. Im Kassettendeck steckt *Rednecks, white socks and Blue Ribbon Beer*, immer dieselbe gottverdammte Kassette, als ob's nichts anderes gäbe. Jesusfuckinchrist, was hält sie eigentlich, doch nicht die 6,40 Dollar die Stunde? Bei fünf Schichten in der Woche kommt sie auf knapp tausend Dollar im Monat, und Oscar Mayer zahlt gut, keine Frage. Aber ist das die Schüssel Gold am Ende des Regenbogens? In einer Schrottlaube mit Fadenkreuzaufkleber auf dem Armaturenbrett zur Schicht fahren, sich eine Arbeitsmontur überstreifen, in der sie vergisst, dass sie eine Frau ist, würden die Jungs es nicht gelegentlich mit dem Wasserstrahl des Reinigungsschlauchs nachprüfen. Acht Stunden lang Kartons in den Kompressor stopfen, toten Säuen die Zitzen absäbeln und sich dabei schlüpfrige Witze anhören und an den Arsch grabschen lassen? Plötzlich, sie biegt gerade aus der Ausfahrt, lichtet sich der Morgennebel und Carols magische Sätze entfalten ihren Zauber.

Ich arbeite gerne mit Menschen. (Bisher ja eher mit toten Tieren und kreischenden Maschinen. Und, naja, auch mit schweigenden Menschen.)

Ich bin attraktiv.

Noch sitzt da ein struppiger Afro mit Augenringen hinter dem Steuer. Aber das ist nur eine Frage der Disziplin. Und der richtigen Hautpflege.

Ich bin entschlossen.

Noch sehen sie ein bisschen fremd aus zwischen ihren Einmachgläsern, die Tuben und Tiegel mit Nachtcreme, Gesichtswasser und Grundierung. Noch ist sie vom falschen Mann schwanger. Noch trägt sie ihr Herz auf der Zunge. Aber sie wird nach London fliegen und lernen, zu lächeln, zu schweigen. Sellerie zu schlucken. Mary Kay ist ihre Chance. Auch wenn sie die Reinigungscreme in den Truthahnbräter schmieren und die Nachtcreme zu Jell-O-Pudding verarbeiten muss, sie ist dabei, what the fuck!

SCHWEINE

Marshalltown Village Cooperative, November 11th 2014

 So. Ich denke, das sollte reichen, um einen ersten Eindruck zu gewinnen. Trauen Sie sich das zu? Sie haben 24 Stunden, um das restliche Material zu sichten, auf Anschlussfehler zu prüfen und die Timecodes zu erfassen, also ganz klassische Script/Continuity-Aufgaben. Ich wünschte, ich könnte Ihnen mehr Zeit geben, aber sie läuft mir ja selber davon. Mein eigenes Band fängt langsam an zu leiern. Was Parkinson ist, wissen Sie, oder? Da kommt es im Hirn zur fehlgeleiteten Signalübermittlung. Die kranken Nervenzellen verursachen einen Konflikt von Signalen und bringen sich dadurch letztendlich selbst um. Was wollen Sie machen, wenn Ihre Hirnzellen scharenweise Selbstmord begehen? Natürlich lässt sich das verzögern, ich krieg zum Glück *Pramipexol*, aber das hat auch so seine Nebenwirkungen … Ich kann zum Beispiel nicht mehr einschätzen, ob meine Halluzinationen davon kommen oder Anzeichen einer beginnenden Demenz sind. Dabei war ich mal verdammt gut in meinem Job, aber jetzt bin ich kein zuverlässiger Zeuge mehr.

Am Anfang bin ich ja noch zu den Spielenachmittagen gegangen, Wortfindung und Gedächtnistraining zur Demenzprophylaxe. Scrabble hab ich am liebsten gespielt, kennen Sie, oder? Da legen Sie aus Buchstaben Begriffe, jeder Buchstabe hat einen bestimmten Punktwert, und auf bestimmten Feldern wird der Wert verdoppelt oder verdreifacht. Hier, gucken Sie, der letzte Spielstand, *S, E, N*

und *I* bringen je einen, *C, W* und *H* jeweils zwei Punkte. Macht elf Punkte für SCHWEINE. Überhaupt profitables Material, Schweine. Lassen fast alles aus sich machen. Aufschnitt. Wachsmalstifte. Hackfleisch. Nagellack. Dauerwurst. Verräter. All so was. In Stücke zerlegt und richtig konserviert fast unbegrenzt haltbar. Vorausgesetzt, Sie beherrschen die richtige Konservierungsmethode. Was Sie aus so einem Schwein alles rausholen können: Bringen Sie ihm den aufrechten Gang bei oder malen Sie ihm die Lippen an, und schon ist es nicht mehr als Schwein zu erkennen.

Na los, versuchen Sie's auch mal, ich hab hier noch sechs Buchstaben, zwei *S*, ein *E*, ein *T*, ein *Y* und ein *M*. Und, kommen Sie drauf, was sich unseren Schweinen damit anhängen lässt? Ein SYSTEM. Als SCHWEINESYSTEM bringt uns das satte 29 Punkte. Und so lange keins aus der Reihe tanzt, erkennt auch niemand das System dahinter. Sie müssen nur dafür sorgen, dass die Betäubungsdosis hoch genug ist und sich keins vom Haken reißt. Sonst zerlegt's Ihnen Ihr schönes System, und Sie können sehen, wo Sie die Schlachtabfälle entsorgen. Ich weiß das. Ich hab lange genug selber mitgespielt. Ist allerdings lange her. In einer Zeit, in der Züge noch Raucherabteile hatten, in Zigarettenschachteln Münzen eingeschweißt waren und wiederverschließbare Verpackungen revolutionär. In einer Zeit, in der Vorhänge aus Eisen, Loyalitäten elastisch und fremde Leben Spielbretter waren.

Aber seit ich vor 30 Jahren in die Staaten gekommen bin – ich komme ursprünglich aus Jugoslawien, damals war das ja noch Jugoslawien – hab ich auf Filmproduktion umgesattelt. Angefangen hab ich in diesem kleinen Produktionsstudio, *Drustvo i Jedinstvo*, Brotherhood & Unity Productions, hab amerikanische Zeichentrickserien für das jugoslawische Fernsehen synchronisiert, *Donald Duck*, *Tom und Jerry*, *Bugs Bunny* und sowas. Das braucht's heute natürlich nicht mehr, aber wenn in Serbien, Bosnien und Kroatien die alten Cartoonfiguren über den Bildschirm jagen, haben die immer noch meine Stimme. Wer das Metier einmal beherrscht, verlernt es so schnell nicht mehr. Deswegen bin ich auch sofort drauf angesprungen, als ich hier von der Geschichte dieser beiden Frauen gehört hab. War mir sofort klar, dass das ein ganz besonderes Material ist, das sich als normaler Dokumentarfilm gar nicht wiedergeben lässt. Da braucht es schon einen erfahrenen Handwerker, der sich mit Filmtechnik auskennt. Voice-Over zum Beispiel, ganz alte Technik, aber immer noch extrem effektiv. Kennen Sie bestimmt aus dem Radio, da verwendet man das gerne, um fremdsprachigen O-Ton zu synchronisieren, ein paar Sekunden lässt man den Originalsprecher reden, um ein Gefühl für den Originalsound zu bekommen, dann legen Sie die Übersetzung als Voice-Over drüber. Im Film wird das ein bisschen anders eingesetzt, hauptsächlich, um das, was da gerade in der Szene vor sich geht, von außen zu kommentieren. Was glauben Sie, was das am Anfang für 'ne spektakuläre Sache war – plötzlich taucht da eine Stimme in einer Szene auf, ohne dass der Sprecher zu sehen ist. Heute lockt das kein Schwein mehr hinter dem Ofen hervor, heute kann die Technik ja ohnehin längst viel mehr, als der Mensch sich vorstellen kann. Selbst die Erinnerung ist vor niemandem mehr sicher, und in dem Fall rede ich ausnahmsweise nicht von Demenz. Sie müssen sich sozusagen nur den fremden Memory-Stick unter den Nagel reißen und eine Raubkopie ziehen. Klingt schwer vorstellbar, ich weiß, aber später, wenn Sie das Material sichten, verstehen Sie das. Auch wenn das jetzt erstmal wie die Phantasie eines senilen alten Mannes klingt, ich weiß. Denn das haben Sie doch gedacht, als Sie hier reingekommen sind, oder? Was kann der schon wollen, dieser klapprige Altenheiminsasse im Feinrippunterhemd – von den Medikamenten krieg ich immer unkontrollierte Schweißausbrüche. So einen haben Sie nicht erwartet, als wir gestern telefoniert haben, stimmt's? – Glauben Sie mir, ich wünschte, ich wäre nicht von Ihrer Wahrnehmung und Ihrer Aufmerksamkeit abhängig, aber es ist eben, wie ich's vorhin gesagt habe: Allmählich krieg ich's mit der Angst, dass mein Geist sein Haltbarkeitsdatum überschreitet. Hier wimmelt's ja nur so von Beispielen, gucken Sie nur mal da drüben, der Kollege im Rollstuhl, von morgens bis abends hockt der unter dem Ahorn und lutscht ein Meerwasser-Karamellbonbon nach dem anderen, Salzwasser-Taffys, kennen Sie die? Die lösen sich von alleine im Mund auf. Hab ihn deswegen *Salzwasser-Taffy* getauft. Netter Kerl und alles, aber mit knapp siebzig schon Pflegestufe zwei. Gesicht, Hände und Intimbereich wäscht der nur noch auf Anweisung und Zahnpflege, Kämmen und Ankleiden muss das Pflegekommando komplett übernehmen. Sobald die mit ihm durch sind, schieben sie ihn unter den Ahorn und da sitzt er dann ab morgens um sechs. Essen kann er nur, was mundgerecht vorbereitet ist. Von meinen Trockenfleischstreifen brauch' ich ihm gar nicht erst einen anzubieten, die kriegt der nicht gekaut, nur seine Karamellbonbons. Früher war der ein richtig ernst zu nehmender Gegner.

Sie müssten mal sein Zimmer sehen, vollgekleistert mit Zeitungsausschnitten aus der Zeit, als *Cointelpro* aufgeflogen ist, dieses verdeckte FBI-Programm, mit dem man versucht hat, unliebsame Stimmen mundtot zu machen. *Salzwasser-Taffy* will natürlich dabei gewesen sein, damals, 1979, von ihm hab ich ja die Hinweise auf das Spielchen, das wir hier zu rekonstruieren versuchen. So hat der das wirklich dargestellt, als Spielchen, bei dem man so eine kleine Schiffschaukel aus Blech aufzieht, rechts und links eine Spielfigur reinsetzt, den Aufziehschlüssel loslässt und wenn das Federwerk ausläuft, guckt, welche Seite oben ist. Hat mich ein bisschen daran erinnert, wie wir als Kinder Ameisen oder Schnecken in einen Blumentopf oder eine Pappschachtel gesperrt und mit Stöckchen angetrieben haben. Klar, dass die dabei nicht immer heil blieben.

Vielleicht ganz kurz zur Ausgangslage, damit Sie wissen, wo unser Film einsetzt: 1957 hat genau hier in Marshalltown, Iowa, ein Hollywoodregisseur ein Mädchen auserkoren, Jean Seberg, die hat's dann später in Europa mit der *Nouvelle Vague* und ihren streichholzkurzen Haaren zwar zur Berühmtheit gebracht, aber dafür auch einen verdammt hohen Preis gezahlt. Ist dem FBI in die Quere gekommen und 1979 auf mysteriöse Weise umgekommen. Im selben Jahr ging das mit den beiden Frauen los. Auf der einen Seite diese deutsche Jean-Seberg-Kopie, die wollte, dass ihr Leben ein französischer Spielfilm bleibt, auf der anderen Seite dieser Angela-Davis-Verschnitt aus Iowa, die dem Schlachtbetrieb vom Fließband springen wollte. Damals hat man wirklich noch geglaubt, zu einer gesunden Ernährung gehört die tägliche Portion Schweinefleisch.

Heute soll man ja nur noch Obst essen, das freiwillig vom Baum gefallen ist. Na, solange mir niemand meine Trockenfleischstreifen verbietet, soll's mir recht sein, wollen Sie vielleicht einen? – Ich glaube ja, dass Frauen einfach zu viel wollen, damals wie heute. Das Glück auf Bestellformular, mit Ausmalfarben und durchnummerierten Feldern. Sobald in einer Frau auch nur die vage Hoffnung keimt, etwas könnte die schmerzhafte Leerstelle füllen, die das echte Leben lässt, spielt sie doch jedes Spielchen mit: Pack dir den Kühlschrank voller Lippenstifte und lüg dich um Kopf und Kragen. Wirf dein eigenes Kind raus, dann darfst du vielleicht nochmal würfeln. Heikel wird's nur, wenn das Spiel nicht aufgeht und das Glück sich als Attrappe zu erkennen gibt. Manchmal ist es verdammt schwer auseinanderzuhalten, ob da jemand seine Finger im Spiel hatte oder jemand einfach nur zu viel gewollt hat.

Ich hab's ja schon angedeutet, mir rennt ein bisschen die Zeit davon, noch komm' ich mit meinen Tabletten ganz gut klar, aber die haben eben auch ihre Nebenwirkungen, und ich will mir nicht mit dem letzten Job noch meinen Ruf ruinieren.

Morgen Abend, trauen Sie sich das zu?

Dann geh' ich Ihnen jetzt die Materialübersicht und die Timecodes ausdrucken, da können Sie Ihre Anmerkungen direkt eintragen. Sie müssten mir natürlich bitte noch die Vertraulichkeitserklärung unterschreiben, ist schließlich nicht ganz unbrisantes Material.

Also, wissen Sie noch, wo wir stehengeblieben sind? Zwei Frauen haben beschlossen, ein Kind *nicht* zu bekommen.

Wir schreiben das Jahr 1979. Die Russen halten Einzug in Afghanistan, die deutsche Nationalelf im Mittleren Westen und Shirley und Elisabeth, unsere beiden Protagonistinnen, bekommen eine Ahnung, dass ein fuchsiafarbener Lippenstift etwas ändern könnte an ihrem Leben.

Alle Engel fliegen hoch

Suppose we imply that a pretty little blond actress from Iowa is having a baby with a black militant from California. In this way, not only will we jeopardize her career, but we can convince Americans that the only reason a white woman works with black people is sexual.
FBI-Memo, 1971

Flughafen London Heathrow, 10. September 1979

Sie weiß gar nicht, welchen Teil der Frau sie zuerst anstarren soll. Die Haare oder die Lippen. Sieht aus wie Paul Breitner. Also die Haare. Und die Lippen erst, wie die Fuchsien in ihren Balkonkästen. »You like it?«, fragt die Frau, »it's fuchsia.« Dem Akzent nach ist sie Amerikanerin. Elisabeth wittert ihre Chance. Englisch sprechen. Mit jemandem, der nicht nach einem halben Satz ins Stocken kommt und nach Worten ringt, dessen Vokabular sich nicht auf »This is Mrs. Clark. This is Mr. Clark. This is Mrs. Clark's budgie«, beschränkt, wenn's für »budgie« (Wellensittich) überhaupt noch reicht. Dass sie überhaupt kein Lippenstift-Typ ist (not the lipstick kind of person), antwortet sie der Amerikanerin, und dass es nicht ihre Art sei, fremde Menschen auf der Flughafentoilette anzusprechen, aber dass sie sich einfach nicht zurückhalten könne, sie *müsse* ihr dieses Kompliment einfach machen (can't refrain from complimenting you). Bis der Amerikanerin nichts anderes übrig bleibt, als das Kompliment für ihr Englisch zu erwidern und damit rauszurücken, dass sie Shirley heißt und aus Iowa kommt.

»Iowa, das liegt im Mittleren Westen, wenn mich meine Geographiekenntnisse nicht völlig im Stich lassen, direkt östlich der Great Plains, nicht wahr? Ich bin Erdkundelehrerin, und für die USA hab' ich mich schon immer sehr interessiert. Ein Land, das seinen Bewohnern den Anspruch auf Glück in der Verfassung garantiert! Allerdings fällt mir zu Iowa sonst nicht viel ein, muss ich zugeben. Außer Mais.« Damit hat sie bei der Amerikanerin mit der Paul-Breitner-Frisur offensichtlich das richtige Knöpfchen gedrückt. »Ob Sie's glauben oder nicht, Iowa hat noch ganz andere Produkte, und ich will Ihnen jetzt gar nichts von Schweinefleisch erzählen, sondern von richtig berühmten Stars. John Wayne zum Beispiel. Ist in Winterset geboren. Oder Buddy Holly. Ist zwar nicht in Iowa geboren, aber für immer dageblieben, mit dem Flugzeug über einem Maisfeld abgestürzt. Und natürlich Jean. Jean Seberg, die Schauspielerin, die müssen Sie doch kennen, Sie haben ja ihre Frisur. Die mit Belmondo durch *Außer Atem* berühmt geworden ist. Die kommt aus Marshalltown, wie ich, lässt sich auch von niemandem vorschreiben, wie sie zu leben hat, mit 14 hat die schon bei der NAACP mitgemacht, später gab's dann einen Riesenskandal, weil sie angeblich von einem Black Panther schwanger war. Am Ende hat's gar nicht gestimmt und das Kind kam viel zu früh und ist gleich nach der Geburt gestorben.« An der Stelle stockt die Amerikanerin und schaut auf ihren eigenen Bauch, bevor sie erzählt, dass sie als Schönheitsberaterin für Mary Kay arbeitet. Sie drängt Elisabeth den fuchsiafarbenen Lippenstift und ihre Adresse auf, falls sie nachbestellen wolle oder mal nach Iowa komme. Hatte ebenfalls nur eine kleine Reisetasche dabei, diese Shirley, und ein deutlich erkennbares Bäuchlein.

Durch die Lautsprecheranlage werden die Signori Passagieri a Roma gebeten, sich schnellstmöglich zu Gate B zu begeben. Frankfurt wird als pünktlich angezeigt, für einen schnellen Kaffee sollte es noch reichen. Elisabeth findet einen halbwegs sauberen Tisch, wischt die Tischplatte noch einmal mit einem Erfrischungstüchlein ab, bevor sie ihre Handtasche, Postkarte und Briefmarken darauf ablegt. Die Briefmarke will auch nach dem zweiten Anlecken nicht auf der Postkarte kleben. Sie stellt den Salzstreuer auf die Briefmarke, drückt die letzte Valoron aus dem Alustreifen und spült sie mit dem lauwarmen Flughafenkaffee runter. Jetzt muss sie nur noch eine Toilette und einen Briefkasten finden.

Lieber Hagen,
Sanitary Towels. So heißen Damenbinden auf Englisch. Deine kleine Terroristin ist nämlich gar nicht zu Besuch bei ihren ehemaligen Gasteltern, deren Sohn ihr vor zwanzig Jahren gezeigt hat, wie man eine englische Hecke trimmt. Und sie entjungfert hat. Damals hat sie sich nicht getraut, nach Sanitary

Towels zu fragen und sich stattdessen Klopapier in die Unterhosen gestopft.

Das braucht sie heute nicht. In der Abtreibungsklinik hat man ihr auch ohne Nachfrage eine große Packung dicker Sanitary Towels mitgegeben.

Natürlich hat sie *diese* Karte nicht geschrieben. Auf der Karte, die sie tatsächlich geschrieben hat, sind ein roter Doppeldeckerbus, eine rote Telefonzelle und ein roter Hofgardist (heißen die so?) und geschrieben hat sie, dass Marge Filbys Kuchen noch genauso trocken schmeckt wie damals. Dass Nicholas eine kleine Tochter hat, Nellie, drei Jahre jünger als Pats. Dass George jetzt im Rollstuhl sitzt, aber sehr gut über die deutsche Politik informiert ist. Nur den feuchtkalten Nebel, der in winzigen feuchten Perlen auf ihrem Poncho sitzt, den muss sie nicht erfinden, hoffentlich ist im Flugzeug der Sitz neben ihr frei, damit sie ihn über die Lehne hängen kann, sonst ist der nachher in Frankfurt ganz klamm. Kurz bevor sie gestern vor der Langham Street Clinic ausgestiegen ist, hat ihr der Chauffeur erzählt, dass es Taxifahrer gibt, die sich auf Amerikanerinnen spezialisiert haben, keine Ahnung, woran sie die erkennen, vielleicht ist das wie bei Tieren, eine Frage der Witterung. Quatsch, Elisabeth, dann müssten ja die Amerikanerinnen die Taxifahrer wittern und ins Dickicht flüchten, aber es ist umgekehrt. Jedenfalls lotsen die Taxifahrer die Amerikanerinnen dann zu einer ganz bestimmten Adresse, richtiggehend Kopfprämien sollen manche Kliniken auf Amerikanerinnen ausgesetzt haben. Natürlich musste sie da sofort an Shirley denken, ihre Amerikanerin mit dem Afro wie Paul Breitner. Hoffentlich ist bei ihr alles gutgegangen, wird ja nicht jeder mit Hertz-Leihauto zur Klinik chauffiert.

Die Flughafentoilette scheint leer zu sein. Niemand an den Waschbecken, zwei Türen stehen offen. Die restlichen sind nicht verriegelt, aber man weiß ja nie. Mit dem Ellbogen drückt sie die Klinken und stößt jede Kabinentür auf, erst dann breitet sie das Flughafenmagazin auf der Waschbeckenablage aus, stellt ihre Tasche darauf ab und holt den Lippenstift aus dem Reißverschlussfach. Fuchsia ist eigentlich nicht ihre Farbe, aber vielleicht ist heute der richtige Zeitpunkt, damit anzufangen, auf einer Flughafentoilette in London. Vielleicht ist heute der Zeitpunkt, um mit den Lügen aufzuhören, den Postkarten-, den Mutter-Tochter- und den Lebenslügen. Der Zeitpunkt, sich um sich selbst zu kümmern, um ihr Leben und ihre Fuchsien. Was hat sie sich für ihre Mutter geschämt, als die bei ihrem Besuch im Sommer einen Blick auf die vertrockneten Blumen am Treppenaufgang geworfen hat. »Pflanzen brauchen Pflege, Elisabeth, um die muss man sich kümmern.« Hat ihren Koffer ins Gästezimmer gestellt und ist direkt im Anschluss in die Gärtnerei marschiert, hat Petunien und Gartenhandschuhe gekauft, die Fuchsien rausgezogen, die Balkonkästen mit Spiritus ausgewischt, zwei Eimer Erde von der Brachfläche neben der Klärgrube die Treppe hochgeschleppt, »in abgepackter Blumenerde stecken doch die meisten Schädlinge drin«, die Erde rund um die frisch gepflanzten Petunien angegossen und fest gedrückt. Die ersticken eher, als dass sie vertrocknen. So kann man Lebewesen auch auf den Leib rücken, Mutter.

Vielleicht hilft ein Fuchsienmund ja gegen das Zerren im Unterleib. Unterleibsbeschwerden, was für eine bescheuerte Umschreibung, das muss sich jemand ausgedacht haben, der keinen Unterleib hat und den Schmerz darin nicht beschreiben kann. Haben Männer eigentlich keinen Unterleib? Oder heißt es deswegen Beschwerden, weil sich der Unterleib über seine Behandlung beschwert? Der Schmerz in *ihrem* Unterleib ist jedenfalls so viel mehr als eine Beschwerde. Als hätte jemand ihre Gebärmutter an vier Enden verknotet, Zeltschnüre daran befestigt, die Schnüre an Heringen festgebunden, gestrafft, und ihr die Heringe in die Bauchinnenwand getrieben. Hagens Begeisterung für Camping hat sie nie geteilt, und ihre Gebärmutter als Campinglandschaft erscheint ihr kaum bizarrer als ihr äußerer Anblick. Eine Gestalt mit fuchsiaroten Lippen und runtergelassener Hose, in Skihocke über der mit Klopapier belegten Toilettenbrille, eine Hand an der Türklinke, um nur ja die Klobrille nicht zu berühren. Zum Glück hat sie den Riegel zugeschoben. Sie reißt einen Hygienebeutel ab, rollt die vollgesogene Binde zusammen und stopft beides in den Abfallbehälter.

Im Vorraum schabt etwas über den Fußboden, klappernde Absätze kommen vor den Waschbecken zum Stillstand, unter der Kabinentür dringen Wortfetzen zu ihr durch. »Angeblich nur in ein Laken gehüllt. Hinter dem Rücksitz lag eine leere Sprudelflasche. Guck, hier, stand in der *L.A. Times*, hat ein Passagier auf dem Sitz liegen lassen.« Ein Reißverschluss wird aufgezogen. »Man hat in den letzten Jahren gar nichts mehr von ihr gehört, oder? Hat die noch mal irgendwas gemacht?« »Ich weiß nicht. Hat's angeblich schon lange mit den Nerven gehabt. Soll auch mal in der Klapse gewesen sein. Schon tragisch, oder? Andererseits, was lässt die sich auch mit diesem militanten Schwarzen ein, kurz danach ist sie schwanger, ich meine, da kann man doch schon auf Ideen kommen ... – Hast du mal ein Kleenex für mich?« »Also so zwischen uns beiden: Der hat man doch alles zu Füßen gelegt. Erst kommt da so ein weltberühmter Regisseur und pflückt dich aus dem Maisfeld. Du bist schön, erfolgreich, Europa liegt dir zu Füßen, und was tut die Frau? Hat nichts Besseres zu tun, als gemeinsame Sache mit denen zu machen, die das Land, dem sie alles verdankt, kaputt machen wollen. Ganz ehrlich: Mein Mitleid hält sich in Grenzen. – Oh, mir tun jetzt schon die Füße weh, ich weiß gar nicht, wie ich den Flug durchstehen soll, spätestens nach vier Stunden ist der Tomatensaft alle, irgendsoeine Rotznase kotzt mir vor die Füße oder die Toilette ist verstopft, wetten?« Mit einem feinen Zischen entweicht etwas einer Sprühdose. »Bestimmt zeigen die in den nächsten Wochen ihre alten Filme nochmal«, der Reißverschluss wird wieder zugezogen, »wie hieß doch gleich dieser französische Regisseur, der sie so berühmt gemacht hat, na du weißt schon, wo sie diese wahnsinnig kurzen Haare hat?« Die Absätze entfernen sich, wieder schaben die Bremsborsten der Schwingtür über die Kacheln, eine Schwade Lilienduft schiebt sich unter der Kabinentür durch. Auf Mundatmung umzustellen war ein Fehler, statt durch die Nase strömt ihr das Liliengas jetzt in die Mundhöhle, zwängt sich durch die Luftröhre in ihre Lungen, alles voller Lilie, ihr Magen reagiert mit einem Abwehrreflex. Sie zerrt ihre Unterhose hoch und beugt sich über die Klobrille. Der Schwall kommt heftig, Spülwasser spritzt ihr ins Gesicht, ein feines hellgelbes Spritzmuster überzieht Brille und Spülkasten. Mit dem Ellbogen drückt sie die Spültaste, wischt sich die Speichelfäden aus dem Mundwinkel und tritt vor die Waschbeckenablage, auf der eine Ausgabe der *L.A. Times* vom 9. September 1979 liegt:

Actress Jean Seberg Found Dead in Her Auto in Paris

BY LORRAINE BENNETT
Times Staff Writer

American actress Jean Seberg was found dead Saturday in the back seat of her white Renault parked in a fashionable district on Paris' right bank of the Seine. She apparently committed suicide by a drug overdose, French authorities said.

Miss Seberg was last seen alive 10 days ago by her husband of a few months, Ahmed Hasmi, when she fled their apartment in the middle of the night. She left wearing only a blanket and carrying a bottle of barbiturates prescribed by her doctor, Hasmi said.

The blonde actress' decomposed body was discovered not far from the couple's apartment by a night guard.

Authorities said they believe Miss Seberg may have died on the night of her disappearance. An autopsy was scheduled today.

She had been suffering from bouts of depression, friends reported. An empty bottle of mineral water and strong barbiturates were found near the body, which was wrapped in the blanket on the floor beside the back seat.

Miss Seberg, 40, a native of Marshalltown, Iowa, was known to American moviegoers from Otto Preminger's 1957 film, "Joan of Arc." She also costarred with Lee Marvin and

Please Turn to Page 26, Col. 1

BAND II
Betäubung

Die Waffen der Frotteerevolutionärin kommen per Luftpost

BeFa Protokoll 10.September 1979

betrifft: Ausschreibung edv-befa
überprüfte Person: Elisabeth ▮▮▮▮▮▮▮▮,
geb. 10.7.1943
anlass der ueberpruefung: grenzpolizeiliche
einreisekontrolle
grenzuebergang: frankfurt main flughafen
datum, uhrzeit: 10.9.79, 18.40 Uhr.
mitgefuehrtes kfz: entfaellt
begl.-personen: keine
reiseweg: london heathrow int. airport-
frankfurt/main flughafen. reiseziel:
heidelberg
sonstige angaben: im besitz eines
zahlungsbelegs der langham street
clinic und einer Kontaktadresse in iowa
(shirley pesterneck, marshalltown, iowa,
usa - überprüfen/anfrage fbi legat office
frankfurt).
zollrechtliche untersuchung: negativ.

Waldhilsbach, 18. Januar 1980

 Der Feind. Sie schlüpft in ihren Frotteebademantel, es ist helllichter Tag, da kann sie schlecht nackt zum Briefkasten gehen, der Feind kann in so vielerlei Gestalt vor einen treten. Heute zum Bespiel wird er die Gestalt ihres Schwiegervaters annehmen, dem sie in zwei Stunden lächelnd und im braven Schwiegertochterkostüm Kaffee in ihrem Rosenthal-Service servieren wird. Für den Staat hat der Feind eine andere Gestalt. Weil diese sich so häufig von den auf Fahndungsplakaten abgebildeten Terroristinnen unterscheidet, durchsucht der Staat bei Sicherheitskontrollen auf dem Flughafen vorsichtshalber auch mal die Hygieneartikel verdächtiger deutscher Studienrätinnen. »Nichts wird in den Achtziger Jahren so sein wie in den Siebzigern – nichts«, hat Helmut Schmidt zum Jahreswechsel angekündigt. Hoffentlich gilt das auch für den Fahndungsterror. Hagens Freunde mögen es als Auszeichnung verstehen, aber sie hätte gut darauf verzichten können, Gegenstand einer ›Maßnahme der Beobachtenden Fahndung‹ zu werden und zwei schmallippigen Bundesgrenzschutzbeamtinnen dabei zuzugucken, wie sie mit spitzen Fingern ihre Damenbinden aus dem Karton zupfen und auf Vordrucken vermerken.

»Verdankste garantiert deiner blödsinnigen Gruppentherapiesitzung«, hat Hagen sie angeblafft, hätte ihr doch klar sein müssen, dass der Verfassungsschutz das *Sozialistische Patientenkollektiv* so schnell nicht aus den Augen lassen würde. Befa-Zielperson wird jeder, der nicht unmittelbar Objekt eines staatsanwaltschaftlichen Ermittlungsverfahrens ist, aber anderweitig Anlass für »Vorkehrungen zur Gefahrenabwehr« bietet. Jemand wie sie, eine Studienrätin im Frotteemantel mit zu kleinen Brüsten und streichholzkurzen Haaren. Vor dem Foto für die Befa-Terrorkartei hat sie am Flughafen nochmal den Lippenstift nachgezogen und in die Kamera gelächelt. Wenigstens *eine* lächelnde Terroristin soll es geben.

Partisanen, kommt nehmt mich mit euch, o bella ciao, bella ciao, bella ciao, ciao, ciao ... »Oh bitte. Elisabeth. Überlass doch bitte die revolutionären Gesänge denen, die sich darum verdient gemacht haben. Zieh dich lieber an, in anderthalb Stunden stehen Mutti und Vati vor der Tür. Außerdem versuche ich gerade, die Soli-Erklärung für Volker aufzusetzen.« Wie sie seinen Politjargon hasst. Wer nicht weiß, dass Soli für Solidarität steht, gibt sich sofort als Nicht-Mitglied im Club der Revolutionäre zu erkennen. Dabei hat Hagen ja selber nur die silberne Mitgliedskarte. Volker, der hat Gold. Hagen wäre so gerne Volker. Aber Hagen ist nicht Volker, sondern Studienrat (nächstes Jahr wahrscheinlich sogar Oberstudienrat), Sozialdemokrat und seit Jahren im Ortschaftsrat. Hagen ist einer von denen, die Verständnis dafür haben, dass die RAF sich radikalisieren musste (»Nicht für die RAF. Für den Radikalisierungsprozess. Das ist ein himmelweiter Unterschied.«). 1968 wäre er beinahe selber auf die Straße gegangen. Hagen hat für fast alles Verständnis, nur nicht für die seinen. Nicht für sie. Seine Frau. Im Gegenteil, sie ist ihm peinlich. Besonders an Tagen wie heute, wo sie noch um elf im Bademantel rumläuft und Revolutionslieder singt. Jetzt haben sie Volker verhaftet. Dabei ist der nur Sympathisant, aber was heißt das schon, unter den Nazis waren ja alle nur Sympathisanten und durften sich nach '45 damit den Arsch retten, aber heute, da ist es strafbar, Sympathisant zu sein. Dafür übt jeder, der für sein Sympathisantentum zahlen muss, auf Hagen diese magische Anziehungskraft aus, seine Augen fangen an zu glitzern und seine Stimme glitzert auch, und wenn er zum Schlussakkord ansetzt, springt er vom Stuhl auf, weil man es sich nicht bequem machen darf im falschen Leben. Nein, bequem ist es kein bisschen in diesem falschen Leben. Elisabeth nimmt den Briefkastenschlüssel vom Schlüsselbrett und schlüpft in die Gummistiefel. Obschon kein revolutionärer Weg, so will sie den Weg zum Briefkasten trotzdem nicht barfüßig antreten. Volker hat seiner Frau Jo einen Zettel dagelassen, hat ihn zwischen die Seiten seiner Free-Clinic-Dokumentation gelegt, und, damit auch ja kein Zweifel bleibt, welches Motiv ihn treibt, etliche Stellen fett mit Bleistift markiert.

```
Wir verstehen uns als Versuch eines gesell-
schaftlichen Alternativmodells. Unsere Erfahrun-
gen wollen wir denen weitervermitteln, die wie
wir auf der Suche nach Möglichkeiten eines quali-
tativ anderen, befriedigenderen Modus des mensch-
lichen Zusammenlebens-Arbeitens sind.
```

Volker scheint die Widersprüche nicht mehr ausgehalten zu haben, morgens beim Leberwurstbrotschmieren die RAF-Meldungen im Radio und dann in die Praxis dackeln und die Kaputten reparieren. So lässt sich zumindest die zweite markierte Stelle lesen.

```
Wir dürfen das Handeln, das Erarbeiten unser
aller Zukunft, nicht mehr nur denen überlassen,
die aufgrund persönlicher bzw. institutioneller
```

Erstarrung und Resignation die Zukunft als Fortsetzung destruktiver alter Wege sehen und planen.

Volker hat Apfelschnitze für Karo, seine fünfjährige Tochter, gemacht, sie vor die *Augsburger Puppenkiste* gesetzt und dabei im Flur ein Bettlaken mit Parolen vollgepinselt, hat Jo Hagen am Telefon erzählt. Er hat Karo ins Bett gebracht, die Tür einen Spalt offen und das Flurlicht angelassen, damit sie sich nicht fürchtet. Seiner Frau hat er einen Zettel zwischen die Buchseiten gelegt:

Jo, bitte denk' an die 50 Pfennig Laternenbastelgeld für Karo. Nudelauflauf im Ofen. In diesem Sinne: Right on!

Right on, klar, Männer dürfen sich gnadenlos aus dem Fundus revolutionärer Phrasen bedienen, aber sie nicht, sie darf hier bitte schweigend in Gummistiefeln an ihren Balkonkästen und Cotoneasterrabatten vorbei die Treppe runterstapfen und für den Mann, der 1968 *beinahe* auf die Straße gegangen wäre und jetzt mit seiner Chef-Schürze in der Küche steht, irische Folksongs pfeift und panierte Parasolscheiben auf Salatblättern arrangiert, die *Vorwärts* aus dem Briefkasten holen.

Volker hat sich in die Straßenbahn gesetzt, ist an der Endhaltestelle ausgestiegen, die letzten 300 Meter querfeldein gelaufen und übers Geländer geklettert. Da haben sie schon auf ihn gewartet. Jetzt sitzt er in U-Haft, seine unscheinbare Frau ist über Nacht zur Staatsfeindin avanciert und Hagen feilt an seiner Solidaritätserklärung. Aber wenn hier jemand eine wirklich revolutionäre Haltung an den Tag legt, dann doch sie, Elisabeth-ohne-Brust, die Zugezogene, die Akademikerin, die den lokalen Dialekt nicht beherrscht und die Dorfordnung gefährdet, wenn sie morgens um elf im Frotteebademantel, unter dem sie kein Nachthemd trägt, zum Briefkasten wankt, eine Stunde bevor ihr Schwiegervater frisch rasiert seinen Altherrenduft verbreiten, seinen Blick über ihre *Midcentury Modern* Wohnlandschaft gleiten lassen und ihr einen Bund Moosröschen überreichen wird. Die sie natürlich nicht im Frotteebademantel entgegennehmen kann, also noch eine Dreiviertelstunde hat, um das Wanken einzustellen, den Frotteebademantel gegen die Zuchtperlenkette einzutauschen und mit Odol zu gurgeln.

Wenn ich sterbe, oh ihr Genossen, bella ciao, bella ciao, bella ciao, ciao, ciao – unwahrscheinlich, dass Hagen das bis in die Küche hört. Ihr Pathos vorwerfen, aber selber nach der dritten Flasche Wein mit den Genossen die Internationale grölen und ab der dritten Zeile nur noch *lalala* wissen. Völker, hört die Signale, fällt ihr dazu nur ein, wütend stößt sie den Briefkastenschlüssel ins Schloss. Das Gewicht der Post drückt ihr die Klappe entgegen, mit Schwung fliegt alles zu Boden. Sie geht in die Knie, um das dicke Zeitungsbündel, den rot-weiß geränderten Luftpostbrief und den Quellekatalog aufzusammeln, gerät ins Schwanken und landet auf dem Po. Selbst der dicke Frotteestoff kann die abfälligen Blicke nicht abfedern, die von gegenüber aus dem ersten Stock des Nachbarhauses auf sie zielen. Hat der fette alte Drachen wieder was gegen sie in der Hand, seit Jahren kandidiert ihr Mann erfolglos gegen Hagen im Ortschaftsrat. Jetzt kann sie hämisch im Dorf verbreiten, dass dessen magersüchtige Frau am helllichten Tag im Bademantel zwischen verstreuter Post auf dem Boden sitzt. Deswegen soll sie ja auch an einen Ort geschickt werden, wo sie den ganzen Tag im Frotteebademantel herumwanken darf. Die Kostenübernahmezusage von der Debeka hat sie schon, Erschöpfungszustände hat man ihr attestiert, sie wartet nur noch auf die Zusage der Kurklinik, hoffentlich irgendwo im Allgäu, in der Nähe der Berge.

In den Schatten der kleinen Blume, o bella ciao, bella ciao, bella ciao, ciao, ciao, in den Schatten der kleinen Blume, in die Berge bringt mich dann! Sie greift nach dem Geländer und hangelt sich hoch. Dann klemmt sie sich Zeitung und Katalog unter den Ellbogen und versucht, möglichst aufrecht die Treppe hochzusteigen. Der Luftpostbrief ist von Shirley. Die Ausbeulung muss ein Lippenstift sein. Sie soll Bescheid sagen, wenn sie Nachschub braucht, hat Shirley gesagt.

Wenn die wüssten, warum Frauen militant werden. Neulich hat sie diese BKA-Studie in die Finger gekriegt, da wundern sich die Verfasser, warum denn plötzlich der Frauenanteil unter den Terroristen so hoch ist. An der Pille, wundern sie sich, kann's ja nicht liegen, Ulrike Meinhof war schließlich schon Staatsfeindin, bevor die Pille flächendeckend im Umlauf war. Eine Frau kann nicht unmanipuliert bestimmte Schlüsse ziehen, schon gar nicht politische. Da muss ein Kerl dahinterstecken. Und Gefühl, am besten enttäuschtes, sonst greift das Weib nicht zur Waffe. Beeindruckend auch die psychologische Analyse der Festnahme von Gudrun Ensslin in einer Hamburger Boutique: Die Verhaftung ihres Freundes Andreas Baader habe diese abartige Frau so tief berührt, dass sie – wie auch normale Frauen, wenn sie Kummer haben – unbedingt etwas Neues kaufen musste. So eine Argumentation kommt an bei Menschen wie dem Drachen im Nachbarhaus.

Auf dem obersten Treppenabsatz macht sie Halt. Sie könnte durch die geöffnete Haustür gehen, Post und Bademantel ablegen, ausgiebig Zähne putzen und die gute-Schwiegertochter-Maske aufsetzen. Wie war das in Frankfurt, am Flughafen, als sie den Lippenstift für das Karteifoto aufgelegt und der Lippenstift sich ein bisschen angefühlt hat wie eine Waffe? Sie steckt den Luftpostbrief zwischen die Zähne, eine gute Frotteerevolution fängt damit an, sich den herrschenden Verhältnissen zu widersetzen. Sich das Singen nicht verbieten zu lassen. Die Fahne nicht mit Odol zu übertünchen. Sie öffnet den Knoten ihres Bademantels. Aus dem gekippten Küchenfenster gegenüber dringt der Geruch von Kassler mit Sauerkraut. Sie hebt den rechten Ellbogen, zum zweiten Mal heute landen Quelle-Katalog und Zeitung auf dem Boden. Dann greift sie rechts und links auf Brusthöhe in das Frotteerevers, dreht sich langsam zum Nachbarhaus, lächelt den Spitzengardinen zu und öffnet den Bademantel weit.

 Nur für den Fall, dass Ihnen nicht klar ist, wie bestimmte Informationen so schnell beim Verfassungsschutz gelandet sind: Wir unterhalten ja weltweit Legat-Zweigstellen, also Legal Attaché Offices, die sind für den Informationsaustausch mit ausländischen Strafverfolgungs- und Sicherheitsbehörden zuständig, aber auch für die Bearbeitung von Ersuchen der deutschen Behörden um Ermittlungshilfe. Hin und wieder landet auch mal eine Anfrage aus einem Field Office zu Hause auf unserem Tisch. Als Legat-Bediensteter sind Sie zum Beispiel auch dafür zuständig, den Botschafter über jeden von unseren Leuten zu informieren, der sich in seinem Zuständigkeitsbereich aufhält. Das wird aber nicht immer so ganz genau genommen. Da rutscht einem schon mal der ein oder andere Kollege durch. Aber eins muss klar sein: Wir beteiligen uns nicht selbst an Maßnahmen. Wir schieben die Steinchen nicht selber hin und her. Wir teilen nur mit, wer gerade welchen Zug gemacht und wer wen rausgeschmissen hat, wenn man uns fragt.

Wer mitspielen will,
muss die Regeln kennen

My bologna has a first name, it's O-S-C-A-R.
My bologna has a second name, it's M-A-Y-E-R …
Oscar Mayer Aufschnitt-Werbung

Perry, January 21st 1980

Seit Shirley aus England zurück ist, füllen täglich neue Enthüllungen über den misteriösen Tod von Jean Seberg die Gazetten: ihre Affäre mit den Black Panthers, die Verstrickungen des FBI … Kaum werden die Berichte über die tote Jean Seberg weniger, springt das deutsche Jean-Seberg-Double ein. Für jeden Mary-Kay-Lippenstift, den Shirley per Luftpost nach Deutschland schickt, steckt ein Umschlag mit Fußballstickern in ihrem Briefkasten, für Pete, mit Spielern der deutschen Nationalmannschaft von 1974, als Deutschland Weltmeister geworden ist. »Guck mal, Mama, der hat eine Frisur wie du«, natürlich hat Pete sofort diesen deutschen Spieler entdeckt, der aussieht wie ein Black Panther. Paul Breitner ist Petes Lieblingsfußballer, hat sie Elisabeth mit der nächsten Lippenstiftsendung zurückgeschrieben, und nicht nur, weil er der einzige Spieler ist, dessen Namen sie beide aussprechen können. Hölzenbein zum Beispiel kriegt sie gar nicht über die Lippen. Dafür kann sie inzwischen in Staudensellerie beißen, ohne mit der Wimper zu zucken, und kriegt wildfremde Frauen dazu, ihr ein paar Minuten zuzuhören. Bevor sie dann erklären, sie hätten kein Interesse an einer neuen Hautpflege. Aber wenigstens hat sie sich nie wieder so blamiert wie auf diesem Supermarktparkplatz, als sie ihre erste potenzielle Kundin mit einer Meerjungfrau verglichen hat. Die Frau ist nicht ihre Kundin geworden. Aber seit sie aus London zurück ist, vertraut sie sich. Seit sie auf der Flughafentoilette im Waschbeckenspiegel Abschied von einer Shirley genommen hat, die an eine Zukunft mit Larry glaubt. Selbst wenn an diesem Tag außer dem Kind in ihrem Bauch nichts an ihr lebendig war, scheint der Mary-Kay-Lippenstift auf ihren Lippen etwas anderes erzählt zu haben. Da ist ihr klargeworden, dass ihre Lippen – unabhängig von ihrer Verfassung, unabhängig von der Wahrheit – eine Aussage machen können, die etwas verändert.

Dass sie das nicht vergisst, dafür sorgt Carol Sendich mit dem Goldzahn, die seit Shirleys Rückkehr aus England keinen Tag vergehen lässt, ohne Shirley darauf hinzuweisen, wie viel schneller sie sich die Freiheit, die sie in London zurückgewonnen hat, auch wirklich leisten könnte, wenn es in diesem Leben keinen Larry mehr gäbe, kein Fließband, keinen Oscar Mayer. Wenn es in diesem Leben eine eigene Wohnung gäbe, ein eigenes Team, ein eigenes Auto. Wenn es darin nur noch Mary Kay gäbe.

»So, Pete, deine Mutter will die Welt also nicht mehr durch Schweineaugen sehen? Dann wollen wir doch mal rausfinden, was so falsch ist an Schweineaugen«, Larry knallt ein Einmachglas auf den Tisch, sie muss zweimal hingucken, bevor sie erkennt, dass es Augen sind, die sie hinter dem gewölbten Glas hervor anstarren. Ein Einmachglas mit *Swift Premium*-Etikett. Bei *Swift* in Marshalltown hat sie Larry kennengelernt. »Larry, hab ich mir gedacht, deine gute alte Boloney sieht nicht mehr ganz klar, da wird es Zeit, mal ein bisschen den Blick zu schärfen. Also, Pete, in einer halben Stunde liegt eins von den Dingern sauber seziert hier auf dem Tisch. Kannst dich bei deiner Mutter bedanken.« Da ist er wieder, dieser Unterton. Früher hat er den nur gekriegt, wenn er wirklich harte Sachen gekippt hat. Aber seit sie ihm gesagt hat, dass sie auszieht, hat er eigentlich ständig einen sitzen. Sie weicht seinem haarigen Arm aus. »Geh duschen. Du stinkst. – Pete, wasch dir bloß die Hände, wenn ihr mit dem Gemetzel fertig seid.« Mit dem Unterarm fegt Larry Fernsehzeitschrift und Tischdecke auf den Boden und zieht Pete an der Stuhllehne dicht zu sich heran, die Stuhlbeine schaben über die Dielen. »Als ich so alt war wie du, hab ich längst Kadaverfetzen vom Gitterrost geschabt, da ging's blutig zu. Kein Vergleich zu den lumpigen Schweineglubschern. Ganz saubere Operation, die wir hier vorhaben.« Beim Aufschrauben entweicht dem Aludeckel ein weiches Ploppen. »Auf geht's, Pete. Schere, Klinge, Pinzette, und dann lass uns die Welt mal als Schwein sehen!« Ruhig bleiben. In einer Woche ist sie hier draußen und Larry weiß das. Soll er eben nochmal seine Muskeln spielen lassen, Pete weiß, wo die Wurst auf seinem Teller herkommt, der hat Schweinekadaver übers Band schlingern sehen, Larrys kleine Schweineaugennummer wird ihn jetzt auch nicht mehr aus der Bahn werfen. »Soll ich euch ein Käsesandwich braten oder wollt ihr lieber Makkaroni mit Käsesauce? Müsste noch eine Packung da sein.« »Lass stecken. Als ob dich interessieren würde, was ich will.« Fast klingt er ein bisschen weinerlich. Verletzter Stolz, Selbstgerechtigkeit und drei, vier Bier sind eine gefährliche Kombination bei Larry. Dieser raue, ungehobelte

Klotz konnte mit seiner Verletzlichkeit nie anders umgehen, als den brutalen Macker raushängen zu lassen. Aber sie hat ihm immer angemerkt, dass sie ihm was bedeutet. Sie wischt den Gedanken weg. Larry hatte seine Chance. Sie hat es ja nochmal versucht. Sie hätte das Kind behalten. Wenn Carol ihr nicht die Augen geöffnet hätte. Sie muss an ihre eigene Zukunft denken. An Petes.

Müsste mal wieder die Haare waschen, der Junge, wie er da so mit dem Rücken zu ihr die Besteckschublade nach der Pinzette durchsucht. In diesen Momenten sieht sie wieder den kleinen Pete vor sich, dem sie in der Badewanne vorsichtig den Kopf in den Nacken drückt und die Hand auf die Stirn legt, damit ihm beim Ausspülen kein Schaum in die Augen kommt. Ihm vor Larry über den Kopf zu streicheln, ist wahrscheinlich keine gute Idee. Nein. Pete soll eine andere Welt sehen. Pete soll diese Welt nicht durch Schweineaugen sehen, nicht wissen, wie man Schweine in Einzelteile zerlegt und was Männer im Schlachtbetrieb aus Frauen machen. Pete soll einmal verstehen, warum es bei manchen seiner Freunde abends nur gebackene Bohnen und Käsesandwiches gibt, und warum die Kommunisten schuld sind, dass in Amerika die Lebensmittel so teuer geworden sind. Sie zieht die ausgestreckte Hand zurück. Die Schweineaugen-Aktion wird er überleben, Larry hatte schon immer einen Hang zu makabren Scherzen, sie weiß noch, wie er zu Halloween Schweineköpfe auf die Verandatreppe gestellt hat, oder wie er beinahe Petes selbstgebastelten Raumfahrtshelm mit dem Gasfeuerzeug abgefackelt hat. Solange er ihn nicht an die Schlachtgrube stellt oder mit der Gasflamme auf die Kadaver loslässt, hält sie die paar Tage jetzt auch noch die Klappe. »Hab ich dir schon erzählt, dass es einen von den Fidschis aus der Putzkolonne erwischt hat? Sollte das Blutbecken schrubben, hat wohl ein bisschen zu lange am Chlor geschnüffelt. Liegt jetzt schön auf unsere Kosten im Krankenhaus. Ich meine, erst schicken sie uns runter, die Kommies plattmachen und dann flicken wir sie hier zusammen, wenn sie sich die Schlitzaugen versengen – das passt doch hinten und vorne nicht!« Auch *den* Kampf hat sie häufig genug geführt. »Wusstest du, dass Clyde Scharfschütze war? Der hat dir jeden Schlitzi auf tausend Fuß Entfernung umgelegt, redet natürlich nicht drüber, der wär ja am liebsten gar nicht dabei gewesen. Da ist Wayne zum Glück ganz anders. Wenn einer mit dem Messer umgehen kann, dann der. Hat mir seine Technik verraten. Der Trick ist, wenn du denen die Kehle von links nach rechts schlitzt, sind sie gleich hinüber, aber wenn du's von rechts nach links machst, zappeln die noch vier Minuten. 26 hat er so zurechtgemacht.« Er meint keine Schweine. In den ersten Jahren hat sie mit Geschirr nach ihm geworfen, wenn er's zu weit getrieben hat, oder ihn aus dem Schlafzimmer gesperrt. Naiv, wie sie war, hat sie geglaubt, er hätte was kapiert, als er seine bescheuerte Baseballmütze zu Hause gelassen hat, wenn er mit ihr ausgegangen ist. Bis ihr klargeworden ist, dass er das aus taktischen Gründen macht, um seine Chancen zu erhöhen, dass sie später die Beine breit macht. Wenn er auf seinem Rasenmäher hockt, den Kopf gesenkt wie ein Stier, und ihr der beschissenen *Vietnam veteran and proud of it*-Aufdruck ins Gesicht springt, weiß sie, dass sich nie etwas ändern wird. Sie braucht ihn nur anzugucken, die Ärmel hochgekrempelt, die Ellbogen auf der Tischplatte, fest entschlossen, ihr wenigstens noch einen reinzuwürgen, wenn er sie schon nicht halten kann. *Ihr* kann er nichts mehr anhaben, aber über Pete trifft er sie immer. Dabei hat sie wirklich gehofft, sie könnten das schaffen. Sie, Larry, Pete und das Baby. Eine echte Familie werden.

»Wir schaffen das, Shirl.« Hat er damals selbst gesagt, als sie noch in Marshalltown bei ihrer Mom gewohnt hat. »Komm zu mir nach Perry, das Haus ist groß genug für drei. Ich räum' auch den Mäher von der Veranda und bau sie Pete als Kinderzimmer aus. Da hättest du Platz für deine Rezepte und den ganzen Jell-O-Puddingkram, das wolltest du doch immer.« Nicht gerade die romantische Schiene, aber sie hat sich nicht umsonst einen Larry ausgesucht, der seine Cowboystiefel anlässt, wenn er sich auf ihr Bett wirft, nur die Absätze auf dem Bettpfosten ablegt, seinen knochigen Hinterkopf auf ihre Brust legt, ihr die angerauchte Zigarette zwischen die Lippen steckt, über den Kopf hinweg, ohne sie anzugucken. Genau diesen Typen wollte sie. Der nach rohem Fleisch stinkt, eine nach der anderen qualmt, der unerträgliche Ansichten hat, aber einen Schnauzer wie Michael Stivic in ihrer Lieblingsserie »All in the Family« und eine Sehnsucht in der rauen Stimme, dass sie Gänsehaut auf den Armen bekommt, wenn er »Komm her, sexy Boloney« sagt und sie auf sich zieht. Ja, so hat er sie genannt, sein ›heißes Würstchen‹ war sie. So einen. Keinen anderen. Natürlich haben sich die Dinge verändert, seit sie zu ihm gezogen ist. Die Stiefelabsätze legt er inzwischen direkt auf die Bettdecke, sie wäscht ja. »Find dich damit ab, Honey, der Job färbt ab, irgendwann behandelt so'n Schlachter jeden wie eine Sau«, haben die anderen Frauen sie zu trösten versucht. Aber die haben ja auch kein Michael-Stivic-Look-A-Like zu Hause, der sie mit seiner rauen Stimme, seinem Schnauzer und der sexy-Boloney-Nummer jedes Mal wieder rumkriegt. Als dann im Sommer der rosa Strich auf dem Teststreifen aufgetaucht ist, hat sie das für ein Zeichen gehalten. Dass alles gut wird, wenn sie mit Larry erst ein eigenes Kind hat. Sie wird aufhören, am Fließband Schweine zu zerlegen, wird Larrys Kind im Kinderwagen durch Perry schieben, mit ihm zu Oscar-Mayer-Familienfesten gehen und Gratisluftballons und Gratiswiener abfassen, an den Stehtischen den Kinderwagen schuckeln, während Larry mit den anderen Bier aus Plastikbechern trinkt, sie wird über dreckige Witze mitlachen und die Faulgase, die Tag und Nacht über der Stadt hängen, mit Pfefferminzbonbons und Duftspray bekämpfen. Der Wind steht ungünstig, sagen sie immer, als ob der Wind je günstig stehen könnte. Bei 200 Schweinen in der Stunde gibt's in ganz Perry keinen Flecken, der sich unter dem Gestank wegducken könnte, da müsste der Wind schon die ganze Oscar-Mayer-Anlage wegfegen. Wie im Zauberer von Oz. Aber weil man sich auf den ja nicht verlassen kann, wollte sie Pfefferminzbonbons lutschen, Oscar-Mayer-Luftballons an den Kinderwagen binden und ja, sogar von Larry an den Arsch hätte sie sich fassen lassen. Aber dazu hätte er verdammt nochmal anders auf die Stripteasenummer reagieren müssen. Dazu hätte sie verdammt nochmal nicht anfangen dürfen, darüber nachzudenken, was Fleisch am Fließband aus der Liebe macht. Dazu hätte sie verdammt nochmal keine fuchsiafarbenen Lippenstifte in die Finger kriegen dürfen. Keine Carol Sendich treffen dürfen. Keine Ahnung davon kriegen dürfen, dass das Leben selbst für eine Schlachtbetriebsarbeiterin noch was anderes bereithält als abgesäbelte Schweinezitzen und nach Sellerie stinkende Schlachter.

»Ich geh in den Keller, eine Maschine anwerfen.« Das Schweineaugengemetzel, das Larry hier anrichtet, muss sie sich nicht antun. Was ein Kind braucht, sind saubere Socken, keine Lektionen in verletzter Männlichkeit. Wahrscheinlich hat Vic ja Recht: Wer zu lange mit Schweinen arbeitet, wird selbst zum Schwein. Vic, schwarz und wütend und Mitglied der *Socialist Workers Party*, die keine Gelegenheit auslässt, die Belegschaft von den ausbeuterischen Bedingungen des Schlachtbetriebs zu überzeugen, und die der Betriebsleitung schon lange ein Dorn im Auge ist, Vic, die auf dem Killfloor auf gestandene Kerle einschimpft, den Kopf im Nacken, Fluppe im Mund, skeptische Blicke, die schwarz und mager, mit geballter Faust in die blanken Gesichter schreit, »Das macht doch was aus den Menschen. Aus den Viehzüchtern, den Viehhofbetreibern und den Schlachtern, aus euch! Wenn alles, wofür ihr mal zuständig wart, industriell abgewickelt wird, am Fließband, als bräucht's niemanden mehr, der sein Handwerk beherrscht. Wenn jeder von euch austauschbar wird. Und ausgetauscht wird. Wenn die *Iowa Beef Packers* und *Swifts* und *Oscar Mayers* dieser Welt im Zeitraffer aus einem Mastschwein eine eingeschweißte Portion *Seal 'n Serve*-Aufschnitt machen. Und was habt ihr davon, was geben sie euch ab von ihren steigenden Gewinnen? Ein paar Fleischbröckchen, Gratiswiener zum Betriebsfest und Luftballons auf Kindergeburtstagen!«, und dann nicken sie zustimmend, die Idioten, ja, Luftballons und Gratiswiener sind 'ne feine Sache. Sie sollen nicht nicken, sie sollen nicht dankbar sein, sie sollen sich nicht die nächste Kippe anzünden. »Was ist, guck mich nicht an wie eine von den Säuen kurz vor der Schlachtung, das betrifft dich doch! – Wenn alle Stricke reißen, macht man den Laden halt vorübergehend dicht. Bis alle mürbe sind und jede Bedingung akzeptieren.« Sie hat ja recht. Aber sie hat auch kein Kind, das irgendwann mal aufs College will und neue Winterstiefel braucht. Ständig neue Socken. Irgendwie verlieren Vics Argumente schon in der Umkleidekabine an Kraft, zwischen all den verschwitzten Frauen, die ihre verschwitzte Arbeitsmontur nicht schnell genug in den Schließfächern verstauen, nicht schnell genug in den Supermarkt kommen können, nicht schnell genug ein Fertiggericht aus der Kühltheke abgreifen können, damit die Kinder ein Abendbrot auf dem Tisch haben. Selbst wenn sie zusammen mit den Tiefkühlgerichten zu Hause ankommen, Vics Argumente, verlieren sie spätestens hier im Wäschekeller den Kampf gegen die Übermacht der schmutzigen Wäsche. Sie sortiert das dritte Paar von Petes durchlöcherten Socken aus dem Korb, von oben hört sie Larry fluchen.

»Scheiße, Junge, dir kann man ja nicht zugucken. Du kannst das Ding anfassen, das beißt nicht. Wer soll denn aus dir einen richtigen Kerl machen, wenn deine Mutter dich hier rausholt, dein Schlappschwanz von einem Onkel vielleicht? Ein Mann mit Eiern fehlt euch echt in dieser Familie! – Also, weg mit dem Fett und dem Muskelfleisch, Schlitz in die Lederhaut, am Sehnerv entlangschneiden, runter mit der Lederhaut, dann kannste den Glaskörper rausholen. Sollte dich ne Weile beschäftigen, was? Ich bin gleich wieder da.« Über ihrem Kopf hört sie ihn in die Küche poltern, gleich müsste die Kühlschranktür ploppen. Oder die Verandatür quietschen, vielleicht will er ja was aus der Garage holen. Stattdessen knarren die Kellerstiegen. Eher unwahrscheinlich, dass er ihr bei der Wäsche helfen will.

»Du musst mich ja für ganz schön bescheuert halten, Sweetheart!« Ruhig bleiben, nicht umdrehen. Am Bierdunst spürt sie, dass sich sein Mund ihrem Ohr nähert. Seine behaarten Finger graben sich ihr zwischen Schulterblatt und Schlüsselbein. »Verdammt, warum hast du nicht gesagt, dass du noch ein Balg willst – hättste doch kriegen können.« Er reißt sie zu sich herum und presst sie gegen die Maschine. Mit einem Klacken verriegelt die Bullaugentür. »Andere wären dankbar!« Sie dreht den Kopf zur Seite, um seinem Atem auszuweichen, weiter zurück kann sie nicht, wenn er ihren Hintern noch fester gegen den Schalter drückt, schaltet sich der 60-Grad-Waschgang ein. Eine Hand fährt unter ihre Bluse, greift nach ihrer Brust, die andere Hand hat er ihr noch nicht mal richtig in die Hose geschoben, da keucht er schon los. »Mit mir nicht, Shirl, nicht mit mir! Was glaubst du eigentlich, wer du bist? Mein Kind wegmachen und abhauen, da ist noch ne kleine Ablöse fällig, würde ich sagen, Miss Boloney.« Seine Lippen verzerren sich, früher haben seine aufeinandergepressten Zähne sie angemacht, es hat sie erregt, dass ihr Körper ihn dazu bringen konnte. Dabei, wenn sie das jetzt so sieht, unterscheidet sich sein Gesichtsausdruck nicht von dem, wenn er sich die Zehen am Bettpfosten stößt. Larry fängt an, zu zucken und drischt mit der geballten Faust auf den Waschmaschinendeckel, einmal, zweimal, dreimal, dann sackt sein Oberkörper zusammen. Als hätte jemand den Stecker gezogen. »Scheiße«. Er lässt ihre Schulter los, zerrt seinen Gürtel aus der Hose und lässt, während sie ihre Brust in den BH zurückschiebt, Jeans und Unterhose fallen. Als er seine Faust öffnet, segeln bedruckte Pappfetzen wie Schneeflocken auf die klebrigen Spermaflecken auf seiner Hose. »Wirste ja jetzt nicht mehr brauchen, wenn du hier abhaust. Oder glaubst du, du findest nochmal einen, der's dir besorgt?« Die *Acutest*-Packung. Er muss ihre Sachen durchwühlt haben. Sie hat sie all die Monate nach London zwischen ihrer Unterwäsche aufbewahrt, als Mahnung, damit sie nicht wieder bei einem von Larrys Sexy-Boloney-Manövern weich wird. Hat ihren Zweck ja erfüllt.

Nur noch 6 Tage, wiederholt sie, als sie keine zwölf Stunden später um 5.20 Uhr mit ihrem ersten Kaffee leise nach unten schleicht, um niemanden zu wecken. Das wird ihre letzte Dienstagsfrühschicht in Larrys Haus. Am Treppenabsatz legt sie die Hand über die Kaffeetasse, wenn sie ohne Überschwappen unten ankommt, wird alles gut. Wann sie mit den Wenn-dann-Spielchen angefangen hat? Als kleines Mädchen, auf dem Spielplatz, als sie dachte, wenn ich beim Schaukeln mit den Füßen über die Baumwipfel komme, dann holt mich auch mal mein Papa ab? Als 17-Jährige, als sie vor der Hochzeit immer *Bill, Bill, Bill* geübt und geglaubt hat, wenn ihr nie der falsche Name rausrutscht, dann ist auch das Baby von ihm? Oder später, bei Carl, dem zweiten, den sie geheiratet und sich eingeredet hat, für jedes Mal Mundhalten, wenn er »Schwuchtel«, »Nigger« oder »Kommunistensau« sagt, bekomme ich einen Bonuspunkt. Irgendwann habe ich genug Bonuspunkte zusammen und kann meine Wunschprämie einlösen. Zum Beispiel, dass Carl mich auf ein Phil-Ochs-Konzert einlädt. Von heute auf morgen kein Rassist mehr ist. Wenn-dann, ein ganz faires System, Coupons, die sich einlösen lassen, ein Anrecht, das sie sich erwerben kann, Fahrscheine fürs Glückskarussell. Auch wenn ihr klar ist, dass Gott sich nie auf einen solchen Deal einlassen würde, geht sie nie zum Briefkasten, bevor sie nicht den Müll rausgebracht hat. Als würde das den Inhalt des Postkastens verändern oder gleich ganz verschwinden lassen. Die Mahnung, wenn Larry mal wieder die Rate für den Rasenmäher zu lange rausgezögert hat. Den Katalog mit dem Fadenkreuz von Daryls Waffenladen. Natürlich gibt es nicht nur für Müll Coupons, Wäsche aufhängen geht auch. Den aus der Wand gebrochenen Dübel endlich eingipsen, die verbrannten Placken aus dem Backofen schaben. Oder, für große Wünsche, die richtig widerlichen Sachen, vor denen sie sich schon ewig drückt. Mit dem Messer das Abflusssieb aus der Badewanne hebeln und schmierige, mit Hautpartikeln verklebte Haarklumpen rausschaben. Jedes Mal rutscht ihr das Messer ab, die Beschichtung rund um den Ausguss ist schon völlig zerkratzt von ihren vielen Versuchen, ihr Schicksal günstig zu beeinflussen. Früher als Kind hat das Glöckchen auch nie geklingelt, bevor nicht mindestens *Lulajze Jezuniu* und drei andere polnische Weihnachtslieder gesungen waren. Naja, eigentlich hat die Schallplatte gesungen, polnisch kann ja nicht mal ihre Mom, die wollte die Tradition aber trotzdem nicht aufgeben, »wenn alle aufgegeben hätten, nur weil sie eine Sprache nicht können«, und ihren blitzenden Augen sieht man an, dass Gloria dabei an Opa Jerzy und Nathan Handwerker und all die anderen europäischen Einwanderer denkt, die Anfang des Jahrhunderts in Imbissbuden auf Coney Island und Fleischereien in Chicago gearbeitet haben, »dann gäb's heute in Amerika keine Hot Dogs, das sag ich dir!« Natürlich hat Shirley auch als Kind schon gewusst, dass die Zahl der gesungenen Weihnachtslieder so gar nichts damit zu tun hatte, wie weit Santa Claus noch weg war, sondern dass das Glöckchen einfach nicht zur Bescherung klingeln würde, solange die Nadel nicht am Ende der Platte angekommen war und sie alle brav mitgesungen oder zumindest so getan hatten. Bis Harley Dean ihnen vorgeworfen hat, Heuchler zu sein, und sich wirklich die Mühe gemacht hat, die polnischen Liedtexte auf der Schallplattenhülle auswendig zu lernen. Ob ein Pole ihn verstanden hätte, haben sie nie rausgefunden, Weihnachten waren sie immer nur zu dritt, Gloria, Harley Dean, Shirley und der traditionelle Stuhl für den unerwarteten Gast, der nie aufgetaucht ist.

Wäre das Wenn-dann-Spielchen eine Disziplin auf der Iowa State Fair, der Landwirtschaftsmesse, sie würde darin mehr Preise abräumen als für ihre Wackelpudding-Figuren. Den Schuhkarton mit ihren Urkunden darf sie beim Auszug nicht vergessen, den hinterlässt sie Larry auf keinen Fall. Seit sie denken kann, haben Gloria und ihre Kolleginnen aus der Schulkantine von Marshalltown jedes Jahr schon Monate vor der State Fair unter höchster Geheimniskrämerei darüber gebrütet, welche ausgefallene Wackelpuddingfigur sie zum Wettbewerb einreichen können, haben wochenlang über die perfekte Form diskutiert und Testfiguren zubereitet, bis Shirley und Harley Dean kein Jell-O mehr sehen konnten. Natürlich hat Shirley ab dem Moment, als sie bei Gloria ausgezogen ist, den Zirkus mitgemacht und jetzt ist es Pete, der jedes Jahr in den Wochen vor dem Jell-O-Figuren-Wettbewerb fast täglich neue, ausgefallene Wackelpuddingfiguren probieren muss. 1974 hat ihr ein gelber Wackelpuddingmaiskolben den dritten Platz eingetragen, 1975 hat sie sich an einem pinkfarbenen Schwein versucht und 1978 eine Herde aus grünen, orangefarbenen und roten Jell-O-Kühen und Kälbern gegossen. 1976 und 1977 hat sie Larry zuliebe nicht mitgemacht, der ist ja selbst auf Wackelpuddinggestalten noch eifersüchtig. Natürlich konnte er auch nicht ertragen, dass sie dafür nach Des Moines gefahren ist. Mitgekommen ist er nie, nie mit ihr übers Messegelände geschlendert, hat ihr keinen gegrillten Maiskolben gekauft, keine Plastikrose geschossen, nie im Riesenrad den Arm um sie gelegt. 1978 hatte sie Annie gerade kennengelernt und zur Fair mitgenommen. Wahnsinnig heiß war es an dem Tag, abends haben sie verschwitzt auf einem Stapel Paletten hinterm Riesenrad gesessen, eine geraucht, an ihren Bierbüchsen genippt und einem von den jungen Fahrkartenabreißern auf den Bizeps gestarrt. Nach der zweiten Büchse ist Annie aufgestanden und mit Shirleys grüner 2.-Platz-Rosette zu ihm rüber gegangen, wahrscheinlich hätte sie's auch ohne die Rosette geschafft, ihm eine Freifahrt abzuschwatzen. Shirley musste den Kopf weit in den Nacken legen, damit sie Annie und den Typen da oben noch sehen konnte, wie er den Arm um Annies Schulter gelegt hat, am liebsten hätte sie laut geschrien. Auf der Heimfahrt ohne Annie hat sie ganz laut *I got you, babe* aufgedreht und gehofft, dass Annie sich von dem Kerl nicht gleich ein Kind machen lässt. Letztes Jahr hat sie dann in Annies Trailer in Rippey gesessen und Brei für Klein-Scottie warmgemacht, damit Annie wieder Riesenrad fahren konnte. Aber diesen Sommer, da räumt sie die blaue Rosette ab, mit der großartigsten Jell-O-Hummel, die die Welt je gesehen hat. Na, jedenfalls die Welt in

Iowa. Sie wird gewinnen, und wenn sie von jetzt bis zur State Fair jeden Tag eine Hummel machen muss und Pete der Wackelpudding zu den Ohren rauskommt.

Der Wasserkocher fängt an zu zischen, gleich kocht ihr Kaffeewasser. Larry wird fluchen, wenn er irgendwann das aufgequollene Holz und den rissigen Lack an der Unterseite des Hängeschranks entdeckt. Sie stellt Carols Salatschüssel auf das Abtropfsieb, sammelt Selleriebröckchen und Hühnchenfasern aus dem Becken, krempelt die Gummihandschuhe von den Händen und legt sie über den Wasserhahn. Wenn die Gummihandschuhe über dem Hahn liegenbleiben und nicht runterrutschen und ins Becken fallen, dann ... Ach, vergiss es, Shirley, das Schicksal richtet sich so wenig nach Gummihandschuhen über dem Wasserhahn wie nach Schamhaaren im Badewannenabfluss. Außerdem wäre es Schwachsinn, den Ausguss nochmal sauber zu machen, ihre Schamhaare und Petes Fingernägel lässt sie Larry gerne zum Andenken da.

Sie wischt die Hände an den Oberschenkeln ab und angelt die blaue Maxwellbüchse aus dem obersten Regalfach. Weihnachten war sie noch bei zweieinhalb Löffeln, jetzt müssen es schon drei sein, allerdings nicht gehäuft. Die Stelle, auf der sie ihre heiße Kaffeetasse immer abstellt, ist schon ganz platt geschmolzen, aber sie kann sich nicht von der Wachstuchdecke trennen. Wie oft hat sie die Maiskolben in den grünen Quadraten in den letzten Wochen angestarrt, wäre sie einer von ihnen, sie hätte längst Mitleid mit dieser Person und ihrer rausgewachsenen Dauerwelle gehabt. Wie oft hat sie seit London vor der Frühschicht an diesem Tisch gesessen, morgens um kurz nach fünf, lange vor Petes Weckzeit. Hat ein Blatt aus seinem Zeichenblock gerissen, das dabei natürlich eingerissen ist, das Blatt an der Kante eines Küchenbrettchens entlang mit einem Bleistiftstrich in zwei Hälften geteilt und sich an ihrer persönlichen Aufstellung versucht, links die Posten, rechts die Kosten. »Wir von Mary Kay lassen euch doch eure Karriere als Schönheitsberaterin nicht unvorbereitet antreten, ihr sollt wissen, was auf euch zukommt«, hat Carol gesagt, als sie ihr die Mustertabelle zur Kostenberechnung zugesteckt hat.

Entschlossen macht sie einen Strich hinter den ersten Posten, B wie Babysitter. Pete ist 14, der braucht keinen Babysitter mehr. Nur für Lynn, die Carls Eltern nach der Scheidung bei sich behalten haben, Lynn ist jetzt acht, für Lynn hätte sie zumindest abends noch jemanden gebraucht. Aber an Lynn darf sie heute nicht denken. Sie ist nicht die einzige Mutter, die eines ihrer Kinder nicht bei sich hat. Für alles finden die Menschen eine Erklärung, Atomtests, Invasionen, Attentate, Missbrauch, Verrat, nichts bringt sie aus der Fassung – außer, wenn eine Mutter sich entscheidet, ohne ihr Kind zu leben.

Wo sie auf keinen Fall drumherumkommt, sind Transportkosten. Hier in Perry ist ja noch alles in Laufweite, Boone kann sie auch zu Fuß abklappern, nach Des Moines fährt der Bus, aber Gilbert, Coon Rapids oder Adair, das geht nicht ohne Auto. Bedeutet Raten, Benzin, Versicherung, Reparaturen. Die ausführliche Tabelle, die Carol ihr in die Handtasche geschoben hat, führt sogar Parkscheine auf. Wenn sie zwischen 50 und 100 Dollar pro Monat für Transport einplant, sollte das doch auf jeden Fall auch Parkscheine abdecken. Harley Dean hat ihr was von einem alten Mustang erzählt, den er ihr vielleicht günstig besorgen könnte. Zwanzig vor sechs. Noch zu früh für Petes Milch.

Der nächste Posten ist heikler. Klamotten. Ist ja nicht so, dass sie keine hätte, aber »ein gepflegtes Äußeres ist das Markenzeichen von Mary Kay«, »keine Mary-Kay-Beraterin wirst du jemals in Hosen sehen«, »gepflegte Fingernägel sind ein Muss«, »wer 30 Grad für einen Grund hält, ohne Strumpfhose herumzulaufen, hat etwas nicht verstanden. Wenn Jesus einen Dornenkranz aushalten konnte, ohne seinem Glauben abzuschwören, dann kannst du auch einen Sommer im Mittleren Westen in Nylons aushalten«, »komm bloß nicht auf die Idee, mir vorzujammern, du hättest nur eine blaue Handtasche. Es gibt Kaufhäuser da draußen, die haben Handtaschen, rote, gelbe, grüne, also leg dir besser für jede verdammte Schuhfarbe in deinem Schrank eine passende Handtasche zu – oder willst du dich etwa weiter im Akkord in der Fleischproduktion aufreiben, Sweetie?«

Wer mitspielen will, muss die Regeln kennen. Wenn die Regeln lauten, so viele Handtaschen wie Schuhfarben im Schrank zu haben und zu lächeln, wenn dir bei 35 Grad der Schweiß an der Innenseite der Nylons die Oberschenkel runterläuft, dann kann sie diese Regeln ablehnen und es bleiben lassen. Oder an die Hummel und das Geld und Petes Zukunft denken. Klamotten: 40 Dollar/Monat. Vielleicht kann sie ja ein paar Second-Hand-Blusen aus dem Heilsarmee-Laden mit neuen Röcken kombinieren, und Nylons hat sie ausreichend gehortet. Sollte sie wirklich täglich eine ruinieren, wären das fünfeinhalb Dollar pro Woche. 22 Dollar im Monat für Strumpfhosen ist natürlich happig, aber ob Carol bei 35 Grad tatsächlich Beine inspiziert und die Nylonprobe macht, wird sich zeigen. Vielleicht hält ja auch mal eine zwei Tage ohne

Laufmasche. Zehn Minuten noch, dann muss sie wirklich los, zur Berechnung der Kosten für Friseur, Maniküre und Reinigung sollte das noch reichen. 79 Cent pro Kleidungsstück, Mäntel zwei Dollar, sie hat den Aufsteller vor der Reinigung gestern im Vorbeifahren gesehen, und dann gibt es ja immer mal wieder Rabattaktionen, da wird sie künftig stärker drauf achten müssen, fünf Blusen zum Preis von drei und so was. Ihre Haare wird sie vorerst weiter mit Aqua Net zähmen, aber sobald sie erst ihre fünf Sets in der Woche absetzt und ein eigenes Team hat, kann sie sich die Haare jede Woche machen lassen. Gepflegte Fingernägel, schon eher eine Herausforderung, aber solange sie die rechtzeitig runterschneidet und nicht daran kaut, kann ihr keiner an den Karren fahren. Kuckuck. Sechs Mal. Verdammt, jetzt hat sie doch gepennt. Mit einem *Ping* springt ihr die Mikrowellentür entgegen, zum Glück hat sie auf den Spacemaker bestanden, für die Herdplatte hätte sie jetzt keine Zeit mehr, »Pe-hete, Zeit zum Aufstehen, Milch steht in der Mikro, bis heute Abend, love you!« Die Klospülung rauscht, ihre Schrift wird unleserlicher: Lunch (Hardee's, Burger, Wendy's): max. 3 Dollar. Kaffee (Automat, 4/Tag): 50 Cent Snacks (Riegel, Chips): 1 Dollar/Tag. Aber sie darf auf keinen Fall die Raten vergessen, die sie mit Carol zur Rückzahlung ihrer »Anschubfinanzierung«, wie Carol es genannt hat, vereinbart hat. 75 Dollar/Monat, in zwei Jahren hat sie alles abbezahlt. (»Aber bei deinem Potenzial machst du schon nächsten Sommer einen Umsatz, dass du das auf einen Schlag abbezahlen kannst ...«) Oben schmeißt Larry die Klotür hinter sich zu, »der perverse Gestank von Petes Scheißmilch bringt mich nochmal zum Kotzen!«

Es ist ja nicht so, dass sie's nicht von Anfang an gewusst hätte. Drei Jahre war Larry damals schon Splitter, konnte sein Messer abziehen wie ein alter Hase. Am Anfang hat sie von der kalten Klinge auf der Haut noch Gänsehaut gekriegt, wenn er ihr gezeigt hat, an welcher Stelle man die Sehnen und Bänder abtrennen muss, »ist bei 'ner Sau natürlich 'n bisschen was anderes«. Bis letzten Herbst hätte sie's gerade noch unter Haltbarmachung eingeordnet, aber seitdem sind Larry und sie bei der Kadaververwertung angelangt. Larrys Braten aus der Röhre zu schmeißen war ihr erster Befreiungsschlag. Nächste Woche, gleich nach dem *Iowa Pork Congress*, wird sie seine Haustür endgültig zuschmeißen. Von außen. Nächsten Samstag, wenn Larry auf Schicht ist, holt Harley Dean ihre Sachen mit dem Pickup ab, für den Übergang lässt er sie mit Pete in seinen Trailer in Boone ziehen, seine eigenen Sachen stellt er solange bei Gloria unter.

Carol hat ihr von Anfang an unmissverständlich zu verstehen gegeben, dass sie nicht beides haben kann, Kadaververwertung *und* ein Leben mit Mary Kay. Dass sie sich früher oder später entscheiden muss. Sie hat ihre Hoffnung, dass Shirley die richtige Entscheidung treffen wird, mit einem kleinen Vorschuss untermauert. »Damit du unbeschwert nach London fahren kannst. Vor allem: unbeschwert zurückkommen ...« Jetzt muss sie sich Carols Vertrauen auch würdig erweisen, muss aufhören, sich wie ein betäubtes Schwein vom Förderband von einer Station zur nächsten transportieren zu lassen. Runterspringen vom Band. Larry rausschneiden aus diesem Film. Sie darf nicht vergessen, Elisabeth ihre neue Adresse mitzuteilen. Nicht, dass der nächste Brief mit Fußballaufklebern in einem

Briefkasten landet, der dann nur noch Larrys ist. Für den sie keinen Müll mehr rausbringen und keinen Badewannenausguss mehr freikratzen wird, um unangenehme Post zu vermeiden. Sie spielt jetzt nach anderen Regeln.

Elisabeth versucht, sich freizuschwimmen

Kurhotel Travemünde, 28. Januar 1980

In mir schlummert eine Bestie. Eine tiefgekühlte Bestie. Natürlich kann sie unter Wasser nicht viel erkennen, Blindfisch, der sie ist ohne Brille, aber es reicht ja, sich die nackten Männerkörper vorzustellen. Mehr braucht sie nicht. Keine Gebrauchsanweisung zur sexuellen Befreiung. Niemand, der ihr die Frigidität austreibt. Keine echten Schwänze. Es ist die reine Vorstellung, die sie erregt. Wie sich die feinen Härchen unter Wasser an Waden und Oberschenkel anschmiegen. Die Stelle, an der die Haut unter engen Badehosen verschwindet, wo sich eingeklemmt zwischen Geschlecht und Badehosenstoff die Schamhaare versteckt halten. Bei knapp vier Dioptrien auf dem linken und dreieinhalb auf dem rechten Auge ist sie blind wie ein Maulwurf, aber sie stellt es sich eben vor und das genügt. Sie erregt ja nicht mal Misstrauen, sie kann doch gar nicht anders, muss doch den Kopf zum Luftholen über die Wasseroberfläche heben, in welche Richtung ihr Blick da fällt, soll ihr erst mal jemand nach-

weisen. Unter Wasser ist es noch unverfänglicher, wer würde schon von einer erwachsenen Frau vermuten, dass sie in einer Kurschwimmhalle unter Wasser nach Geschlechtsteilen Ausschau hält? Kleine Jungs mit Taucherbrillen vielleicht, ihre Schüler, die im Freibad die Mädchen ins Wasser schubsen, aber sie, eine 36-Jährige, die ihre Jungsfrisur unter einer Badekappe mit Gumminoppen versteckt und sich nach dem Aussteigen aus dem Becken umständlich zu ihrem Handtuch vortastet, immer an der Fensterfront und den Heizkörpern entlang bis zu der Bank, auf der ihr Handtuch liegen müsste, die Badetasche mit dem Brillenetui und dem Kurplan?

Für eine Weinschorle vor der Massage sollte es noch reichen. Langsam zieht sie sich die Badekappe vom Kopf, vorsichtig, damit sich die zarten Nackenhärchen nicht im dicken Gummirand verfangen. Der Effekt ist immer wieder erstaunlich, auch heute noch, auch hier, hinter der klassizistischen Fassade des *Kurhaus Hotel Travemünde*, überraschte Blicke. Mit den Blicken auf ihren kurzgeschorenen Nacken ist alles wieder da, der Altfrauen-Schweiß und die Föhnluft und der Geruch von feuchten, aufgequollenen Umkleidebänken. Dabei sind die Bänke in der Damenumkleidekabine aus Kunststoff und Kübelpflanzen standen im Hallenbad ihrer Kindheit auch nicht rum. Sie lässt ihr Handtuch auf den Kachelboden fallen und sinkt auf die Plastiksitzfläche und in die Vergangenheit. In das Hallenbad eines hessischen Kurortes, 1961. Wo sie immer dienstags am Beckenrand gewartet hat, bis ihre Freundin Hilda, deren Eltern den ersten Frisiersalon am Platz betrieben, unter den hungrigen Blicken der Männer aus dem Wasser steigt, den Kopf nach hinten wirft und Elisabeth mit einem herrischen Blick andeutet, ihr in die Duschkabinen zu folgen. Dort stellen sie ihre Waschtaschen (Elisabeth: blassgelber Frotteebezug mit weißen Blümchen, Hilda: lackroter Kunststoff) nebeneinander auf die Bank und hängen ihre Handtücher (sie: blassgelb, Hilda: hellrosa mit aufgestickter Lilie) nebeneinander an die gekachelte Wand. Bevor sie in einer der Duschkabinen vor Hilda niederkniet und sie leckt, Hildas Hände in ihren dünnen Haaren verkrallt, Hildas angespannte Pobacken gegen die hellblauen Kacheln gepresst, der Duschkopf, der kleine, glühende Wasserpfeile auf sie schießt. Donnerstags war sie dann dran, Hilda mit den Knien auf dem Kachelboden, nackt bis auf die gerüschte Duschhaube, damit ja ihre Beehive-Frisur keinen Schaden nimmt. Dabei hat Hilda schon damals Jungs ran gelassen, vorzugsweise amerikanische Offiziere, aber sie selbst? Bis Hagen, keinen. Nach dem Duschen zwängen sie sich mit erhitzten Gesichtern zusammen in eine Umkleidekabine, aus der sie 30 Minuten später mit nach hinten gebürsteten Haaren und trotzigem Blick in die hessische Provinz treten, wo alle um dich rum aussehen wie ein schlecht toupierter Doris-Day-Verschnitt.

Hilda war es, die sie zu Jean Seberg gemacht hat. »Ich hab' die Seite dabei, guck mal, hier hält sie den Kopf schräg, da sieht man ganz gut, wie die Haare über dem Ohr geschnitten sind.« Sie hat Hilda die rausgerissene Seite mit Jean Sebergs Pixie-Cut hingehalten. Hilda hält es eher mit der Lollobrigida. Oder Liz Taylor. An ihrer Frisur toupiert sie morgens bestimmt zwanzig Minuten herum, Hildas Haarspraydosen halten nie länger als eine Woche. Beehive, Bienennest, hat Hilda in einer der Lesezirkel-Illustrierten gelesen, die ihre Mutter für den Salon abonniert hat, eine Friseuse in Chicago hat sich das als Namen ausgedacht, Bienennest, sehr passend. »Erstmal darfst du sie tagelang nicht waschen – wehe, du sagst das weiter –, dann drehst du sie auf Schaumstoffroller, nebelst sie mit Aqua Net ein, kriegt man nur bei den Amis, und toupierst, als ob's kein Morgen gäbe. Dann tuffst du sie auf, bis du 'nen Heiligenschein aus Zuckerwatte über dem Kopf hast und fixierst ihn nochmal. Soll ja halten.« Heiligenschein aus Zuckerwatte, naja, Hilda hat eben nur einen Mittelschulabschluss, aber Haare schneiden kann sie und auf die Duschkabinentage will Elisabeth auch nicht verzichten.

Die BH-Bügel unter Hildas wirklich sehr engem Strickpulli (»der hat gepasst, wirklich, Mama muss den zu heiß gewaschen haben«) knacken metallisch, als Hilda mit der Hand unter das Wollgewebe fährt und ihre Brüste nach oben schubst, während Elisabeth das ausgerissene Foto an den Frisierspiegel hängt. Jean Seberg hält den Blick gesenkt, ihre Augen verschwinden zur Hälfte unter den Lidern mit dem dicken schwarzen Lidstrich. »Ich halte den Kopf einfach genauso zur Seite und gucke aus dem Fenster, dann kannst du um meinen Kopf drum rum schneiden, wie bei einem Scherenschnitt. Das kriegst du doch hin?« Als ob Hilda sich das entgehen lassen würde. Wie oft will hier in der nordhessischen Provinz schon jemand so einen Schnitt, streichholzkurz und kreuz und quer gegen den Strich gebürstet. Wenn Elisabeth in den nächsten Wochen wie Jean Seberg in *Außer Atem* durch die Stadt läuft, dann wird es Hilda gewesen sein, die Jean Seberg aus ihr gemacht hat. Wenn Hildas Mutter dann noch zustimmt, endlich eine Leuchtreklame anzubringen und Bobs und Beehives auf die Scheibe zu schreiben, dann kommt hier vielleicht auch mal andere Kundschaft als verbitterte Kriegswitwen.

»Eine Rieslingschorle, bitte«. Viel hat sich nicht geändert. Auch zwanzig Jahre später herrscht in Kurorten ein ziemlich hoher Anteil an schlecht toupierten Doris-Day-Verschnitten. Die Lüster, das polierte Messing und die blattgoldbebänderten Säulen im »Salon Lübeck« hätte es auch 1961 im Hersfelder Kurhotel geben können. Nur sie, Elisabeth, ist keine 16 mehr. Deswegen darf sie am helllichten Tag eine Weißweinschorle trinken, um all die Doris-Day-Verschnitte zu ertragen. »Zwei Drittel, ein Drittel, wie üblich?«, lächelnd zieht der Kellner die rechte Augenbraue hoch, nach zehn Tagen Kur weiß er, wie sie ihren Wein trinkt. Glitzert da Ironie in seinen Augen, zuckt sein Mundwinkel spöttisch? »Auf Ihre Zimmernummer, nehme ich an?« Reiß dich zusammen, Elisabeth, du bist eine erwachsene Frau, kein sechzehnjähriges Mädchen mehr, und dieser Kellner interessiert sich nicht dafür, wer du bist, wo du herkommst und ob du in der Schwimmhalle gerade nach Männergeschlechtsteilen Ausschau gehalten hast oder schon vor fünfzehn Uhr Wein trinkst.

»Hm.« Der Kellner räuspert sich und stellt ein mit heller Flüssigkeit gefülltes Schnapsglas vor ihr ab. »Eine Aufmerksamkeit von dem Herrn da am Flügel.« Ihr Blick folgt seiner Kinnbewegung in den hinteren Teil des Cafés. Am Flügel lehnt ein hagerer Mann, der sie mit einem Blick aus auffällig hellen Augen ansieht, eine Farbe wie Basalt. Aber statt ihr zuzunicken und sich mit einer lächelnden Geste an ihren Tisch einzuladen, mustert er sie nur. Verunsichert guckt sie zum Kellner, vielleicht hat er doch jemand andern gemeint. »Ja, der Herr im weißen Hemd.« Dann auch noch einen Enzian. Nicht gerade, was unbekannte Herren ihnen unbekannten Damen als Aufmerksamkeit in Kurhotels zukommen lassen. Außerdem sind sie an der Ostsee, nicht in den Alpen. Außerdem trinkt sie keinen Schnaps. Außer Enzian. Woher weiß der Mann mit den Basaltaugen das? Ihre Finger schnellen an ihre Lippen, suchen nach trockenen Hautfetzchen, wie immer, wenn sie nervös wird. Der Mann lässt sie nicht aus den Augen, macht weiterhin keine Anstalten, sich zu rühren, zu lächeln oder sonst irgendeine Regung zu zeigen. Soll sie ihn ignorieren, den Schnaps stehen lassen, das Café verlassen? Aber dazu müsste sie an ihm vorbei. Außerdem, wann hat ihr zum letzten Mal ein attraktiver Fremder einen Enzian spendiert? Wer weiß, vielleicht steht sein Pferd schon gesattelt vor der Tür, und er hat einen gewaltigen Ständer.

»Gnä' Frau?« Was will dieser aufdringliche Kellner jetzt noch von ihr? Sie fingert einen Fünf-Mark-Schein aus ihrer Badetasche und drückt ihm das zusammengeknüllte Papier in die Hand, abwehrend hebt er die Hände, will etwas sagen. Sie springt auf, reißt ihre Badetasche vom Boden und kippt, den Blick fest auf die starren Augen des Fremden gerichtet, den Enzian. Ihre Haare müssen längst strohtrocken sein und wirr in alle Richtungen abstehen. In zwanzig Minuten steht die nächste Anwendung auf dem Programm, Massage. Mit nacktem Oberkörper wird sie in der Bäderabteilung liegen, die Brüste in die blaue Kunstlederauflage gedrückt, dezenten Zitronengeruch in der Nase, das einschläfernde Geplapper der Masseuse im Ohr, und wie jeden Tag wird sie versuchen, das Stöhnen zu unterdrücken, wenn die Masseuse sich zentimeterweise ihren Rücken herunterarbeitet und schließlich ihre Unterhose ein Stück nach unten schiebt. Aber was sind die Hände einer Kurklinikangestellten gegen die eines Unbekannten, dessen Basaltaugen ihre Kleidung durchbohren? Zwischen ihren aufgestellten Brustwarzen und dem dünnen Blusenstoff ist nichts, was ihren Zustand verbergen könnte. So gradlinig, wie es ihr nach einer Weißweinschorle und einem Enzian möglich ist, peilt sie zwischen den kleinen Sitzgruppen aus blauen Plüschsofas die Basaltaugen an und steuert darauf zu.

»Jelisaweta.« Ohne sie aus dem Blick zu lassen, bietet er ihr den Unterarm, geleitet sie um den Flügel, setzt sich auf die Bank und legt seine Finger auf die Tasten, schmal und mit hervorstechenden Knöcheln. Noch bevor sich die angeschlagenen Töne zu einer Melodie verbinden und er zu singen ansetzt, erkennt sie das Lied. *Puff, de magic dragon lived by de sea and frolicked in de autumn mist in a land called Honah Lee, Little Jackie paper loved dat rascal puff, and brought him strings and sealing wax and odder fancy stuff.*

Sie hat vier Strophen Zeit, sich eine Reise nach Honah Lee mit diesem Mann auszumalen, während seine Augen sich in sie hineinfressen und ihre Nippel den dünnen Stoff bei jedem Ti-Äidsch stärker ausbeulen, und erst als Puff sich traurig in seine Höhle zurückzieht, spürt sie die Rinnsale an ihrem Hals, durch den nass geheulten Stoff sind ihr Knabenkörper und ihre Rosinennippel gnadenlos seinen Blicken ausgesetzt. Er zieht den Deckel über die Tasten, macht im Sitzen eine angedeutete Verbeugung in den Saal und nimmt ihr die Badetasche von der Schulter. »Darf ich?« Sie schüttelt den Kopf, entreißt ihm die Tasche und presst sie an ihre feuchte Brust, mit gesenktem Kopf stürzt sie an ihm vorbei, lässt ihn einfach stehen, zurück durch den ganzen

Raum, zwischen den Tischen und Sesseln und Leuten und Servierwagen mit den Petits Fours und den Windbeuteln, an den schwarzbefrackten Kellnern vorbei und durch die offene Fensterfront nach draußen, vorbei an den Männern mit den Rechen, die feuchtes Laub von den Kieswegen und vom Rasen harken, nach draußen, wo die Stühle auf der Sommerterrasse unter Plastikhauben auf den Frühling warten und vereinzelte Schneeglöckchenbüschel ahnen lassen, dass es auch an der Küste Jahreszeiten gibt. Feuchte Nebeltröpfchen und aus der Lüftungsanlage hinter der Küche der Geruch nach Frittierfett und Bratkartoffeln. Sie hält inne, der große Rhododendronstrauch, der die Sicht auf die Lüftung verdecken soll, der Rhododendronstrauch ist gut, hier treffen sich Köche und Kellner auf eine schnelle Zigarette, die Kippen sammeln sie in einer leeren Fischkonservenbüchse. Ihre Finger zittern, als sie versucht, eine Zigarette aus der zerknautschten Packung zu zerren, ihre Haut brennt, ein verräterisches Zeichen, dass sich auf ihren Wangen, am Hals und unter den Augen Flecken ausbreiten. Gut, dass sie hier niemand sieht, zwischen den Rhododendronzweigen.

Mit einem trockenen Ratschen flammt direkt vor ihrem Gesicht ein Feuerzeug auf. »Ich gehe davon aus, dass ich morgen um neun Uhr nicht vergeblich an der Anlegestelle auf Sie warte. Der Dampfer nach Warnemünde läuft um 9:30 Uhr aus. Nehmen Sie eine Windjacke mit, bei drei Stunden Fahrtzeit kann es kühl werden auf dem Wasser.«

PATS I

 Nimmt das jetzt schon auf? Ja? Gut. – Aber ganz ehrlich: Dadurch, dass ich das auf Band spreche, mache ich die Geschichte auch nicht ungeschehen. Ich kann ja schlecht die Wahrheit überspielen. Aber bitte. Spule ich eben nochmal zurück. Willkommen im Herbst 1979.

Mama ist in England, Papa will verhindern, dass ich so werde wie Mama, und ich muss aufs Klo und denke die ganze Zeit nur daran, ob ihr meine Blumen gefallen. Damals wusste ich ja noch nicht, dass ich keine Chance hatte, egal, mit welchen Blumen. Aber vielleicht fang ich besser weiter vorne an, sonst verstehen Sie ja gar nichts: Ich bin mit Papa Hot Dog essen und die Fleischereiverkäuferin drückt mir Senf auf meinen Hot Dog. Ich sehe sie noch vor mir, wie sie das Würstchen in Zickzackbewegungen unter der Senftülle langführt und sich über die Theke beugt.

Wenn Mama weg war, haben Papa und ich das gemacht, was mit Mama nie drin gewesen wäre. Hot Dogs essen gehen zum Beispiel. Das war auch so ungefähr die Zuständigkeitsteilung: Papa war für Fleisch und Substanz zuständig, Mama für Abwesenheit und Stil. Ich steh da also mit Papa in der Fleischerei und die Verkäuferin reicht mir das Würstchen über die Theke. »Pass auf, dass der Senf nicht runtertropft«. Da ging bei mir das Kopfkino los. Mama sollte am nächsten Tag zurückkommen und eins wusste ich damals schon: Mama hat Erwartungen. Welche, konntest du nie voraussagen. Aber du hast sie besser erfüllt. Was denkt das Kind also? Blumen, na klar. An Dotterblumen hab ich bei dem Senf gedacht, oder an Sonnenhut, dazu vielleicht noch rosa oder hellrosa, Wiesenschaumkraut wäre gut, aber das wächst ja im Herbst nicht. Orange ginge auch, Hauptsache bunt und lebendig, keine Lilien oder Gerbera, die sehen aus wie Plastikblumen. Sagt Mama jedenfalls immer, wenn ihr jemand welche mitbringt. Also natürlich nicht zu demjenigen, der ihr die Dinger schenkt, sondern hinterher, wenn sie in der Küche steht, die Stiele anschneidet und das Blumenwasser austauscht.

Ich stehe also im September 1979 an einem Fleischereiimbiss und denke darüber nach, wie ich jetzt bis morgen Blumen für meine Mutter organisiert kriege und Papa, der alte Oberlehrer, hält mir einen Vortrag über Hot Dogs. Die natürlich nicht einfach Wiener Würstchen mit Senf, sauren Gurken und Röstzwiebeln sein dürfen. Sondern ein Stück Kulturgeschichte. Angeblich hat schon Odysseus so eine Art Hackfleischvorläufer in Tiergedärme gestopft und über Feuer gegart. Und dass Hot Dog ursprünglich Dackelwurst hieß und von deutschen Einwanderern nach Amerika importiert worden ist. (Das heißt, Amerika hat er natürlich nicht gesagt, das war ja schwer imperialistisch, vereinnahmt schließlich Süd- und Mittelamerika). Er schiebt sich mit dem Zeigefinger Senf und Röstzwiebeln in den Mund, und ich frage mich, ob ihm der Nikotingeruch an seinen Fingern nicht den Geschmack verdirbt. Jedenfalls hat dieser deutsche Dackelwürstchenverkäufer seinen Kunden anfangs noch weiße Handschuhe mitgegeben, damit sie sich nicht die Finger verbrennen an den heißen Würsten. Die hat er natürlich nie zurückbekommen, die Handschuhe, und auf die Dauer war das ein teures Geschäft. So kam das Geschäft mit den Hot-Dog-Brötchen auf. Aber endgültig zum Hot Dog geworden ist das Ding erst, als ein Illustrator vergessen hatte, wie der namensgebende Hund zu der Wurst heißt. »Aber der wusste sich zu helfen«, sagt Papa und nimmt seine Blättchen raus, um sich eine zu drehen. »Der hat einfach ›Hol Dir Deinen heißen Hund‹ auf sein Werbeschild geschrieben«. Beim Anlecken mit der Zunge verteilt Papa den ganzen Senf auf der Gummierung.

Zuhause drückt er mir vier Mark in die Hand, »Roth-Händle ohne Filter, wenn's keine gibt, eben Gauloises«, stellt die Klingel ab und zieht sich zu seinem Verdauungsschläfchen zurück. Wenn er zu faul zum Drehen war, hat er mich Zigaretten holen geschickt, dafür durfte ich das Wechselgeld behalten. Damals waren ja in den Packungen noch drei Groschen eingeschweißt, zwischen der Packung und der Zellophanfolie. 30 Pfennig, sechs saure Gurken oder ein Mohrenkopf. Bei Papa durfte ich das immer behalten, bei Mama kam's auf ihre Stimmung an. Mit dem Wechselgeld war das wie mit ihrer Liebe. Nie war Verlass, dass das, was an einem Tag galt, auch am nächsten noch gültig war.

Auf dem Weg zum Zigarettenautomat muss ich an der Gärtnerei vorbei. Da bin ich am Tag zuvor schon gewesen, hatte vier Mark aus meinem Sparkassenelefanten gestochert, ich sag ja, ich hab an kaum was anderes gedacht als an Mamas Enttäuschung, wenn sie aus England zurückkommt und ich hab nichts für sie. Aber fast alle Blumen der Gärtnerei sind in Lilatönen, ›Lila, der letzte Versuch‹, Mama hätte sofort gedacht, dass ich ihr mit einer lila Pflanze was sagen will, lila ging gar nicht. Die Lilie, die

die Verkäuferin als Alternative vorgeschlagen hat, natürlich genauso wenig. Ich hab schon vor mir gesehen, wie diese arrogante Lilie mit dem wachsartigen Kelch das erste ist, worauf Mamas Blick fällt, wenn sie nach Hause kommt, wie diese schnörkelige Blume auf ihrem skandinavischen Sideboard neben ihrem Holzkranich steht und ihr skandinavisches Understatement verschandelt. Also bin ich ohne alles aus der Gärtnerei raus.

Samstagnachmittag hat die natürlich geschlossen, da, wo sonst die Vasen mit den Schnittblumen im Schaufenster stehen, sind nur drei dunklere Kreise auf dem ausgeblichenen Stoff, und ein alter Riesenkaktus, der sich nach vorne neigt und die Scheibe berührt. Ich weiß noch, dass ich Mitleid mit dem Kaktus hatte, aber wahrscheinlich hatte ich in dem Augenblick nur Mitleid mit mir selbst. Ich dreh mich also von dem traurigen Kaktus weg und gucke auf die andere Straßenseite. Auf das Blumenbeet vor dem Haus gegenüber. Es leuchtet förmlich, rosa, weiß-rosa, sonnengelb, senfgelb fast, ein bisschen wie Almwiesen und Allgäu. Die Vorhänge im Erdgeschoss sind zugezogen, auf dem Balkon ist niemand zu sehen – auf dem Dorf hat man damals um die Zeit ja Mittagsruhe gehalten. Ich bin aufgeregt, die Münzen in meiner Hand sind ganz feucht.

»Ganz großes Kino, mit James Dean, Liz Taylor und Rock Hudson. Ein Hollywoodfilm, in dem mal gezeigt wird, wie's die Farmer mit den mexikanischen Arbeitern halten«, schwärmt Papa nach dem Abendessen, schmeißt kommentarlos die abgeschnittenen Enden von meinen abgerissenen Blumen in den Abfall, öffnet das Küchenfenster, damit der Pilzgeruch abziehen kann, und malt ein Mondgesicht an die beschlagene Scheibe. So konnte er auch sein.

Mir war die Lage der mexikanischen Arbeiter natürlich eher gleichgültig, aber James Dean und die Vorstellung, bis halb eins vor der Glotze zu hocken und Erdnussflips zu futtern … Der einzige Haken ist, dass Papa immer sentimental wird, je später der Abend und je leerer die Flasche. Deswegen bin ich auch froh, dass ich in der Pause zwischen den beiden Teilen aufs Klo muss.

»Ich lieb' sie ja, deine Mutter, aber weißt du, sie macht's mir nicht einfach. Wirklich nicht einfach.« Er hat diesen untrüglichen Instinkt für beschissenes Timing. Ich will in mein Würstchen beißen, er hält mir einen Vortrag über Hot Dogs. Ich will die geklauten Blumen zurechtschneiden, er schickt mich in den Keller, eine Flasche Rotwein holen. Ich mach mir gleich in die Hosen, er fängt mit Mama an. »Ich lieb' sie ja, deine Mutter, aber weißt du, sie macht's mir nicht einfach. Wirklich nicht einfach.« Er muss ja nicht aufs Klo, er fährt ja nur mit dem Finger den roten Ring nach, den sein Rotweinglas auf dem Beistelltisch hinterlassen hat. »Das kannst du noch nicht verstehen, ich will dich damit jetzt auch nicht überfordern, aber ich kann nur für dich hoffen, dass du nicht so wirst wie deine Mutter.« Hatte ich ja gar nicht vor. Wollte nur aufs Klo. »Ich lieb' sie ja. Aber ich kann wirklich nur hoffen, dass du nicht so wirst wie sie.«

Bis ich vom Klo zurückkomme, hat er vergessen, wo er stehengeblieben ist. Ich sitze auf der Klobrille, lausche und warte, bis der Nachrichtensprecher bei der Wettervorhersage ist und ich aus meiner deutschen Familientragödie in den amerikanischen Film zurückkann.

Wovon Fleischverwerterinnen träumen

Das Anliegen ihrer Organisation – das Gewinnniveau im Geschäft mit Schweinefleisch zu steigern und zu wahren – ist ihr in Fleisch und Blut übergegangen. Sie kennt den Plan: Profit zu generieren und die ungeahnten Möglichkeiten der Produktion und der Endverbraucherwerbung zu entfalten. Sie ist stolz, Teil der Schweinefleisch produzierenden Familie zu sein.
Eigenschaften einer guten Führungsperson, Porkette Handbuch

Iowa Pork Congress, January 29th 1980

Klack, die riesigen Messingleuchter im *Vets Auditorium* leuchten auf, übermüdete Frauen hasten mit Kristallschalen, Tupperdosen, Aufschnittplatten und zusammengerollten Porkette-Plakaten durch die Halle, der dicke Teppich schluckt das Geräusch ihrer Absätze. Cindy, deren Schenkel sonst nur Gummistiefelschäfte kennen, steht in gelben Lacksandaletten auf einer Klappleiter, ihre geschwollenen Zehen pressen zwischen den Lackriemchen hervor wie Schweinerüssel durch das Gitter auf dem Transportlaster. Zwischen Cindys Lippen stecken blaue, gelbe und rote Stecknadelköpfe, mit der rechten Hand presst sie ein Warenkundeplakat gegen die Wand, mit der linken zupft sie die Stecknadeln aus dem Mund. Das Schwein auf dem Plakat sieht aus wie ein Schnittmusterbogen: Schulterstück, Rippe, Lende, Speck, die verwertbaren Teile mit dem Kopierrädchen vorgestanzt, aber zumindest sieht man ihm noch an, was es darstellen soll. Ein Lebewesen. Ganz anders als die Kadaver, die an Eisenhaken durch die

Oscar-Mayer-Schlachtanlage schwingen, ganz zu schweigen von dem, was dann vakuumverpackt in den Kühlregalen landet. Aber die Aufgabe der Iowa Porkettes ist es ja auch, den Verkauf und Verzehr von Schweinefleisch anzukurbeln, nicht, seine Herkunft realistisch darzustellen. Sonst würde vermutlich niemand mehr Oscar-Mayer-Wurst kaufen.

Smokie Sue, Porkypeg, Salty Sally, Choppy Cindy, Curly Shirley – alle haben sie einen von diesen albernen Namen. Shirley hat die vier Frauen von ihrer Mutter geerbt, die sich, als sie 1955 nach Marshalltown kam, bei der Schweinezüchtervereinigung engagiert hat. War ein kluger Schachzug von ihr. Die Vereinigung der Schweinefleischproduzenten ist so was wie die Niederlassung Gottes im Mittleren Westen, genau die richtige Adresse, um Absolution für einen polnischen Nachnamen, einen nicht vorhandenen Mann und ein uneheliches Kind zu erhalten. Ein halbes Jahr hat Gloria zu jeder Wohltätigkeitsveranstaltung und zu jedem Kirchenbazar eine Schweinskopfsülze, einen Presskopf oder eine andere polnische Spezialität beigesteuert und war damit in Nullkommanichts *everybody's darling*. Das ist sie auch geblieben, als sie die Nummer mit der jungfräulichen Geburt sechs Jahre später nochmal durchgezogen hat. Zum Glück sah Harley Dean schon als Baby so intellektuell aus, dass klar war, dass der Heilige Geist, der ihn zu verantworten hatte, keiner der lokalen Schweinezüchter sein konnte. Gerettet hat Gloria sicher auch, dass sie im Bestfall durchschnittlich attraktiv war und keinem ihrer Männer zu nahe gekommen ist, sondern immer nur lächelnd Generationen von

Schülern in der Schulkantine von Marshalltown Fleisch und Kartoffeln auf die Teller geschaufelt, bei jeder Schulveranstaltung einen Porkette-Stand betreut und Müttern den Nährstoffgehalt von Schweinefleisch erläutert hat. Als die Frauen der Schweinefarmer 1964 dann endlich ihre eigene Organisation gegründet haben, war Gloria eine der ersten *Iowa Porkettes*. Hat während der Essensausgabe über schweinefleischkonsumfördernde Aktionen nachgedacht und während schweinefleischkonsumfördernder Aktionen über Schweinefleischrezepte für die Schulkantine. Nachmittags, wenn sie nach Hause gekommen ist, hat sie ihre graue Zopfmusterstrickjacke an den Flurhaken gehängt, sich im Stehen die dicken Adern zurück in die geschwollenen Waden massiert und Opa Jerzy über die Wange gestreichelt, der sie, in Schwarz-weiß und lässig ans Geländer eines holzgeschnitzten Pferdekarussells gelehnt angelächelt hat. Für Opa Jerzy war immer Zeit, auch, wenn der Flur voller Qualmschwaden stand, weil Harley Dean über seinem Superman-Comic vergessen hatte, den Bohneneintopf umzurühren oder der Wasserdampf an den Hängeschränken runtergelaufen ist, weil Shirley das Küchenfenster nicht hochgeschoben hatte. Gloria hat Shirley nicht an den Schultern gepackt und Harley Dean den Topf mit den angebrannten Bohnen nicht ins Zimmer gekippt. Gloria hat immer zuerst Opa Jerzy über die Wange gestreichelt und dann den Topf von der Herdplatte genommen oder das Fenster aufgemacht.

Opa Jerzy und die Porkettes sitzen auf den entgegengesetzten Enden der Wippe, die Gloria im Gleichgewicht hält. Als die Porkettes absteigen mussten, um Platz für die Betreuung von Pete zu machen, damit Shirley nach der Trennung von Bill bei *Swift* Konserven packen konnte, war klar, dass Gloria den Porkettes dafür ihre Tochter vererbt – Schweineblut ist dicker als Wasser. Hatte Shirley schon als geschwängerter Teenager und nach ihrer kurzen Ehe mit Bill in Marshalltown viel Platz auf dem Bürgersteig, waren es die Porkettes, die sie untergehakt haben. Auch, als sie zum zweiten Mal geschieden, obdachlos, möbellos, Lynn-los wieder in Marshalltown aufgetaucht ist, war es Sue, die sie ins Kino geschleppt, Sally, die sie zum Schreibmaschinenkurs genötigt, Cindy, die sie zur Apfelernte eingespannt und Peg, die sie mit Karamellbonbons gefüttert hat. Haben sich in der Popcornschlange verkaufsfördernde Maßnahmen für Schweinefleisch ausgedacht, bei der Apfelernte über den Nährstoffgehalt von Schweinefleisch diskutiert, Schweinskopfsülze mit Shirleys Tränen gewürzt, in Supermärkten übergewichtige Kleinkinder mit Mortadella gefüttert und Restaurantmanager beschwatzt, am Vatertag eine Schweineschnitzelaktion durchzuführen. Alles zum Wohl der Schweinefleischindustrie, die sie nährt, die *Swinging Bolognas*, wie sie sich genannt haben. Cindy, die mit einem Schweinezüchter verheiratet ist. Sue, die ihre beneidenswerten Oberarmmuskeln den Riesenschinken, Schweinebraten und Wurstpaketen verdankt, die sie jeden Tag über die Fleischtheke wuchtet. Porkypeg, die Schweinefleisch in Konserven abfüllt und überzeugt ist, dass die Zukunft der Vereinigten Staaten und der Demokratie vom Schweinefleischkonsum abhängt. Und Sally, deren Leben ohne die *Swinging Bolognas* nur aus Kindern und Einkaufen bestünde.

Aber kein Verkaufsrekord kann auf Dauer Smokie Sues Sehnsucht stillen, die drei Abende in der Woche alleine im Orpheum-Kinosaal sitzt und ihre Helden anschmachtet. Kein Lob für ihre Schweineschmalzkringel kann Choppy Cindy die glatten Hände zurückgeben, die sie hatte, bevor sie Jim geheiratet, ihm vier Kinder geboren und unzählige Ferkel aus seinen Säuen rausgeholt hat. Kein Nichts kann die Leerstelle auf Porkypegs Kaminsims ausfüllen, wo das Bild mit ihrem Verlobten stand, den Arm um Pegs Schultern, Peg auf Zehenspitzen, die Schuhe in der Hand, unter einem Budenvordach auf der Iowa State Fair, umgeben von einem Vorhang aus Platzregen. Zwei Monate später ist er als Panzergrenadier in Vietnam über eine Mine gerollt. Keine Auszeichnung für den verkaufsträchtigsten Slogan lindert Salty Sallys Demütigung, wenn das Nachbarkind vor der Schule die Beifahrertür eines lindgrünen Buick hinter sich zuschmeißt, während Sallys Kinder aus dem schäbigen Pickup klettern. »So lange *ich* das Geld nachhause bringe und deinen Luxus finanziere, diskutieren wir nicht, wer den Mustang fahren darf.« Sallys Luxus, damit meint Gary, ihr Mann, die Tiefkühltruhe, in der sie sein Essen aufbewahrt, und die Waschmaschine, in der sie seine Wäsche wäscht. Wenn Sally dann in ihrer Hollywoodschaukel sitzt, sich mit dem Fuß von der plattgetretenen Rasenfläche abstößt und, eine Hand am Kinderwagen, vor- und zurückschwingt, versucht sie zu vergessen, wie der Mann, der ihr all den Luxus ermöglicht, beim ersten Kind gesagt hat, »klar kannst du wieder als Lehrerin arbeiten, wenn der Kleine aus dem Gröbsten raus ist.« Dann kam das Zweite. Beim Dritten war Sallys Rückkehr ins Berufsleben endgültig vom Tisch. Sally versucht, sich damit zu begnügen, Schatzmeisterin der *Marshall County Porkettes* zu sein.

Die Verkaufsförderung von Schweinefleisch gefährdet keine Ehen, denken ihre Männer. Worüber die *Swinging Bolognas* bei ihren Treffen sprechen oder wann sie von dort nach Hause kommen, spielt keine Rolle. Ist ja nur totes Fleisch im Spiel, keine zuckenden Schwänze, denken ihre Männer, und Choppy Cindy, Smokie Sue, Porkypeg und Salty Sally füllen Vitrinen mit blauen Schleifen oder Preisen für die besten Rippchen und erröten, wenn sie am Jahresende vom Vorstand für den vorbildlichen Einsatz im Dienst der Schweinefleischindustrie ausgezeichnet werden. Sich nach mehr zu sehnen wagen weder Cindy noch Sue noch Sally, Peg sowieso nicht, sie sind hier in Iowa, nicht in New York oder L.A., und dass 1980 schon wieder ein berühmter Regisseur vorbeikommt und sie für Hollywood verpflichtet, seien wir realistisch, wie hoch ist die statistische Wahrscheinlichkeit für jemanden aus Marshalltown, nachdem das schon Jean Seberg passiert ist. Außerdem, wer würde schon deren Preis zahlen wollen? Dass ihrer aller Lieblingsserienstar Michael Stivic irgendwann die Schnauze von seiner Serienfamilie voll hat und sich gegen *All in the Family* entscheidet, um aus dem Fernseher herauszusteigen und jeder von ihnen den besten Orgasmus ihres Lebens zu verschaffen, ist eher unwahrscheinlich. Da können sie noch so häufig auf Sallys Veranda hocken und versuchen, sich diese Folge herbeizusaufen.

Carol würde nie etwas herbeisaufen. Carol würde auch nie der Orangensaft ausgehen. Nie würde Carol einen *Alaba-*

ma Slammer ohne Orangensaft zubereiten, nie Amaretto, Southern Comfort und Sloe Gin pur in immer schneller sich leerende Gläser kippen. Aber Carol ist ja auch nicht bei den Porkettes, sondern bei Mary Kay. Eine wie Carol würde Peg, Sue, Cindy, Sally und Shirley spätestens um 21 Uhr rauskomplimentieren, selbst wenn sie morgens um sechs keine Milch aufsetzen, keine Cornflakes in Schüsseln füllen, kein Kleingeld zusammensuchen, keine Schnürsenkel binden und keine Windschutzscheibe freikratzen muss. Carol Sendich hat andere Prioritäten in ihrem Leben gesetzt. Aber es brauchte genau so eine Carol Sendich, um Shirley spüren zu lassen, dass auch ihr etwas fehlt. Ihr eine Ahnung davon zu vermitteln, was das sein könnte: dass sie Opa Jerzy gerne kennengelernt hätte. Gerne wüsste, wer ihr Vater ist. Pete eine andere Zukunft und Gloria einen Liegestuhl in Florida mit Blick auf den Sonnenuntergang bieten möchte. Mit Harley Dean über den Highway rasen, während rechts und links die Getreidesilos in der Abendsonne leuchten. Aber es ist nicht der pinkfarbene Cadillac, der sie antreibt, nicht der goldene Hummelanstecker, nicht die blassblaue Schärpe und nicht das Lob aus dem Mund einer kleinen Texanerin mit blonder Perücke. Es ist etwas anderes, das Shirley zu der Entscheidung gebracht hat, morgen ihre Sachen auf Harley Deans Pickup zu packen, Larrys Tür hinter sich zuzuziehen und ihre Mary-Kay-Lippenstifte und Hautpflegeprodukte vorübergehend neben Harley Deans Videokassetten in selbstgebaute Sperrholzregale zu räumen. Es ist die Ahnung, wie weit Anerkennung tragen kann. Das Bedürfnis, nicht nur das Beste in sich selbst, sondern auch in anderen Frauen zum Vorschein zu bringen. Aber so wenig, wie es in Curly

Shirley das Beste zum Vorschein bringt, sich Slogans wie *Vleisch für Vati* auszudenken, Schweinsleder-Nähwettbewerbe abzuhalten, Faltblätter zu vervielfältigen und Diashows zu veranstalten, die *Was haben Schweine heute für dich getan?* heißen, so wenig bringen diese Aktivitäten das Beste in Smokie Sue, Choppy Cindy, Porkypeg und Salty Sally hervor. Die vier davon zu überzeugen wird nicht einfach. Sind schließlich ihre Freundinnen. Und das sollen sie auch bleiben. Ihre Freundinnen kann sie nicht mit Worten hypnotisieren, wie Carol das bei ihr gemacht hat.

Möhrenstifte, Gurkenzylinder und Selleriesticks, dekorativ auf einem Silbertablett angerichtet, so hat sie Carols erste Lektion in Sachen Verkaufspsychologie in Erinnerung. »Du bist jetzt Mary-Kay-Beraterin. Keine *Swinging Bologna,* nicht mehr irgendwessen Schätzchen.« Schwer zu sagen, was ihr schwerer im Magen gelegen hat, die geschnitzten Rohkoststifte oder Carols Lektionen, Carols blitzschnelle Musterung, Carols geringschätziger Blick auf ihre synthetische Bluse. »Egal, was du als Shirley Eudora Pesterneck über eine Frau denkst, sobald sie auf dem Parkplatz, an der Kasse oder in der Umkleidekabine neben dir steht, schrumpft sie zusammen auf exakt eine einzige Eigenschaft. Da interessieren dich ihre Pickel so wenig wie der Wahlkampfbutton an ihrem Revers, ihr Mundgeruch – halt Abstand oder wirf ein Pfefferminzbonbon ein – so wenig wie die Waffen in ihrem Kofferraum. Die einzige Eigenschaft einer Frau, die dich zu interessieren hat, ist ihre Sehnsucht. Ganz egal, was es ist, egal, wie du es rauskriegst: Du hast die Antwort darauf. Mary Kay. Mit Mary Kay wird sie ihr Ziel erreichen. Sie will ihren Mann loswerden? Mary Kay wird's richten. Sie will mit 250 Pfund und einem Gesicht wie ein Pfannkuchen Miss Oklahoma werden? Mary Kay macht sie dazu. Eine Eintrittskarte bei den reichen Hyänen im Country Club? Mary Kay hat sie. Das Entscheidende ist, sie braucht *dich* dazu. Denn *du* weißt, wie sie ihr Ziel erreicht. Sie nicht. Glaub mir, es kann harte Arbeit sein, bis sie das auch so sieht ...«

Sue wiegt keine 250 Pfund, will nicht Miss Oklahoma werden und hat kein Pfannkuchengesicht. Sue hat zarte Haut, eine Vorliebe für edle Blusen und sehnt sich danach, dass ein Kinoheld von der Leinwand steigt und sie aus Marshalltown entführt. Jetzt gerade steht Sue nur zwanzig Meter von Shirley entfernt auf der anderen Seite des Teppichs und arrangiert Broschüren mit Schweinefleischrezepten. Was Shirley jetzt bräuchte, wäre die Fernbedienung, mit der Carol neulich bei ihrem Besuch riesige Panoramafenster per Knopfdruck in der Wand hat verschwinden lassen. Carol Sendich, aufgewachsen in der Nähe von Dnipropetrowsk, wo die Menschen 1933 vor Hunger die Zweige von den Bäumen, ihre Hunde und Katzen gegessen haben, hat einen Schritt durch die Öffnung gemacht und sich auf einer Liege an ihrem türkisblauen, nierenförmigen Swimmingpool niedergelassen und neben sich auf die Liege geklopft ...

»Hey, Sue,« ruft Shirley quer durch den Saal und macht in Ermangelung einer Fernbedienung einen Schritt auf die Mitte des michiganseeartigen Teppichs zu, bis sie direkt unter der Saalbeleuchtung steht, »komm mal bitte her.« Zögernd betritt Sue den Teppich und steuert auf Shirley zu, die mitten auf dem Teppich im Lichtschein steht. Jetzt muss sie nur darauf achten, sich so zu positionieren, dass sie Blickkontakt zu Sues rechtem Auge hat. »Hypnose. Sie ist die Schlange, du hast die Flöte. Konzentrier dich dabei auf ihr rechtes Auge. Das rechte Auge ist das Kontrollauge«, hat Carol ihr eingetrichtert, als sie neben Shirley auf der türkisblauen Liege saß, und ihr dabei die Hand auf die Schulter gelegt hat. »Was für ein schöner Stoff, ist das Seide?« Carol Sendich, aufgewachsen in der Nähe von Dnipropetrowsk, die es immerhin in den Mittleren Westen, zu einem Swimmingpool und zu einem Goldzahn gebracht hat, hat ihre Hand an Shirleys Ärmel hinabgleiten und auf Shirleys Handrücken liegen lassen. Carol Sendich weiß, wie viel Druck sie ausüben muss, damit man seine Hand nicht unter ihrer wegziehen kann. »Wenn es darum geht, eine Frau für dich zu gewinnen, ist fast alles erlaubt. Höflichkeitslügen sowieso – auch wenn du den Unterschied zwischen Seide und Polyamid natürlich sofort erkennst ...« Hier lässt sie Shirleys Hand wieder frei, natürlich weiß eine Carol Sendich auch, wann sie die Hummel fliegen lassen muss.

Sue steht jetzt neben Shirley, direkt unter dem Messingleuchter. Shirley legt den Kopf in den Nacken, das Gesicht dem Licht zugewandt. »Guck mal nach oben, bitte, frag nicht, du wirst's gleich verstehen.« Mal sehen, ob Carols Lektion auch im *Vets Auditorium* funktioniert. »Mach die Augen zu und leg deine Hand auf meinen Ärmel.« Gefügig legt Sue den Kopf in den Nacken, durch die geschlossenen Lider muss sie jetzt das helle Licht spüren, unter ihren Fingern den glatten Stoff von Shirleys gepunkteter Bluse. »Jetzt mach die Augen wieder auf und hör gut zu«, Shirley legt Sue die Hand auf den Arm. (›Berühr deine Kandidatin, damit zeigst du ihr, wie wichtig du sie nimmst, dass sie dir etwas bedeutet.‹) »Du kannst den Rest deines Lebens als Porkette Schweinefleisch im Kronleuchterlicht arrangieren. Aber dann wird es auch immer das *Vets Auditorium* bleiben. Und immer Kunstseide.« Ihre anderen Blusen hat sie alle schon in Umzugskartons verpackt, so dass sie seit dem Besuch bei Carol dieselbe Bluse trägt. »Vor ein paar Jahren hast du mich untergehakt und mitgenommen, Sue. Jetzt möchte ich *dich* gerne unterhaken und ins echte Scheinwerferlicht führen – da willst du doch hin, oder?«

(›Formuliere deine Fragen so, dass ihr nichts anderes übrigbleibt, als ›ja‹ zu denken und ›ja‹ zu sagen.‹)

Drei Tage später sitzt Sue bei Shirley auf der Fernsehcouch und sieht verdammt gut aus (im Gegensatz zu Sue Ellen, die J.R. in dieser Folge endlich um die Scheidung bittet). Als würde sie leuchten. Das liegt nicht nur am Rouge, das Shirley großzügig auf ihren Wangen verteilt hat. Sue hat sich entschieden, im Sommer in einer Seidenbluse im Scheinwerferlicht zu stehen.

Alexander gibt den Romeo

Ausflugsdampfer *Alte Liebe*, 29. Januar 1980

»Wenn Sie hier bitte Anschrift, Beruf und Arbeitsstelle eintragen und mir die Zählkarte dann wieder aushändigen möchten?« Der blaugestickte Aufnäher auf seinem weißen Hemd weist den Mann als Mitarbeiter von *Hansa Tourist* aus. Das scheint ihn zu berechtigen, ihr kommentarlos den Pass aus der Hand zu nehmen, »den bekommen Sie selbstverständlich zurück, sobald Sie hier in Travemünde die Gangway wieder verlassen, keine Sorge. Ist ja kein totalitäres System hier, was?« Drei, vier Stunden, sagt das Faltblatt, das er ihr in die Hand gedrückt hat, dauert die Fahrt auf der *Alten Liebe*, Unterhaltung an Bord inbegriffen, einen kleinen Bordimbiss gibt es auch, dann werden sie in Rostock-Warnemünde anlegen und eine Stadtrundfahrt machen. Sie wird tatsächlich DDR-Boden betreten. Im Anschluss verspricht der Zettel Kaffee und Kuchen im Interhotel Neptun. »350 Zimmer, alle mit Meerblick, naja, manche mit seitlichem Meerblick«, erklärt der Mann mit den Basaltaugen (›für Sie: Alexander‹). »Fidel Castro war schon zu Besuch, ist eigentlich Devisenausländern vorbehalten. Devisenausländerin, hat dich so schon mal jemand genannt?« Dass Devisenausländerin im Vergleich mit Terroristin wie ein Kosename klingt, behält sie für sich. Ein Knacken in der Lautsprecheranlage unterbricht die Akkordeonklänge. »Wir möchten noch einmal kurz um die Aufmerksamkeit der geschätzten Passagiere bitten und Sie darauf hinweisen, beim Ausfüllen der Zählkarte in der Rubrik ›Staatsangehörigkeit‹ nicht ›deutsch‹ einzutragen, sondern ›BRD‹. Wir danken für Ihre Aufmerksamkeit und wünschen Ihnen eine gute Reise. Bühne frei für Seebär Hein.«

Junge, komm bald wieder, singt der, was sonst, sie hätte ihren Arsch drauf verwettet, schon als sie von der Gangway gesehen hat, wie dieser Freddy-Quinn-Verschnitt seinen Akkordeonkoffer auf Deck abgestellt hat. Den Impuls, sich die Ohren zuzuhalten, unterdrückt sie nach einem Blick auf das scharfkantige Kinn und die entschlossenen

Lippen des Mannes, der sie Devisenausländerin nennt und von dem sie nicht viel mehr weiß, als dass er *Puff, the Magic Dragon* auf dem Klavier spielen, aber kein Ti-Äidsch aussprechen kann. Dieser Mann, von dem sie sich willenlos herumdirigieren lässt: »Das soll eine Windjacke sein? Ich hatte doch gesagt, dass es auf See sehr kühl werden kann. Einen Pullover haben Sie bestimmt auch nicht dabei. Sie sind eindeutig nicht von hier.« Sie hat keine Ahnung, warum sie ihren Widerspruchsgeist so bereitwillig an Land gelassen hat, sich ihm so ausgeliefert hat. Sie lehnt sich an die Kabinenwand. Noch bevor sie ihre Packung aus der Handtasche ziehen kann, hat er zwei Zigaretten zwischen den Lippen und schirmt mit der linken Hand sein brennendes Feuerzeug ab. Er steckt ihr eine davon in den Mund und stützt seine Arme rechts und links von ihren Schultern an die Kabinenwand. Wenn sie jetzt den Rauch auspustet, kriegt er ihn direkt ins Gesicht. »Elisabeth. Lissi, Elsi, Betti, das hasst du bestimmt. Sissi erst recht, stimmt's?« Ja. Auch das darf er. Sie ungefragt duzen. »Dabei gibt es so viel klangvollere Varianten. Erzsébet auf Ungarisch. Oder Jelisaweta auf Russisch. So werde ich dich nennen. – Na los, blas mir den Rauch schon ins Gesicht.« »Moppelchen haben sie mich in der Schule immer genannt. Weil ich so pummelig war. Dabei hab ich die Schokolade von den Amerikanern nie angenommen. Aber noch mehr Angst hatte ich vor den Russen. Also den Sowjets. Die alten Russen hatten ja die großen Schriftsteller. Also vor der Revolution. In Jakutien stellen sie die Milch in Blöcken vors Fenster, das weiß ich aus der GEO, die hab ich abonniert.« Was zum Teufel redest du da, Elisabeth, oder willst du dich ab jetzt Jelisaweta nennen, weil dich dieser Mann dazu bringt, nur noch Schwachsinn von dir zu geben? Mit Daumen und Zeigefinger nimmt Alexander ihr die halb aufgerauchte Kippe aus dem Mund, schnippt sie auf den geriffelten Blechboden der *Alten Liebe* und zertritt sie mit seinem polierten Lederhalbstiefel. Kein Vergleich zu Hagens runtergelatschten Tretern, mit denen er durchs Lehrerzimmer wie durch den Wald latscht und die er wahrscheinlich auch in die Oper anziehen würde, wenn er da je mit ihr hinginge. (»Warenfetischismus. Diktat der Konsumgesellschaft. Wem nutzt das wohl, wenn ich mir einreden lasse, dass ich für jeden Anlass unterschiedliche Schuhe brauche, schon mal drüber nachgedacht?«) Aufheben kann sie die zertretene Kippe nicht mehr, dabei wären da gut und gerne noch drei Züge dran gewesen. »Du hast bestimmt Durst, Jelisaweta, oder? Lass mich etwas Angemessenes organisieren, du wartest hier, ja? – Entschuldigen Sie, könnten Sie wohl Ihren Platz freigeben? Meine Frau ist schwanger – vielen Dank.« Der Mann, unter dessen Hemd eine ausgefranste Ankertätowierung hervorguckt, zögert etwas, als wolle er sie spüren lassen, dass er sich keine Befehle erteilen lässt, dann schiebt er sich zwischen den Plastikstuhlreihen durch, lehnt sich an die gegenüberliegende Reling, zieht ein Päckchen Zigaretten aus der Brusttasche und mustert misstrauisch ihren Bauch.

Sie baut ihre Handtasche als Sichtschutzmauer in ihrem Schoß auf, winkelt die Unterschenkel an und setzt die große Sonnenbrille auf, mit der sie als Audrey Hepburn in *Frühstück bei Tiffany* durchgehen könnte, hätte sie lange Haare und wäre das hier New York. Audrey Hepburn würde bestimmt nicht zu Akkordeonklängen auf einem Ausflugsdampfer in die DDR fahren. Elisabeth hat eine ziemliche Wandlung hingelegt von der feuchtstruppigen Person, die gestern vor aller Augen panisch aus dem Kurcafé gerannt ist, zu Jelisaweta auf See, das schmale Profil hinter handtellergroßen Sonnenbrillengläsern der Sonne zugewandt, im perfekt sitzenden Twinset, mit fuchsiafarbenen Lippen und von Taschentüchern gut gepolstertem BH. Das scheint auch die Möwe zu denken, die sich auf dem orangefarbenen Rettungsring, der an der Reling festgezurrt ist, niedergelassen hat und sie aus schmalen Augenschlitzen mustert. Als der Lautsprecher hinter ihr knackt, flattert sie auf.

»Verehrte Passagiere, bevor ich Sie endgültig den Freuden unserer kleinen Ausflugsfahrt überlasse, möchte ich Sie noch auf unseren zollfreien Schiffsladen aufmerksam machen, der ab sofort für Sie im Unterdeck geöffnet hat. Noch einmal der Hinweis: Bitte seien Sie so gut und tragen Sie als Staatsangehörigkeit nicht ›deutsch‹ in die Zählkarte ein. Die korrekte amtliche Bezeichnung lautet ›BRD‹. Vielen Dank für Ihre Aufmerksamkeit. Genießen Sie die Seefahrt!« Sie schließt die Augen und reckt ihr Gesicht den Sonnenstrahlen entgegen. Vor die ratternden Schiffsmotoren und das gelegentliche Möwenkreischen schiebt sich das Geräusch von Reißverschlüssen an Kunststoffblousons, von Plastiköpseln an Windjackenzugbändern, die gegen Stuhllehnen aus Kunststoff schlagen, von Kühltaschenreißverschlüssen und Thermoskannen, von denen der Becher abgeschraubt und mit einem Ploppen der Korkverschluss rausgezogen wird. Wenn es jetzt gleich nach Kaffee riecht, hat sie richtig geraten. »Trocken, oder? Eine wie du trinkt keinen süßen Sekt. Rotkäppchen für Jelisaweta.« Eine Handbreit vor ihrer Sonnenbrille bremst er das Tablett mit der Piccoloflasche, zwei Plastikflöten und zwei Orangen. Bestimmt spiegelt sich sein spöttisches Lächeln in ihren Brillengläsern. »Ein paar Vitamine. Apfelsinen, und das schon fast auf DDR-Gebiet, na, wenn das kein Luxus ist.« Soll sie ihm sagen, dass sie allergisch gegen Zitrusfrüchte ist?

Namen und Aktionen, das ist die Priorität. Schwachstellen natürlich. Knapp elf Stunden hat er dafür, drei Stunden Hinfahrt, fünf Stunden Warnemünde, drei Stunden Rückfahrt. Hat heute Morgen, als er in seinem Volvo auf sie gewartet hat, extra neue Batterien eingelegt, die halten drei bis vier Stunden, permanent wird er das Band ja nicht laufen lassen. Dass der nicht gefroren hat, bei runtergekurbeltem Fenster. Hat mit der Hand gewedelt, wahrscheinlich hat er geraucht. Lässt sich ja alles ganz gut an, jetzt muss er nur seine Legende geschickt unterbringen. Die Schwester in Warnemünde, die 1961 nach dem Mauerbau drüben geblieben ist. Die Nummer, wie er wegen seiner ungarischen Wurzeln in einem kleinen westdeutschen Verlag für die Osteuropäer zuständig ist, immer nach Leipzig zur Buchmesse reist und im Anschluss in Rostock die Dissidenten trifft. Sich im Hotel Neptun einquartiert, wie alle NSW-Ausländer. Die Nichte, die in der Hotelwäscherei arbeitet, ihn ständig um Sachen aus dem Genex-Katalog bittet, aktuell die Bosch-Gefriertruhe, die glaubt halt, dass im Westen das Geld auf den Bäumen wächst. Dass er ihr das mal zeigen könnte, sozialistische

Grossreinigung im Interhotel. Mal gucken, ob sie da drauf anspringt.

»Genex-Katalog? Kann ich mir das wie den Quellekatalog vorstellen, wo ich den Bestellschein ausfülle und dann wird mir das geliefert?« Alexander schiebt die Schalen auf dem Tablett zusammen und führt einen Orangenschlitz auf ihren Mund zu. »Vom Prinzip her ähnlich. Nur, dass die Bestellung an einen zuvor ausgewählten Empfänger in der Deutschen Demokratischen Republik geliefert wird. Alles, vom Auto über Kameras bis hin zum Neckermann-Haus.« Sie wehrt ab. »Da will deine Nichte ausgerechnet eine Gefriertruhe?« »Von Bosch. Ja. Ist Jägerin. Kaninchen und Wildschweine einfrieren. – Na komm, jetzt hab ich die so schön für dich geschält …« Also gut. Sie macht die Augen zu und streckt ihm den geöffneten Mund entgegen. Von einer wird ihr ja nicht gleich der ganze Mund zuschwellen. »Braucht man in der DDR auch einen Waffenschein?« »Ja. Außerdem musst du die Jagdprüfung ablegen. Vorbildlich am Aufbau des Sozialismus beteiligt sein. Fallen, Schlingen und Fanggruben, alles nur mit Erlaubnis der zuständigen Organe.« Sie kaut und versucht, das Schlucken herauszuzögern. Ein Hansa-Tourist-Mann drängt sich zwischen prallen Plastiktüten und den Knien der Passagiere durch die Stuhlreihen, bleibt bei jedem für zwei, drei Sätze stehen. Gleich ist er bei ihnen. Ihre Überbeine fangen an zu pochen. Dass sie ihre Füße in der Kur in schicke Schuhe zwängen würde, war nicht vorgesehen, schon gar nicht, dass sie sich gestern kurz vor Ladenschluss völlig überstürzt noch welche würde kaufen müssen, Größe 37 war natürlich nicht mehr auf Lager. Alexander gießt ihr die letzten zwei Fingerbreit aus der Piccoloflasche ein. »Leer ... Auf die Jagdsaison, Jelisaweta. Bin gleich zurück.«

Sie überlegt gerade, wohin mit dem zerkauten Orangenschlitz, den sie sich in die Handfläche gespuckt hat, da lässt sich der Hansa-Tourist-Mann in die gelbe Hartplastikschale neben ihr plumpsen. »Junge Frau. Jetzt ist der Herr Gemahl zwar gerade weg, aber ich bin sicher, Sie geben ihm meine Information weiter. Sie wissen ja, dass Sie bei Hansa-Tourist dank unserer guten Beziehungen zu den DDR-Behörden vom Zwangsumtausch befreit sind. Trotzdem möchten wir Ihnen nahelegen, in unserer bordeigenen Wechselstube die eine oder andere Mark einzutauschen, damit Sie problemlos Ansichtskarten oder Andenken vom schönen Warnemünde erstehen können. Selbstverständlich dürfen Sie auch Westwährung und Waren in unbeschränkter Menge einführen«, er zwinkert ihr zu und schnappt sich einen Orangenschlitz, »eine Besonderheit unseres Arrangements. Ich wünsche Ihnen einen angenehmen Aufenthalt in Rostock.« Endlich. Sie lässt den zerkauten Rest hinter der Stuhllehne fallen und die restlichen Schlitze in ihrer Handtasche verschwinden, schiebt mit dem rechten Fuß die grüne Sandalette von der linken Ferse, zieht beide Füße zu sich auf die Sitzfläche und umschlingt ihre Knie. Januarsonne, einschläferndes Motorengeräusch, mit jeder Umdrehung der Schiffsschraube lässt sie das Therapeutengespräch, in dem sie seit einer halben Stunde sitzen sollte, weiter hinter sich. Vor ihr ein Tag im realsozialistischen Ausland und die Bekanntschaft einer Nichte mit Waffenschein statt unbequemer Massageliegen und der Bekanntschaft mit kalten Masseusenhänden. Der Sekt wirkt. »Zeig mal her, das sieht ja fatal aus. Soll ich dir die Füße massieren, Jelisaweta?« Schön, endlich ein eigener Name. Warum Mutter ihrem Bruder den Vornamen seines gefallenen Vaters verpasst hat, konnte sie ja noch halbwegs nachvollziehen. Aber der Tochter den eigenen Vornamen zu verpassen, das hat sie nie verstanden.

Sie macht es ihm wirklich einfach. Aber der Genosse Major hat ihn auch hervorragend eingewiesen. Dramaturgisches Gespür hat der Kerl, Wahnsinn. Das wird noch spannend. Hoffentlich schaltet der das Ding zwischendrin mal ab, sonst hält die Batterie nicht durch.

Der Typ vor ihr auf der Landungsbrücke hat eine fette Schnapsfahne. Sie greift nach der Eisenkette, nüchtern ist sie auch nicht mehr. Alexanders Hand liegt fest auf ihrer Schulter. An der Schlange zum quittungsfreien Umtausch hat er sie vorbeigelotst, »lass mal, ich habe vorgesorgt«. Sie sind die ersten am Bus, hoffentlich dauert die Fahrt lange genug, um den Kopf an seine Schulter zu lehnen, kurz die Augen zuzumachen und zu hoffen, dass das Jucken im Mund abklingt, bis sie da sind. Natürlich ist der Orangenschlitz nicht folgenlos geblieben. »Für die Sky Bar haben wir später noch genug Zeit, vorher will ich dir was zeigen. Damit du weißt, mit wem du es zu tun hast, Jelisaweta.« Der Fahrstuhl im Neptun Hotel scheint sie erwartet zu haben, kaum drückt Alexander den Knopf, gleitet die Kabinentür auf. »Na, zumindest die Aufzüge sehen nicht anders aus als bei uns.« »Was hast du erwartet? Nach oben und nach unten lässt man sich auch in der DDR gerne automatisch befördern.« Als sich die Fahrstuhltür wieder öffnet, gibt sie den Blick auf graue Kellerflure frei, Neonröhren rechts und links, gurgelnde Geräusche hinter Metalltüren, vermutlich der Heizungskeller. Bestimmt hat Hagen vergessen, neues Heizöl zu bestellen. »Wir können wirklich einfach so in die Waschküche marschieren? Weiß deine Nichte, dass du heute hier bist?« Ein befrackter Neptunpinguin biegt um die Ecke. Wahrt die Fassung, scheint Schlimmeres gewöhnt zu sein als eine barfüßige Frau und einen basaltäugigen Mann mit einem Paar Damensandaletten in der Hand. Alexander spricht ihn an: »Jó napot. Szabad ez az asztal? El tudná kevés zsírral készíteni? Kérem vigye el a terítéket.« Er legt Elisabeth den freien Arm um die Schulter, »Ein ungarischer Kollege meiner Nichte. Komm weiter.« Entweder sind die Ungarn nicht besonders herzlich oder er ist kein besonders guter Bekannter, auf jeden Fall stellt der befrackte Kellner keine weiteren Fragen.

Du weisst schon, was er da gerade gesagt hat, oder? Guten Tag. Ist dieser Tisch frei? Können Sie es fettarm zubereiten? Bitte räumen Sie den Tisch ab. Nur gut, dass sie kein Ungarisch kann.

»So viele Mangelgeräte! Hab auch eins davon rumstehen in meiner Waschküche. Meine Mutter ist der Meinung, dass ich das brauche. Wenn die wüsste, dass die Abdeckhaube nur entstaubt wird, wenn sie zu Besuch kommt. Es gibt ja wirklich etliche technische Errungenschaften, auf die ich nicht mehr verzichten würde, Waschmaschine, Geschirrspüler, Munddusche, aber wenn ich was zu mangeln hab, bring ich das immer in die Mangelstube bei uns im Dorf.«

Hat er das etwa auch gewusst?

»Warum ist denn hier niemand? Ich dachte immer, der Sozialismus steht niemals still. Hihi. Aber dass er auch Heißmangeln hat ... Wo hast du denn jetzt schon wieder die Flasche her?« »Ich hab dich nicht umsonst mit hier runter genommen. In die Tiefen der sozialistischen Produktion. Es wird Zeit, dich von der Fremdbestimmung zu befreien. – Ist gar nicht so schwer: Fang einfach mit dem obersten Knopf an ...«

Damit kommt er nie und nimmer durch. So willenlos ist sie nicht, egal, wie viel Sekt er vorher in sie reingefüllt hat.

»Komm schon, Jelisaweta. Du bist doch nicht umsonst bis hierher mitgekommen. Aus deinem Klassenzimmer in der Bundesrepublik, wo es nach Zitronenreiniger riecht, Blumenampeln aus Kunststoff deinen Geschmack beleidigen und Kinder Strohhalme in pyramidenförmige Trinkpäckchen stechen, während deine Tochter schon als Zwölfjährige eine AK-47 erkennt, wenn man ihr eine vorlegt.«

Das war's. Was ist denn plötzlich in den Idioten gefahren? Wie schnell können wir den stoppen, ist da jemand Zuverlässiges im Objekt?

»Deine Schuhe? Die wirst du dir schon holen müssen. Na los, komm her. Jelisaweta. Du gehörst bestimmt zu denen, die glauben, dass es Pot-*e*-mkinsche Dörfer heißt und die Witze von Radio *E*-riwan kommen, stimmt's? – Nachhilfeunterricht willst du? Dazu musst du schon die Tür zumachen. – Und jetzt schalt die Heißmangel ein. – *Togedder dey would travel on a boat wid billowed sail, Jackie kept a lookout perched on puffs gigantic tail* ... – Puff auf Ungarisch? Keine Ahnung – *noble kings and princes would bow whenever dey came* – Ein Kosename? Sascha. Ist die russische Abkürzung für Alexander. Aber wie wär's, du hältst jetzt einfach mal den Mund und lässt dich fallen? Das kannst du wahrscheinlich gar nicht, stimmt's? – *E-lisch-ka. Sag wie kann man nur so sein, wer redet dir das ein? Dir fehlt nur etwas Mut! E-lisch-ka, Liebe braucht die ganze Welt* ...«

Idiota. Vermasselt. Rewind.

»*Pirate ships would lower deir flag when puff roared out his name* Lass endlich los, Jelisaweta, lass los, ich halte dich, na komm schon ...«

Gerade noch die Kurve gekriegt, Genosse.

»Bettlaken und riesige Leinentücher, Spannbetttücher hatte meine Mutter ja damals noch nicht. Zehn Minuten pro Laken musste die da bestimmt einrechnen, bis die ... richtig glatt ... waren. Je nach Lakengröße kann das ... Aah. Kann das ... auch ... mal ... aaahhh... länger ... aaaaaa-aaaaaaah«

»Finom volt.«

 Das war lecker?

»Einen Schuhlöffel? Du hast Vorstellungen. Kommst du auch so wieder rein?«

 Ich geb zu, die Taktik war nicht neu. Aber solange sie aufgeht. Ich denke, die hat er ausreichend in die Mangel genommen. Zahm wie ein Deckchen. Kommt da jetzt noch was?

»Fizetni szeretnék.«

 Die Rechnung bitte? Schäbäschäkorlatosasch. Geschwindigkeitsbeschränkung. Bitte!

Ich kann einen Oreo-Keks aus Ihnen machen

Den Gesetzen der Aerodynamik zufolge sind die Flügel von Hummeln zu schwach und ihre Körper zu schwer, als dass sie fliegen könnten. Aber die Hummel weiß das nicht. Sie fliegt einfach los.
Mary Kay Ash

Perry, February 1st 1980

 Genau wie früher. Sie steht mit abgekauten Fingernägeln am Geländer und würde gerne mitspielen. Sogar das Wetter ist wie damals. Noch ist der Himmel verhangen, aber man kann sich drauf verlassen, dass die Wolkendecke rechtzeitig zum Anpfiff aufreißen wird. Heute ist das Spielfeld der *Supervalue*-Parkplatz und die Cheerleader sind mit Einkaufswagen gerüstet und tragen bonbonfarbene Frühjahrsmontur. Aber Shirley Eudora Pesterneck ist nicht mehr das schüchterne Mädchen. Heute wird sie sich über das Geländer schwingen und die Bonbon-Cheerleader ein bisschen aufmischen. Ohne dass sie es merken. Sie wird lächeln und nicken, ganz gleich, wie sie reagieren, die Frauen, so, wie Carol es ihr eingetrichtert hat. Lächeln und nicken, lächeln und nicken, wiederholt Shirley, während sie die Parkpositionen der Autos und die Laufwege der Kunden studiert und versucht, den geparkten Autos Informationen über ihre Besitzer zu entlocken. Abgeranzter Pickup mit Decken und Taurollen auf der Ladefläche. Da kann sie sich den Blick in die Fahrerkabine sparen, eindeutig nicht ihre Zielgruppe. Blauer Chevy mit weißem Verdeck. Plastik-

sonnenblume an der Rückspiegelhalterung, Sonnenbrillenetui auf der Armatur, cremefarbene Lederhandschuhe auf dem Beifahrersitz. Schon eher.

Unter dem Schriftzug der Drogeriekette öffnen sich die automatischen Glastüren und verschwinden in der Gebäudefassade. Sie entlassen eine zerknitterte Frau und einen lockenmähnigen Riesen im Rollstuhl, die Gorillaarme um zwei vollgepackte braune Papiertüten geschlungen, die Militärweste voller Aufnäher, die Tarnhose unterhalb der Kniestümpfe zusammengeknotet. Die Wolkendecke bricht jetzt endgültig auf, und Knitterfrau und Gorilla verschwinden im gleißenden Licht der Februarsonne hinter dem knallroten Dodge am anderen Parkplatzende. Die waren wenigstens eindeutig keine Kandidaten. Davor hat sie zwei toupierte Teenager mit riesigen Colabechern vorbeiziehen lassen und eine junge Frau mit strähnigen Haaren und zwei Kindern, eines auf der Klopapierpackung im Einkaufswagen, das andere an der linken Hand – Geld für Hautpflege gibt die bestimmt nicht aus. Der Typ mit der Pilotenbrille und der Fernbedienung, der am anderen Parkplatzende seinen Spielzeugjeep zwischen den parkenden Autos durchmanövriert, schon gleich gar nicht. Auf die Entfernung erinnert seine Wollmütze sie etwas an Harley Dean. Aber Harley Dean würde nie mit so einem albernen Lolli im Mund rumrennen.

Die nächste Kundin hat sich die Sonnenbrille schon ins Gesicht geschoben, noch bevor sie zwischen den Schiebetüren durch ist. Sie rollt ihren Wagen im Stechschritt über den Parkplatz. Auf die braucht sie gar nicht erst zugehen, nie und nimmer hätte die angehalten, um sich Shirleys

Gestotter anzuhören und danach 27,50 Dollar für Reinigungscreme, Gesichtswasser, Maske, Nachtcreme und Make-up Grundierung hinzublättern. Ganz zu schweigen vom Glamour-Set.

Verdammt. Das ist Iowa, nicht Hollywood, da darfst du nicht wählerisch sein, Marilyn Monroe wird hier kaum entlangschweben. Höchstens zwei noch, spätestens die Dritte ist fällig. Denk an Nancy Titjen, Shirley. Die hat am Fließband angefangen, in einer Munitionsfabrik, und heute verdankt sie Mary Kay ein Vermögen. Denk an die neun Prozent Provision, die du zusätzlich auf den Umsatz deines Teams kriegst, wenn du es erst mal bis zur Direktorin gebracht hast. Neun Dollar von hundert. Bei acht Frauen im Team mit einem Wochenumsatz von je 100 Dollar wären das allein 72 Dollar extra jede Woche. Ohne selber eine einzige Party zu veranstalten. 288 Dollar im Monat. Ohne auch nur ein fremdes Gesicht angefasst zu haben. Da willst du doch hin, Shirley, drei Rekrutierungen, dann bist du Teamleiterin. Brich deine Ziele in einzelne Schritte runter, du hast Carols Worte noch im Ohr, überschaubare Schritte, drei Frauen, die erste von ihnen wird gleich aus diesen Supermarkttüren treten. Brust raus, Bauch rein, lächeln und den Mary-Kay-Song im Kopf auf Repeat stellen: *I've got that Mary Kay enthusiasm up in my head, down in my feet, deep in my heart, la la la la-la-la* ...

»Hey, Ma'am, wie geht's, Sie sehen großartig aus, darf ich Sie kurz ansprechen?« Die grün schillernden Augendeckel stur irgendwo in die hinterste Ecke des Kundenparkplatzes gerichtet, schubst ihr Zielobjekt den Einkaufswagen haarscharf an ihr vorbei, die geriffelten Kanten der Papiertüten ratschen an Shirleys Blazer entlang. O.K., das war noch nicht der richtige Ton. Wenn sie jetzt zu lange zögert, ist die Frau an ihr vorbei und die Chance verpasst, unauffällig winkelt Shirley den Arm an, ihr Ellbogen schubst eine Kekspackung aus einer der vollbeladenen Papiertüten. Könnte als Versehen durchgehen. Unbeirrt steuert die Frau weiter auf ihr Auto zu, sie scheint nichts gemerkt zu haben. Shirley geht in die Knie und hebt die Keksrolle auf, »Ma'am, Ma'am, Entschuldigung, Ihnen ist da was aus dem Wagen gefallen ...« Sie schwenkt mit der Kekspackung. Die Dampfmaschine verlangsamt, die kurzen Beine unter dem Wollmantel kommen zum Stillstand, die Frau fährt sich mit dem Handrücken über die Oberlippe. »Da wäre doch bestimmt jemand traurig, wenn die nachher fehlen würden, oder?« Wie sie es hasst, wenn sich jemand auf die Tour bei ihr einzuschleimen versucht. Aber da muss sie jetzt durch, sie ist noch in der Grundausbildung, als junger Rekrut kriechst du durch den Schlamm und leidest. Anerkennung will erkämpft sein, dafür schmeckt sie hinterher umso besser. Nur einen anderen Köder muss sie finden, denn dass diese Frau nicht großartig aussieht, ist nicht nur offensichtlich, sie weiß es auch selbst. Immerhin, sie ist stehen geblieben. Aber alles an ihr signalisiert Misstrauen, ihr Blick sagt: Keinen Schritt näher, mit den Händen hält sie die Stange des Einkaufswagens fest umklammert.

»Entschuldigen Sie, ich sollte nicht so überschwänglich sein, Sie haben mich nur gerade völlig hingerissen, eine Meerjungfrau auf dem Supermarktparkplatz, also, ich meine, Ihr Lidschatten, wie der schillert, dieses Grün, das erinnert mich so an die Schuppen einer Meerjungfrau ...« Der entgeisterte Blick der Frau ist weniger auf Shirley gerichtet als auf den leeren Raum zwischen ihnen, wo Shirleys Worte vor beider Augen gerade wie Seifenblasen in der Luft zerplatzen. Langsam zieht sie die Hand, die sie schon nach ihrer Keksrolle ausgestreckt hatte, zurück und macht einen kleinen Schritt nach hinten. Nicht aufhören zu lächeln. »Nein. Warten Sie. Bitte. Wenn Sie abends vor dem Spiegel stehen und sich mit dem Waschlappen die Meerjungfrau aus dem Gesicht holen, wie fühlt sich Ihre Haut dann an?« Mit winzigen Schritten, ohne den Blick von Shirleys Mund zu lösen, weicht die Frau zurück, den Wagen wie einen Schutzschild vor sich. Sie muss diese Frau für eine Gesichtsbehandlung gewinnen, diese Frau hat das nötig. Diese Frau hat Freundinnen. Diese Frau wird eine Mary-Kay-Party veranstalten. Diese kleine fette Meerjungfrau ist ihre Prüfung.

Mit einem Riesenschritt ist Shirley am Wagen und legt die Hände auf das Gitter. Lächelnd. »Sie verstehen mich nicht. Ich bin Mary-Kay-Schönheitsberaterin. Ich stehe hier schon den ganzen Tag und suche nach *dem* Gesicht. Dann kommen Sie vorbei! Das ist Ihre Chance – Sie bekommen eine komplette Gesichtspflege von mir, umsonst. Gucken Sie doch bitte mal in Ihren Wagen. Vier Tüten voller Lebensmittel, ein Wocheneinkauf. Dafür haben Sie doch mindestens 35 Dollar hingeblättert, oder? Was bleibt davon in zwei Wochen?«, sie fixiert das rechte Auge der Frau, wie Carol es ihr beigebracht hat, »Nichts. Aber wenn Sie stattdessen in Ihre Haut investieren, glauben Sie mir, wenn Sie erst durch meine Hände gegangen sind, erkennen Sie sich nicht wieder ...« Ein panischer Ausdruck breitet sich auf dem Gesicht der Frau aus, hilfesuchend wandern ihre Augen über den Parkplatz, aber die Kunden, die die

Glastüren ausspucken, steuern zielstrebig auf ihre Autos zu. Die auffällig geschminkte dicke Frau und die Frau mit der ausgefransten Frisur, die sich um eine Packung Oreo-Kekse zu streiten scheinen, gehen sie nichts an.

»Was ich sagen will«, Shirley reißt die Packung auf und fingert einen der runden Kekse hervor, »es ist doch wie mit diesen Keksen. Von außen sind sie braun und dunkel und vertrocknet. Man sieht ihnen nicht an, was in ihnen steckt.« Sie hat plötzlich Schluckauf und ihre Schultern fangen an, zu zucken, das Bild der widerspenstigen Meerjungfrau verwackelt, hoffentlich hält ihr Lächeln. »Aber innen drin, da steckt der cremige weiße Kern, den wir alle so lieben. Sonst würden wir ja einfach nur Schokokekse kaufen …« In ihren Augenwinkeln sammeln sich Tränen, die Frau verschwimmt. Gleich wird sie sich auflösen. »Ich kann einen Oreo-Keks aus Ihnen machen.«

Ungläubig starrt Sally sie an, »Oreo-Keks? Du hast gesagt, dass du einen Oreo-Keks aus ihr machst?« Sally zieht ihre Strickjacke enger um sich, lässt sich auf die oberste Treppenstufe fallen und zündet sich eine Zigarette an. »Sind ja jetzt nur noch die Kisten aus Petes Zimmer, oder?« »Und die Kräutertöpfe aus der Küche. Peg packt eben noch die Einmachgläser ein, die lass ich ihm nicht da.« Larrys Schicht geht bis nachmittags, danach hat er sich zum Kartenspielen verabredet, vor heute Abend um acht taucht der auf keinen Fall hier auf. Der Demütigung setzt er sich nicht auch noch aus, zugucken zu müssen, wie die Porkettes Shirleys Kisten aus seinem Haus tragen und auf Harley Deans Pickup verladen. »Wie sieht's mit der Garage aus«, Sally ascht in den Blumenuntersetzer, »hast du da noch was, Fahrrad von Pete, Gartengeräte?« Sie haucht sich in die Handflächen und mustert ihre abgeblätterten Fingernägel. »Je oller, desto doller, sagt Gary ja immer. Aber ich fürchte, das würde deine Carol anders sehen, was meinst du? Wie viele Termine machst du eigentlich so?« Gut, dass Sally sie daran erinnert, *warum* sie hier auszieht. Dass es ein Leben ohne Fließband und Schlachtvieh ist, in das sie aufbricht. »Carol hat mir so eine Art Drehbuch gegeben, ein Muster für Gesprächseinstiege, seitdem krieg ich eigentlich mindestens jede zweite, die ich anspreche.« Ja, sie hat dazu gelernt seit dem Desaster auf dem Parkplatz. »Dann musst du im Prinzip nur noch die richtigen Knöpfchen drücken, damit die hinterher auch eine Party buchen. Das Ansprechen ist echt die größte Hürde.« »Nach so einer Gesichtsbehandlung kaufen die auch, ja? Was kostet das Basis-Set doch gleich?« »27,50 Dollar«. »Macht bei vier Frauen 110 Dollar. Wenn drei davon danach eine eigene Party schmeißen und du auf jeder Party mindestens zwei Sets loswirst, kommst du in einer Woche schon auf 275 Dollar. Gezahlt hast du für die Sets 137,50 Dollar. Bleiben 137,50 Dollar Gewinn. Nicht schlecht. Gar nicht schlecht.« Sally ist nicht umsonst die Kassenführerin bei den *Swinging Bolognas*, war schon immer ein Rechengenie. Der macht keiner ein X für ein U vor. Dass Sally sich jetzt so für Mary Kay interessiert, damit hätte sie nicht gerechnet. Sue, ja, die schon, mit ihren Träumen von Hollywood und Glamour, aber Sally? Andererseits, eine wie Sally im Team zu haben könnte natürlich ein Riesenvorteil sein. »Morgen klapper' ich im Trailerpark als erstes meine neuen Nachbarinnen ab, Gesichtspflegeparty zum Kennenlernen. Sal, du glaubst gar nicht, was das für ein Ansporn ist, zu wissen, *wofür* du etwas tust. Führt dein Mann vielleicht ein Tänzchen für dich auf, wenn du trotz kranker Kinder einkaufen warst, die Wäsche gewaschen und ein Ferkelkostüm für die Schulaufführung genäht hast? Klar krieg ich am Fließband Akkordzuschlag, aber ganz ehrlich, wie befriedigend ist das?« Ein metallisches Glitzern legt sich über Sallys Augen. »Shirley, bring mir Stift und Zettel. Jetzt. Ich muss was ausrechnen.« Sie greift sich in den Nacken, zieht mit einem Ruck das Haargummi aus ihrem Pferdeschwanz und wirft den Kopf vor und wieder zurück, dabei fegen ihre Haare die Zigarettenstummel von der Verandatreppe.

»Also. Die Grundausstattung kostet 55 Dollar, sagst du, da sind vier Basis-Sets drin, die du für je 27,50 verkaufst, also mit 50 % Gewinn. Alles, was du brauchst, ist ein Telefon, ein paar Leute, die du anrufen kannst, oder den Arsch in der Hose, wildfremden Frauen auf dem Parkplatz zu erzählen, sie seien Meerjungfrauen, richtig?« »Oder den Müttern in der Schule, auf die deine Kinder gehen. Kolleginnen in der Kantine oder in der Umkleide. Im Chor, in dem du singst. In deiner Kirchengemeinde. Deine Nachbarinnen. Der Häkelkreis deiner Schwiegermutter …« »Verstanden«, Sally hebt abwehrend die Handflächen. »Wir reden also grob gesehen von der Hälfte der Menschheit, und angesichts der Reisekosten und der Tatsache, dass wir weder Chinesisch noch Russisch noch Deutsch können, auch nur von dem Teil der Hälfte der Menschheit, den wir mit dem Auto innerhalb von maximal zwei Stunden erreichen können. Sind aber immer noch genug.« Sally rutscht näher, bohrt Shirley den Bleistift, auf dem sie die ganze Zeit herumgekaut hat, in den Oberarm und schabt sich mit dem Fingernagel die gelben Lacksplitter von der Zunge. »Nur mal so angenommen, für einen Gesichtspflegetermin brauchst du eine Stunde und eine Party lass ich jetzt mal zwei Stunden dauern. Nicht zu vergessen die Zeit, die du brauchst, um eine Frau überhaupt dazu zu kriegen, sich auf dich einzulassen – länger als eine Viertelstunde verwendest du darauf aber nicht, oder?« Sally braucht keine Carol. Eine wie Sally durchschaut das Prinzip sofort. Auch den Zeitaufwand, den das Rekrutieren erfordert.

»Das heißt, um auf zehn verkaufte Sets und einen Gewinn von 275 Dollar in der Woche zu kommen, müsstest du so um die zwölf Stunden Zeit einrechnen, richtig?«, wie ein Spechtschnabel klopft das Bleistiftende auf die Verandatreppe. »Jesus, Shirley, nach einem halben Jahr könnte ich Gary verlassen und ihm sagen, dass er sich den Mustang sonst wohin schieben kann.« Sally scheint es ernst zu meinen. Dann soll sie auch das gesamte Paket bekommen. »Richtig los geht's ja erst, wenn die Frauen, die du angesprochen hast, selber einsteigen. Dann bekommst du nämlich vier Prozent auf ihren Umsatz, und wenn du acht im Team hast, kannst du dich zur Direktorin qualifizieren. Das steigert deine Provision nochmal, auf mindestens neun Prozent. Ob du den Mustang dann überhaupt noch willst, ist die Frage.« Sally ist eigentlich *die* Cadillac-Kandidatin von allen. Sally ist klar, durchsetzungsfähig, weiß, was sie will, und kann vor allem rechnen. Ob allerdings drei Kindersitze in den Cadillac passen, weiß Shirley nicht. Aber dann muss eben Gary den Chauffeur machen, wenn Sally erst Mary-Kay-Direktorin mit Cadillacstatus ist. »Moment. Hab ich das richtig verstanden? Angenommen, du hast ein Team mit acht Frauen, von denen jede 1100 Dollar im Monat umsetzt – das bedeutet, als ihre Direktorin kassierst du 792 Dollar, einfach nur, weil du Ihre Direktorin bist?« Sally packt sie am Arm. »Shirley. Siehst du diese Zahl?« Sally ist aufgesprungen und vollführt alberne kleine Tanzschritte im Vorgarten, »Na los, mach mit!« Sie streckt Shirley auffordernd die Hände entgegen, »wie ging doch gleich der Mary-Kay-Song? – *I've got that Mary Kay enthusiasm up in my head, down in my feet, deep in my heart*«, im Rechnen ist sie eindeutig besser als im Singen, aber Sally ist jetzt nicht mehr zu bremsen, grölend tobt sie durch Larrys Einfahrt. Aber heute würde sie Sally alles nachsehen, Sally, die ihr hilft, ihre Sachen bei Larry rauszuholen, Sally, die ab heute nicht mehr nur ihre Freundin ist, sondern möglicherweis ihre dritte Rekrutierung, ihr drittes Teammitglied, Sally, die ihr damit den roten Blazer verschafft. Shirley schiebt sich mit dem Rücken am Verandapfosten hoch. »Eins nach dem anderen. Ich hab ja noch nicht mal den roten Blazer, den krieg ich erst, wenn ich drei in mein Team rekrutiert habe. Annie hat den schon.«

Das Küchenfenster geht zur Veranda raus, das Fensterbrett ist leergeräumt, keine staubigen Kreise deuten mehr darauf hin, dass hier eben noch Töpfe mit Petersilie und Dill standen. Cindy muss feucht nachgewischt haben, ordentlich wie sie ist. Ein paar Wochen noch, höchstens anderthalb Monate, spätestens im April kann sie die Kräuter rauspflanzen, auf den schmalen Streifen neben der Wäscheleine hinter Harley Deans Trailer. Dann wird sie Pete mit der Küchenschere rausschicken, wenn sie Kräuter braucht, das hat Gloria auch immer mit ihr gemacht. Sie wird ihrer Mutter immer ähnlicher, die hat ihr Leben auch ohne Mann bestritten, Shirley und Harley Dean ohne Vater großgezogen. Mit dem Unterschied, dass Shirley Pete nicht einmal sagen *könnte*, wer sein Vater ist, und Gloria Harley Dean und ihr die Väter wissentlich vorenthalten hat. Was Shirley weiß, ist, dass sie einen anderen Vater hat als Harley Dean. Der einzig sichtbare Mann in Glorias Leben lächelt von einem Bilderrahmen in ihrem Flur von einem Holzkarussell auf Coney Island auf sie herab: Opa Jerzy. Neben ihrem eigenen Vater hat sie einfach keinen Platz geschaffen für andere Männer. Kein einziges Foto zeigt Gloria jemals mit einem Mann, und Shirley kann sich auch nicht erinnern, dass in ihrer Kindheit jemals ein Mann in Glorias Leben ein- und ausgegangen wäre. Pete soll Bilder von allen Männern in seinem Leben in Erinnerung behalten. Bill, der zumindest sein Vater hätte sein *können*, mit dem in Leintüchern gewickelten Pete-Baby auf den Klinikstufen, 1965, 18 ist sie da. 1972, Carl mit der Hand auf Petes Schulter bei seiner Einschulung. Pete im selbstgebauten Astronautenanzug, 1973 war das, zusammen mit Harley Dean, den er vergöttert, nur zwölf Jahre älter als er, ihr Lieblingsbild. Larry und Pete auf dem *Five Island Lake*, Pete konnte kaum seine riesige Angel halten, aber mit knapp acht Jahren schon einen getüpfelten Gabelwels ausnehmen. Pete im Wäschekorb in Glorias Garten, hinter ihm Gloria beim Wäscheaufhängen, man sieht nur ihre nackten Füße und die Finger auf der Wäscheleine hinter dem weißen Bettlaken. Sie wird sie alle wieder aufhängen, auch das mit Larry.

Die Angeln der Verandatür quietschen, und Cindy (heute wieder in Gummistiefeln) schiebt sich hinter drei Kartons durch den Türspalt. »Ich bin jetzt mit der Küche durch. Ich würde noch den Kühlschrank ausräumen, die Lebensmittel willst du Larry ja wohl nicht dalassen?« Im Rhododendron über ihren Köpfen zetern zwei Vögel, als einer der beiden auffliegt, setzt der andere ihm nach, steigt über ihn auf und drängt ihn mit ausgebreiteten Schwingen wieder zu Boden. Wie zwei Ringer winden sie sich, hacken sich die Schnäbel ins Gefieder, verschwinden unter den bodennahen Zweigen. So verhalten sich doch keine Vögel. Vögel zwitschern und fliegen und künden von Freiheit. Zwischen Shirleys Füßen versickern drei kleine Lachen langsam im rissigen Holz der Treppenstufe. Eine Hand legt sich auf ihre Schulter. »Lass es raus«, Cindy hält ihr ein Kleenex hin, »schließlich habt ihr ja auch gute Zeiten gehabt. Sally und ich gucken mal, ob wir noch drei unverpackte Kaffeetassen finden. – Wie viele Löffel nimmst du inzwischen?« Shirley wischt sich mit dem Zeigefinger unter den Augen entlang, streicht die schwarzen Schlieren an ihrer Hose ab und geht vor dem Rhododendron in die Knie. Nur die nackte Erde unter den verschobenen Kiefernnadeln deutet darauf hin, dass hier eben ein Kampf stattgefunden hat.

»Shirl. Was zum Teufel machst du da? Du hältst doch wohl kaum ein Nickerchen unter dem Gestrüpp? Schlechter Zeitpunkt. Ganz schlechter Zeitpunkt. Viel zu kalt.« Sie spürt zwei Hände an ihren Fußgelenken, dann wird sie behutsam nach hinten gezogen, mit Bauch und Brüsten schleift sie Rindenstückchen, trockene Erde und Kiefernnadeln mit, ein Stein ritzt ihr das Kinn auf. Ihre Beine werden auf dem Boden abgelegt, Hände streifen ihr unbeholfen über den Rücken, Harley Deans Aftershave umhüllt sie. Sie will sich nicht umdrehen, nicht auf allen Vieren vor ihm knien, auf Höhe seiner Stiefelschäfte, nicht mit tusche-verschmierten Augen seinem Kirk-Douglas-Grübchen ausgesetzt sein, seinem Lächeln mit dem angeschnittenen Mundwinkel. Die Narbe kann ihn nicht entstellen, auch wenn er nie darüber wird lachen können, wenn sie ›Reißverschluss‹ dazu sagt. »Scheiße, H-D, du wolltest schon vor 'ner Stunde hier sein!« Sie gibt sich wirklich Mühe, wütend zu klingen. Irgendwann wird sie sich umdrehen und ihn angucken müssen und dann wird er es sehen. Dass sie zwar ihr Eingemachtes, Fotos und Bilderrahmen in Kartons verpackt hat. Aber Larry trotzdem ein frisches Sixpack in den Kühlschrank gestellt und ihm Steaks aufgetaut hat. Dass sie minutenlang vor Larrys Messerschublade gestanden hat, mit dem Daumen über jede einzelne Klinge gefahren ist, bevor sie seinen Wetzstahl rausgenommen und in einen der Umzugskartons gepackt hat. Harley Deans Arme legen sich um sie, er richtet sie auf, seine großen Hände auf ihren Oberarmen, sie spürt sein Gesicht auf ihren Haaren, seinen Brustkorb im Rücken, seinen Atem auf ihrem Scheitel. Es tut gut, gehalten zu werden. Vielleicht wird ja alles wie früher, wenn sie erst mit Pete in seinem Trailer in Boone wohnt. Vielleicht sitzen sie dann wieder zusammen auf dem Sofa.

Acht Jahre ist es her, dass sie zu dritt auf Glorias Couch vor dem Fernseher gehangen und versucht haben, 365 Plastikkapseln in einem Plexiglasbehälter zu hypnotisieren. Zwei Stunden später haben sie mit Pfeilen auf die Vietnamkarte geworfen, die sie aus Harley Deans Schulatlas gerissen und am Garagentor befestigt hatten. Beim vierten Bier trifft Harley Dean noch Hanoi und Saigon, bis zum sechsten die Landkarte, nach dem achten nicht mal mehr das Garagentor. Der 2. Februar 1972 ist der Tag, an dem alle Jungs aus dem Geburtsjahrgang 1953, die nicht am 6. oder 7. März, 21. April, 3. oder 21. Juli, 9. oder 17. August, 25. oder 31. Oktober oder am 25. Dezember Geburtstag haben, ihren Müttern, Gott oder dem Fernsehprogramm dafür dankbar sind. Denn diese zehn Geburtsdaten stecken in den ersten zehn Plastikkapseln, die der Mann im Fernseher bei der Vietnam-Lotterie aus seinem Plexiglasbehälter gefischt hat. Der Hauptgewinn, ein Expressticket nach Vietnam, der Abholschein für den Einberufungsbefehl. Durchschnittlich 50 000 Rekruten pro Jahr holt sich die Army in diesen Jahren aus der Lostrommel. Für einen wie Harley Dean, geboren am 6. März 1953, ist letztendlich völlig egal, wie viele Rekruten die U.S. Army zur Aufrechterhaltung ihrer Truppenstärke in Vietnam zu benötigen glaubt. Der 6. März ist der Hauptgewinn, die Lotterienummer 1. Harley Dean ist definitiv mit von der Partie. Selbst für den unwahrscheinlichen Fall, sein unbekannter Vater hätte einen Nachnamen, der mit Z beginnt, und nicht nur sein Geschlechtsteil in Gloria, sondern Gloria im Anschluss auch einen Ehering an den Finger gesteckt und ihr seinen Nachnamen verpasst – kein Nachname der Welt hätte Harley Dean Pesterneck mit seiner Startnummer 1 das Ticket nach Vietnam erspart. »Kaum wahrscheinlich, dass es 50 000 Jungs gibt, die am 6. März 1953 geboren sind und deren Nachname mit A bis O anfängt, was, Mom?«

Die ersten drei Tage, nachdem Harley Dean Pesterneck

1972 den Hauptgewinn bei der Vietnam-Einberufungs-Lotterie gezogen hatte, vernichtet er Glorias selbstgebrannten Birnenschnaps. Kaum kann Gloria ihn wieder die Straße runterschicken, ohne zu befürchten, dass er gegen einen Laternenpfahl läuft oder den Nachbarn in die Hecke kotzt, darf er sich von den Veteranen vor dem *Iowa Veterans Home* auf die Schultern klopfen lassen. Er solle doch den Schlitzis mal so richtig zeigen, was ein echter Iowa-Boy drauf hat. Jimmy Kauzlarich am anderen Ende der Straße mäht Harley Dean zu Ehren sogar ›Marshalltown ist stolz auf Harley Dean‹ in seinen Rasen. Kaum ein Jahr später, am 27. Januar 1973, wird in Vietnam der Waffenstillstand ausgerufen und Nixon lässt die Wehrpflicht auslaufen. Aber das kann am 2. Februar 1972 ja niemand wissen. Die 359 Tage dazwischen verbringt Harley Dean in der Warteschleife, legt sich einen Totenkopfring und bessere Karten von Vietnam zu, hängt im Veteranenheim rum und arbeitet, was halt gerade anfällt, Instandhaltungsarbeiten, Transporte, auch Sargträger, wenn mal wieder eine Kiste aus Vietnam kommt. So wie die mit Charly, Pegs Verlobtem. Als bekannt wird, dass wegen des Waffenstillstands in Vietnam nicht mehr eingezogen wird und die Wehrpflicht zum 30. Juni 1973 ausläuft, lässt Jimmy Kauzlarich die ausrasierten Buchstaben auf seinem Rasen wieder auf Einheitshöhe nachwachsen und straft Harley Dean stellvertretend für alle Nichteingezogenen mit Missbilligung, besonders, wenn in der Nachbarschaft eine Flagge auf Halbmast runtergeht. Es gehen noch etliche Fahnen runter. Die letzte am 29. April 1975, für Darwin Lee Judge, einen Tag vor dem Fall von Saigon.

In drei Jahren lässt sich ziemlich viel Missbilligung auf einem 19-Jährigen abladen, der das Pech hat, der Held, der er hätte werden sollen, nicht zu werden, weil in Vietnam plötzlich Waffenstillstand herrscht und Nixon die Wehrpflicht auslaufen lässt. Dabei hätte sich auf Harley Deans Beerdigung so schön über seinen Vater spekulieren lassen. Viel weiß Shirley nicht mehr aus dieser Zeit, 1974 ist sie ja aus Marshalltown weggegangen und zu Larry nach Perry gezogen. Manchmal ist Harley Dean auf seiner alten *Indian 841* bei ihnen aufgetaucht, Baujahr 1943, waren eigentlich für den Wüstenkampf vorgesehen, bis der Armeeleitung aufgegangen ist, dass sie in der Wüste mit Jeeps wohl doch besser bedient ist. Pete war der Wüstenkampf egal. Um an seinen Onkel geklammert an Getreidesilos und Maisfeldern vorbei durch den Mittleren Westen zu donnern, war die *Indian 841* perfekt. Wenn Jimmy Carter heute wegen der Sowjets in Afghanistan plötzlich wieder darüber nachdenkt, alle 18–25-Jährigen zur Musterung zu rufen, ist Harley Dean schon 26 und an Missbilligung gewöhnt. Da ist er schon einer, dem einer das Gesicht zerschnitten hat. Der seinen Job bei Oscar Mayer geschmissen und angefangen hat, mit dieser Motorradgang rumzuhängen, *Sons of Silence*.

Es gibt vieles in seinem Leben, über das Harley Dean schweigt, seit er die Narbe hat. Gestern Abend war Shirley nochmal in seinem Trailer, um den Platz für ihre Möbel auszumessen. An der Stelle, an die sie ihren Schrank hinstellen will, hing sein *Taxi Driver*-Plakat. Als sie vorsichtig die Reißzwecken aus der Wand geholt und das Poster abgenommen hat, sind ihr von dahinter drei maschinengetippte Seiten entgegengefallen. Und so ein Fadenkreuzaufkleber, wie er bei Larry auf dem Armaturenbrett klebt. Natürlich weiß Shirley, dass ihr Bruder ein fotografisches

Gedächtnis hat. Dass Scorceses *Taxi Driver* sein Lieblingsfilm ist. Aber das Geltungsbedürfnis, das aus jeder von Harley Deans Zeilen quillt wie die Vanillecreme aus den Long Johns im Dickcissel Diner, das war ihr unbekannt. Dass er ausgerechnet den Kennedy-Attentäter und seinen Mörder als Vorbilder benennt, macht ihr Angst.

TRAITORS BEWARE

See the old man at the corner where you buy your papers? He may have a silencer equipped pistol under his coat. That extra fountain pen in the pocket of the insurance salesman who calls on you might be a cyanide gas gun. What about your milk man? Arsenic works slow but sure. Your auto mechanic may stay up nights studying booby traps. These patriots are not going to let you take their freedom away from them. They have learned the silent knife, the strangler's cord, the target rifle that hits sparrows at 200 yards. Traitors beware. Even now the cross hairs are on the back of your necks.

MINUTEMEN

Dickcissel, Aug. 1979

»Es gibt Menschen, denen kommt die Lage, in der ich gerade stecke, ausgesprochen gelegen. Diese Menschen werden niemals zulassen, dass die wahren Tatsachen ans Licht kommen.« *Solche* Worte schreiben Geschichte. Aber um die sagen zu können, muss man erst mal was erlebt haben. Typen wie Jack Ruby oder Lee Harvey Oswald haben vielleicht einen hohen Preis gezahlt, aber dafür gibt's in ganz Amerika keinen Schulabgänger, der ihren Namen nicht kennt. Und ich? Der Minutemen-Aufkleber an der Theke hätte mich warnen müssen. Aber ich wollte ja unbedingt in die Geschichte eingehen.

Vorgestern sitze ich noch in diesem gottverlassenen Diner in Dickcissel, unter meinem Hintern aufgeplatztes Kunstleder, und warte auf Larry. Er hätte da vielleicht einen Job für mich, ich würde doch seine Kumpels kennen, mit denen er immer Kaninchen jagt. Kaninchenjagd, dass ich nicht lache, hocken da irgendwo in den Wäldern von Kansas rum, löten sich zu, ballern auf Zielscheiben und bereiten sich darauf vor, ihr Vaterland gegen die Kommies zu verteidigen. Aber was soll ich machen? In meiner Situation kann ich nicht wählerisch sein. Die Klinik stellt mir keine Rezepte mehr aus, und die Sons wollen natürlich Kohle sehen für den Stoff, den sie mir liefern. Als ob ich nicht gemerkt hätte, wie sie alle verstohlen zu mir rüberstarren, auf meine feuerrote Narbe, schwitzende, fette Trucker, schaufeln sich gebackene Bohnen in die Wänste und fluchen über die Sowjets. Der Gestank nach Bohnen und Fett bringt mich noch um. Ich schwitze wie ein Schwein. Alles hier schwitzt. Sogar der Schokoguss auf den Donuts hinter der Glastheke. Wenn Larry hier nicht bald antanzt, kann er sich seinen undurchsichtigen Job in die Haare schmieren.

»Nachschlag, Kleiner?« Kleiner. Sofort beamt sich das abgerockte Diner aus einem Scorcese-Film zurück ins Dickcissel-Naherholungsgebiet, an der Kreuzung von zwei gottverlassenen Highways. Die Kellnerin malmt ihren Kaugummi, die Ellbogen auf den Tresen gestützt, könnte glatt als Flo aus *Alice wohnt hier nicht mehr* durchgehen. Aber sie heisst Donna. Steht auf dem Schild auf ihrer Brust. Ich lege die Hand auf meinen Kaffeebecher. Vielleicht will Pete meinen Totenkopfring ja irgendwann mal haben. Heute versperrt er erst mal Donnas lausigem Kaffee den Eintritt in meinen Becher. »Nein danke, Ma'am.«

Ich hätte »Donna« sagen können, sie weiss selbst, wie alt sie ist, wahrscheinlich wollte sie einfach nur nett sein. Ich sollte was essen, hab schon wieder drei Kilo abgenommen. »Hash Browns«, ruf ich ihr hinterher, »Kannst du die empfehlen?« Donna dreht sich um, in der Linken das Tablett mit der Kaffeekanne, einer zerknüllten Serviette und ein paar geschmorten Tomatenhälften, Wimperntuschekrümel unter den müden Augen. Ist genauso ne Kaputte wie ich, ich seh sowas. Sie guckt mich an. Ich wische mir den Schweiss von der Stirn. Donna weiss Bescheid. »Hash Browns? Hast du Hash Browns gesagt? Darauf kannst du dich beim Arsch deiner Mutter verlassen, dass wir hier die gottverdammt besten Hash Browns machen, die du je gegessen hast!« Dann schiebt sie ihre Augenschatten und ihr Tablett mit einer Haltung durch die Schwingtür, die mir die Tränen in die Augen treibt. Hätte ich einfach das Gerede dieses Rednecks überhört. »So einen wie Bull Connor bräuchten wir heute. Bull war'n ganz eigenes Kaliber, ganz 'n eigenes. Wusste, wann er weggucken musste. Als wir am Muttertag '61 in Birmingham am Busbahnhof gewartet haben, dass der Bus mit den Freedom Riders ankommt, steht der plötzlich in Uniform vor mir. Packt mich am Ärmel und zerrt mich zu nem Stapel Popcornkisten. Darin sollten wir Knüppel und Knarren verschwinden lassen. Nach seiner Runde ließ er uns dann einfach machen.«

Solche Typen sterben wohl nie aus. Schleppen ihr Weltbild aus den 60ern mit sich rum und vergiften das Klima. 1964 war alles klar in Alabama. Wer schuld war. Dass die Welt aus den Angeln gerät, wenn man den Bimbos Zugeständnisse macht. Wer sich erst mal meinen Platz im Bus erkämpft hat, hört nicht auf, bis er nicht auch mein Wahlrecht, mein Haus und meine Frau bekommt. So denken die doch. Ich hätte die Ohren einfach auf Durchzug stellen müssen. »Zehn Minuten später biegt der Bus mit diesen bekloppten Yankees in die Station ein. Was müssen die sich auch für die Rechte *unserer* Nigger einsetzen? Kaum sind die also ausgestiegen, die Freedom Riders, schlendert Rowe durch die Wartehalle, lässt seine Eisenkette kreisen und whoosh, rechts und links auf Schultern und Nieren niedergehen. Zwischendurch schiebt er sich immer mal ne Handvoll Popcorn in den Mund, hat ne richtige Popcornspur hinterlassen.«

In dem Moment hab ich kapiert, dass der Aufkleber nicht umsonst an der Theke klebt. Dass der ein Erkennungszeichen ist. Traitors beware. Ich Idiot. Vor vier Jahren, als Alice van Alstine gerade verschwunden war, hing der an jeder Strassenlaterne. Larry hat auch einen auf dem Armaturenbrett, angeblich hat der da schon geklebt, als er die Karre gekauft hat. Erklärt natürlich, warum er mich ausgerechnet hierherbestellt hat. Hab ja immer geahnt, dass er einer von denen ist.

»Klar sind die Kommies eine Gefahr. Aber die können ja nicht einfach ihre Truppen rüberschicken und uns plattmachen, also versuchen sie's von innen. Die sind überall: in Washington, in den Gewerkschaften, und Hollywood ist sowieso verseucht von denen. Brauchst doch bloss Jean Seberg anzugucken, war sich nicht zu schade, sich nen schwarzen Schwanz reinschieben zu lassen!«

Traitors beware, nehmt Euch in Acht, Verräter. Noch immer hab ich die Botschaft nicht geschnallt. Hätte ich doch meine Klappe gehalten.

»Spricht dich wohl an, der Aufkleber?« Die heisere Stimme. Der Typ, der am liebsten die Rassentrennung zurück hätte. Da ist es mit mir durchgegangen. Dreh mich zu ihm um, guck ihm direkt in die Augen und sage: »Da drüben, an der Ecke, an der du deine Zeitung kaufst, siehst du den alten Mann? Vielleicht hat er eine schallgedämpfte Pistole unter seiner Jacke. Der Kugelschreiber, den der Vertreter da in der Brusttasche hat, er könnte mit Zyanidgas gefüllt sein. Was ist mit deinem Milchmann? Arsen wirkt langsam, aber verlässlich. Weisst du, womit dein Automechaniker seine Nächte verbringt? Vielleicht mit Sprengfallen. Patrioten wie diese Männer lassen sich ihre Freiheit nicht von Typen wie dir nehmen. Sie wissen, wie man lautlos das Messer ansetzt, ein Kabel zuzieht, das Zielschussgewehr bedient, das einen Spatzen auf 200 Yard Entfernung trifft. Seid auf der Hut, Verräter. Wir haben Dich im Visier.« Sagt er: »Auswendig gelernt?« Sag ich, dass ich die Dinge nur einmal angucken muss, um sie wie Bilder abzuspeichern, fotografisches Gedächtnis halt. Sagt er, »Musst du mir beweisen!« Genau das hab ich getan. Bin mit ihm raus auf den Parkplatz, hab mich von ihm durch die Reihen schleppen lassen, mir danach einen Stapel Papierservietten geschnappt und ihm jedes gottverdammte Auto mit Marke und Farbe aufgemalt. Konnte nicht aufhören. Musste ihm ja auch noch die Kennzeichen runterrattern. Vorgestern kam dann dieser Anruf. Ich frag mich, ob meine Rolle in der Geschichte die ist, die ich haben will.

BAND III
Verarbeitung

Mata Hari, Karteileichen & Sozialismus in Technicolor

Waldhilsbach 7. März 1980

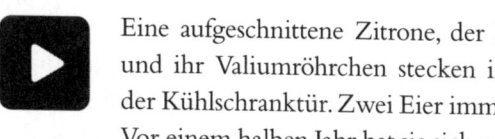
Eine aufgeschnittene Zitrone, der Eierpiekser und ihr Valiumröhrchen stecken im Eierfach der Kühlschranktür. Zwei Eier immerhin auch.

Vor einem halben Jahr hat sie sich noch gefragt, ob Eier ihre Ehe mit Hagen zerstört haben. Irgendwie zwanghaft, ihre Fixierung auf die Dinger. Aber in eine Quarkspeise gehört eben Eigelb. Und der Saft einer frischgepressten Orange. Schmierige Eierschalen findet sie ekelerregend, wohingegen sie Orangenschalen geradezu einen ästhetischen Reiz abgewinnen kann. Trotz ihrer Allergie. Sie muss die Quarkspeise ja nicht essen. Gegen die Zubereitung ist sie nicht allergisch. Im Gegenteil, jedes Stück Orangenschale, das sie von der Frucht abzieht, erinnert sie an die Kleidungsstücke, die Alexander im Wäschekeller des Neptun von ihr abgeschält hat. Sie braucht nur die Augen zuzumachen, schon verschwinden Eierkocher, Joghurtmaschine, Schnellkochtopf und ihre westdeutsche Küche, und sie liegt rücklings zwischen meterhohen Stapeln frisch gemangelter Laken, Tischdecken und Bettbezügen eines sozialistischen Hotelbetriebs. Mit Alexander, der sie im wahrsten Sinne des Wortes in die Mangel genommen hat. Sie hat nicht die Hälfte von dem verstanden, was er gesagt hat, aber sie ist ja auch nur seine Orange. Verrucht und verwegen hat es sich angefühlt, sich hinter Hagens Rücken schälen zu lassen. Hagen, der ihre Statur gerne als

Beweis für die Aufrichtigkeit seiner Liebe anführt – ihr wegen körperlicher Reize verfallen zu sein, könne sie ihm ja kaum vorwerfen. Gut, dass er das dazusagt. Sie nimmt die beiden letzten Eier aus dem Kühlschrank und hält sie sich vor die Brüste. Selbst eine Femme Fatale wie Mata Hari hat ihre Mission mit Zwergbrüsten erledigt. So gewagt, wie zwei rohe Eier vor den Brüsten es zulassen, versucht sie ein paar Charlestonschritte. Mata Hari hat durch ihre promiskuitiven Tanzdarbietungen die Männer in den Wahnsinn (und zur Preisgabe von Geheimnissen) getrieben, sich eine fiktive Biographie zugelegt und ihren Körper wegen ihrer Minderwertigkeitskomplexe (Zwergbrüste!) nie ohne juwelenbesetzten BH zur Schau gestellt. Immer im hautfarbenen Ganzkörperanzug.

Auf die Idee, seinen Bauchansatz zu kaschieren, würde einer wie Hagen nie kommen. Ist von irgendeinem der männlichen Oberbösewichte überliefert, wie die mit körperlichen Unzulänglichkeiten umgegangen sind? Hat Goldfinger den Bauch eingezogen oder Mao Tse Tung über Kinnstraffung nachgedacht? Mata Hari hat man jedenfalls ziemlich übel genommen, wie wirkungsvoll sie ihren Körper einzusetzen und Männer zu entmachten wusste. Aber es gibt ja wirkungsvolle Wege, so einer beizukommen: Man schiebt sie in den Entwerter – ›künstlerisch wertloser Exhibitionismus‹ – und stempelt sie ab. Als feindliche Spionin. Das wiederum scheint Mata Hari geschmeichelt zu haben, ähnlich wie Hagens Genossen, die jede Verdächtigung seitens des Staates als Ritterschlag empfinden. Mata Hari hat der Vorwurf immerhin einen Eintrag in die Weltgeschichte beschert: Die abgefangenen Nachrichten, die sie übermittelt haben soll, verursachten 1917 immerhin den Kriegseintritt der USA. Elisabeth versucht sich an einer Pirouette, ein Ei in der Rechten hoch in die Luft gestreckt, eines in der Linken hinter ihrem Po, offensichtlich haben die BeFa-Beamtinnen am Flughafen zu wenig James Bond geguckt, um in ihrem Lippenstift ein Instrument zur Übermittlung kodierter Nachrichten zu sehen. Schade eigentlich. Mata Hari hat man wenigstens exekutiert. Aber selbst tot schien immer noch Gefahr von ihrem zwergbrüstigen Körper auszugehen. Weswegen die Mediziner ihre Leiche fleddern durften, bis vermutlich nichts davon mehr erkennbar war. Elisabeth überführt das Ei aus der Rechten in die Linke, in einer Hand haben zwei Eier Platz. Mit der freien Rechten greift sie nach der Weißweinflasche im Kühlschrank. Alexander könnte ihre Brüste auch beide in einer Hand halten. Zwischen Mata Haris Einsatz 1917 und ihrer Verführung im Wäschekeller eines DDR-Hotels hat eine Revolution stattgefunden. Die sexuelle Revolution. Anders als Mata Hari hat Elisabeth ihren Einsatz *ohne* BH durchgeführt. Hat ohne BH den real existierenden Sozialismus gevögelt. Oder zumindest *im* real existierenden Sozialismus. Dafür aber mit fuchsiafarbenem Lippenstift. In dem Brief, der mit dem dritten Lippenstift kam, hat Shirley ganz vorsichtig angefragt, ob sie Elisabeth als neues Team-Mitglied ausgeben kann, *falls* sie sich das vorstellen könnte. Shirley bräuchte wirklich nur ihr Einverständnis und ihre Adresse, als Nachweis für das Mary-Kay-Hauptquartier, ansonsten entstünden ihr keinerlei Verpflichtungen, im Gegenteil, sie würde sich gerne erkenntlich zeigen, vielleicht mit einem lebenslangen Abonnement auf ihren Lieblingslippenstift.

Lebenslang jeden Monat einen. Mit dem sie dem Überwachungsterror ins Gesicht lächelt. Mit dem sie sich fühlt wie Mata Hari im Ganzkörperanzug. Ohne dafür exekutiert und seziert zu werden. Eine revolutionäre Karriere als Karteileiche bei Mary Kay. Sie hat unterschrieben. Irgendwie muss man ja anfangen, Geschichte umzuschreiben. Da hat sie's ja noch leicht im Vergleich zu den Frauen in Warnemünde. Haben alle gelächelt. Obwohl sie im Sozialismus leben. Haben ihr lächelnd ausgeblichene Postkarten mit Schwarz-Weiß-Ansichten von Rostock in den 60ern über den Schalter geschoben. Lächelnd Heringsbrötchen gereicht – die legendäre Broiler-Bar im Neptunhotel war hemmungslos überlaufen, aber nach der Turnstunde im Wäschekeller und dem ganzen Sekt, mit dem Alexander sie abgefüllt hat, war sie ziemlich hungrig. Hätte es einen Souvenirladen gegeben, hätten die Frauen auch da noch gelächelt. Aber es gibt in Rostock keine Souvenirbuden. Ein sozialistischer Staat braucht keine Souvenirs. Entweder man kapiert, dass der Sozialismus viel besser ist als der Kapitalismus und seine Menschen glücklicher macht, oder nicht. Dann muss man auch keine Souvenirs mit nach Hause bringen. Dann ist man sowieso jemand, der glaubt, dass es im Sozialismus keine Zentralheizung gibt und die Russen kleine Kinder essen.

Immer häufiger lässt Elisabeth in den Kurwochen nach der Dampferfahrt ihre Massagetermine und ihre Casinoverabredungen ausfallen. Tagsüber Massagen, abends Casino, so will es die Kurroutine, drei Roulettetische und ein paar einarmige Banditen, in denen die sich kurierenden Rentnerinnen ihre Rente in 25-Mark-Portionen versenken. Wer es schafft, zu gehen, sobald die Maschine ein paar Münzen ausgespuckt hat, trinkt am nächsten Nachmittag einen bunten Cocktail auf der Kurpromenade oder bestellt einen Krabbencocktail mit Dillgarnitur und Zitrone. Wer es nicht schafft, rechtzeitig aufzuhören, guckt am nächsten Tag den Kindern aus dem Ort beim Drachensteigen zu und geht zum Abendessen zurück in die Kurklinik. Nach der Dampferfahrt mit Alexander genügt Elisabeth das nicht mehr. Nachts liegt sie wach und hört die Bojen in der Hafeneinfahrt heulen. Tagsüber sitzt sie in Schal und Mütze auf der Seebrücke, trinkt Weißwein und stellt sich vor, mit Alexander zu trinken (dann aber bitte im Sommer und mit Alpenkulisse) und sich gegenseitig frittierte Tintenfischringe in den Mund zu schieben. Calamari, das ist wichtig, keine Miesmuscheln, wie sie sich Hagen letzten Sommer in diesem verregneten Atlantikurlaub am Kap Arcachon reingeschaufelt hat, die ganze Nacht haben seine Finger nach Zwiebel-Weißwein-Sauce gestunken. Sie gießt sich noch ein Glas ein. Natürlich ist ihr klar, dass sie nicht einfach Mata Hari, frittierte Tintenfischringe, das Meer, die Alpen und ein Devisenhotel in der DDR zu einem Leben zusammenkleistern kann.

Auf einmal steht sie vor dem Kühlschrank, mit nassen Haaren und zwei rohen Eiern in der Hand, und fragt sich, ob sie Pats' Krakeleien und Kopffüßler wohl ewig an der Kühlschranktür hängen lassen muss, damit das Kind nicht das Gefühl bekommt, es bedeute ihr nichts. Kinder wollen belogen sein, damit ihr Selbstwertgefühl keinen Schaden davonträgt. Immerzu muss man Begeisterung heucheln: über selbstgepflückte Blumen, unförmiges Salzteiggebäck, ungelenke Zeichnungen. Jeden Tag muss man eine neue

Trophäe an die Kühlschranktür hängen. Warum beugen sich eigentlich alle Menschen diesem ungeschriebenen Gesetz, das Innenleben einer Familie an ihrem Kühlschrank anzuschlagen; vom Gynäkologentermin über die Eheberatung bis zur Fußpflege, von der Gesinnung (Ortsvereinssitzung) bis zum Defizit (Psychopharmakarezept)? An dem Stundenpläne und Busabfahrtszeiten, Einladungen zu Elternabenden und Kindergeburtstagen, Kalorientabellen, Wahltermine und Postkarten hängen. Neben der Postkarte mit dem roten Doppeldeckerbus aus London hing jetzt auch ihre Postkarte aus Travemünde. Dass die Kur ziemlich langweilig und sie von Rentnern umgeben ist, was den Vorteil hat, dass sie in Restaurants immer den Seniorenteller bestellen kann. Die regulären Portionen würde sie nie schaffen und es wäre ja so schade, die Hälfte zurück gehen zu lassen, ist immerhin frischer Fisch. Alexander hätte selbst dann nicht mehr auf die Karte gepasst, wenn sie vorgehabt hätte, den geheimnisvollen Exil-Ungarn zu erwähnen, der ihr, als man ihnen bei der Ankunft in Travemünde ihre Pässe wieder ausgehändigt hat, zum Abschied einen kleinen grünen Plastikdrachen in die Hand gedrückt hat. »Du kennst doch die Geschichte von Puff, dem Zauberdrachen. Die meisten kennen von dem Lied ja nur den Teil, in dem der lustige Drache und der kleine Junge zusammen wilde Abenteuer erleben. Dass der Drache zum Schluss alleine und traurig zurückbleibt, wird meist verdrängt. Jelisaweta, weißt du auch, warum? Der kleine Junge verliert irgendwann das Interesse an den ausgedachten Abenteuern. Für uns beide will ich natürlich hoffen, dass das Schicksal uns bis in alle Ewigkeit weiterspielen lässt ...«

Vorerst ist es Hagen, der Schicksal spielt. Unrasiert, mit grimmigem Blick und der ZEIT unter dem Arm kommt er in die Küche. »Hier, für dich, irgendeine von deinen Kurfreundinnen«, und lässt eine Postkarte auf die Arbeitsplatte fallen. »Wann gibt's Essen?« Er steckt seinen Finger in die Schüssel mit der Quarkspeise, leckt ihn ab und zieht sich mit der Zeitung ins Wohnzimmer zurück. Elisabeth atmet tief durch, holt die Weißweinflasche aus dem Kühlschrank, die Kühlschranktür lässt sie offen. Den Blick auf die Arbeitsplatte gerichtet, leert sie ihr Glas in einem Zug und füllt es randvoll nach, dann zieht sie die Postkarte aus dem Häufchen Orangenschalen. Ein röhrender Hirsch am Waldrand im Sonnenuntergang, im Hintergrund schneebedeckte Berggipfel. Die Karte stammt von ihrer lieben Kurfreundin Ilona. Sie haben versprochen, sich *unbedingt* wiederzusehen, wenn sie mal in der Nähe sind. Jetzt *ist* Ilona in der Nähe. Im Odenwald, bei der Verwandtschaft. Ob sie sich nicht morgen auf einen Kaffee treffen wollen, in Wald-Michelbach. Zwei rohe Eier zerschellen auf dem Küchenboden.

Ab heute gibt es Orangenquark ohne Eier. Sie wird sich ihr Glück nicht mehr von Eiern zerstören lassen. Ab heute trifft sie sich mit ihrer Kurfreundin Ilona, die auf Verwandtschaftsbesuch im Odenwald weilt. Ab heute ist sie frei und stark. Mitglied der Mary-Kay-Armee. Bewaffnet mit einem fuchsiafarbenen Lippenstift wird sie auf dem Drachen reiten.

Das Wunder nimmt seinen vorgeschriebenen Lauf

Dank ihrer Vorstellungskraft entwickelt sie den passenden Plan, um das gewünschte Ergebnis zu produzieren.
Charaktereigenschaften guter Führungspersonen,
Porkette Handbuch

Boone, May 12th 1980

Müsste ja nicht mal pink sein. Aber ein bisschen Farbe, ein heller Streifen, eine Ahnung von Sonne wenigstens könnte nicht schaden. Nichts dergleichen. Wie ein vollgesogener grauer Putzlumpen hängt der Himmel über ihr und wartet nur darauf, ihr Niesel Tropfen in die toupierten Haare zu spucken. Dabei ist ihr Bedarf an Schmuddelwasser für heute wirklich gedeckt. Erst hat sie in der Hektik beim Haaremachen ihre Kaffeetasse umgeschmissen, was ihren Zeitplan komplett aus der Bahn geworfen hat (Carol hasst es, wenn sie zu spät kommt) – dann war keine Zeit mehr, Eimer und Lappen ordentlich wegzuräumen. Sie weiß genau, was sie bei ihrer Rückkehr erwarten wird: eine riesige Wasserlache auf dem Boden. Weil natürlich der Wischlappen über dem Eimerrand mit einem Ende im Wischwasser hängt und in den nächsten Stunden ungestört auf der einen Seite Wasser aufsaugen und es auf der anderen Seite auf den Boden tropfen lassen wird. Wischlappen sind gehässig. Vom Lappenauswringen sind ihre Hände rau, die Haut rund um das Nagelbett hart und verhornt. Gepflegt sieht anders aus. Da nutzt auch die dritte Schicht Handcreme nichts. Zum Glück gucken die meisten Menschen zuerst ins Gesicht. Oder auf die Haare. Dass Mary Kay einer guten Verkäuferin die Direktorinnenqualifikation wegen trockener Hände verweigern würde, kann sie sich dann doch nicht vorstellen. Trotzdem muss sie sich was einfallen lassen, Carol entgeht nichts, und Annie hat ihr in Sachen Handpflege definitiv was voraus. Nicht, dass Annie ihren Umsatz mit ihren Händen machen würde, aber gepflegte Hände sind das Münzgeld der Währung, an der sich Carols Gunst bemisst. Wie auch immer Annie das anstellt, ihren Händen sieht man nicht an, dass sie im Schlachtbetrieb arbeitet, im Akkord sperrige Pappkartons faltet und in den Kompressor stopft, ihre Wohnung selber putzt und die Wäsche selber aufhängt (all ihre Mary-Kay-Provisionen spart sie für einen Trockner). Es muss Annie Stunden kosten, ihren Händen den Alltag auszutreiben.

Shirley beißt die harte Nagelhaut an ihrem Zeigefinger ab und spuckt sie aufs Armaturenbrett. Durch das Fahrtgeruckel wandern sie in den Schlitz an der Windschutzscheibe. Abgekaute Nagelhaut, das ist das Münzgeld *ihrer* Währung. Auf der rechten Straßenseite erkennt sie im Augenwinkel Carols von Buxkugeln gesäumte Einfahrt und reißt das Steuer herum. Shirley hat vielleicht keine makellosen Hände, aber wenigstens einen orangefarbenen Mustang. Der ihr gehört. Kaum vorstellbar, eine Carol Sendich in Larrys Pickup abzuholen, selbst wenn sie die leeren Bierdosen und die Kassetten vorher rausgeräumt hätte. Hat zwar schon über zehn Jahre auf dem Buckel, der Mustang, aber die schwarzen Kunstlederpolster machen eindeutig was her – im Sommer muss man halt ein Handtuch unterlegen. Vor allem bedeutet das für Carol, dass sie ihren Buick heute stehen lassen kann. Der immer weniger ein Buick und immer mehr *kein* Cadillac ist. Je näher Carol dem Cadillacstatus kommt, desto mehr Abwehr entwickelt sie gegen den Buick.

Von der Auffahrt führt ein gekiester Weg zu einem kleinen Rondell. Auch das Rondell ist von Buxkugeln flankiert. Beim besten Willen kann sie sich Carol nicht dabei vorstellen, wie sie mit der elektrischen Gartenschere die Buxkugeln trimmt. Eine Direktorin macht bestimmte Dinge nicht mehr selbst. Eine Direktorin isst ja auch keine selbstgemachte Sülze. Genauso wenig kann sie sich Carol auf der kleinen schmiedeeisernen Bank am Ende des Kieswegs vorstellen. Warum stellt sich jemand eine Bank vors Haus, von der aus man nur auf die Straße gucken kann? Shirley zieht den Schlüssel aus dem Zündschloss, verstaut die Kassette vom Beifahrersitz im Handschuhfach und überprüft den Fußraum. Nicht, dass sich da doch noch irgendetwas versteckt, das Carols Bild von ihr trüben könnte. Als sie sich aufrichtet, lächelt Carol von der obersten Treppenstufe aus zu ihr herab. Ein Sonnenstrahl zwängt sich durch den Putzlappenhimmel und bringt die goldene Hummel an ihrem Revers zum Funkeln. »Hast du schon gehört? Anderson hat's geschafft. Heute Morgen hat er die *Kitty Hawk* in Quebec runtergebracht! Fast erfroren wären die da oben. Backgammon haben sie gespielt, um nicht vor Langeweile zu sterben. Dreimal hat er gegen seinen Sohn verloren.« Maxie Anderson. Auch so ein Verrückter. Packt seinen Sohn in einen Heißluftballon und überquert mal eben in vier Tagen die USA. Pete würde sich liebend gerne die Zehen schockfrosten lassen, sich klaglos zu Tode langweilen, wenn man ihm dafür einen Vater anbieten würde. Pausenlos würde er den im Backgammon gewinnen lassen. »Das ist ein Zeichen, Shirley. Andersons Heißluftballon, Hummeln, wo ist da der Unterschied? Oder nimm die Brüder Wright. Oder Armstrong. Erst will's keiner glauben, und dann fliegen sie doch.« Die Legende von der Hummel, die aus aerodynamischer Sicht angeblich nicht fliegen kann und es nur tut, weil sie nicht weiß, dass sie's nicht können dürfte, hat wahrscheinlich mehr Frauen dazu gebracht, mit einem Koffer voller Hautcreme loszuziehen als jede Verheißung von Provisionen, Brillanten und pinkfarbenen Cadillacs. Es den anderen zu zeigen, allen Unkenrufen zum Trotz, die Fakten zu besiegen, das ist einer dummen Hummel Antrieb genug, um zu fliegen.

Die kleine ukrainische Tonne mit dem Goldzahn lässt sich neben ihr auf den Beifahrersitz fallen, streicht mit brombeerlila lackierten Krallen den Rock über ihren Knien glatt und greift ins Handschuhfach. »Na, dann woll'n wir mal. Ich Sonny, du Cher, würde ich vorschlagen, oder siehst du das anders?« Sie schiebt die Kassette in den Schlitz und zwinkert Shirley zu. »Ich bekomme mehr mit, als du denkst. Oder glaubst du wirklich, ich wäre da, wo ich jetzt bin, wenn ich nur die kleine ukrainische Tonne mit dem Goldzahn wäre?« Jetzt grinst sie von einem Ohr zum anderen. Sie hat Carol wohl tatsächlich unterschätzt, aber das passiert ihr immer wieder, darin, andere Menschen einzuschätzen, hat Shirley eindeutig Nachholbedarf. Gloria hat ihr nur das Überleben beigebracht. Und das Balzverhalten. Aber den Vater, der sie mit auf die Kaninchenjagd nimmt, sich morgens, den Finger auf den Lippen, im Nebel auf den Boden kauert und sie lehrt, die Fährten zu lesen und aus der Beobachtung die richtigen Schlüsse zu ziehen, den hat Gloria ihr vorenthalten. Eine wie Shirley wird immer auf den Beipackzettel angewiesen bleiben, auf die Leuchtreklame, darauf, dass jemand das Verfallsdatum auf die Packung druckt. *I got you to wear my ring,* Carols Ellbogen stößt ihr in die Seite, »na los, Cher, verpass deinen Einsatz nicht!«

Die Sonne verdrängt die letzten Wolken, warme Mailuft strömt durch die runtergekurbelten Fenster in den Mustang und als Sonny-und-Cher-Imitat mit Goldzahn und Angela-Davis-Frisur fliegen sie an frisch gepflügten Erdschollen vorbei, unter denen der Mais steckt, den sie später im Jahr grillen und mit Butter bestreichen werden. Shirley freut sich. Auf die Fahrt mit der Goldzahntonne, darauf, nachher auf der Party Carols Verhalten zu studieren, jede Geste abzuspeichern (hätte sie doch nur Harley Deans fotografisches Gedächtnis), und darauf, heute Abend mit Sally auf ihre Unterschrift anzustoßen. Ohne Unterschrift wird sie Sallys Haus nicht verlassen. Man muss seinen Weg in kleine, überschaubare Schritte aufteilen, Teilziele festlegen. Sie hat schon viel gelernt von der Frau, die ihr ukrainisches Erbe abgeworfen hat wie ein bockiges Pony und keine Gelegenheit auslässt, Shirley nahezulegen, dass sie jetzt wirklich reif für die nächste Karrierestufe ist. Sally wird die goldene Nadel an Shirleys Revers, denn Sallys Unterschrift macht Shirley zur Teamleiterin. Sally ist ihr Joker, die Schatzmeisterin der Marshalltown Porkettes, Sally hat drei Kinder. Das bedeutet Elternabende. Das bedeutet Mütter. Das bedeutet Promotionsveranstaltungen. Sally ist so viel mehr als die Nummer fünf in Shirleys

Team. Sally ist der Wirbelsturm, der sie von Kansas nach Oz tragen wird. Dann muss sie nur noch zum Ende des Regenbogens schlendern, und wenn sie nicht im falschen Film ist, warten dort schon jede Menge Frauen, mehr als sie braucht, um sie zur Mary-Kay-Direktorin zu machen. Und natürlich das Schüsselchen Gold. Frauen, die am Ende des Regenbogens auf sie warten, dazu zu bringen, die Gesetze der Aerodynamik zu ignorieren und loszufliegen, das kriegt eine Eudora Pesterneck hin. Auch mit abgebissener Nagelhaut.

Porkypeg hat ihre schmalen Hüften in einen von Sallys Kinderstühlen gezwängt und ihre Samthände zu den anderen auf die Tischplatte gelegt. Sechs linke, sechs rechte Hände, mattglänzend und leblos wie frisch erlegte Flundern, ein wenig ungläubig begutachtet von vier Augenpaaren. Nicht dass sie plötzlich anfangen zu zucken und sich zurückverwandeln in die rauen, schuppigen, roten, trockenen, rissigen Hände, als die sie hereingetragen worden sind. Annies und Shirleys Aufmerksamkeit daher gilt ganz der zweiten Sensation des Abends. Carol hat wirklich ganze Arbeit geleistet in der knappen Stunde vor Partybeginn. Sally sieht aus wie eine Hochglanz-Version der Zweiundzwanzigjährigen, die sie vor zehn Jahren war. Vielleicht hat sie das Kinn ein bisschen sehr weit vorgeschoben, den Hals ein bisschen zu stark nach hinten gebogen, aber vielleicht liegt das auch einfach nur am Gewicht ihrer kunstvoll aufgetürmten Haare. Um unter ihrer Esszimmer-Hängelampe durchzukommen, muss sie in die Knie gehen. Als würde sie unter einer Limbo-Stange durchtanzen. Bevor Carol ihre Darbietung eröffnen kann, wird Sally noch ziemlich häufig in die Knie gehen, erst muss sie Peg umarmen, dann Annie die Tupperdose mit den Cookies abnehmen, die vorgewärmten Frotteehandtücher aus der Mikrowelle holen und Shirley das Tablett mit den Kristallkelchen in die Hand drücken. Erst dann drückt sie sich selbst zwischen Kinderstuhl und Annie auf die Bank hinter dem Esstisch. Dann müssen alle nochmal aufstehen, weil sie den Schaumwein im Kühlschrank vergessen hat.

»Die Damen! Auf einen großartigen Abend und unsere zauberhafte Gastgeberin Sally, die keine Mühen gescheut, ihren Ehemann für den heutigen Abend vertrieben und ihre Kinder mit Barney Flintstone in die Steinzeit geschickt hat!« Unter gesenkten Lidern späht Porkypeg verschämt erst nach rechts zu Annie, dann nach links zu Sally, um zu sehen, wie die das Problem lösen, Sallys Kristallgläser anzufassen, ohne mit ihren frisch eingecremten Fingern Fettflecken darauf zu hinterlassen. Dann lässt sie nacheinander erst die rechte, dann die linke Hand unter der Tischdecke verschwinden, entweder wischt sie die Creme an der Tischdecke oder an ihrem Rock ab, das kann Shirley natürlich nicht erkennen. Carol steht wie die Freiheitsstatue und zieht ihre Kunstpause mit erhobenem Glas in die Länge, bis alle Gläser sich ihrem entgegenrecken und sie den Startschuss erteilt. »All diese Opfer hat Sally natürlich nicht umsonst auf sich genommen – den ersten Vorteil könnt ihr sehen. Sally hat von mir heute schon das volle Glamour-Make-up bekommen!« Sally wird rot und kichert verlegen zwischen ihren Fingern hindurch, die sie vors Gesicht geschlagen hat, gemustert von einer Marilyn Monroe mit Schlafzimmerblick, die das ganze Spektakel von ihrem gerahmten Poster an der Wand verfolgt. »Aber es geht ja noch weiter: wenn wir heute Abend fertig sind, darf sie sich als Gastgeberin Produkte ihrer Wahl im Wert von 20 Dollar aussuchen.« Wieder klirren die Gläser. »Dafür kann man schon mal seinen Mann in die Wüste und die Kinder in die Steinzeit schicken, was meint ihr? – Aber, jetzt haltet euch fest – es ist noch mehr für sie drin. Als drittes Geschenk hat sich Sally diese bezaubernde, paillettenbesetzte Abendtasche ausgesucht. Die bekommt sie als Bonusprämie obendrauf, wenn zwei von euch Damen nachher eine Party bei mir buchen ...« Sie hält die bezaubernde Tasche hoch, die Pailletten funkeln im Licht der 60-Watt-Birne, Sallys Augen funkeln im Glanz der Pailletten und die zweite Flasche Schaumwein bringt auch Porkypegs Gesicht zum Funkeln, ja, Sally soll diese Paillettentasche nachher neben sich auf den Nachttisch stellen dürfen, damit Sally auch morgen beim Aufwachen noch funkelt.

»Jetzt, wo ihr wisst, was für euch als Gastgeberin drin ist, werdet ihr euch bestimmt um einen Platz in meinem Kalender reißen. Sobald ich hier zwei Termine eingetragen habe, gehört Sally die Tasche!« Erneut klirren sechs Kristallgläser über aufgeklappten Tischspiegeln, vorgewärmten Frotteehandtüchern und Plastikschminktabletts in der Tischmitte aneinander. »Ihr habt es gehört: ein Produktgutschein, ein Gratis-Glamour-Make-up und eine Tasche, für die Marilyn Monroe sofort da aus ihrem Bilderrahmen steigen würde!« Shirley steigt der Schaumwein in die Nase, sie legt den Kopf in den Nacken, hört die anderen schlucken und kichern, ihre Ohrläppchen sind heiß, ihr Gesicht glüht, ob das vom Schaumwein kommt oder an Sallys überheizter Wohnung liegt, kann sie nicht sagen, aber wenn sie sich Porkypeg, Sally und Annie so anguckt, ist sie in guter Gesellschaft. Nur Carol strahlt nach wie vor kühle Überlegenheit aus, matt und alabasterfarben die Haut unter ihrem Gesichtspuder. »Bevor wir anfangen, sollt ihr wissen, was euch heute Abend erwartet. Um euch zu beweisen, *was* Mary Kay alles möglich macht, möchte ich auch eine Geschichte mit euch teilen. Die Geschichte, wie aus einer verunsicherten Flugbegleiterin mit Hautproblemen innerhalb von anderthalb Jahren eine souveräne Mary-Kay-Direktorin mit Buick geworden ist. *Meine* Geschichte ...« Shirley notiert in Gedanken Carols Vorgehen: Mary Kay, Verheißung, persönliche Erfolgsgeschichte. »Damit sind wir auch schon beim Star des Abends: bei der perfekt aufeinander abgestimmten Hautpflege. Bestimmt habt ihr schon die drei Kleckse auf dem Tablett vor euch entdeckt und könnt kaum abwarten, den Zauber auszuprobieren, der sich darin verbirgt.« Carol Sendich ist selbst ein Zauber, eigentlich zu klein und zu kräftig, um anmutig zu sein, und dann diese riesigen Füße, die in den gewagtesten Pumps stecken, die Shirley in dieser Größe je gesehen hat. Aber wie sie im grellen Licht der Deckenlampe ihre gepflegten Hände über Sallys Esstisch fliegen lässt, verwandelt sie dieses Esszimmer, in dem es nach Handcreme und Cheese Pops riecht, in die Startbahn, von der aus sie in ein anderes Leben starten werden. Selbst das Grunzen und Kreischen der Familie Feuerstein, das aus dem Fernseher im Nebenzimmer dringt, wird zur Verheißung, dass die fünf Frauen, die hier an Carols Lippen hängen, in der Lage sind, der Steinzeit des Mittleren Westens zu entrinnen. Das Wunder nimmt seinen vorgeschriebenen Lauf. Fünf Frauen tragen Cremes auf, die sie sonst schon des Preisschilds wegen nie in die Hand nehmen würden, fünf

Frauen brechen auf Kommando in Kichern aus, einfach nur, weil sie kichern wollen, fünf Frauen trinken gläserweise Schaumwein, obwohl sie morgen früh aufstehen müssen, fünf Frauen verhalten sich so, dass die sechste sie in ihr Schema einordnen kann (es gibt blaue und rote, gelbe und grüne Persönlichkeitstypen, sagt Carol), fünf Frauen sind froh, dass mal Leben in der Bude ist, ohne dass es um Mais, Schweinerippchen oder Präsidentschaftskandidaten geht.

»Und, hat's Spaß gemacht? Wie fühlt sich eure Haut jetzt an, merkt ihr den Unterschied?« Als Carol eine gute Stunde später ihren Blick über die Gesichter gleiten lässt, hat sie ganze Arbeit geleistet. Selbstverliebt und entrückt sitzen Sally, Peg, Sallys Schwester und ihre Nachbarin Mary da, lassen ihre Handflächen ungläubig über Stirn und Wangen gleiten und seufzen genüsslich. Jetzt sind sie reif. »Von all den Sets, die ihr heute Abend ausprobiert habt, welches würdet ihr am liebsten mit nach Hause nehmen?« Carol greift sich eines der vor ihr liegenden Sets, beugt sich über den Tisch und reicht es Sally. ›Sobald es zum Verkaufsabschluss kommt, drück ihr das komplette Set in die Hand. Wenn sie's in der Hand hält, wird sie's kaufen ...‹ Es ist eine Sache, Carols verkaufspsychologische Argumente jeden Montag, wenn sie sich zur Wochen- und Karriereplanung treffen, zu hören. Eine andere, zu sehen, was passiert, wenn drei beschwipste Frauen die Tuben und Döschen in der Hand halten.

Sie kaufen wie die Bekloppten. Selbst Sally, die Shirley in der Mary-Kay-Verkaufstypenskala eher als bedachten grünen Typ eingeordnet hätte, kreuzt auf dem Bestellformular ein Feld nach dem anderen an. Was Peg, Sallys

Schwester und Mary bestellen, kann Shirley nicht erkennen, aber Carol wird es bestimmt nicht versäumen, Shirley die Bilanz des heutigen Abends auf der Rückfahrt mitzuteilen. »Ihr seid großartig – und weil ihr mir die Gelegenheit gegeben habt, diesen Abend mit euch großartigen, außergewöhnlichen Frauen zu verbringen, möchte ich dafür die einzigartige Chance, die Mary Kay für euch bereithält, mit euch teilen.« Auch dieser Satz ist heute überflüssig. Sally hat den Kugelschreiber schon längst in der Hand. Mit ihrer Unterschrift wird sie die Fünfte in Shirleys Team. Nach Sue (die noch vor dem Abspann der Dallasfolge, in der Sue Ellen J.R. um die Scheidung bittet, ihren ersten Bestellschein ausgefüllt hatte), nach Betty (Glorias Nachbarin, eine typische »Eigenbedarflerin«, die hat hauptsächlich unterschrieben, um Shirley einen Gefallen zu tun, und wegen des Rabatts auf die Cremes natürlich), nach ihrer ersten erfolgreichen Parkplatzrekrutierung (so eine Nummer wie beim Oreo-Keks-Desaster hat sie sich nie wieder erlaubt). Nach Elisabeth, in deren Namen sie ein Formular ausgefüllt und unterschrieben hat, können sie ja nicht nachprüfen, sprechen ja kein Deutsch, und Elisabeths Bestellungen lässt sie über sich laufen. Jetzt braucht sie nur noch drei Frauen, um sich für die Direktorinnen-Qualifizierung bewerben zu können. Selbst ihre Hände fangen an, mitzuspielen. Kann tatsächlich zaubern, Mary Kays Satinhandcreme. Samtweich und gepflegt, die schuppigen, abstehenden Fetzen an ihren Fingerkuppen haben sich angelegt. Wie bei einer Katze, die ihr Fell nicht mehr sträubt. Vor allem aber unterscheiden sich ihre Hände kaum noch von den Händen, die sich um die Kristallschale neben ihr legen. Man fasst ein Glas am Stiel, nicht an der Schale. Dein Vorsprung schrumpft, Annie.

Zwischen dänischen Möbeln und Hirschgulasch

Dänisches Möbelhaus Wald-Michelbach, 12. Mai 1980

Der Parkplatz ist fast leer. Die Lücken zwischen den Autos sind mindestens fünf Markierungen breit, das erspart ihr abfällige Blicke. Einparken ist nicht ihre Stärke und Mittwochvormittag nicht die Stoßzeit dänischer Möbelhäuser. Zumindest nicht hier, im tiefsten Odenwald, in Wald-Michelbach. Sie hat keine Ahnung, was Alexander dazu bewegt hat, ausgerechnet Wald-Michelbach für ihre geheimen Treffs vorzuschlagen, aber jedenfalls hat Hagen bisher keinen Verdacht geschöpft, dass sie schon zum dritten Mal mit ihrer lieben Kurfreundin Ilona hier verabredet ist. Der kleine Kunststoffdrachen, den Alexander ihr zum Abschied an der Seebrücke geschenkt hat, liegt in ihrer Kleiderschrankhälfte unter den Strumpfhosen. Für Elisabeths Kleiderschrankhälfte interessiert sich Hagen so wenig wie für Elisabeth. Über den Steuerknüppel klettert sie auf den Beifahrersitz, klappt die Sonnenblende runter und mustert im Spiegelfeld die verunsicherte Gestalt mit der steilen Stirnfalte. Mit Spucke richtet sie ihre kurzen Ponyfransen und streckt sich die Zunge raus. Kann es wirklich sein, dass

du gemeint bist, und *dir* das gerade widerfährt? Was für einen Grund sollte ein weltgewandter, aufregender Mann wie Alexander haben, sich für eine kleine verheiratete Studienrätin zu interessieren? Ihr Gegenüber im Spiegelausschnitt verzieht spöttisch die Mundwinkel und vernebelt das Bild mit Zigarettenqualm, bevor sie es zusammen mit der Sonnenblende hochklappt.

Was hat sie sich nach der Kur nicht alles ausgemalt, an den ersten wärmeren Nachmittagen, das Schlafzimmerfenster leicht geöffnet, bei jedem Windhauch haben sich die Gardinen gebauscht und Fliederduft und Amselzwitschern hereingelassen, mit offenem Mund hat sie versucht, den Frühling einzusaugen, während Hagen draußen seine Bahnen zieht und mit dem Rasenmäher gegen Amseln und Frühling anmäht. Dass Alexander plötzlich auf der Fachlehrerkonferenz als neuer Kollege vorgestellt wird. Bei einer Klassenfahrt als Herbergsvater vor ihr steht. Auf dem Aletschgletscher am Fuß einer Endmoräne auf sie wartet. Sie hat das gemähte Gras zu Häufchen zusammengeharkt und versucht, sich ungarische Weisen vorzusingen, aber es ist immer nur *Ich denke oft an Piroschka* geworden. Hat auf dem Weg ins Bad die Grashalme von ihren Fußsohlen auf dem Parkett verteilt, sich vor dem Spiegel ein Küchenhandtuch zum Kopftuch gebunden, eine Gauloise in den Mundwinkel gehängt und erwogen, einen Lesezirkel für ungarische Exil-Literatur zu gründen. Hat Hagen in ein Gespräch über die Charta 77 verwickelt (war einfach) und versucht, eine Platte von *Plastic People of the Universe* zu finden (war unmöglich). Sich bei geöffneter Badezimmertür und mit den Trompetenkonzerten von Maurice André auf voller Lautstärke die Grashalme und die Erinnerung an die

Heißmangel im Neptun vom Körper geduscht. Sie hat ihm doch eine Fährte gelegt. Über den frisch gemähten Rasen, durch die offene Terrassentür, an Maurice André vorbei hätte er ihr ins Bad folgen können. Aber egal, wie häufig sie den Duschvorhang beiseiteschiebt und durch die offene Badezimmertür späht, ist der einzige, der ihren Blick erwidert, der Teakholzkranich auf ihrem Gustav-Bahus-Sideboard. (»Sideboard. Ts, ts, ts ... Früher hieß das noch Anrichte.« Ihre Schwiegermutter lässt keine Gelegenheit aus, ihre Missbilligung über den extravaganten Lebensstil der Schwiegertochter – Sprühsahne! Fertigtorteletts! Sideboard! – zum Ausdruck zu bringen.) Aber seit Hagen die Postkarte mit dem Hirsch zwischen die Orangenschalen gepfeffert hat, weiß Elisabeth, dass Alexander ihrer Fährte gefolgt ist. Ganz fassen kann sie es immer noch nicht. Würde ihr jemand erzählen, dass er dafür bezahlt wird, sie würde es glauben.

Mit dem Zeigefinger schiebt sie ein Fünfzigpfennigstück in den Münzschlitz des Automaten im Eingangsbereich, entscheidet sich gegen Milch und Zucker und mustert abwesend das Musterbett im Schaufenster, während sich der Plastikbecher mit Kaffee füllt. Wenn sie Automatenkaffee trinkt, fühlt sie sich immer gleich ein bisschen dazugehöriger. Aber das gilt nur für sie. Hagens Versuche, der bessere Proletarier zu sein, kotzen sie an. Ist er eben auf dem Dorf aufgewachsen und ja, er hat noch ein bisschen Dialekt drauf. Aber er ist keiner von ihnen, und das liegt nicht an seinen Breitcordhosen, nicht am Studienratstitel und nicht am Vollbart. Ganz gleich, auf wie vielen Dorffesten er mit ihnen im Feuerwehrzelt säuft, wie viele Ehrenämter in Männergesangsverein, Sportverein und Blaskapelle er annimmt, wie viele Forellen er vor 25 Jahren mit bloßer Hand fangen konnte und mit wie vielen Stimmen er in den Ortschaftsrat gewählt wird. Er wird keiner von ihnen. Grundsätzlich hat sie gar nichts gegen Bratwurst auf die Hand, Festzelte und zünftige Abende. Im Gegenteil. Erst letzte Woche hat sie die Rezepte für einen Schweizer Hüttenabend mit Raclette und deftigen Speckbrötchen aus der *Essen & Trinken* gerissen und in ihren Ordner geklebt. Kasseler mit Sauerkraut, Schmalzstullen, deftiger Wirsingeintopf mit Kümmel, sie sammelt alles, was derb und grob ist. Mit einem gurgelnden Geräusch spuckt der Automat die letzten Wassertropfen in ihren Kaffeebecher. Natürlich ist der Kaffee lauwarm und bitter. Aber das ist ja Teil der Vereinbarung.

Wie Alexander auf das Dänische Möbelhaus gekommen ist, weiß sie nicht. Hat ihm nie von ihrer Vorliebe für skandinavisches Design erzählt, ihm keine Bilder von zu Hause gezeigt. Die herausragende Qualität des Automatenkaffees wird's auch kaum sein. Aber gut. Sie kann sich schlechtere Schauplätze für ein zeitgenössisches Märchen vorstellen als zwischen Arne-Jacobsen-Stühlen, Rykken-Ledersesseln und Sideboards aus Teakholz. Jedenfalls hat der Verlag, für den Alexander arbeitet, eine Ferienwohnung hier in der Nähe, da sperren sie manchmal Autoren zur Schreibklausur ein, oder Übersetzer. Wenn Alexander dort zu tun hat, bekommt Elisabeth zwei, drei Tage vorher eine Postkarte von der lieben Ilona, sie sei wieder zu Besuch bei ihrer Tochter im Odenwald, ob man sich nicht auf einen Kaffee treffen wolle? Meistens knallt ihr Hagen den Stapel mit ihrer Post, Zeitschriften und Katalogen auf die Tischplatte, nur *Die*

Zeit nimmt er mit aufs Klo, die kriegt sie erst, wenn er damit durch ist. Auf Postkarten wirft er meist nur einen kurzen Blick. Wenn er die Schrift nicht kennt oder Elisabeths Name draufsteht, sind sie für ihn ohnehin ohne Belang. Wahrscheinlich könnte Alexander auch in Blockschrift draufschreiben, JELISAWETA: FICKEN AM 5. AUGUST, und Hagen würde sie ihr hinwerfen, »hier, scheint für dich zu sein.«

Sie lässt sich in einen Stahlrohrfreischwinger fallen. Sie weiß, wie gut sie darin aussieht. Skandinavisches Design muss die Rache kleinwüchsiger, zarter skandinavischer Designer an muskulösen Hollywoodhünen sein – nirgends kommt ein kurzgeschorenes androgynes Hühnchen wie sie besser zur Geltung als zwischen Teakholz, Stahlrohr und Lederbespannung. Ob er sich das vorgestellt hat, ihren nackten Körper auf einer Tischplatte aus Teak? Sie stemmt sich aus dem Stuhl, streckt die Brüste vor und lässt im Vorbeigehen die Finger über die Ausstellungsstücke gleiten. Ein Pärchen ist so tief in ein schalenförmiges Sofa versunken, als würde es jede Sekunde ins Weltall abgeschossen. Ihre olivgrünen Parkas harmonieren kein bisschen mit dem braun-melierten Tweedbezug. Elisabeth bleibt stehen. Je länger sie es betrachtet, desto mehr sieht das tief ausgehobene, schalenförmige Sofa mit dem braun-melierten Tweedpolster genau nach *dem* Sofa aus, auf dem sie sich von Alexander die nächsten Ungarischstunden erteilen lassen will. Auf den breiten Holzlehnen könnten sie Aschenbecher und Weingläser abstellen. »Was starrst du uns so an? Hau ab!«, fährt die junge Frau sie an. Der Möbelhausmitarbeiter ist in einen Katalog vertieft. Elisabeth tritt so dicht an ihn heran, bis er sie nicht mehr ignorieren kann. Mit dem Kinn macht sie eine Bewegung in Richtung des Pärchens. »Das Sofa. Ich würde gerne probesitzen. Ob Sie den jungen Leuten vielleicht signalisieren könnten, dass es hier jemanden mit ernsthaftem Interesse am Kauf dieses ausgesprochen schönen Möbels gibt?« Dienstbeflissen fischt er nach dem Kugelschreiber hinterm Ohr, klemmt ihn an seine Kitteltasche und nähert sich dem Sofa, als stünde da ein Rasen-betreten-verboten-Schild. Vor zehn Jahren sahen Hagen und sie auch nicht seriöser aus als das Parkapärchen, wer sagt also, dass die beiden sich das Sofa nicht leisten könnten? Der giftige Blick, den die junge Frau ihr im Gehen zuwirft, prallt an ihr ab. Sie hat in Drachenblut gebadet, zwischen skandinavischem Interieur nimmt sie es mit jedem auf. »Eine ausgezeichnete Wahl, mein Fräulein. Massivholz, aufwändig gesteppte Polsterung, hochwertig verarbeitet ...« »Danke. Ich kann selber lesen. Wenn Sie mich jetzt bitte alleine lassen könnten. Sie würden ja auch sonst nicht in meinem Wohnzimmer herumstehen.« Sie lässt sich in die vorgewärmte Sitzhöhle fallen und schleudert die Schuhe von den Füßen. Der raue Tweedstoff in ihrem Rücken, als säße sie in einer gepolsterten Eierschale. Sie wackelt mit den Zehen, hat heute Morgen zusammengeknüllte Nylonsöckchen dazwischen gesteckt, damit die Nachbarzehen sich nicht über die frisch lackierten Nägel schieben. Weinrot und nur leicht verschmiert leuchten sie unter dem Nylongewebe hervor. Die lackverschmierten Söckchen hat sie rebellisch auf dem Schlafzimmerteppich liegen lassen.

In den Geruch von geöltem Holz und Möbelpolitur mischt sich ein angenehm säuerliches Aroma, es ist kurz vor Mittag. Beim Reingehen hat sie den Aufsteller gesehen, mit einer Eisenkette an einen Pfosten gekettet – wer, bitte, klaut denn einen Aufsteller mit dem Kantinenangebot? Hirschgulasch stand als Tagesgericht drauf, dem Geruch nach gibt es dazu Rotkraut, mit Nelken. Ob Alexander Hirschgulasch mag? Er hat ja erzählt, dass seine Nichte in Rostock jagen geht, was die wohl so in ihrer Tiefkühltruhe hat, Wildschweine? Rehe? Vielleicht auch einen Hirsch? Spontan würden ihr beim Gedanken an die DDR ja keine Wildgerichte in den Sinn kommen, eher Büchsenfleisch oder Corned Beef, am ehesten vielleicht noch Jagdwurst. Ach ja, und in Rostock hat sie etwas gegessen, das wie Königinpastetchen mit Ragout Fin aussah, nur haben sie es dort Würzfleisch genannt. Angerichtet auf Toastbrot statt in Blätterteigpastetchen. Dazu Worcestersauce. Die macht Hagen sich auch immer aufs Frühstücksei, da vergeht ihr gleich wieder der Appetit. Das Wildgulasch hier kommt bestimmt aus dem Odenwald und hat einen Klecks Sahne mit einem Petersilienröschen auf dem Tellerrand. Eine Portion Preiselbeermarmelade in einem Extraschälchen. Wenn es in der DDR auch Wildgulasch gibt und sie einen Kofferraum voller Königinpastetchen mitnehmen könnte (die halten sich ja), dann würde sie mit Alexander sogar zu seiner Nichte nach Rostock ziehen. Fürs erste könnten sie ein Zimmer im Neptun (mit Meerblick) beziehen, und Erdkundelehrerinnen braucht der Sozialismus bestimmt auch. Überhaupt, schlimmer als der Sozialismus, den Volker und sein Patientenkollektiv veranstalten würden, wenn man sie machen ließe, kann der echte Sozialismus gar nicht sein. Vielleicht nimmt Alexanders Nichte sie ja mal auf die Jagd mit. Ein Wildschweinfell vor dem offenen Kamin, das müssten sie natürlich haben. Ob sie ihre Möbel mit in die DDR nehmen dürfte?

»Sie haben Gefallen an diesem hochwertigen Unikat dänischer Herkunft gefunden? Ausgezeichneter Geschmack, meine Dame, ganz ausgezeichnet.« Diese Stimme. Sie braucht ihn gar nicht zu sehen, seine Stimme genügt, um ihren Unterleib in heftigen Aufruhr zu versetzen. Leicht aufgeraut, als würde er jeden Abend seine Stimmbänder aushaken und mit Sandpapier anschmirgeln, damit sie ihren körnigen Sound behält. Alexander hebt sie aus dem Sofa, ihre lackierten Zehennägel verschwinden in den langen Teppichfäden, ihre Lippen landen an seinem Hemdkragen, fest und steif rahmen die Kragenflügel seinen Hals, kein Vergleich zu Hagens knittrigen Krägen mit den aufgerauten Nähten, Alexander muss Kragenstäbchen verwenden. Seine Hände schließen sich fest um ihre Schultern und heben sie an, fast schwebt sie auf Zehenspitzen, rau und fast tonlos setzt die Sandpapierstimme ein. »Sag nichts. Jüngste welthistorische Ereignisse erfordern eine kurzfristige Planänderung. Den Rest erklär ich dir im Auto.« Er stellt sie vorsichtig wieder auf dem Teppich ab, kniet sich vor sie und streift ihr die Schuhe über. Sie würde ihm überall hin folgen, auch ohne dass er welthistorische Ereignisse in Anschlag bringt. Aber in die Kantine muss sie vorher trotzdem noch.

Keine halbe Stunde später machen ihre romantischen Vorstellungen ihr einen Strich durch die Rechnung, wie so oft, ›sentimentale Kuh‹ nennt Hagen sie deswegen. Unter einer Autorenunterkunft im Odenwald hatte sie sich eine Art Blockhütte vorgestellt, mit Bank davor, auf der ein Autor den Sonnenuntergang betrachten könnte, drinnen ein Herd mit offener Gasflamme und einer zerbeulten Espressokanne, die Wände aus rohen, unverkleideten Holzbohlen, vielleicht ein Hirschgeweih an der Wand, zumindest Hirsche in der Dämmerung, auf der Wiese vor dem Haus, dahinter der Wald, ein Nadelwald natürlich, Kiefern oder Tannen. Stattdessen eine waschbetonverkleidete Fassade über einem überdimensionalen Garagentor, heruntergelassene Rollläden und rechts und links der Einfahrt Blumenkübel mit den unvermeidlichen Hängegeranien. Immerhin, links ein zugewuchertes Grundstück, rechts eine hochgewachsene Koniferenhecke, die die Blicke zum Nachbarhaus abschirmt, kommt Wald und Lichtung also ziemlich nahe. Außerdem ist sie ja gerade in geheimer Mission im Einsatz, da kann sie dem spießbürgerlichen Ambiente fast schon wieder einen gewissen Reiz abgewinnen. Beim dritten Anlauf dreht sich der Schlüssel, den er ihr beim Aussteigen in die Hand gedrückt hat, im Schloss. »Ich fahr noch eben den Volvo in die Garage, mach doch schon mal die Rollläden hoch und lüfte ein bisschen.« Kurz kam ihr diese Anweisung bekannt vor, aber den Gedanken hat sie schnell verscheucht. Das war ein Schnipsel aus ihrem Hagen-Film. In diesem Film hat Alexander nichts zu suchen.

Sie braucht einen Moment, um im Dämmerlicht der Deckenlampe den Raum zu erfassen. Anders als erwartet steht sie nicht im Flur, sondern in einem größeren Raum, in der Mitte ein Campingtisch, rechts an der Wand eine Resopalküchenzeile, unter dem heruntergelassenen Rolladen an der gegenüberliegenden Wand ein Sofa. Wenn das kein Grete-Jalk-Sofa ist, frisst sie einen Besen. Wie, bitte, kommt ein original Grete-Jalk-Sofa in diese Bude?

Sie stellt die Plastiktüte mit den Aluschalen voller Hirschgulasch vorsichtig auf den Campingtisch. Um den Rollladen hoch zu ziehen, muss sie sich auf das Sofa knien. Das Tageslicht da draußen hat einen unwirklich grellen Schein, über den Dächern hängt ein schwefelgelber Streifen, ein Gelb wie aus dem Fernsehtestbild. Hinter den Häusern quillt dumpfes Grollen hervor, als könnte jeden Moment ein Drache dahinter aufsteigen. Bei Tageslicht sieht der Raum nicht weniger trostlos aus. Sie zieht die Gardinen vor die Fenster und macht sich unter der Spüle auf die Suche. Wie zu erwarten: Mülleimer, Spülmittel, Müllbeutel und ein Eimer. In den Schubladen daneben: Streichhölzer, Taschentücher und, in der dritten Schublade, eine Packung Haushaltskerzen. Bleibt zu hoffen, dass Alexander sich Zeit lässt in der Garage und nicht ausgerechnet in dem Moment kommt, in dem sie noch mit Kerzen und Hirschgulasch hantiert. Die Plastiktüte und die Aluschale kann sie unter dem Sofa verschwinden lassen, also jetzt erstmal weg mit den Klamotten. Mit der Strumpfhose in den Kniekehlen muss Alexander sie wirklich nicht sehen, Nylons und Unterhose landen in ihrer Handtasche. Ein bisschen Musik wäre schön, aber sie hat kein Radio gesehen, einen Plattenspieler schon gar nicht. Eine Platte aus der Hülle zu holen und die Nadel aufzulegen, würde eh zu lange dauern. Muss *Puff, the Magic Dragon* seine Runden eben durch ihren Kopf drehen. Sie knöpft ihre Bluse auf und schiebt sie mit dem Fuß unters Sofa. Wenigstens stehen auf dem Fensterbrett diese Bronzeleuchter rum, zum Kerzenanschnitzen und Flaschensuchen bleibt ihr wirklich keine Zeit. Scheppernd fällt das Garagentor ins Schloss und natürlich bricht das erste Streichholz ab, das zweite entzündet sich nicht, erst mit dem dritten kriegt sie die Kerzen an. Sie lässt sich mit der Hirschgulaschschale auf dem Sofa nieder und fängt an, sich zu arrangieren, den Hinterkopf reichlich unbequem auf der Holzlehne, das rechte Bein über dem Rückenpolster, das linke ausgestreckt auf der Sitzfläche. Mit je einer Handbreit Abstand legt sie eine Fährte aus Hirschgulaschbrocken von ihrem Oberschenkel aus nach oben. Die Schamhaare lässt sie aus, Schamhaare im Mund sind unangenehm, das nächste Stück kommt in den Bauchnabel, von da weiter im leichten Bogen zur linken Brust. Ihre Brustwarze fällt ein bisschen aus der Reihe, ist viel kleiner als die Gulaschwürfel, aber dass ein Metzger seine Fleischwürfel nach Brustwarzengröße normt, war ja kaum zu erwarten.

»Ich kann gar nicht sagen, wann ich das letzte Mal was Warmes zwischen die Zähne gekriegt hab, im Verlag ist grade die Hölle los! Die ganzen Ungarn in der Vojvodina erheben jetzt natürlich Anspruch auf den Genossen Tito«, Alexander kaut auf dem letzten Gulaschwürfel herum, »Zagreb war ja bei seiner Geburt noch Teil von Österreich-Ungarn. Die Nachrufe kommen fast im Minutentakt aus dem Fax, die müssen natürlich alle sofort übersetzt werden ...« Seine Nase ist kalt. Bei jedem Fleischbrocken, den er ihr mit den Lippen von der Haut pflückt, streift seine kalte Nase über ihre Haut. Sie gabelt Rotkraut mit Bratensauce aus der Aluschale. Ungarisch hat er heute nicht mit ihr gesprochen. Andererseits, so, wie die Gulaschnummer aufgegangen ist, macht sie sich wahrscheinlich unnötig Sorgen. »Die Reaktionen der Jugos auf Titos Tod, Wahnsinn, die haben deswegen sogar ein Fußballspiel unterbrochen, Hajduk Split gegen Roter Stern Belgrad. Kannst du dir vorstellen, dass hier jemand für Helmut Schmidt ein Bundesligaspiel unterbrechen würde?« Das Rotkraut passt gut zum Lack auf ihren Zehen, ihre Zehennägel wiederum harmonieren ausgesprochen gut mit dem flaschengrünen Polster des Sofas. »Das ganze Stadion, die flennenden Spieler auf dem Rasen, stehen und singen ›Genosse Tito, wir schwören dir, von deinem Weg nicht abzuweichen‹. Ich meine, was ist das denn für eine Perspektive? Ein zementierter Weg, von dem nicht abgewichen werden darf? Wollten wir nicht mal das Gegenteil, die Pflastersteine mit bloßen Händen rausreißen und den Strand darunter befreien?« Das kommt ihr jetzt aber verdammt bekannt vor. Trotzdem. Bei Hagen setzt der Zersetzungsprozess schon ein, bevor die Wörter aus seinem Mund sind. Klar, sie klingen genau so, wie sie sollen, das hat er unter Kontrolle, deswegen findet er auch nach wie vor neue Adepten, die auf ihn reinfallen, aber nach zehn Jahren werden selbst die leuchtendsten Wörter stumpf. »Das einzige, worum es geht, ist Durchhalten und Kämpfen. Und was machen sie aus der Friedensbewegung stattdessen, Baez, Seeger, Puff, the Magic Dragon, wo's um Freundschaft geht, oder um Sehnsüchte …«, jetzt ist sie wirklich gespannt, worauf er hinaus will, er redet sich richtig in Rage, »was interpretieren die da rein? Drogenverherrlichung, Militanz, revolutionäre Umtriebe. Da siehst du, womit man dem Establishment so richtig Angst einjagt. Mit einem Kinderlied! Mit der Sprengkraft der Sehnsucht!« Alexander hält kurz inne, sein eindringlicher Blick macht ihr klar, dass hinter diesem Ausbruch etwas anderes steht. Irgendetwas will er ihr sagen. Seine Augen sprühen Funken. »Was macht der Ostblock mit der Sehnsucht seiner Leute? Da dekretieren irgendwelche Funktionäre, in jedem Vortragssaal dieselbe Folie aufzulegen, knipsen ihren Polylux an und erzählen dir was von ›Sozialismus‹ und ›historischer Notwendigkeit‹. Als ob das der Sehnsucht Einhalt gebieten könnte!« Jedes Wort. Jedes einzelne Wort möchte sie mitschreiben. Alexander gibt den Wörtern ihren Glanz zurück. Wie macht er das, dass sie ihm abnimmt, was sie Hagen auch so gerne abnehmen wollte, damals, bevor sie beim Sex an hartgekochte Eier denken musste, bevor seine Beamtenbesoldung seine Glaubwürdigkeit aufgeweicht hat? Alexander würde sich nicht kaufen lassen, Alexander würde für seine Überzeugungen ins Gefängnis gehen, Alexander würde seine Seele nicht für seine Bequemlichkeit und den Beamtenstatus verkaufen, Alexander nicht.

Unter den Gardinen kriecht der Geruch von feuchtem Straßenstaub durch das gekippte Fenster. Der schwefelgelbe Streifen am Horizont ist blaugrauen Wolken gewichen, erste Tropfen fallen auf die Blechabdeckung des Fensterbretts. Sie muss an Margret denken, als die nach Deutschland kam, hat sie die Bundesrepublik für den demokratischsten Laden überhaupt gehalten, erst Stammheim hat sie aufgerüttelt. Aber nicht etwa der Terrorismus war es, der Margret in Rage versetzt hat, sondern die Paranoia, mit der der Staat darauf reagiert. So gesehen erweist sich die Bundesrepublik auch nicht gerade als weniger autoritär als der Ostblock, über den sich Alexander gerade so aufregt. »Andererseits ist es ja auch bei uns nicht weit her mit Sehnsucht und Utopien. Siehst ja, was mit denen passiert, die versuchen, dafür ein Bewusstsein zu schaffen. Da soll's einen wundern, wenn irgendwann der Deckel hochgeht ...« Ihre Gedanken scheinen so sichtbar vor Alexander zu liegen wie die Gulaschstücke auf ihrer Haut. Er guckt sie erwartungsvoll an. Sie muss ihm von Volker erzählen: »Notstandsgesetze, Hochsicherheitstrakt, Kontaktsperre, bessere Motive kann man doch gar nicht liefern, um sich der RAF anzuschließen und Krieg zu spielen.« Hagen wäre stolz auf sie. ›Meine Schule‹, würde er wahrscheinlich denken, ›meine Schule‹. Was für ein selbstgefälliges Arschloch. Hockt im Eigenheim (dessen Raten sie von ihrem Erbe zahlt), würde nie sonntags den Rasen mähen (Sonntagsruhe!), hat sieben Ordner mit akribisch abgehefteten AStA-Flugblättern (nach Datum sortiert) und schwafelt, dass die Zeit der Flugblätter und symbolischen Aktionen vorbei und die Überführung in die Praxis nötig sei. Revolutionär mit Anspruch auf sechs Wochen Sommerferien. Mit der Fingerspitze fährt sie Alexanders Oberarmmuskel entlang. Natürlich ist sie nicht so naiv wie ihre Freundin Sigrid, die bewaffnete Widerstandsgruppen und die Aufnahme des Stadtguerillakampfs zum heutigen Zeitpunkt für ›richtig, möglich und gerechtfertigt‹ hält. Aber einen gewissen Respekt nötigen sie ihr schon ab, diejenigen, die gerade ein bisschen die Luft aus dem Herrschaftsapparat lassen und den Mythos von der Unverletzlichkeit des Systems Lügen strafen.

Vor dem Fenster rauscht lautstark der Regen, sie schiebt die Gardine mit dem Fuß beiseite, nichts als Regen. Hat sie vorhin auf dem Parkplatz das Dachfenster zugekurbelt? Neulich erst hat sie nicht drangedacht, und dann kriegt sie den feuchten Muff ewig nicht aus den Fußmatten. »Ist ja nicht so, dass ich mit den Hütern der Deutungshoheit nicht längst Bekanntschaft gemacht hätte«, Alexanders Fußnagel fährt ihren Unterschenkel entlang, er nimmt ihr die Zigarette aus dem Mund, legt den Hinterkopf auf die Lehne und saugt tief ein. *Außer Atem* – auch wenn Alexander natürlich tausendmal schöner ist als Belmondo. »Ist ein paar Jahre her. Man hat mich vor die Wahl gestellt. – Wenn's nur um mich gegangen wäre ... Aber so einfach machen die's dir ja nicht. Haben da so ihre Methoden. Wissen, wo sie dich treffen können.« Er umwickelt ihre Unterschenkel mit seinem Bein, seine Ferse drückt ihr schmerzhaft in die Wade, aber das kann sie ihm jetzt nicht sagen, kann ihn jetzt nicht unterbrechen. Noch nie hat er von sich selbst, seiner Vergangenheit gesprochen. Immer nur über seine Arbeit im Verlag. Wenn überhaupt. »Die Frage ist, wie weit du dich korrumpieren lässt. Ist ja das Natürlichste der Welt, dass man seine Familie schützen will, deswegen glauben die auch, die können jeden Widerstand brechen. ›Selbstverständlich haben wir Verständnis für Ihre Haltung, das ist ja ein freies Land – insofern steht es Ihnen völlig frei, ihre Aktivitäten fortzusetzen. Aber bitte haben Sie auch Verständnis für unsere Situation. Nicht jeder ist so gefestigt, dass er Ideen, wie Sie sie verbreiten, richtig einordnen könnte. Das Reich der Ideen ist schön und großartig, aber ganz ehrlich, es verleitet auch die Schwächeren und Orientierungslosen unter uns zu falschen Schlüssen. Sie werden also verstehen, dass ich Sie bitte, hier diese Erklärung zu unterschreiben. Andernfalls haben Sie immer noch die Möglichkeit, sich einen anderen Betätigungsort zu suchen.‹ – Verstehst du? Das läuft nicht mit Folter und Todesschwadronen, wir sind ja nicht in Südamerika, das läuft viel subtiler, da wird nie ein Wort fallen, mit dem du denen was nachweisen könntest.« Jetzt muss sie ihr Bein doch unter seinem wegziehen. Sie dreht sich auf den Bauch und versucht, seinen ganzen großen Körper mit ihrem kleinen abzudecken, ihr Ohr liegt auf der Stelle an seiner Brust, an der sein Herz sein müsste. »Mit Repressalien hab ich gerechnet, klar, auch mit Publikationsverbot, aber doch nicht damit.« Sein Blick ist an die Decke gerichtet, sie weiß nicht, ob er gerade noch bei ihr ist oder nicht. »Mein Gott, was war ich naiv.« Soll sie nachfragen, in ihn dringen, oder bricht er dann ab? Wie Hagen tickt, weiß sie, mit welchen Fragen sie ihn zum Reden kriegt. Wenn bei Hagen einmal der Stöpsel gezogen ist, bricht es aus ihm raus und zwar schneller, als er sein Glas nachfüllen kann. Dann geht er auch ein zweites und ein drittes Mal in den Keller, um noch eine Flasche Trollinger zu holen und noch eine und noch eine.

Ruckartig stützt Alexander sich auf die Unterarme, richtet seinen Oberkörper auf und drückt die Zigarette in den Aschenbecher. Er legt seine große Hand auf ihren Po. »Wir müssen los. Ich hab dir ja gesagt, dass die Zeit heute knapp ist.« Vorsichtig zieht er seinen Körper unter ihr weg und steht auf. Sie dreht sich auf den Rücken. Wie sie diesen Moment hasst. Ab jetzt entfernt jede Bewegung, jede Minute, die verstreicht, sie weiter voneinander, und irgendwann sitzt sie in ihrem Käfer und sieht ihn im Rückspiegel immer kleiner werden. Schon trennt sie der Stoff seiner Hose, mit einem unerbittlichen Klacken schließt die Gürtelschnalle sie aus. »Vergiss, dass ich davon angefangen habe, ich weiß gar nicht, was in mich gefahren ist. Es tut mir leid.« Nein. Es soll dir nicht leidtun. Du sollst dich nicht entschuldigen. Ich brauche das, will sie sagen. Sie will ihm nahe sein. Will ihn verstehen. »Na komm«, er legt ihr die Hände auf die Schultern, richtet sie auf und greift ihre

Bluse vom Boden. Widerstandslos lässt sie ihn erst ihren linken, dann den rechten Arm durch die Ärmel führen. Kurz lässt er seine warmen Hände auf ihren Brüsten liegen, bevor er ihr die Bluse von unten her zuknöpft, natürlich kommt er schief oben an, das unterste Knopfloch hat er übersehen. »Wir haben doch noch so viel Zeit.«

Es hat aufgehört zu regnen. Der Straßenbelag vor der Garage dampft und es tropft von den Bäumen. Der Himmel ist immer noch verhangen, aber das Grau ist so hell, so grell, dass sie die Augen zusammenkneifen muss.

O.K., nochmal zum Mitschreiben, die Herren. Die Stammheimer sind tot, der Rest ist untergetaucht, in Haft, abgewandert oder desillusioniert, Haag sitzt, Mohnhaupt und Klar halten sich seit letztem Jahr wieder in Deutschland auf, der Rest von dem Pack ist mit Banküberfällen, Waffendepots und Rekrutierung beschäftigt. Damit, U.S. Militärbasen abzuchecken. Im süddeutschen Raum. Das heisst, und jetzt passen Sie bitte gut auf, da nächtigen welche in Sympathisanten-Wohnungen, das heisst, da werden Wege ausgekundschaftet, Waffen deponiert und Bomben gebastelt. Das heisst, da krabbeln immer noch welche durch die Wälder. Jetzt, gerade in diesem Moment. Also bitte, Sie wissen, was Sie zu tun haben. Und mit welchen Mitteln.

PATS II

In dem Herbst, in dem die Amis Reagan gewählt haben und Schmidt nochmal Bundeskanzler wurde, ist Papa irgendwie dem Verfassungsschutz ins Visier geraten. Wobei, wenn ich mir die Bänder anhöre, frag ich mich wirklich, was sich da raushören lässt, außer, dass mein Vater auf einer Klärgrubeneinweihung war und Mama während ihrer Kur offensichtlich einen Abstecher in die DDR gemacht hat. Jedenfalls war das der Tag, bevor Mama mit dem Silbermesser übers Parkett gekrochen ist. Papa wollte mit mir zur neuen Kläranlage und war noch ganz aufgeregt, weil er gerade mit Volkers Frau telefoniert hatte. Die Kläranlageneinweihung fand ich zwar nicht so spannend, aber er hatte mir versprochen, dass Bruno auch kommt, Bruno war Polizist, noch ein ganz junger, den mochte ich gerne, und dass wir hinterher in die *Krone* gehen, Pommes essen. Die Pilzsaison war zwar schon durch, aber wir mussten natürlich trotzdem quer durch's Unterholz. Im November noch eine Krauseglucke, das wär's. Krauseglucken sind die Königsdisziplin, hat Papa immer behauptet. »Krauseglucken findest du vor allem unter Kiefern. Du musst also nicht nach Krauseglucken Ausschau halten, sondern nach Kiefern.« Kiefern hab ich damals gekannt, aus der Borke hat Papa mir immer Segelschiffe gebaut, Piratenschiffe mit Kanonen drauf, aus Holunderzweigen, Holunder hat ganz weiches Mark, das lässt sich ganz leicht rausschaben. Papa wusste solche Sachen, auch, wie man sich im Wald orientiert, oder eben, wo man welche Pilze findet. Ich war

ziemlich stolz, mit zehn Jahren schon Hexenröhrlinge von Satanspilzen unterscheiden zu können. Na jedenfalls hab ich ihn gefragt, warum Volker im Gefängnis ist. Er hat mit dem Rücken zu mir an einen Baumstamm gepinkelt und versucht, mir das zu erklären. »Ich hab dir doch erzählt, dass es eine Zeit in Deutschland gab, in der eine Horde von Oberpilzbeauftragten festgelegt hat, wie viele Pilze einer sammeln darf. Wo er sie sammeln darf. Wer keine Pilze sammeln darf. Dass man petzen muss, wenn einer von denen heimlich doch Pilze gesammelt hat.« Die RAF war bei Papa nie ohne die Nazis zu haben. Ich bin ja wirklich gerne mit ihm in die Pilze gegangen, aber jedes Mal mussten die armen Pilze dafür herhalten, mir den Schrecken des Nationalsozialismus zu erklären. »Man hat sie auf große Wagen gepackt und noch weiter weggebracht und von da sind sie nie wieder gekommen, ich weiß. Aber was hat das damit zu tun, dass Volker jetzt im Gefängnis ist?« »In Untersuchungshaft.« Papa hat sich eine Zigarette aus der Brusttasche geholt und auf der Handfläche abgeklopft. »Volker und deine Mutter und ich, wir waren alle etwa in deinem Alter, als der Pilzterror ein Ende genommen hat. Der Anführer war zwar tot, aber da waren ja noch seine Helfer und Untergebenen. Der hat ja nicht höchstpersönlich und alleine jeden einzelnen Pilzwald kontrolliert und jeden einzelnen unbefugten Pilzsammler abtransportiert. Aber von denen, die übrig waren, will's auch keiner gewesen sein. Hätten angeblich nicht gemerkt, dass es plötzlich weniger Pilzsammler im Wald gab. Hätten sich nie daran beteiligt, den Wald abzusperren.« Wir saßen auf diesem Stapel frisch gefällter Stämme, Papa hat geraucht, die Beine ausgestreckt und mir den Arm um die Schultern gelegt.

Grüne Breitcordhosen hat er an dem Tag angehabt. Aber das weiß ich nur noch, weil Mama die am nächsten Morgen mit der Grillzange in die Waschküche geschleppt hat.

»Wir waren Kinder, ohne Wald und ohne Pilze und wussten nicht, wie man einen neuen Wald anlegt. Aber es gab ja noch die, die schon im letzten Wald die Förster und Jäger und Pilzbestimmer waren.« Hat mir völlig eingeleuchtet, klar holt man sich die ran, die ihr Handwerk beherrschen. Papa war ja selber Pilzberater, Samstagnachmittags standen bei uns immer die ganzen Hobby-Pilzsammler auf der Treppe Schlange. »Manche hat das wütend gemacht. Dass diejenigen, die mit ihren Vorstellungen vom Wald und davon, wer Pilze sammeln darf und wer nicht, jetzt so tun, als hätten sie damals überhaupt keine Verantwortung gehabt. Das kann dich sehr wütend machen, wenn einer, der mit anderen so umgegangen ist wie du eben mit dem Bovist, ungeschoren davonkommt, dir ins Gesicht lügt und dann wieder als erster in die Pilze darf. So wütend kann dich das machen, dass du ihm am liebsten einen Knollenblätterpilz in den Korb schieben würdest. Manche denken das nicht nur, die sagen das auch. Die zeigen mit dem Finger auf diejenigen, von denen sie wissen, dass sie lügen, dass sie damals schuldig waren, dass sie andere in die Vernichtung geschickt haben. Dann gibt es noch die, denen es nicht reicht, mit dem Finger auf andere zu zeigen, die holen sie gleich ganz aus dem Wald und nehmen ihnen die Pilzkörbe weg. Volker ist so einer, der sich nicht damit abfinden will, dass diejenigen, die damals die Pilzreviere abgeriegelt haben, straflos davonkommen, immer weiter damit durchkommen und man nicht an sie rankommt. Da denkst du schon mal drüber nach, mit deinem Pilzmesser für Gerechtigkeit zu sorgen. Es angelt ja auch nicht jeder mit der Angel, manche schmeißen Dynamit ins Wasser.« Papa hat sich gerne selber beim Reden zugehört. Irgendwie tragisch, als wären seine Worte der Zopf von Rapunzel, an dem sie sich vom Turm abseilt. Nur dass bei Papa der Zopf nie lang genug war, nie bis zum Boden reichte, bis zu Mama, bis zu seinen Kumpels im Ortsverein – immer hat er sich unverstanden gefühlt. Wenn er das gemerkt hat, hat er mitten im Satz abgebrochen, Mama angeguckt und sich noch ein Glas nachgegossen. Aber dass Volker zu denen gehört, die mit Dynamit fischen, hatte ich tatsächlich verstanden. Nur warum er deswegen ins Gefängnis musste, nicht.

Kurz vor der Bahnunterführung, auf der anderen Straßenseite, am Elsenzufer, lag die Kläranlage. Wenn wir alleine waren, sind wir immer am Bahndamm hochgeklettert und haben die Abkürzung über die Schienen genommen, das wäre mit Mama nie gegangen.

 Essensreste, Holzstücke, Damenbinden, Papier, Plastikverpackungen - in der Rechenanlage werden im Grobrechen alle Abwasserinhaltsstoffe bis zu einem Durchmesser von 35 Millimetern ausgesiebt. Der Feinrechen erwischt dann nochmal alles bis zu einem Durchmesser von vier Millimetern.

Bruno, grüss dich. Hast du mal Feuer? - Danke. Und, wie?

Pffffh. Frag nicht. Kacke am Dampfen. Elisabeth war doch Anfang des Jahres zur Kur, erinnerst du dich? In Warnemünde. Hat da offensichtlich so ne Tagesfahrt in den Osten gemacht.

Vier Millimeter, da rutschen höchstens noch winzigste Partikel durch, meine Damen und Herren. Das ausgesiebte Rechengut gelangt dann, wenn Sie mir bitte folgen wollen, hier in die Rechengutwaschpresse, wo es ausgewaschen, entwässert und in Container verbracht wird. Was sich bis hierher durch unsere Systeme geschmuggelt hat, Sande, kleine Steinchen, mineralische Bestandteile, erwischen wir im Sandfang.

Erzählt hat sie mir davon natürlich nichts. Musste sie auch gar nicht. Lässt sich ja ganz einfach nachweisen bei dem ganzen Papierkram, den die dich da ausfüllen lassen. Tja, und das klebt mir jetzt an der Backe …

Damit sich keine organischen Stoffe wie Essensreste und Fäkalien absetzen, werden hier mit Druckluft Turbulenzen erzeugt …

Hä, wie?

Psssst. Ich würd gerne verstehen, was da vorne gesagt wird!

Wir stehen jetzt vor den Belebungsbecken, hier werden besondere Lebensbedingungen für Mikroorganismen, also Bakterien und Kleinlebewesen geschaffen, Belebtschlamm nennt sich das. Der überschüssige und zuwachsende Belebtschlamm wird regelmässig entnommen, damit er nicht ins Nachklärbecken überschwappt und in die Elsenz fliesst.

Na, die haben mich doch sowieso schon auf dem Kieker wegen der Soli-Erklärung für Volker und weil ich ne Kollegin hab, deren Mann ein Illegaler ist. Die eigene Frau unter einem Vorwand in die DDR schicken - das ist doch ein gefundenes Fressen für den Verfassungsschutz … Sehen wir uns gleich noch auf ein Bier in der Krone?

Ja, aber später. Ich hab vorher noch einen Einsatz. - Ich bin mit dem Auto da, soll ich euch mit zurücknehmen?

Papa hat dann am Gartenzaun noch ein Schwätzchen mit Brunos Mutter gehalten, bis Bruno wieder rausgekommen ist, »Brauchsch ned auf mich wadde. Kann länger wärre heit Owend. Sondereinsatz.« In Uniform sah der ganz anders aus als der gutmütige Bär, den ich kannte. Papa konnte's natürlich nicht lassen, Bruno anzumachen, wie er für diesen Überwachungsstaat arbeiten kann, für diesen Staat Menschen schikanieren kann, die nichts verbrochen haben außer, mit der falschen Frisur oder Sonnenbrille rumzulaufen. Oder einfach nur die Wohnungsmiete in bar und im Voraus zu zahlen. Der arme Bruno war wahrscheinlich froh, als sein Kollege endlich vorgefahren ist und er einsteigen konnte. »Das muss doch erlaubt sein, herrgottnochmal.« Papa hat mit der Hand auf die Motorhaube gehauen. »Es muss doch erlaubt sein, anders zu leben als ein konformistischer Gartenzwerg, ohne gleich in eurer beschissenen Terroristen-Datenbank zu landen.« Von mir aus konnte Bruno für diesen Überwachungsstaat arbeiten, solange er mit mir in der *Krone* Kartenhäuser baut und mit dem Strohhalm Blubberblasen in die Limo pustet. Dachte ich damals. Papa hat keine Blubberblasen mit mir gemacht. Papa hat mir Fleischkäse mit Spiegelei bestellt und Pommes statt Bratkartoffeln erlaubt. Hauptsache, er konnte in Ruhe über Politik reden. Bestellt mir eine Libella nach der anderen und lässt mich im Nebenzimmer stundenlang den Spielautomaten füttern. Irgendwann, ich hatte meine vierte Libella und Papa sechs Striche auf dem Deckel, geht die Tür auf, Bruno kommt herein und Karl-Heinz brüllt quer durch die *Krone*. »Ah, wen haben wir denn da – das Fahndungskommando! Na, mal wieder den Wald durchpflügt und doch keinen Hotzenplotz gefangen? – Wenn'd mich frägsch, sitzen die Brüder längst in Sandlöchern in der Wüste und kloppen Skat mit der PLO. Oder vögeln deren Bräute, während ihr durch den Wald kriecht.« Ich hab mich noch gewundert, Bruno hatte doch was von einem Sondereinsatz erzählt. Hat ja damals keiner gewusst, dass Papa sein Sondereinsatz war.

 Na, mal wieder den Wald durchpflügt und doch keinen Hotzenplotz gefangen? Wenn'd mich frägsch, sitzen die Brüder längst in Sandlöchern in der Wüste und kloppen Skat mit der PLO. Oder vögeln deren Bräute, während ihr durch den Wald kriecht. - Was i ned verschteh, dass ihr bei all eure neue Kompetenzen und Spezialkommandos ned einen von dene zu fasse kriegt. Falls doch, dann nur weil se sich vun selbschd erledischd hawe …

Karl-Heinz, jetzt hör doch uff! Wie oft muss ich dir noch verzähle, Polizei ist Ländersach. Da kannsch net einfach ä Mannschaft zusammenziehen und die Hund' loslosse. Die hawe doch üwerall ihre Zellen sitze, emol schlage se in Bayern zu, s annermol hier im Odewald. Bin ja froh, dass wir wenigschdens die PIOS hawe. Ohne de Herold würde ma immer noch im Dunkle durch de Wald tappe un Karteikärtchen kritzle.

Sieht man ja, was eure Sammelwut taugt. Geht doch einfach mal den Hinweisen nach, wenn euch jemand steckt, was bestimmte Leute alles so auf ihrem Hubschrauberrundflug fotografieren, statt Blödsinn in euren Zentralcomputer zu hacken.

Weisch du, was für ä Krem sich dei Elisabed owends ins G'sicht schmiert? - Ich muss nur uff de Knopp drigge, um dir sare zu könne, welche aus dere Bande Oil of Olaz verwendet. Du musch dich in äne Täter noi versetze, damit ihn fonge konnsch …

Deswegen verschanzt ihr euch jetzt in jeder

Drogerie und wartet, bis Frau Mohnhaupt neue Hautcreme braucht?

Pass uff. Es gibt ä paar Soch, die kann isch euch ned verzähle. Awa mit dene Millione Name, wo in de PIOS sin, und die Fingerabdrigg von zwä Millione, da kannsch so einiges anfange. - Wenn du waisch, dass dei Tochter noch lebt, weil wir än Anschlag verhinnert hawe, da frogsch doch nimmi, warum wir vun Kardeigarde uff zendrale Schpeischerung gewechselt hawe …

Ach komm mir doch nicht mit dem Scheiss! Damit unseren Kindern nichts passiert, installiert ihr Überwachungsanlagen in Knästen, ja? Während ihr hinter Drogerieregalen hockt und einen Computer mit Fingerabdrücken füttert, dürfen die, die vor 1945 Öfen mit Menschen gefüttert haben, mir was von Demokratie und Freiheit erzählen. Kannst du mir sagen, wie ich das meinen Schülern beibiegen soll: Naziverbrecher lassen wir einen Staat lenken, aber einen, der die falschen Fragen stellt, nicht mal eine Lok! Rumschnüffeln, Telefonüberwachung, beobachtende Fahndung, alles zum Schutz unserer Kinder? Da wunderts dich, dass man dem Scheisssch …, dem Scheissschdaad den Krieg erklärt?

Bisch sicher, dass'd noch äns willsch, Hoge?

Das hat doch eine Dynamik, also, eine Dynamik, die …, die der …, die der Komplexität der Sache in keiner Weise gerecht wird. In keiner Weise. Gerecht wird. Wo hab ich denn die verdammten Zigaretten, vorhin warn die doch noch …

Hier. Nimmsch eini von meine Marlboro und hald die Gusch. - Die Fingerabdrücke von über zwei Millionen Menschen, das müsst ihr euch mal vorstellen.

Du glaubss, die sezzn ihre Fingerabdrücke brav unter ihre Bekennerschraim? - Komm her, du Zigaredde, verdammt, na egal, trocknet ja wieder …

Na kumm, Hoge, mach mir emol ä schöne Fingerabdruck uff den Deckel hier, den kann der Bruno dann mitnehme und in seiner Dodebank gugge, ob du da dabei bisch …

Karl-Heinz, hold dei Fress! (dumpfer Schlag, Gläserklirren, zusammenfallendes Kartenhaus) Kumm, Hoge, ich bring di hoam.

Hagen verkackt's

Waldhilsbach, 4. November 1980

Jede Wette, dass Hagen mit Pats wieder über die Schienen geklettert ist, das machen sie immer, wenn sie nicht dabei ist. Aber die provisorische Inbetriebnahme der neuen Kläranlage kann gerne ohne sie stattfinden. Ungefähr jetzt dürfte Hagen breitbeinig mit dem ersten Bier am Ufer stehen, seinen Blick über die Elsenz schweifen lassen, als wär's der Mississippi, und dem Bammentaler Bürgermeister die Welt erklären, beginnend beim Ausgang der amerikanischen Präsidentschaftswahlen. Dabei machen da gerade erst die Wahllokale auf. »Die Geiselaffäre hat Carter ganz schön mitgenommen«, ruft Margret ihr durch die Klotür zu, »ich kann mir nicht vorstellen, dass er das nochmal schafft.« Mag ja sein, aber das ist doch noch lange kein Grund, einen abgehalfterten Schauspieler zum Präsidenten zu machen. Das ist ja fast, als würde man in Deutschland Peter Alexander für die Kanzleramtskandidatur nominieren. Oder Lex Barker, damit der mit seiner Silberbüchse der RAF den Garaus macht. Dann liegt Christian Klar am Boden und bringt mit gebrochener Stimme drei Worte hervor, ›Char-lie, mein Bruder‹. Der Wein macht sich bemerkbar, außer einer halben Scheibe Toastbrot und einem Apfel heute Morgen hat sie nichts mehr gegessen. Sie dreht den Kaltwasserhahn auf und hält die Handgelenke in den Strahl. Sobald das Wasser ihre Hände berührt hat, wird es zu Schmutzwasser. Egal, wie sauber ihre Hände sind, und auch, wenn sie keine Seife benutzt. Nur auf dem kurzen

Weg zwischen seinem Austritt aus dem Hahn und ihren Händen ist es unschuldiges Leitungswasser. Schmutzwasser, das ist alles häusliche Abwasser aus Toiletten, Sanitäreinrichtungen, Küchen und Waschmaschinen. Ja, sie hat sie genau studiert, die Broschüre des *Abwasserzweckverbands an der Elsenzaue*, den Hagen gerade einweiht. Also provisorisch. Angeschlossen an die Kläranlage werden sie frühestens nächstes Jahr. So eine Sammelkläranlage kommt die Gemeinden günstiger, als wenn sich jede Gemeinde eine Einzelkläranlage zulegt. Seit bestimmt fünf Jahren bauen sie jetzt schon an den Leitungen rum. Alles ganz modern und durchdacht, alle paar Kilometer werden Regenwasserentlastungsanlagen eingebaut, da wird das verdünnte Schmutzwasser in die Gewässer eingeleitet. Den Teil hat sie nicht verstanden. Als sie Hagen gefragt hat, wie die schmutzigeren und die weniger schmutzigen Anteile innerhalb der Rohre voneinander getrennt werden, hat er nur die Augenbrauen hochgezogen. Jetzt müsste er in einem der beiden Nachklärbecken liegen. Der Schlamm. Nicht Hagen. Für sieben bis elf Stunden. Dann kommt der chemische Teil. Aber den versteht sie ja dann wohl erst recht nicht, hat Hagen geätzt. Was soll's denn daran nicht zu verstehen geben, dass Kacke am Gären und Stinken gehindert werden muss?

Als sie vom Klo zurückkommt, kauert Margret über Zoe, die mit nacktem Po auf einem Lammfell auf dem Boden liegt, und zieht sie an den nackten Füßen nach oben, um besser an ihren stinkenden Hintern zu kommen. In der Kläranlage wandert der eingedickte Schlamm aus den Schlammtrichtern weiter in die Faulbehälter. »Faulbehälter sind so eine Art Sauna für Kacke, so irgendwo zwischen 33 und 35 Grad. Statt Aufguss gibt's Methanbakterien«, lässt sie Margret an ihrem neuen Wissen teilhaben, »und nach zwei bis drei Wochen hat sich's dann ausgefault und ausgestunken.« Elisabeth muss an Hagens Füße denken. Wie er abends vor der Tagesschau seine Socken auszieht und anfängt, mit den Fingern an seinen Zehen zu pulen. Jedes Mal, wenn sie nach ihrem Weinglas greift, um einen Schluck zu trinken, oder sich die nächste Zigarette anzündet oder aufs Klo geht, wandern seine Finger an den Mund. Wenn sie guckt, tut er so, als hätte er einen Tabakkrümel zwischen den Lippen. Sie drehen neuerdings selbst. Aber sie guckt nicht. Sie sieht natürlich trotzdem, dass er sich das, was er zwischen seinen Zehen hervorholt und zwischen den Fingerkuppen hin und her rollt, in den Mund steckt. Sie fragt sich, ob sie das bei Alexander auch stören würde. Ob Alexander das auch tun würde. Ob sie bei Alexander wüsste, wann sie aufs Klo zu gehen und einen Schluck Wein zu trinken und eine Zigarette anzuzünden hätte, damit er sich die Krümel zwischen den Zehen hervorholen könnte. »Der Clou ist, dass man aus dem Methangas, das bei der Faulung entsteht, Strom und Wärme erzeugen kann.« Margret versiegelt den beißenden Gestank mit den Klebestreifen in der Windel, setzt Zoe mit nacktem Hintern auf den Flokati und wirft Elisabeth einen skeptischen Blick zu. »Man kann's natürlich auch mit 'ner Gasfackel abfackeln.« Zoe rutscht auf dem Po zu ihren Brüdern an den Fernseher, da klebt doch bestimmt noch was dran, also an Zoes Po, und Margret hat nicht mal eine Haushaltshilfe. Elisabeth schwenkt ihr leeres Glas. »Hast du noch'n Schluck?«

Margret ist barfuß, fast unhörbar tapsen ihre nackten Fußsohlen über den Küchenfußboden, eine Schublade wird aufgezogen, das vertraute Geräusch von Metallfolie, die zusammen geknautscht wird, gefolgt von dem Quietschen, wenn die Korkenzieherspirale sich in den Korken dreht. Zoe ist bei den beiden Jungs vor dem Fernseher angekommen, schrilles Fahrradgeklingel übertönt den Moment, in dem der Korken mit einem Ploppen aus der Flasche kommt, die Rappelkistenkinder grölen los, »willste über'n Rasen laufen, musst dir erst ein Grundstück kaufen.« Bei Margret gibt's nicht nur schon seit Jahren Farbfernsehen, Margret hat sogar einen Videorekorder, die muss einfach nur auf ›Record‹ drücken und ihre Kinder können jederzeit ›Rappelkiste‹ gucken. Wie ausgestanzt sitzen die drei auf ihren Kissen, viel zu dicht vor dem Bildschirm, vor sich ein Brettchen mit Lyonerscheiben, gebutterten Laugenbrötchenhälften und Kinderriegeln. Würde sie Pats nie erlauben, Schokolade zum Abendbrot. Die Krümel im Flokati und dann noch die Butterfinger. Außerdem ist es nicht gut, vor dem Fernseher zu essen. Aber bei Margret läuft ja alles ein bisschen amerikanischer. Ob Shirley ihren Sohn auch auf dem Boden vor dem Fernseher essen lässt? Margrets Kinder gehen in einen antiautoritären Kinderladen, wo sie sich nackt ausziehen und gegenseitig mit Nutella beschmieren dürfen. Aber Margrets Kinder schmieren ja auch ihre Kacke in den Flokati. Selbstbestimmte Sexualität, befreite Kinderkörper, schon klar. Natürlich fühlt eine wie Margret sich Spießern wie Hagen und ihr so was von überlegen. Irgendwie ist sie ja auch wirklich eine feige Sau. Daran ändern weder eine Abtreibung, noch ein bisschen Bademantel-Aufreißen, noch ihre heimlichen Treffen mit Alexander was. »Weißt du, manchmal wär ich ja auch gerne ein bisschen mutiger und freier, was Pats angeht, aber dann muss ich an die anderen Kinder hier im Dorf denken, Rosels Sohn zum Beispiel, weißt schon, die Kellnerin in der *Krone*, die mit Hagen in einer Klasse war. Die ist doch einfach nur froh, dass es einen Kindergarten gibt. Die ist froh, dass es ein Gymnasium und einen Schulbus gibt, damit ihr Sohn keiner von den debilen Idioten wird, die sich in der *Krone* volllaufen lassen.« Margret gießt ihr Glas nach und zieht die Augenbrauen hoch. »Wo ist das Problem, Elisabeth? Ich bin nicht in diesem Dorf aufgewachsen. Ich habe die Wahl. Nur, weil die Kellnerin, mit der dein Mann in die Schule gegangen ist, nichts anderes kennt, heißt das doch nicht, dass ich meine Kinder dazu verdammen muss, genauso aufzuwachsen.« Es ist zum Kotzen. Es läuft immer aufs selbe raus. Margret, die es sich leisten kann, karrt ihre drei zur Frühförderung, Margret setzt durch, dass die Kinder nackt durch den Kindergarten springen dürfen. Sollen. Rosel schickt ihre Jungs zum Fußballtraining und ins Kinderturnen. Im Verein und zu Fuß zu erreichen.

Elisabeth lässt sich von der Couch auf den Flokati rutschen und greift nach einer der Kassetten, die im Fach unter dem gläsernen Couchtisch liegen. Von der Hülle starrt ihr aus einem gekräuselten Haardickicht eine auseinandergezogene Vulva entgegen. »Brauchst gar nicht so pikiert die Augenbrauen hochzuziehen. Oder willst du etwa behaupten, du hättest neuerdings guten, selbstbestimmten Sex? Darum geht's da nämlich.« Mit einem Klacken setzt Margret das beschlagene Weißweinglas vor ihr auf der Glasplatte ab. »Wenn ich dich so angucke und mich an unser kleines Gruppenexperiment letztes Jahr erinnere, würd ich mal behaupten, du kommst immer noch nicht so richtig raus aus deinem Schmerzkörper. Immerhin gibst du dich ja zumindest neuerdings als Frau zu erkennen. Steht dir gut, dein amerikanischer Lippenstift.« Margret lässt sich im Schneidersitz neben ihr nieder und nimmt ihr die Kassette aus der Hand. »Ich schlag dir einen Tauschhandel vor: Du fragst deine Amerikanerin, ob sie nicht mal so 'ne richtige Mary-Kay-Fete in Deutschland veranstalten will, und ich geb dir dafür jetzt eine Einführung ins Neotantra. Damit du dich nicht nur auf deinen Lippen als Frau fühlst ...«

Mit bedeutungsschwangerem Blick kauert Margret auf dem Boden und reißt einen Beutel mit Teelichtern auf. Margrets Augen sind für bedeutungsschwangere Blicke wie geschaffen. Margrets Augen lassen Elisabeth an kalkhaltige Bergseen denken, also nicht dunkelblau oder flaschengrün, sondern helles Türkis, in dem man metertief versinken kann, ohne je auf Grund zu stoßen. Margret reißt ein Streichholz an und stellt das Teelicht zwei Handbreit vor Elisabeths nylonbestrumpftem Fuß neben dem Flokati auf den Boden, ihren weiten Rock klemmt sie sich zwischen die Knie, damit er nicht in die Kerzenflamme kommt. Dann richtet sie sich wieder auf und geht zwei Schritte weiter erneut in die Knie, um das nächste Teelicht abzustellen. Langsam weicht der Geruch der Feuchttücher, mit denen sie Zoes Po abgewischt hat, dem Geruch von verbrannten Streichholzköpfen. Scheint ein Kreis zu werden, den Margret da baut. Ein Kreis um den Flokati herum. Um den Flokati, auf dem Elisabeth sitzt. Vorsichtshalber zieht sie die Flasche Wein zu sich in den Kreis und füllt ihr Glas nach. Margret hat ein wahnsinnig intensives Parfüm, Patschuli oder irgendsowas, Hagen kann ihr immer auf den Kopf zusagen, dass sie bei Margret war. Soll ihr recht sein. Das wurmt ihn immer noch, dass Margret, die doch *seine* Eroberung war, in den letzten Jahren eher Elisabeths Nähe sucht. Hagen bildet sich tatsächlich immer noch ein, Margrets Entscheidung, hier raus aufs Dorf zu ziehen, hätte was mit ihm zu tun. Als ob sie nach ihrer Rückkehr nach Amerika und ihrer Heirat und Zachs Geburt nur Hagen zuliebe nach Deutschland zurückgekommen wäre. Der Mann ist echt ein Träumer. Aber Margrets Parfüm erkennt er immer noch. Ist aber auch wirklich sehr intensiv. Margret muss nochmal nachgelegt haben. Wird ihr allmählich ein bisschen zu viel, Margrets intensiver Geruch, der intensive Blick, mit dem sie die Stehlampe ausknipst und zu Elisabeth in den Kerzenkreis tritt. In solchen Momenten verflucht sie sich dafür, so unkontrolliert ein Glas nach dem anderen in sich hineingekippt zu haben. Nicht nur bedingt der Alkohol bei ihr immer ganz schnell Artikulationsschwierigkeiten – sie muss sich jetzt schon bemühen, die Worte noch deutlich herauszukriegen –, mit steigendem Alkoholpegel verstärkt sich auch ihr Bedürfnis, sich emotional zu offenbaren. Was ja nicht weiter tragisch wäre, schon gar nicht Margret gegenüber. Nur, dass sie die Emotionen, die sie dann zwanghaft zu artikulieren versucht, gar nicht wirklich hat, aber in dieser Situation glaubt, fühlen zu müssen. Dementsprechend schwachsinnig klingen ihre Versuche dann auch. Sie weiß jetzt schon, wie sie sich morgen dafür hassen wird. Sie würde jetzt wahnsinnig gerne die Augen schließen und sich fallen lassen, aber das lässt Margret nicht zu.

»Vertraust du mir?« Manche Fragen fühlen sich an wie die Einfahrt in einen sehr, sehr langen Tunnel. Wie den Gotthardt. Mit dem Unterschied, dass beim Gotthardtunnel klar ist, dass man in Göschenen reinfährt, der Radioempfang abbricht und wenn du nach 16,32 Kilometern endlich wieder rauskommst, bist du im Tessin. Alles ist anders. Im Tunnel unter einem Gebirge durchzufahren, auf Pinkeln und Zigaretten zu verzichten und Platzangst durchzustehen, um in Italien rauszukommen, ist das eine. Aber sich mit Margret in diesen Tunnel zu begeben, von dem sie nicht weiß, wie lang er ist, von dem sie nicht mal weiß, ob dahinter Italien liegt? Vertraut sie einer Frau, die unter ihren Wallekleidern keinen BH trägt, sich von ihren Kindern an die Brüste fassen lässt und sie ermutigt, ihrem Vater an den Schwanz zu fassen? Vertraut sie einer Frau, die letzten Sommer gnadenlos die Kamera draufgehalten und auf Videokassette festgehalten hat, wie acht Mitglieder des *Sozialistischen Patientenkollektivs* versucht haben, Elisabeth sexuell zu befreien?

»Ich mag dich, Elisabeth. Ich sehe dir an, dass du mit Hagen weiterhin keine Ebene kosmischer Harmonie erreicht hast, auf der du lustvoll und frei bist. Ich seh' aber auch, wie sehr du dich danach sehnst ...« Seherische Fähigkeiten, von wegen, es vergeht ja kein Abend mit Margret, an dem sie nicht ihr erbärmliches Sexleben mit Hagen durchkauen würden. Elisabeth kennt Margrets Arsenal an kreativen Ratschlägen: Dass Hagen immer total drauf abgefahren ist, wenn Margret ihn von hinten rangelassen hat, oder dass Margret sich mit aromatisiertem Öl vorbereitet, mit den Handflächen, knapp oberhalb vom Schambein, in der Weihnachtszeit auch mal Glühwein, »da musste ich nicht mal mehr betteln, da leckt der ganz von alleine ...« Natürlich hat sie sich gehütet, Margret zu erzählen, dass sie längst zum kreativen Einsatz von Lebensmitteln gefunden hat. Alexander ist und bleibt ihr Geheimnis. Durch die halb geöffnete Tür zum Nebenzimmer dringt gleichmäßiges Atmen, die Kinder sind auf der großen Matratze vor dem Fernseher eingeschlafen. Margret bemerkt ihren Blick. »Wenn die erst mal schlafen, weckt die so schnell nichts.« Über die Teelichter hinweg tritt sie in den Kreis und nimmt Elisabeths Gesicht zwischen ihre Hände. »Eine Yoni-Massage würde echt was in dir lösen, glaub mir. Du willst doch in deinem Körper ankommen, oder?« Zumindest den Geruch von hartgekochten Eiern aus ihrem Sexleben verbannen. Sie nimmt Margrets Hände von ihren Wangen, prostet ihr mit der Flasche zu und nickt.

Im Schneidersitz, leicht schwankend und nur mit Unterhose und BH bekleidet, beobachtet Elisabeth, wie Margret eine Schallplatte aus ihrer Hülle zieht und auf den Plattenteller legt. Ihre Bluse, Unterhemd, Hose und Strumpfhose liegen verstreut außerhalb des magischen Kreises und die umgekippte, leere Weinflasche verleiht der Situation eine Anmutung von Flaschendrehen. Allerdings hat sie sich früher immer nur für die Jungs ausgezogen. Mozart lief da auch nie. Aber betrunken war sie auch immer. Als das Requiem einsetzt, steht Margret breitbeinig hinter ihr. Hat die eigentlich auch was getrunken oder hat sie die Flasche alleine leergemacht? »Bist du bereit für die zweite Phase? Ich möchte dich jetzt dabei unterstützen, in deinem Körper anzukommen.« Margret kniet sich direkt hinter ihr auf den Boden und lässt ihre Handflächen an Elisabeths Schulterblättern herab zu ihrer Hüfte gleiten, dann streifen ihre Fingerspitzen wieder aufwärts, Wirbel für Wirbel. Drei, vier, fünf, sechs Mal. Beim siebten Mal bleiben Margrets Finger auf Elisabeths BH-Verschluss liegen, schieben sich schützend darunter und öffnen die Häkchen. Sanft. Ungewohnt. »Warum tust du dir das an? Sperrst deinen Körper ein, hinderst ihn daran, zu atmen und sich zu entfalten. Ich könnte die Dinger gar nicht mehr tragen.« Als Margret ihr die Träger über die Schultern streift und die BH-Körbchen über Elisabeths Brüste rutschen, stellen sich ihre Brustwarzen auf. Sieht schön aus, wie getrocknete Rosinen. Sie kann es also doch. Hagen drückt und zerrt und leckt immer ewig und wird richtig sauer, wenn sie sich nicht aufstellen. Margret lässt ihre Hände über Elisabeths Schultern rechts und links am Schlüsselbein vorbei zu ihren Brüsten gleiten. Mit sanftem Druck kreisen ihre Zeigefinger um Elisabeths Brustwarzen, dann löst sie die Finger, ihre Hände verharren wenige Zentimeter über ihren Brüsten. Der Plattenspieler knistert, Elisabeth muss schlucken, knackende Geräusche dringen aus ihrer Kehle. Ihre Brustwarzen fangen an zu ziehen, warum macht Margret nicht weiter? Gib uns Frieden, fordert der Chor der Berliner Philharmoniker, *dona nobis pacem*. Elisabeth atmet flach, am liebsten würde sie sich Margrets Hände wieder auf die Brüste legen. Langsam senkt sie den Oberkörper nach hinten, bis ihr Hinterkopf in Margrets Schoß aufkommt, und versucht, ihrem Blick standzuhalten. Es ist schwierig, Margrets Gesichtsausdruck auszumachen, so kopfunter, ihr ist schwindlig, und auf dem Plattenspieler kreist das Requiem.

Margret ist die Hohepriesterin, das niedrige Flokatiwohnzimmer mit dem Geruch nach Stinkewindeln und ausgeatmetem Weißwein der Tempel. »Wenn du den nächsten Schritt auch noch gehen möchtest, verbinde ich dir jetzt die Augen.« Margrets Stimme hallt von den Wänden wie in einem Kirchenschiff, kühle Steinwände, von

Handflächen blankgewetzte Banklehnen, gleich wird der Chor anheben, zum *Tag der Rache und der Sünden wird das Weltall sich entzünden*, vorsichtig nimmt ihr Margret die Brille ab, steifer Handtuchstoff legt sich auf ihr Gesicht, frisch gewaschen und vorgesehen, Wasserflecken von gespülten Gläsern zu polieren, sie riecht die ausgeblichenen Karos. »Dreh dich auf den Bauch«, Margrets Stimme klingt rau wie der Handtuchstoff, der dicke Knoten drückt gegen ihren Hinterkopf, sie spürt eine ungekannte Erregung durch ihr Becken fluten und presst die Hüftknochen in die Flokatifasern, jetzt schluckt auch Margret hörbar. Mit einem Klacken landet ein Weinglas auf der Glasplatte, der Chor hebt an, *Welch ein Graus wird sein und Zagen, wenn der Richter kommt, mit Fragen*, Margrets kühle Hände streichen ihr über den Po, Elisabeth schnappt nach Luft, ihre Schneidezähne graben sich in ihre Unterlippe, *frei ist Deiner Gnade Schalten: Gnadenquell, lass Gnade walten*, genau die Aufnahme, die Mutti immer am Totensonntag gehört und dabei eine Kerze vor dem Bild ihres gefallenen Mannes angezündet hat, Elisabeths Vater. Erst wenn Mutti wieder sitzt, darf Elisabeth das weiche Ei köpfen. Margrets Fingernägel krallen sich in ihren Po, sie stemmt sich dem Druck von Margrets Händen entgegen, *Seufzend steh ich schuldbefangen, schamrot glühen meine Wangen*, der Druck wird stärker, das sind keine Hände mehr, die ganze Margret sitzt jetzt auf ihr, ihr wallender Rock fließt über Elisabeths nackte Oberschenkel. Margret stößt gepresste Laute aus, fängt an zu hecheln, irgendwie fühlt sich ihr Rücken plötzlich klebrig an, Elisabeth krallt die Hände in die Teppichfasern, *Gnadenquell, lass Gnade walten*.

›Yoni-Massage. Würde echt was in dir lösen.‹ Im Moment ist es eher Margret, die sich Erlösung verschafft. ›Du willst doch in deinem Körper ankommen.‹ Würde sie tatsächlich gerne. Dazu müsste sie allerdings ihre Hand zwischen sich und den Flokati zwängen. Auf ihrem Rücken hechelt Margret in immer kürzeren Abständen, ihre gar nicht mehr kühlen Hände krallen sich in Elisabeths Schultern. Elisabeth gießt sich die letzten Tropfen aus der Weinflasche in die Handfläche, schiebt die feuchte Hand zwischen sich und den Flokati und reibt im Takt der Stöße, mit denen Margret ihre feuchte Unterhose gegen Elisabeths Steißbein schiebt, den Weißwein gegen die Stelle oberhalb ihrer Schamlippen, dahin, wo die Ekstase herkommt, nicht da, wo Männer ihren Schwanz reinschieben, *Richter Du gerechter Rache, Nachsicht üb in meiner Sache eh ich zum Gericht erwache.* Margrets Stöße werden ruckartiger, heftiger, und unter Margrets Gewicht kriegt sie die Hand nicht richtig in Fahrt, Margret stößt jetzt heisere kleine Schreie aus, *holy shit, holy shit, holy shit,* dreimal lässt sie ihre schweißnassen Handflächen auf Elisabeths Schulterblätter klatschen, dann kollabiert sie mit einem langgezogenen Stöhnen auf ihrem Rücken und das Schrillen der Klingel durchdringt die kurze Stille.

I got you babe (und bald auch einen Tiefkühlschrank)

They say we're young and we don't know
We won't find out until we grow
Well I don't know if all that's true
'Cause you got me, and baby I got you
Babe, I got you babe

Highway 169, November 5th 1980

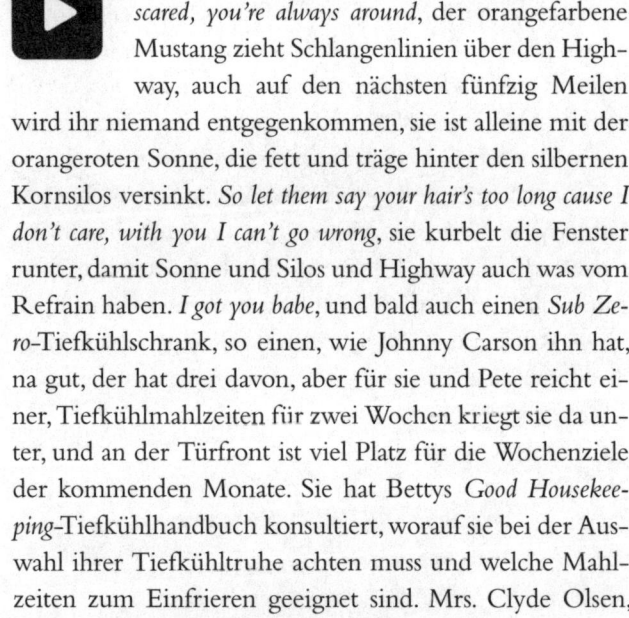 *And when I'm sad, you're a clown, and if I get scared, you're always around,* der orangefarbene Mustang zieht Schlangenlinien über den Highway, auch auf den nächsten fünfzig Meilen wird ihr niemand entgegenkommen, sie ist alleine mit der orangeroten Sonne, die fett und träge hinter den silbernen Kornsilos versinkt. *So let them say your hair's too long cause I don't care, with you I can't go wrong,* sie kurbelt die Fenster runter, damit Sonne und Silos und Highway auch was vom Refrain haben. *I got you babe,* und bald auch einen *Sub Zero*-Tiefkühlschrank, so einen, wie Johnny Carson ihn hat, na gut, der hat drei davon, aber für sie und Pete reicht einer, Tiefkühlmahlzeiten für zwei Wochen kriegt sie da unter, und an der Türfront ist viel Platz für die Wochenziele der kommenden Monate. Sie hat Bettys *Good Housekeeping*-Tiefkühlhandbuch konsultiert, worauf sie bei der Auswahl ihrer Tiefkühltruhe achten muss und welche Mahlzeiten zum Einfrieren geeignet sind. Mrs. Clyde Olsen, deren rosafarbenes Badezimmer sie seit einer halben Stunde hinter sich gelassen hat, weiß natürlich nicht, dass ihr

glückliches, himbeerrotes Lächeln einen Teil von Shirleys Tiefkühlschrank bezahlt. Genauso wenig weiß Mr. Clyde Olsen, dass er mit jedem Kompliment, das er seiner Frau macht, dazu beiträgt, dass sie, Shirley, ihrem *Sub Zero*-Kühlschrank näher kommt, denn natürlich wird Mrs. Clyde Olsen die Quelle der Komplimente aufrecht erhalten wollen, und an der Quelle sitzt sie, Shirley, denn die Quelle ist Mary Kay. Dabei sieht selbst ein Blinder mit Krückstock, dass Clyde seine Frau auch ohne himbeerrote Lippen vergöttert. Jeden Sonntag führt er sie ins *Escadrille*, jeden Sonntag sitzen sie an »ihrem« Tisch, danach holen sie sich gegenüber bei *Ben Franklin* Rootbeer-Bonbons oder *Reese's* Erdnussbutterkonfekt und schieben es sich auf dem Heimweg gegenseitig in den Mund. An seinen freien Wochenenden verlegt Clyde im Badezimmer rosa Fliesen. Harriet, also Mrs. Clyde Olsen, hat richtig darauf gelauert, dass Shirley sich die Hände waschen muss, damit sie ihr dieses Badezimmer vorführen und erzählen kann, wie Clyde es für sie gekachelt hat. Jeden Sonntag, bevor sie Clyde von der Chorprobe abholt, legt Harriet eine Flasche Sekt in den Kühlschrank, die auf sie wartet, während sie im *Escadrille* an ihrem Tisch sitzen und ihre Steaks (medium rare) essen, und wenn Clyde danach den Gartenfernseher und das Verlängerungskabel aus der Garage geholt hat, setzen sie sich in die Hollywoodschaukel auf der kleinen Rasenfläche hinter dem Haus, stoßen mit ihren Sektgläsern an und gucken eine Folge *Drei Engel für Charlie*. Hinter der Hollywoodschaukel steht ein Baum, um dessen Stamm Clyde einen Strick gebunden hat, das andere Strickende ist um eine Strebe der Hollywoodschaukel gewickelt, damit Harriet und Clyde sich nicht mit den Füßen abstoßen müssen. Dabei sieht Clyde so gar nicht nach Sekt in der Hollywoodschaukel aus, eher wie Clint Eastwood in *Dirty Harry 3*. Dirty Harry, dem jemand die Knarre weggenommen und ihn an eine Hollywoodschaukel gebunden hat. Sie wird schon noch draufkommen, was an dem Bild nicht stimmt. Clyde ist Fleischinspekteur und einer der wenigen, die der Schlachtbetrieb nicht verroht hat, ohne ihn hätte Harley Dean damals wahrscheinlich schon nach drei Tagen geschmissen. Clyde hat auch jetzt noch Kontakt zu ihm, obwohl H-D schon über ein Jahr nicht mehr bei Oscar Mayer arbeitet. Clyde scheint er zu vertrauen. Wahrscheinlich ist Clyde auch ein bisschen Vaterfigur für ihn (eigene Kinder haben Clyde und Harriet nicht), und wer hätte nicht gerne Clint Eastwood zum Vater.

Mrs. Clyde Olson ist die Nr. 8 in ihrem Team und ihr Ticket für die Direktorinnenqualifikation. *Director in Qualification. DIQ.* Drei Buchstaben, die zwischen Shirley Eudora Pesterneck, Mary-Kay-Beraterin, und Shirley Eudora Pesterneck, Mary-Kay-Direktorin mit Anspruch auf neun Prozent Provision stehen. *DIQ* steht auf der Haftnotiz an ihrem Rückspiegel. *DIQ* steht auf der Haftnotiz an der Kühlschranktür. Am Badspiegel. Am Kleiderschrank. Sogar an die Digitalanzeige ihres Weckers hat sie eine geklebt, damit sie gar nicht erst in Versuchung gerät, den Wecker um 5:45 Uhr wieder auszuhauen, sondern aufsteht, ihre zehn Kniebeugen macht und sich nach dem Duschen zehn Sekunden kalt abduscht. Falls sie dann doch ein Anfall von Zaghaftigkeit überkommt, wenn sie klatschnass und frierend aus der Duschkabine auf den Kachelboden tritt, hat sie über dem Handtuchhaken einen weiteren Zettel angebracht. Einen Zettel mit einem großen Kreis in der Mitte, unter dem fünf kleinere Kreise angeordnet sind. Fünf Kreise, die dafür sorgen, dass wirklich jede Frau das Mary-Kay-Prinzip in Nullkommanichts begreift, sobald Shirley in jeden der Kreise eine 4 schreibt. Eine 4 mit einem Prozentzeichen dahinter. »Vier Prozent. Das ist die Provision, die du auf den Umsatz jeder Frau erhältst, die du rekrutierst. *Zusätzlich* zu deinen eigenen Umsätzen.« (Manche schreiben mit und lassen sich das zu Hause von ihren Männern erklären, manche bekommen gleich große Augen. Die mit den großen Augen merkt sich Shirley genau, das sind fast immer die, die schon nach ein, zwei Wochen das rote Jackett tragen.) Was sie den Frauen bei der Rekrutierung nicht sagt, ist, dass es noch mehr Kreise gibt. Noch viel mehr Kreise. Auf dem Zettel über Shirleys Handtuch sind unter den fünf Kreisen unzählige weitere eingezeichnet. Auf dem Zettel über Shirleys Handtuch steht auch eine andere Zahl. Statt auf die 4, die Harriet, Sally, Sue und all ihre anderen Neurekrutierungen sehen, fällt Shirleys Blick, wenn sie kaltgeduscht nach ihrem Handtuch greift, auf eine 9. Dann fröstelt sie nicht mehr, läuft nackt zur Küchenzeile, wirft den Wasserkocher an, füllt dreieinhalb Löffel Kaffeegranulat in die Tasse und heftet die für den vorangegangenen Tag formulierten Tagesziele aus ihrem Mary-Kay-Ordner. Im Anschluss stellt sie ihre Kaffeetasse auf die durchgeschmolzene Stelle auf der Tischdecke mit den Maiskolben, die jetzt kein Mitleid mehr mit ihr zu haben brauchen, und aktualisiert die mit Bleistift eingetragenen Tagesziele vom Vortag, geht die Profilbögen der aktuellen Kandidatinnen durch und füllt ihren Leistungsbogen aus. Natürlich lassen selbst Auswertungsbögen Platz für Selbstbetrug. Jedes nicht erreichte Tagesziel – Mindestumsatz 70 Dollar, vier Rekrutierungen – lässt sich ausradieren und die Fehlmenge zum Tagesziel des Folgetages addieren. Zwei Tagesziele zum dritten Folgetag. Ein nicht erreichtes Wochenziel zum Wochenziel der Folgewoche. Das Monatsziel zum Folgemonat. Aber Shirley kennt die Konsequenz. Für ein Abflusssieb, das sie nicht sauber macht, kann sie keine Punkte kassieren. Punkte, die sie braucht, um sie gegen ihre *DIQ*-Teilnahme einzulösen. Mrs. Clyde Olson ist ihr achter Kreis. Mrs. Clyde Olson ist ihre Eintrittskarte. Gleich nach den Weihnachtstagen wird sie Carol bitten, ihr eine Empfehlung für die Direktorinnenqualifikation auszustellen. Wenn sie im Januar mit der *DIQ* anfängt und all ihre Zielvorgaben einhält, kann sie es bis Mai zur Direktorin schaffen. Zur Neun-Prozenterin. Bis dahin wird sie weiter jeden Morgen ihre Bögen ausfüllen und Mary Kay danken, die sie daran hindert, sich selbst zu betrügen. Eine Eudora Pesterneck braucht keine Punkte fürs Müll rausbringen und Badewannen-Abflussgitter sauber machen. Sie hat Wochenziele und Auswertungsbögen.

Wenn der Mustang über Iowas Highways und Interstates rollt und eine Meile Asphalt nach der anderen unter der Kühlerhaube verschwinden lässt, hat sie viel Zeit, die Carol-Sendich-Kassette einzulegen und in Zeitlupe abzuspulen. Vielleicht sollte sie das Carol wirklich mal vorschlagen: ihr gesammeltes Rekrutierungsrepertoire auf Kassetten sprechen und neuen Beraterinnen als Trainingsmaterial anbieten. Niemand versteht es so meisterhaft wie Carol, bei jeder Frau den richtigen Nerv zu treffen. Ist ja nicht so, dass Mary Kay nur bei naiven, einsamen oder vernachlässigten Frauen funktioniert. Shirley ist ja selbst drauf angesprungen. Keine zwölf Monate hat Carol gebraucht, um aus der unzufriedenen Person, die am Fließband Schweinekadaver zerlegt und sich von einem Schlächter hat schwängern lassen, eine selbstbewusste und erfolgreiche Unternehmerin zu machen, die sich nie wieder eine Netzhaube über ihre Haare stülpen wird, nie wieder ihre Gummistiefel mit dem Rücken zur Wand ausziehen muss, damit kein Schlachtarbeiter sich berechtigt fühlt, ihr auf den Arsch zu klatschen, nur weil sie einen hat. Seit Shirley Frauen nicht mehr mit cremegefüllten Schokoladenkeksen vergleicht, kriegt sie jeden Hautpflegetermin, den sie will. Sie vergisst auch nicht mehr, dass die Gesichter nur der Einstieg sind, dass es letztendlich die Unterschrift einer Frau ist, die sie will. Sie kann sich noch gut erinnern, wie stolz sie vor ein paar Monaten morgens bei Carol angerufen hat, weil sie am Vortag gleich zwei Frauen begeistern konnte, 112 Dollar hatte sie nach der Party in der Tasche und fünf neue Kundinnen in der Kartei. »Schön für dich«, hat Carol durchs Telefon geflötet, »hast du mit der Gastgeberin ein Rekrutierungsgespräch geführt?« Sie weiß nicht, was bitterer ist, Kaffee ohne Milch oder Carols ungesüßte Missbilligung. »Weißt du, ich gehe ja morgens ans Telefon. Aber dann möchte es bitte ein Umsatz über 150 Dollar, zwei Anschlussbuchungen *und* mindestens eine Rekrutierung sein, damit ich vergesse, dass es noch nicht acht Uhr ist!« Seit diesem Telefonat ist Shirley gnadenlos. Lässt keine Frau entkommen, ohne den Zweifel in ihr zu nähren, dass sie im falschen Leben steckt. Die Politesse, die ihr einen Strafzettel verpassen will. Die Lehrerin, die mit ihr über Petes Leistungsabfall sprechen will. Ihre Bankberaterin. Nicht nur zu schlucken hat sie gelernt, sondern auch so perfekt mit Lippenstiften, Chancen, Kreisen und Prozenten zu jonglieren, dass sie sich mühelos jedem nur vorstellbaren Politessen-, Lehrerinnen- und Bankberaterinnentraum anpassen.

Neben Auswertungsbögen verteilt Carol auch Tabellen, auf denen sich der Einsatz ablesen lässt, dessen es bedarf, um bestimmte Ziele zu erreichen. Bei Mary Kay sind kleine Ziele ja auch schon für kleinen Einsatz zu erreichen, für ein Extrataschengeld am Ende des Monats reichen zwei Gesichtsbehandlungen oder zwei Partys pro Woche völlig aus. Du willst von Mary Kay leben? Da kommst du unter acht Gesichtsbehandlungen, sechs Partys und zwei Rekrutierungen pro Woche nicht hin. Über einen überdachten Parkplatz für den Cadillac brauchst du gar nicht erst nachzudenken, solange nicht jede Woche mindestens 800 Dollar Umsatz auf deinem Zettel stehen. Wenn Shirley heute zur Musik von Sonny & Cher über die Interstate fegt, wenn sie heute erwägen kann, einen Kühlschrank für 1200 Dollar zu kaufen, wenn sie heute, ohne mit der Wimper zu zucken, auf Einwände reagiert, die sie vor einem halben Jahr noch dazu gebracht hätten, ihre eigene Unterschrift zurückzuziehen, dann verdankt sie das auch Carol und ihren Tabellen. »Ich möchte jede von euch bitten, ihre Nachbarin mal ganz genau anzugucken und den Unterschied zu beschreiben, den ihr nach der Gesichtspflege erkennen könnt.« Carols Aufforderung an ihre Partygäste lässt regelmäßig triviale Haushaltsgegenstände zu Verheißungen werden (»Du strahlst jetzt irgendwie ganz sanft, wie eine matte Glühbirne«), raue Hausfrauenhände von Stahlwolle zu flauschigen Staubtüchern. Wenn eine Frau glauben will, sie könnte ihr unbefriedigendes Leben abstreifen wie überschüssige Hautschüppchen, dann setzt sie ihre Unterschrift nicht nur bereitwillig unter ein Dauerabo auf Glühbirnenglanz und flauschige Hände, sondern auch unter eine Riesenbestellung, »oder hast du schon einmal versucht, von einer leeren Ladefläche herunter Geschäfte zu machen?« Es ist nie die *erste* Unterschrift einer frisch rekrutierten Frau, die einen *Sub Zero*-Kühlschrank finanziert. Es ist nicht die Unterschrift, mit der sie sich zur unabhängigen Mary-Kay-Schönheitsberaterin erklärt. Sondern ihre zweite. Die Unterschrift unter ihre Warenbestellung.

Eine Meisterin der Einwandbekämpfung hat Carol aus ihr gemacht. Wenn jemand Anspruch auf den Titel ›Miss Einwandentkräftung‹ hat, dann Shirley Eudora Pesterneck. Sie ist *das* Lehrbuchbeispiel für die Hummel, die trotz schier unüberwindbarer Hindernisse zu fliegen gelernt hat: alleinerziehend, kein Collegeabschluss, ungelernte Hilfskraft an der Schlachtstraße. Statt Verkaufserfahrung bringt sie Kadavergeruch mit, statt der gepflegten Erscheinung einer Mary-Kay-Beraterin abgekaute Fingernägel und eine ungepflegte Afromähne. Aber sie hat es geschafft, hat sich vom Fleischerhaken gerissen wie ein nicht ausreichend betäubtes Schwein und ihre Trumpfkarte ausgespielt: das Vertrauen der *Iowa Porkettes*, das Vertrauen von Frauen, die sich wie sie der Verkaufsförderung von Schweinefleisch verschrieben haben. Das Vertrauen von Frauen, die ihr alles abkaufen würden. Als sie ihr alles abgekauft *haben*, weiß Shirley längst, wie man auch an das Vertrauen all der anderen Frauen rankommt, die nicht zu den *Porkettes* gehören. Das war die größte Herausforderung, herauszufinden, wie sie den richtigen Angriffspunkt findet bei Frauen, die andere Sehnsüchte und Wünsche haben als sie selbst, Frauen, die keinen Sohn haben, dem sie eine bessere Zukunft bieten wollen, in deren Leben es keinen Schlachtbetrieb gibt, aus dem sie sich befreien wollen. Aber dann hat sie begriffen, dass Carols Methode bei jeder Frau greift. Alles, was sie herausfinden muss, ist, *womit* eine Frau unzufrieden ist, *worauf* sie nicht länger verzichten will, *wonach* sie sich sehnt. Wenn sie das herausgefunden hat, fällt es ihr inzwischen leicht, dieser Frau glaubhaft zu machen, dass sie, Shirley Eudora Pesterneck, den Schlüssel zu ihrem Glück kennt. Dass der Schlüssel in einer Unterschrift besteht. Dann kann sie den Kugelschreiber mit der goldenen Hummel aus ihrer Handtasche holen. Das ist ihr diesen Sommer klargeworden, als sie sich an dieser verlassenen Tankstelle untergestellt hat, um das Ende eines heftigen Sommergewitters abzuwarten.

Rauchend hat sie unter dem Vordach gestanden und die heftigen Blitze vor dem schwarzblauen Gewitterhimmel beobachtet. Plötzlich stand die Kassiererin neben ihr und hat sie um Feuer gebeten. Schnelle hektische Züge hat die Kassiererin gemacht und ihre Nasenflügel haben gezittert dabei. Zitternde Nasenflügel und heftiges Raucheinziehen sind immer ein Zeichen dafür, dass sie gerade eine unzufriedene Frau vor sich hat. Bei der rauchenden Kassiererin war es die tägliche Demütigung durch ihren Boss. Mit dem Rücken an der Tanksäule hat sie den Rauch durch die Nasenlöcher gestoßen und sich Luft gemacht. Ganz klein war ihr Traum. Eines Tages selbst an der Zapfsäule vorzufahren, »müsste nicht einmal im pinken Cadillac sein«, sich von ihrem Boss volltanken und die Scheiben putzen zu lassen und dabei im Auto sitzen zu bleiben und eine zu rauchen,»und vielleicht könnte es in Strömen regnen dabei«, hat sie noch hinterhergeschoben und in den strömenden Regen gestarrt. Heute klebt ein *Ask me about Mary Kay*-Aufkleber an der Tankstellentheke und Rhonda legt jede Woche knapp 70 Dollar für die Raten bei ihrem Autohändler beiseite. Bald wird sie an der Tankstelle vorfahren. Regnen wird es dann auch. Nur darum geht es: Frauen erkennen zu lassen, dass sie bekommen können, was sie wollen.

Shirley hat gelernt, sich Zugang zu den Träumen anderer Frauen zu verschaffen. Sie muss nicht einmal lügen, wenn sie das magische *Feel-Felt-Found*-Prinzip – *Ich weiß, wie du dich fühlst – mir ging's genauso – bis ich herausgefunden habe ...* – anwendet. Es ist ein guter Zeitpunkt für Veränderung, seit Reagans Sieg bei den Präsidentschaftswahlen schwebt das Land in dem Glauben, dass sich die Dinge jetzt zum Guten ändern, dass es jetzt wieder bergauf geht. »Ich weiß, wie du dich fühlst, Harriet«, (nenn' sie beim Namen, das baut Nähe auf). »Ich hab mich damals genauso gefühlt.« Ihre Hand liegt auf Harriets Unterarm (nimm bei »Fühlen« Körperkontakt zu ihr auf.) »Oreo-Keks. Ja. Das hab ich zu der Frau gesagt. Das wirft vielleicht nicht gerade schmeichelhaftes Licht auf mich, aber ich bin dir diese Geschichte schuldig. Wie sollst du mir vertrauen, wenn du nicht das Gefühl hast, ich wüsste genau, wie du dich fühlst. Da mussten wir alle durch.« (Gib' ihr die Möglichkeit, sich mit dir zu identifizieren. Beweise ihr, dass du ihre Situation kennst und sie selbst durchlebt hast.) »Sieh mich an – keine sechs Monate später habe ich ein großartiges Team mit sieben großartigen Frauen. Ab Januar steht schon meine Direktorinnenqualifikation an! – Harriet, wenn es das ist, wo du hinmöchtest, werde ich alles tun, damit du dieses Ziel auf dem schnellsten Wege erreichst.« (Jetzt mach es persönlich: Gib ihr das Gefühl, dass es um *sie* geht, dass sie unverzichtbar ist. Mach ihr deutlich, was sie verpasst, wenn sie die Gelegenheit nicht ergreift.)

»Weißt du, Harriet, auf keines der sieben Mädels in meinem Team möchte ich verzichten. Aber mit dir ist es etwas ganz Besonderes. Das hat nichts damit zu tun, dass du Clydes Frau bist oder dass Clyde sich so um meinen Bruder kümmert. Es hat nichts damit zu tun, dass du eine *Porkette* bist. Nein, was mich beeindruckt, ist, *wie* das Porkette-Mitglied Harriet Olsen sich ihrer Aufgabe stellt. Ich habe bei der Fleischverkostung heute Vormittag genau beobachtet, wie du den Frauen die Rezepte nahe gebracht hast – da ist keine von deinem Tisch weggegangen, die nicht garantiert jedes Rezept aus *Als was ein Schwein gerne auf den Tisch käme* nachkochen würde. Das hat mich beeindruckt – und ich kann dir sagen, ich bin keine, die bei jeder Gelegenheit sofort Hurra schreit.« Ihre Schmeichelei überzieht Harriets Gesicht wie Tortenguss einen Dosenpfirsich. »Ganz ehrlich, Harriet, hast du nicht manchmal das Gefühl, dass du deine Talente vergeudest?« Noch ist die Gelatine glatt. »Geben dir die Jungs von der *Iowa Hog Producers Association* das Gefühl, sie wüssten dein außerordentliches Talent zu würdigen?« Auf Harriets festglänzender Oberfläche zeichnet sich der Abdruck ihrer Fingerspitzen ab. Sie drückt ein bisschen fester. »Sag mir bitte, ob es dir wirklich genügt, wenn irgendein Fleischer in Corning oder Altoona zehn Pfund Schweinefleisch mehr im Quartal verkauft, weil du dich so für den Schweinefleischkonsum engagierst? Vor allem, was hast *du* davon?« Irgendwann gibt selbst die elastischste Substanz dem Druck nach. »Harriet, du kannst natürlich bei den *Porkettes* bleiben und Perlen vor die Säue werfen, keine Frage. Aber darf ich dir eine entscheidende Frage stellen? Reicht dir das wirklich, was du als *Porkette* erreichen kannst? Oder lass es mich anders formulieren: Wenn du eine Sache an deinem Leben ändern könntest, was wäre das?« Sie wüsste sofort, was sie an einem Leben als Mrs. Clyde Olson ändern würde. Aber sie hat ihre Karten ausgespielt. Jetzt müssen die ihre Wirkung entfalten.

Harriets Blick ist auf etwas weit Entferntes gerichtet, ihre Augen glitzern. Falls sie in Gedanken bei ihrer Hollywoodschaukel ist, knotet sie mindestens gerade das Seil vom Baum. »Ich würde mit Clyde nach Florida fliegen und auf einer weißen Holzveranda im Sonnenuntergang sitzen. Ich würde ihm einen Cocktail bestellen, in dem ein Holzspießchen steckt, so eins mit lila Glitzerfädchen dran, wie in der Ananaswerbung. Eine Videokamera würde ich kaufen, um die schönen Momente festzuhalten.« Da hatte die Fee bei Cinderella einen schwereren Job. Trotzdem, es muss klingen, als würde ihr diese Frage jetzt und hier erst einfallen, als würde diese Frage einzig und allein auf Harriet zutreffen, Harriet Olsen, die neben ihr vor der Waschbeckenfront ihres rosa gekachelten Badezimmers in Perry, Iowa steht. Shirley fixiert Harriets Spiegelbild. »Was hindert dich daran, dafür zu sorgen, dass dieser Traum wahr wird? Auf der Stelle damit anzufangen, jetzt, hier, in diesem Moment?« Harriet nimmt ihren Blick im Spiegel auf. »Ich bin nicht wie du, Shirley. Guck uns doch an.« Schweigend mustern sie die beiden Frauen, die ihnen aus dem Spiegel entgegengucken. Aufrecht, mit glänzend fixierten Haaren die eine, mit hängenden Schultern, nachlässig aufgestecktem Dutt und himbeerroten Lippen die andere. »Ich sehe dich. Soll ich dir sagen, was ich sehe?« Harriet wendet sich ihr zu. Es geht in die entscheidende Runde. »Ich sehe eine Frau, die sich aufrichten kann, der Verheißung ihrer Lippen folgen. Ich sehe eine Frau, die in der Lage ist, den Schweinefleischkonsum in Marshall County um 0,1 Prozent jährlich zu steigern. Eine Frau, die großen Einfluss auf die Entscheidung hat, welches Essen in den Haushalten und Gaststätten von Marshall County auf den Tisch kommt.« Harriets Schultern haben sich gestrafft, ihre Augen wandern von Shirleys Gesicht zu ihrem eigenem. Sie greift ein paar Haarnadeln von der Ablage und steckt ihre lockeren Haarsträhnen fest. »Selbst wenn ich das könnte, Gesichtspflege verkaufen, selbst wenn Clyde nichts dagegen hätte, ich wüsste gar nicht, wie ich das anfangen sollte. Ich meine, wo kriege ich denn Kundinnen her, ich kenne doch gar nicht so viele Leute?« Wer ›selbst wenn‹ sagt, hängt schon an der Angel. Shirley war durchaus darauf vorbereitet, noch ein paar Extrahürden überspringen zu müssen. Aber umso besser. Dann eben direkt in die Zielgerade. »Das ist ein berechtigter Einwand und ich verstehe dich. Du hast Recht. Du musst eine Vorstellung davon haben, was dich erwartet.« (Führ' sie Schritt für Schritt durch die Abläufe. Gib ihr das Gefühl, jeden Schritt zu verstehen und die Kontrolle zu behalten. Gib ihr Schwimmflügel.) »Wenn du dich heute noch entscheidest, dass du's versuchen willst, würden wir als erstes gemeinsam deine Vereinbarung ausfüllen und bei meiner Direktorin einreichen, aber das ist reine Formsache. Carol wird sofort erkennen, was für ein Gewinn du für unsere Einheit bist. Im Anschluss würden wir dann die Termine für deine Einsteiger-Orientierung festlegen. Bei Mary Kay wird niemand ins kalte Wasser geschmissen. Die Orientierungsphase ist dazu da, herauszufinden, wo du hinwillst und wie sich deine Erwartungen mit deinen Möglichkeiten vereinbaren lassen. Es gibt ja keine Quote bei Mary Kay, die du erfüllen musst. Wie viel du machst und wann du das machst, ist einzig und allein deine Entscheidung.« Sie überprüft Harriets Gesicht nach Anzeichen von Zweifeln: eine Furche auf der Stirn, eine krausgezogene Nase, verengte Augen, zusammengekniffene Lippen. Nichts.

»Also, wenn du fürs erste keine Fragen mehr hast, sieht das für mich doch ganz danach aus, als käme jetzt der Teil, um den ich dich fast ein bisschen beneide: Weil es nur drei magische Worte sind, die du aussprechen musst. Drei Worte, die dich davon trennen, ab sofort, ab ...«, sie guckt auf die Uhr an ihrem Handgelenk, »... Mittwoch, den 5. November 1980 um 4:47 p.m. eurer Floridareise mit jeder Stunde ein Stückchen näher zu kommen.« Harriets Oberfläche ist weiterhin glatt, keine Spur von Widerstand erkennbar. »Also, wie sieht's aus, kannst du dir vorstellen, dich an Mary Kay zu versuchen? Oder brauchst du noch ein bisschen Zeit für die Entscheidung?« Vorbereitet ist sie auf alles. ›Ich versuch's!‹, die einfachste Variante, beantwortet sich mit ›Großartig. Dann füllen wir jetzt deine Vereinbarung aus!‹ Aber so einfach ist es natürlich erstens nie und zweitens nicht bei Harriet Olsen. »Ich glaube, ich würde gerne erst mit Clyde darüber sprechen.« Selbstverständlich hat sie auch dafür die passende Antwort parat. »Klar, mach das, überhaupt kein Problem. Natürlich würde ich dich lieber heute als morgen in mein Team aufnehmen – aber du musst das *wollen*. Das Letzte, was ich tun werde, ist, dich unter Druck zu setzen.« Sie macht einen Schritt auf die Küchentheke zu. Zeit, den Aufbruch einzuleiten. »Aber bevor ich jetzt gehe«, sie greift nach ihrer Handtasche, »werde ich dich um etwas bitten – und zwar ausschließlich dir selbst zuliebe. Ich möchte dich bitten, deine Entscheidung innerhalb der nächsten 24 Stunden zu treffen.« Im Fernseher neben dem Wellensittichkäfig nimmt der strahlende Wahlsieger Ronald Reagan einen Blumenstrauß entgegen. Wenn sie heute oder morgen Harriets Unterschrift bekommt, ist sie zu seinem Amtsantritt schon in der Direktorinnenqualifikation. »Ich will einfach nicht, dass du dich ewig mit der Entscheidung herumquälst. Ich möchte nicht, dass diese Entscheidung – und damit letztendlich Mary Kay – dich mit jedem Tag, den du sie nicht fällst, mehr belastet. Eines will ich nicht: dass du irgendwann in mir nur noch die nervende Mary-Kay-Tante siehst.« Wenn sie in ihren drei *DIQ*-Monaten den vorgeschriebenen Umsatz erreicht, wird auch Shirley Eurora Pesterneck bald strahlend auf einer Bühne stehen und einen Blumenstrauß entgegennehmen. »Ich will doch viel lieber die sein, auf die ihr nächstes Jahr anstoßt, du und Clyde, mit euren Ananas-Cocktails in Florida!« Mit Harriet im Team kann sie's bis April zur Direktorin schaffen. Sie nimmt ihren Mantel von der Stuhllehne. Auch Harriets Blick ist kurz auf den künftigen neuen Präsidenten der Vereinigten Staaten von Amerika gerichtet, »Make America great again!«, damit ist er angetreten, Harriet scheint abzuwägen, ob das auch auf sie zutrifft. Gedankenverloren steckt sie ihren Finger durch das Käfiggitter. »Denk drüber nach. Glaub mir, wenn du mich dann anrufst und sagst, ich bin dabei, springe ich im Dreieck vor Begeisterung. Aber auch wenn du dich dagegen entscheidest, ist das für mich großartig – dann bleibst du nämlich meine Kundin.« Den Mantel über dem Arm macht sie einen Schritt auf Harriet zu. »Ich habe also überhaupt keinen Anlass, dich in irgendeine Richtung zu beeinflussen.« Fast kauft sie sich ihre Selbstlosigkeit selber ab. Sie legt Harriet die Hand auf den Arm. »Nur eines solltest du im Hinterkopf behalten: Das Schlimmste, was dir passieren kann, ist, dass du merkst, dass Mary Kay nichts für dich ist. Dann kannst du jederzeit in das Leben zurückgehen, das du jetzt hast: mit Hollywoodschaukel, Wellensittich und einem Mann, dem du gerne eine Floridareise schenken würdest. Aber wenigstens hast du's dann versucht und musst dich nicht immer wieder fragen: Was wäre gewesen, wenn?« Das war jetzt wirklich ihr letzter Trumpf. »Pass auf: ich rufe dich morgen an. Um zwei. Da lasse ich nichts dazwischenkommen. Dafür erwarte ich dann aber auch eine Entscheidung. Wie auch immer die ausfällt, ich werde es akzeptieren. Aber ich werde dich kein zweites Mal fragen. Morgen um zwei!«

Shirley knöpft ihren Mantel zu, in Gedanken ist sie schon in der Getränkeabteilung bei *Safeway* (sie muss noch Bier besorgen, Vic kommt nachher vorbei), und beobachtet gedankenverloren, wie der Vogelsand auf dem Schieber, den Harriet aus dem Wellensittichkäfig zieht, ins Rutschen gerät. Ronald Reagan mag Jimmy Carter eine deutliche Niederlage beigebung haben, aber das schafft nicht jeder Präsidentschaftskandidat. Bei manchen Wahlen bleibt das Ergebnis bis zum Ende unklar, und es sind die Swing States, die das Ergebnis in letzter Sekunde noch rumreißen. Die unsicheren Kandidaten. Sie holt tief Luft und stellt ihre Handtasche wieder auf den Fußboden. »Weißt du eigentlich, wie deine Augen eben geglänzt haben, als du von Florida erzählt hast?« Harriet verharrt, das Blech mit dem schmutzigen Vogelsand in der Hand, den Fuß auf der Mülleimerklappe. »Was kostet so eine Videokamera, 300 Dollar, 400? Eher 500?« Harriet guckt sie ausdruckslos an, zuckt mit den Schultern und lässt den Treteimerdeckel hochschnappen. »Also mein Verkaufsumsatz letzte Woche lag bei etwas über 400 Dollar, die Woche davor sogar bei knapp 500. Wenn du willst, zeig ich dir gerne meine letzte Provisionsabrechnung.« Der Vogelsand rutscht mit einem schabenden Geräusch vom Käfigblech in den Eimer. »Ich kann dir natürlich nicht versprechen, dass du das gleich im ersten Monat schaffst, aber denk an die vier Prozent Provision, die dir zustehen, sobald du erst ein eigenes Team hast. Was glaubst du, wie schnell du dir dann deine VHS-Kamera leisten kannst!« Harriet zeigt keine Regung. Konzentriert kehrt sie die Sandspuren um den Treteimer zusammen.

»Weißt du was? Ich mach' dir die Entscheidung ein bisschen leichter. Weil ich will, dass du bald deinen Glitzerschirmchen-Cocktail mit Clyde trinken kannst. Weil dir dieses Himbeerrot so wahnsinnig gut steht.« Harriet wendet ihren Blick vom Kehrblech ab, ihre himbeerroten Lippen verziehen sich zu einem sehnsüchtigen Lächeln. »Wir machen das so, auch auf die Gefahr hin, dass ich das hinterher bereue: Wenn du mit mir jetzt gleich deine erste Bestellung fertig machst, geb' ich dir 10 Prozent Nachlass, mein Floridabeitrag für Clyde und dich, sozusagen. Ich leg' noch den himbeerroten Lippenstift extra obendrauf, der kostet sonst sieben Dollar.« Harriet hat den Besen an die

Wand gelehnt und sich aufgerichtet, sie ist ein paar Zentimeter kleiner als Shirley, guckt zu ihr auf aus ihrem Hollywoodschaukelleben, mit ihren Glitzercocktailträumen und ihrem Wellensittich. »Willst du wissen, warum ich das mache? Weil ich was kapiert habe: Auf das Glück kannst du warten, bis du schwarz wirst. Mit Glück hat das gar nichts zu tun. Nur mit dir selbst!« Sie nimmt Harriet das Käfigblech aus der Hand. »Du würdest sie ja liebend gerne ergreifen, die Chance deines Lebens? Nur heute ist es leider schlecht, heute musst du nämlich erst noch den Vogelsand austauschen. Morgen, ja morgen kommt deine Schwiegermutter zum Essen und nächste Woche soll es regnen, da würde ja die neue Frisur ruiniert.« Sie greift nach der Vogelsandtüte, die hinter Harriets Kopf im Küchenregal steht, und lässt den Sand auf das Käfigblech prasseln. »Aber soll ich dir was sagen? Dein Wellensittich kann schon morgen tot von der Stange fallen. Clydes Mutter wird immer ein Haar in deiner Suppe finden. Und das Beste: Es gibt Regenschirme! – Das einzige, was du tun musst, ist zuzupacken, wenn sich dir die Chance bietet. Und zwar in dem Moment, in dem du sie siehst. Oder spürst. Darauf musst du vorbereitet sein: zuzupacken.«

Shirley wird wahrscheinlich nie erfahren, ob es der Wellensittich war, der himbeerrote Lippenstift oder Clydes Mutter (bestimmt nicht der Regenschirm). Aber selten hatte sie neben sich auf dem schwarzen Kunstledersitz einen attraktiveren Beifahrer als das Formular mit Harriet Olsens Unterschrift.

I got you Babe

Elisabeth hat die Kacke satt

Waldhilsbach, 5. November 1980

 Den Büchsenöffner für die Raviolidose findet Pats nie. Zum dritten Mal lässt Elisabeth den Käfer mit laufendem Motor in der Einfahrt stehen und kehrt in das Haus zurück, in dem sie vor drei Stunden noch Hagens Kackspritzer vom Parkett geschabt hat.

»Liebe ist, zusammen nach den Sternen zu greifen«, verkündet der Kim-Casali-Kalender über der Besteckschublade. Nicht: Liebe ist, seine Scheiße mit dem Silbermesser vom Parkett zu kratzen. Verkatert war sie heute Morgen, hatte Rückenschmerzen von der Nacht auf der Couch, als Pats völlig verstört in ihr Arbeitszimmer gekommen ist und gefragt hat, was das für Flecken auf dem Parkett sind. Sie hat Pats zum Anziehen geschickt, eine Kopfschmerztablette eingeworfen und überlegt, wie sie das Kind möglichst schnell aus dem Haus kriegt. Zwanzig Minuten später ist sie mit Pats durch die Terrassentür, bloß nicht durch den stinkenden Flur, vorbei an gepflegten Vorgärten, aufgereihten Kohlköpfen und Bodendeckerrabatten, vorbei an den Fahndungsplakaten im Schaukasten vor der Post, vorbei am Friseursalon mit der orangefarbenen Plastikerhöhung, auf der Pats sitzt, wenn Herr Kern ihren Pony schneidet, vorbei am Freiluftaquarium vor dem Rössel, aus dem man sich die Forelle, die man essen möchte, selber aussuchen darf, vorbei am Zigarettenautomaten, vorbei an der Straße, die zu Margret führt, von der sie sich noch vor zehn Stunden auf den Rücken rollen lassen hat, *Tag der*

Rache, Tag der Sünden, die mit ihrer raue Zunge genüsslich, *wird das Weltall sich entzünden,* drei, vier Mal langsam über Elisabeths richtige Stelle leckt, bevor sie, weil das Klingeln an der Tür einfach nicht aufhört, von ihr ablässt, bevor das Weltall sich entzünden kann, sich mit dem Rockzipfel zwischen den Beinen trocken wischt und Elisabeth ihre Klamotten zuwirft, bevor sie zur Tür geht. Vor der Bruno steht. Auf seine Schulter gestützt, Hagen, stöhnend, mit zerrissener Hose und schmerzverzerrtem Gesicht, auf dem Boden vom Männerklo hat er ihn so aufgelesen, sagt Bruno, und von der Krone bis zu Margret ist es ja nicht weit. Eins muss sie Hagen lassen: Er hat ein Gespür für beschissenes Timing.

Zusammen mit Bruno hat sie ihn untergehakt durchs Dorf geschleppt. Zuhause, als er seinen verdrehten Oberschenkel bei Licht gesehen hat, und seinen Schock natürlich runterspülen musste, hat sie ihre Couch im Arbeitszimmer ausgezogen und ihr Weltall ohne Margret zum Glühen gebracht. Nachts gegen vier, auf dem Weg zum Klo, hat sie ihn durch die offene Schlafzimmertür stinkend und stöhnend auf dem Teppich liegen sehen. Ihn ins Krankenhaus gefahren. Da haben sie ihn gleich dabehalten. Oberschenkelhalsbruch.

Nachdem sie Pats an der Bushaltestelle abgeliefert hat, überlegt sie kurz, wie es wäre, Blumenrabatten und Fahndungsplakate und Zigarettenautomaten und Friseursalons hinter sich zu lassen. Wegzufahren. Nicht mehr zurück zu kommen. Aber natürlich kehrt sie brav zurück, kratzt die Kackspritzer vom Parkett und trägt Hagens vollgeschissene Cordhose mit der Grillzange in die Waschküche.

Durch die schmiedeeiserne Fensterspinne, die das ebenerdige Fenster vergittert, fallen Sonnenstrahlen auf die Waschküchenfliesen. Elisabeth stellt das Radio an, lässt sich vor der Waschmaschine zwischen die Sonnenstrahlen sinken und zündet sich eine Zigarette an. Die Amis haben ja gestern gewählt. Darf dieser abgehalfterte Cowboydarsteller doch tatsächlich ins Weiße Haus einreiten. Die glauben wirklich, mit Reagan geht's wieder aufwärts mit ihrem Land. Shirley hat ihr zusammen mit dem letzten Lippenstift einen von diesen albernen Wahlkampfansteckern geschickt, *A democrat shot JR*. Wäre mal interessant, wer die höheren Einschaltquoten erzeugt, die Präsidentschaftswahlen oder die Dallas-Folge, in der der Attentäter enthüllt wird. Auf dem Foto, das Shirley mitgeschickt hat, lehnt sie in einem ziemlich eleganten Mantel, der bestimmt nicht billig war, an ihrem neuen Auto (sieht aus, als hätte das echte Ledersitze). Vielleicht sollte sie auswandern. In ein Land, das Vorabendserien statt Nazivergangenheit hat. Duftpotpourris statt Terroristen. Sie zieht so tief an ihrer Zigarette, dass ihr ein bisschen schwindelig wird, und versucht, die Kacke, die hinter dem Waschmaschinenbullauge in ihrem Rücken aus Hagens Cordhosen schäumt, zu vergessen. Im Radio schwadroniert Franz-Josef Strauß über das Oktoberfest-Attentat. »Mir liegen«, dröhnt er in diesem Bayrisch, das ihn noch unsympathischer macht als er ohnehin schon ist, »Informationen vor, wonach rund zwei Dutzend Mitglieder der rechtsradikalen Splittergruppe aus der DDR kommen«. Der Mann ist ein Phänomen. Kaum wird die Verbindung des Attentäters zu dieser Wehrsportgruppe bekannt und das Attentat lässt sich nicht mehr der RAF unterjubeln, müssen die Strippenzieher natürlich im Osten sitzen. Bei den Geschützen, die die Idioten gegeneinander auffahren, um sich gegenseitig fertig zu machen, braucht's eigentlich gar keine Terroristen mehr. Sie legt ihre Zigarette im Aschenbecher ab und dreht Franz-Josef den Ton ab.

Menschliche Haut ist nicht weiß. Außer vielleicht auf Kinderzeichnungen, obwohl, da ist sie auch eher rosa. Manchmal auch gelb, wenn gerade kein rosafarbener Stift zur Hand ist. In Krimis, da sind Menschen manchmal weiß, wenn sie kreidebleich in Sessel sinken, weiß wie ein Blatt Papier werden und leichenblass durch die Szenerie stolpern. Natürlich in Schwarz-Weiß-Filmen. Aber aus dem will sie ja raus. Auch wenn sie sich nie hätte träumen lassen, dass es Franz-Josef sein würde, dem sie die Erfahrung verdankt, wie sich ›kreidebleich‹ anfühlt. Hätte er nicht seinen Schwachsinn von der kommunistischen Infiltration des Oktoberfest-Attentäters gefaselt, hätte sie ihm den Ton nicht abgedreht, das Telefon nicht klingeln gehört. Bis sie die halbgerauchte Zigarette ausgedrückt hat und aus der Waschküche raus, an ihrem ausrangierten Ehebett im Kellervorraum vorbei die Treppe hochgerannt ist, klingelt es noch drei, vier Mal. Aber um ihr Kreidestaub durch die Adern und Kreidefarbe ins Gesicht zu jagen, sich als Mitarbeiter des Dänischen Möbelhauses in Wald-Michelbach auszugeben und ihr mitzuteilen, dass das Sofa, für das sie sich neulich so interessiert hätte, geliefert worden sei und ab heute, 14.30 Uhr, zur Besichtigung bereitstünde, wartet der Mann, mit dem sie das Happy End im Sonnenuntergang erleben will, auch elf Klingelzeichen ab.

Keine zehn Minuten später sitzt sie im Auto und malt sich vor dem Rückspiegel fuchsiafarbenen Lippenstift ins

Gesicht. Springt bei laufendem Motor aus dem Auto, die Treppen hoch, über das saubergekratzte Parkett, und stellt eine Büchse Ravioli auf den Küchentisch. Kehrt an der offenen Haustür ein zweites Mal um, stellt den passenden Topf neben die Konservenbüchse. Sitzt im Auto, ach, der Büchsenöffner, ein letztes Mal zurück in die Küche, und endlich setzt sie den gelben Käfer rückwärts aus der Einfahrt, quer durch die Cotoneasterbepflanzung.

Befreiungsversuche

Sex Objects? I'm not even sure I understand what that is. I am proud of being a woman. I don't feel I'm exploited. (…) And after Atlantic City, you never again have to appear in a swimsuit.
Rebecca King, Miss America 1974

Boone, November 5th 1980

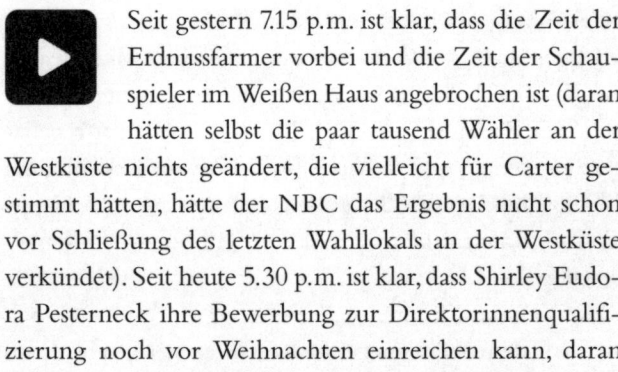

Seit gestern 7.15 p.m. ist klar, dass die Zeit der Erdnussfarmer vorbei und die Zeit der Schauspieler im Weißen Haus angebrochen ist (daran hätten selbst die paar tausend Wähler an der Westküste nichts geändert, die vielleicht für Carter gestimmt hätten, hätte der NBC das Ergebnis nicht schon vor Schließung des letzten Wahllokals an der Westküste verkündet). Seit heute 5.30 p.m. ist klar, dass Shirley Eudora Pesterneck ihre Bewerbung zur Direktorinnenqualifizierung noch vor Weihnachten einreichen kann, daran wird selbst Harriet Olsens Wellensittich nichts mehr ändern, sollte er doch noch spontan von der Stange fallen. Darauf trinkt sie inzwischen schon das dritte Bier. Vic, die ihr gegenüber auf einem Campingstuhl sitzt, die Füße auf der untersten Trailerstufe, hat kaum Anlass, auf Shirleys Aufstieg bei Mary Kay zu trinken, und noch viel weniger auf den Ausgang der Präsidentschaftswahlen – Vics Stimme ist eine der 0,02 %, die auf Deirdre Griswold, die Kandidatin der *Communist Workers World Party*, entfallen sind. Aber ein Bier vor Harley Deans Trailer ist für Vic eine liebgewonnene Tradition, auf die sie nicht verzichten will, nur weil Harley Dean seinen Trailer vorübergehend seiner Schwester überlassen hat. Auch wenn es kaum ein Thema gibt, bei dem sich die schwarze Gewerkschafterin und die weiße Shirley, die ihren Fließbandjob aufgegeben hat, um Frauen Träume und Lippenstifte zu verkaufen, einig wären. Weswegen es Shirley ganz angenehm ist, schweigend neben Vic zu sitzen und einfach gemeinsam zu trinken. Wäre da nicht in ein paar Metern Entfernung dieses Schaben von Krallen auf Blech, läge der Trailerpark in vollkommener Stille. Aber auf die verdammten Waschbären ist Verlass, die nehmen keine Rücksicht auf die kleine Idylle auf den Trailerstufen. Scheppernd geht die Mülltonne hinter der Garage zu Boden, Shirley stellt ihre Bierbüchse auf der Treppenstufe ab, mit zwei Schritten ist sie am Luftgewehr, das zwischen Vics Campingstuhl und dem kahlen Rosenstrauch an der Trailerwand lehnt. Dreimal schießt sie in den sternenklaren Abendhimmel. »Larry zielt immer zwischen die Augen, aber ich will die Viecher ja nicht umbringen.« Sie lehnt das Gewehr wieder gegen die Wand. »Ich muss pinkeln. Soll ich dir noch eins mitbringen?«

»Eine Jacke, wenn du eine hast. Ganz schön kalt geworden. Riecht nach Schnee.«

Waschbären leben lassen. Die Verandatür offen stehen lassen. Das Licht im Trailer brennen lassen. Fliegen ins Haus lassen. Ist so schön ohne Larry. Mit Harriets Unterschrift und drei Büchsen Miller. Angetrunken, wie sie ist, mag Shirley die Frau, die ihr da aus dem Badspiegel entgegengrinst, ziemlich gern. Ziemlich sehr gern sogar. Mit dem Ellbogen wischt sie die 7 hinter der 1 von der Spiegelfläche und ersetzt sie mit dem Seifenstück durch eine 6. 16 Frauen braucht die nette Frau im Spiegel jetzt nur noch, um Direktorin zu werden. Jeden Morgen tuscht sich Shirley vor dieser Zahl die Wimpern, jeden Abend wischt sich dieselbe Shirley die Wimperntusche aus dem Gesicht und eine Ziffer vom Spiegel. Harriet Olsen muss gefeiert werden. Mit den Fingerkuppen verteilt sie Farbpartikel aus dem kleinen Döschen auf ihren Lidern. Wer feiern will, muss glitzern. Unter dem silbrigen Lidschatten wirken ihre Augenlider wie glänzende Käferflügel, mit klebrigen schwarzen Beinchen. Sie spult die Kassette auf *I ain't marchin anymore* zurück und zieht zwei volle Büchsen aus dem Sixpack. Die sechs leeren Büchsen, die sich im Spülbecken stapeln, klemmt sie sich rechts und links unter die Arme.

»Hier«, scheppernd fallen die leeren Büchsen die Verandatreppen runter, »lass uns Büchsen werfen, vertreibt die Waschbären auch.« Vics Blick bleibt an Shirleys Augen hängen, dann klemmt sie sich die Zigarette zwischen die Lippen und nimmt ihr die vollen Büchsen ab. »Ain't marchin' anymore, verstehe, nicht mehr marschieren wollen, aber die Beine für jeden Büchsenöffner breitmachen und wie ein glitzernder Schmetterling durch die Gegend flattern, wie passt das für dich zusammen?« »Ach, komm schon, Vic. Hier ist weit und breit kein männlicher Schwanz, außer vielleicht den paar Waschbären da hinten bei den Mülltonnen, das kannste mir jetzt echt nicht unterstellen. Mir war einfach nach ein bisschen Schimmern und Glitzern. Lass es doch einfach einen großartigen Abend sein, über uns die Sterne, wir haben Bier bis zum Umfallen und ein Kerl taucht hier bestimmt nicht auf. Überhaupt, ich will gar keinen Kerl mehr.« Das meint sie tatsächlich ernst. Zum ersten Mal in ihrem Leben träumt sie nicht davon, dass Mr. Right auftaucht, nicht von starken Armen und verständnisvollen Worten, fantasiert sich keinen Märchenprinz zusammen. Schluss mit Cowboyhut und Kinngrübchen, Schluss mit leidenschaftlichen Protestsängern. Wenn in ihrer Vorstellung überhaupt ein Mann auftaucht, dann morgens um sechs, wenn sie ihren Kaffee für die Fahrt in die Thermoskanne umfüllt. Gäbe es einen Mann in ihrem Leben, müsste sie ihm eine Tasse abgeben. Wenn nicht sogar zwei. Oder vor dem Kühlregal. Dann stünde sie nämlich nicht vor dem Kühlregal mit den kalorienreduzierten Joghurts, schwankend zwischen Himbeer- und Brombeergeschmack, sondern fünf Meter weiter vor dem Wurstregal, würde fettige Leberwurst kaufen, vor der sie sich ekelt. Müsste sich über Kleider freuen, die er ihr schenkt, weil er eine lieben will, die in diesem Kleid steckt. »Dabei geht's mir gar nicht um Wäsche«, bringt sie ihren Gedanken laut zu Ende, »nicht darum, dass sie uns dazu bringen, für sie zu waschen. Es geht darum, dass wir das *machen*. Wir bringen uns selber dazu. – Nein, Vic, ein Mann ist wirklich nicht die Gefahr.« Vic kneift die Augen zusammen und bläst aufreizend langsam ihren Zigarettenrauch in Richtung des kahlen Rosenstocks, den Shirley neben die Trailerstufen gepflanzt hat. Mit einer Antwort hat sie wohl nicht gerechnet, und schon gar nicht mit einer so deutlichen. »Schon verstanden. Dann ist das wohl Bestandteil deiner neuen Mary-Kay-Religion, wie ein aufgebrezelter Schmetterling hinter einem Trailer zu hocken, Bierbüchsen nach Waschbären zu schmeißen und einen verkrüppelten Rosenstrauch für ein Zeichen von Wertschätzung zu halten. Dass *der* blüht, wirst du nicht erleben, Shirley.«

Ohne das Ende von Vics Satz abzuwarten, springt Shirley auf, schon bei ›Schmetterling‹ ist sie auf dem kleinen Rasenstück und reißt die Arme in die Luft. »Ich will fliegen.« Mit rudernden Armen hopst sie durch den schmalen Lichtstreifen, den die Garagenlampe auf den Rasen wirft, »Ich will leuchten. Kannst du das nicht verstehen?« Vic hat eine neue Bierbüchse aufgerissen, ihr Zeigefinger steckt in der Metalllasche, lachend stülpt sie den Mund über den Schaum, der aus der Öffnung quillt. Sie schluckt, dann hebt sie grinsend den Blick. »Weißt du, wie du mir vorkommst? Wie eine von den Motten, die Pete mal in ein Einmachglas gesperrt hat, immer aufs Licht zu, immer mit dem Kopf an die Glaswand.« »So siehst du mich wirklich, oder? Das eingesperrte, dekorative Fickpüppchen, das Büchsenbier trinkt, bis zu den Ellbogen in Schweinedärmen steckt und Protestsongs immer nur dann laut dreht, wenn sie gerade keinen reaktionären Stecher am Start hat.« Wenn Vic auf Krawall gebürstet ist, darf sie die Dinge ruhig beim Namen nennen. Eine Eudora Pesterneck schockt sie damit nicht, dazu hat sie zu lange selbst unter Männern gearbeitet. Aber Vic hebt schon beschwichtigend die Hände: »Halblang, Shirley, halblang. Fickpüppchen hab ich nie gesagt und dekorativ, ja, das bist du und das weißt du auch. Zu behaupten, es wäre nicht Phil Ochs, den du da gerade zum fünften Mal zurückgespult hast, wäre eine glatte Lüge. Was die Ellbogen und die Schweinedärme angeht: nimmt sich vielleicht ein bisschen zivilisierter aus, aber ich bleib dabei, letztendlich sind Frauen für deine Mary Kay auch nichts anderes als Schlachtvieh.« »Nein, Vic. Bei Mary Kay geht es nicht um Fleischbeschau, nicht um Oberfläche. Das kannst du vielleicht nicht verstehen, aber es geht um Anerkennung. Zwar nicht dafür, dass ich ein elektrisches Schneidemesser richtig ansetze oder den Rock hochziehe, sondern für eine Leistung. Dafür, dass die Hummel, die in diesem Körper steckt, sich traut zu fliegen!« Vic sieht aus, als würde sie die Hummel am liebsten mit ihrer Bierbüchse erschlagen. Wie sie da hockt, kühl und überlegen, mit ihrer Gewerkschaftsmitgliedschaft, ihrem Parteiausweis und ihrer Intelligenz, die sie nie zur Selbstverwirklichung einsetzen würde, immer nur für den höheren Zweck. Minderheiten, Selbstbestimmung *aller* Frauen, getrennte Toilettenräume. Vic mit ihrer klaren, dunklen Haut, die einzige, der sie noch nie eine Gesichtsbehandlung angeboten hat. Vic, die nie verstehen wird, dass es nicht um eine goldene Hummel geht, nicht um ein mit Glitzersteinchen besetztes Insekt, sondern darum, besonders zu sein, besonders genug, um diese gottverdammte Anerkennung zu bekommen. »Sag doch mal, was ist mit *dir*, wer erkennt *deine* Leistung an? Wie ist das in der Gewerkschaft, kriegst du von denen was zurück, außer vielleicht mal ein Bier spendiert? Oder deine Genossen von der Socialist Workers Party, würdigen Revolutionäre einander, Vic?« »Darum geht's nicht, Shirl.

Ich mach das nicht für Anerkennung. Schon gar nicht von Männern. Ich mach das, weil ich kein Vertrauen in Gesetze habe. Zumindest dann nicht, wenn es darum geht, Rechte durchzusetzen. Du weißt doch, wo ich herkomme! 1963 gab es in diesem Land keine Stadt, in der die Rassentrennung eiserner durchgezogen worden wäre als in Birmingham. Schulen, Restaurants, Motels, Schwimmbäder, Krankenhäuser, Friedhöfe – kein Zutritt für Vic und ihre Brüder und Schwestern. Falls du glaubst, du kannst mir jetzt mit dem Wahlrecht kommen, muss ich dir leider sagen, dass du offensichtlich nicht die geringste Ahnung vom Gesetz des Südens hast.« Sie kann sich noch erinnern, wie Harley Dean sie mal gewarnt hat, dass Vic auf bestimmte Dinge allergisch reagiert. Dabei wollte sie doch nur Harriets Unterschrift feiern und ein bisschen Bier trinken und sich nicht für den Scheiß, den die Rassisten und der Klan in den Sechzigern in Alabama abgezogen haben, rechtfertigen müssen. Sie nimmt einen tiefen Schluck Bier und zündet sich noch eine Zigarette an. Vic scheint gerade erst in Fahrt zu kommen. »Kannst dir ja vorstellen, wie viele Fürsprecher meine Eltern damals in Alabama hatten. Es gibt ja genug probate Mittel, um unliebsame Neger daran zu hindern, ihr Kreuzchen beim falschen Kandidaten zu machen. Lässt sie einfach durch den Schreibtest fallen, wenn sie sich als Wähler registrieren lassen wollen. Ist nicht mal nachweislicher Wahlbetrug. Gibt halt zu wenig qualifizierte Schwarze. Damit auch ja keiner von denen, die die Eier hatten, sich doch registrieren zu lassen, auf die Idee kommt, sein Wahlrecht auch auszuüben, gab's bei uns im Viertel fast jeden Tag ein schönes Feuerwerk. Ich hab lange gebraucht, um zu schnallen, dass mein Stadtteil *Fountain*

Heights heißt, nicht *Dynamite Hill*.« 1963, da war Shirley 16 und Alabama weit weg von Marshalltown, Iowa, mit seiner Handvoll schwarzer Studenten. Aufgeheizt war die Stimmung damals, klar, und ein paar Leute in den Jahrgängen über ihr haben heftig diskutiert, ob man sich den *Freedom Riders* anschließen und nach Alabama fahren sollte. Hat dann aber letztendlich doch keiner gemacht. »'Ne Stange Dynamit konntest du in Birmingham in jedem Laden kaufen. War völlig normal. Jeder wusste, wie man sprengt, nicht nur die Minenarbeiter. Als Bauunternehmer hast du damit gesprengt, wenn du auf Hartkalkstein gestoßen bist, als Farmer Baumstümpfe aus deinem Acker geholt. Noch bevor dir das erste Schamhaar sprießt, warst du garantiert schon mit Dynamit fischen.« Ganz klarer Punktsieg für Vic, da gibt's nichts zu diskutieren. Was ist schon das Selbstverwirklichungsbedürfnis einer einzelnen Weißen gegenüber dem Sprengstoff einer schwarzen Kindheit in den Südstaaten. »Sorry, Vic, ich muss schon wieder pissen.«

Die Ellbogen auf den Oberschenkeln, das Kinn in die Hände gestützt, hockt sie auf der Klobrille. Wie, bitte, soll sie dieses verfahrene Gespräch jetzt wieder in den Griff kriegen? Weder ihr Erfolg bei Harriet noch Ronald Reagans Wahlsieg bieten auch nur irgendeinen Ansatzpunkt, um Vic auf die friedliche Bahn zu lenken. Als sie aufsteht und die Unterhose hochzieht, hört sie ein Fahrzeug, der Motor wird ausgeschaltet, eine Tür zugeworfen. Der Trailer ist hellerleuchtet, die Tür steht sperrangelweit offen, und auf den Stufen eine angetrunkene Schwarze in Krawallstimmung, na großartig, wo hat sie doch gleich die verdammte Patronenpackung? Vics tiefes, kehliges Lachen dringt durch die geöffnete Toilettentür, jetzt erkennt sie auch Harley Deans Stimme. Es ist kurz vor elf. Sie fragt sich nicht mehr, was er um die Zeit hier will, seit dem Unfall verhält er sich immer häufiger unberechenbar. Vor allem darf sie es in seiner Gegenwart nicht ›Unfall‹ nennen. »Wayne hat doch ganz genau gesehen, wen er da vor sich hat, das war kein Unfall. Der hat mir das Messer mit Absicht durchs Gesicht gezogen, Shirl.« Dabei war sie so froh, als Larry Harley Dean den Job bei Oscar besorgt hat, hatte gehofft, dass sich ihre alte Vertrautheit wieder einstellen würde, sie wieder nebeneinander auf dem Sofa sitzen und sich nah sein würden. Wie damals, vor dem Fernseher, als die Loskugeln sich nicht hypnotisieren lassen wollten und sie Dartpfeile auf die Vietnamkarte werfen mussten. Ganz gleich, was er um die Zeit hier will, jetzt hat er Vic gesehen und vergisst eh, dass er ursprünglich zu Shirley wollte. Vic und er haben diese besondere Ebene miteinander, und es ist auf jeden Fall keine Verliebtheit, die ihn mit der schwarzen Gewerkschaftlerin verbindet, die fast 15 Jahre älter ist als er. Aber es beruht auf Gegenseitigkeit. Manchmal hat sie das Gefühl, Vic weiß mehr über Harley Dean als sie. Jedenfalls wird es keinem von beiden auffallen, wenn sie nicht sofort rauskommt, zwanzig Minuten hat sie bestimmt. Zwanzig Minuten sollten reichen, um die 23 Kärtchen von der Porkette-Verkostung auszuwerten, auf der sie Harriet heute Morgen in Aktion erleben durfte. Auch wenn sie froh ist, nicht mehr irgendwelchen Hausfrauen und Müttern die Vorzüge von Schweinefleisch anpreisen zu müssen, war es trotzdem schön, mal wieder einen hausgemachten Burger zu essen. Schmeckt schon anders als die fertigen Dinger aus der Mikrowelle, die sie sich zwischendrin beim Drive-Thru holt und auf der Fahrt reinschlingt. Und der selbstgemachte Krautsalat erst.

Dafür hat sie jetzt 23 Adressen. Von 23 Frauen, die mit Pappschalen voller Hackbällchen, Schweineschinken und Krautsalat auf dem Schoß bereitwillig ihre Namen und Adressen auf den Verlosungskärtchen eingetragen haben, die ihnen ein Gratis-Glamour-Schminken oder Produktgutscheine verheißen. 23 Adressen, die Shirley die Option auf fünf bis zehn Rekrutierungen verheißen, die sie dem Direktorinnenstatus näherbringen. Jetzt muss sie sich nur noch einfallen lassen, wie sie sich diese 23 Frauen warmhält, denn unterschreiben sollen sie ja erst im Januar, wenn ihre DIQ-Phase beginnt und der Rekrutierungscountdown läuft. Sie könnte den Frauen exklusiv für Januar sensationelle Einsteigerrabatte anbieten, und als Extraköder Produktprämien für die ersten zehn Rückmeldungen (so entsorgt sie ganz nebenbei auch ihre Restbestände aus der Produktlinie, die zum Jahresende ausläuft). Ja. Das sollte funktionieren. Rosafarbene Grußkarten hat sie noch ausreichend und erst letzte Woche musste jedes Teammitglied Carol eine Hunderterpackung Mary-Kay-Weihnachtsgruß-Aufkleber abnehmen. Die Aktion wird also außer Porto nicht mal Extrakosten verursachen. Sie greift nach dem kunstledergebundenen Zeitplaner, schlägt den 1. Januar 1981 auf und trägt ab neun Uhr im Viertelstundentakt die Telefonnummern der 23 Frauen ein, die auf ihren Kärtchen stehen. In blau. Telefontermine sind blau, Gesichtsbehandlungen grün, Montagstreffen orange. Rosa ist für individuelle Entwicklungsgespräche mit Neurekrutierungen wie Harriet reserviert. Die Idee mit den verschiedenen Farben stammt natürlich von Carol, die Farben sollen Struktur in ihre Zeitplanung bringen, »so erkennt ihr ganz schnell und übersichtlich, wofür ihr wie viel Zeit aufwendet und könnt viel schneller und effektiver Zeitfresser identifizieren und ausmerzen.« Letztendlich haben die Farben ihr Chaos nur bunter gemacht.

Früher waren Partys rosa, aber die Zeit der Partys ist vorbei. Direktorinnen können sich keine Partys mehr leisten. Vorbereitung, Anfahrt, die Party selbst, und das alles für maximal 200 Dollar, nein, mit Partys lässt sich definitiv kein Cadillac-Umsatz erreichen. Das funktioniert nur über Provisionen. Dazu muss sie rekrutieren. Blaue und grüne Termine. Vielleicht sollte sie sich so einen praktischen Kurzhaarschnitt zulegen wie Elisabeth. Selbst wenn sie jeden Tag morgens und abends nur jeweils fünf Minuten auf ihre Frisur verwendet, kommt sie zusammengerechnet auf einen halben Arbeitstag pro Monat, den sie damit verbringt, sich Haarspray in die Haare zu sprühen und es wieder auszubürsten. Seit Mary Kay ihr Leben bereichert, lebt sie im Minutentakt. Duschen: 4 Minuten, Kaffee aufsetzen/Abtrocknen: 2 Minuten (das Wasser füllt sie abends schon in den Wasserkocher, Kaffee: löslich), Anziehen: 3 Minuten. Oft schlägt sie ihre Zeitvorgabe sogar noch. Selbst Pete traut sich inzwischen zu bestimmten Zeiten nicht mehr, sie anzusprechen. Sie muss sich endlich bei Elisabeth für das Trikothemd bedanken, aus dem er nicht mehr rauszukriegen ist, mit Hirsch drauf, Petes deutscher Lieblingsfußballer mit dem Afro hat wohl mal für die Mannschaft gespielt, der Schriftzug drunter bedeutet ›Meister der Jagd‹ oder so ähnlich, na jedenfalls muss sie sich dringend bei Elisabeth bedanken, Geschenk besorgen, zur Post bringen, was das wieder alles an Zeit frisst …

Aber deswegen wirklich ihre Mähne opfern? Sie hängt an ihrer Frisur, und außerdem mag sie den Geruch von Aqua Net, das Geräusch, wenn sie auf den Sprühknopf drückt und das Spray aus der Düse zischt.

Durch den Fensterschlitz kriechen Zigarettenrauch und Stimmen, Wortfetzen legen sich über ihre Termine und Prioritäten. »Ich muss das rausfinden, Vic, verstehst du? Nicht meinetwegen. Aber irgendwann wird Pete Fragen stellen ...« Als sie Petes Namen hört und eine Dringlichkeit in Harley Deans Stimme durchklingt, die sie nicht kennt, klappt sie ihren Kalender zu. »Meine Ma mag sich damit abgefunden haben, dass die Männer, die sie geliebt hat, sich immer für ihre Ehefrauen entschieden haben statt für sie, okay, ihre Sache. Shirley hat sich damit abgefunden, nicht zu wissen, wer ihr Vater ist, okay. Ich lebe damit, meinen nicht zu kennen. Aber der Junge wird 15, der fängt an, Fragen zu stellen, auf die seine Mutter und seine Großmutter keine Antworten haben. Eines Tages wird er das ganze Lametta runter reißen. Dann wird er sehen, was für eine gerupfte Tanne sein Onkel ist.« Es folgt die kurze Stille, die nur Vic erzeugen kann, wenn sie sich weigert, über einen Scherz, der keiner ist, lachend hinwegzugehen. »Kannst du dich noch erinnern, wie Pete und ich vor ein paar Jahren Popcorn befreit haben? War ganz einfach, wir haben den Deckel von der Pfanne genommen und das Popcorn springen lassen. Als große Befreiungsaktion hab ich Pete das verkauft, wie Helden haben wir uns gefühlt. Popcorn befreien, aber selbst nicht frei sein, wie passt das zusammen? Eines Tages wird er das wissen wollen, und was soll ich ihm dann antworten? Junge, sei froh, dass wir aus Vietnam raus sind und du nie erfahren wirst, wie das ist, wenn einer deinen Namen in seinen Rasen mäht, weil er dich zum Held bestimmt hat, und dann die Enttäuschung, wenn der die Buchstaben wieder auswachsen lässt, weil du doch nicht eingezogen wurdest. Soll ich ihm das sagen? Oder wie wär's mit: Sei froh, dass du dich nicht in jemanden verliebt hast, der sein Abendbrot bei einer anderen Familie essen muss.« »Ich versteh zwar nur die Hälfte von dem, was du sagst, aber hast du jemals drüber nachgedacht, dass Pete vielleicht ganz was anderes in dir sieht als eine gerupfte Tanne? Dass dein Leben für ihn den Inbegriff von Freiheit darstellt?« »Jetzt hör aber auf! Okay, ich hab mich nie vor den Altar gestellt und muss mir jetzt nicht anhören, dass ich abends nie da bin, muss nicht auf den Tisch hauen, verdammt, wer schleppt denn hier die Kohle an, muss nicht zugucken, wie meine Caroline oder Gwendolyn oder Donna die Lippen zusammenkneift und sich einen Drink eingießt und sagt, ›mach du mal deins‹, bevor sie über den Rasen geht, ›den müsstest du übrigens auch mal wieder mähen‹, rüber zu Jen oder Mary oder Paula, um abzuklären, wer roten und wer grünen Marshmallow-Wackelpuddingsalat zum Schulfest mitbringt. Ich marschiere nicht, sobald sie weg ist, zu meiner Garage, während Jim oder Paul oder Harry mir mit der Bierbüchse über den Zaun zuprosten kann. Mir bleibt nur die Wahl, mich zu Jim oder Paul oder Harry zu gesellen, oder bedauernd zu lächeln und zu tun, als müsste ich wirklich endlich die Halterung für den Dachgepäckträger anbringen oder die Kabeltrommel aufrollen oder die Kiste mit den Schmelzsicherungen sortieren. Ja, du hast Recht, Vic. Meine Freiheit ist großartig.« »Du bist zynisch, H-D. Guck dir deine Schwester an, oder guck mich an –

es gibt doch Alternativen zu dem, was du da beschreibst.«
»Klar, du kannst mein Leben als großartige, unangepasste Alternative beschreiben. Aber du kannst auch mit den Augen von Jim, Paul, Harry, Caroline, Gwendolyn und Donna draufgucken: dem Vaterland nicht gedient, ohne Ausbildung, hält's in keinem Job, hat nie ein Mädchen am Start, hängt mit kriminellen Motorradgangs rum, von der schwarzen Kommunistin wollen wir gar nicht erst reden, und kaum kriegt er eins auf die Fresse, erweist er sich als Weichei.« Weichei. So sieht er sich also. Das passt zu seinem wütenden Ausbruch, zu den Seiten, die ihr hinter seinem *Taxi-Driver*-Plakat hervor entgegengefallen sind. Angesprochen hat sie ihn nie darauf, wer weiß, für wen die Zeilen gedacht waren, mit Sicherheit nicht für sie. Aber einen Stich versetzt es ihr schon, dass es Vic ist, der er sich anvertraut. In den ersten Wochen nach dem Unfall hat sie es auf die starken Schmerzmittel geschoben, dass er oft wie hinter einem dichten Vorhang steht. Inzwischen ahnt sie, dass der Vorhang wohl geschlossen bleiben wird. Ganz selten nur öffnet er sich und der alte Harley Dean blitzt hervor. Wie bei ihrem Umzug, als er sie unter dem Rhododendron vorgezogen hat.

»Shirley! Wo bleibst du denn, bist du ins Klo gefallen? Du hast Besuch.« Beim Aufstehen machen sich die drei Bier bemerkbar, seit dem selbstgemachten Burger bei den Porkettes heute Morgen und zwei, drei Keksen bei Harriet hat sie nichts mehr gegessen. Sie greift sich eine Tüte Erdnussflips aus dem Küchenregal, reißt sie im Gehen auf und stopft sich eine Handvoll in den Mund. Als sie in die Verandatür tritt, schlagen ihr die aufgeblendeten Scheinwerfer ins Gesicht, sie lässt die Tüte fallen und hebt den

Ellbogen vors Gesicht, Erdnussflips verteilen sich auf den Treppenstufen. »Spinnst du, H-D? Mach das sofort aus!« Keine gute Idee, mit einer Ladung halbaufgeweichter Flips im Mund, sie kriegt einen Hustenanfall. Während Vic ihr mit der freien Hand auf den Rücken klopft und ihr mit der anderen ihre Bierbüchse hinhält, blendet Harley Dean die Scheinwerfer ab und wendet den Pickup auf dem winzigen Rasenstück, haarscharf an ihrem Kräuterbeet vorbei. Auf der Ladefläche stapelt sich eine Wand aus Kisten mit dem Aufdruck *Poppy Joe – Best Popcorn in Town*. Fast scheint es, als würden die glubschäugigen Fratzen, die auf die rot-weiß gestreiften Popcorntüten gedruckt sind, sich darüber amüsieren, wie Shirley hustend Erdnusskrümel auf die Verandatreppe spuckt. »Sorry, Schwesterherz, falscher Hebel, wollte dich nicht blenden.« Harley Dean springt aus dem Fahrerhäuschen, sein Gesichtsausdruck passt so gar nicht zu dem bedrückten Gespräch, das sie eben mitgehört hat. »Einmalige Gelegenheit. Geschäftsauflösung, Poppy Joe ist ein alter Kumpel von Larry, geh'n zusammen Kaninchen jagen. Jetzt hat Poppy Joe aus Altersgründen aufgehört und findet keinen Nachfolger. Da hat Larry sofort an mich gedacht und die ganze Ausstattung aufgekauft. Ist 'ne wahre Goldgrube, sagt Poppy Joe. Kann ich die Kisten hier lassen, bis ich eine Stellfläche für die Bude gefunden habe?« Popcorn. Ihr Bruder, der eben noch Attentäter um ihren Eintrag in den Geschichtsbüchern beneidet hat, will jetzt also Popcorn verkaufen. »Wie viele Portionen musst du denn so absetzen am Tag, damit sich das lohnt?« »Keine Ahnung. Aber bei dem Schnäppchenpreis, den Poppy Joe mir gemacht hat, wär ich blöd, wenn ich's nicht wenigstens versuchen würde. Einer von den Sons hat diese leerstehende Lagerfläche am Güterbahnhof, steht 'ne Halle drauf, in der sie immer an ihren Maschinen rumschrauben, da kann ich die Bude vielleicht hinstellen.« Sie sieht weiße Popcornflocken durch einen Glaszylinder ploppen, sie sieht ihren Bruder mit Totenkopfring an der Hand Popcorn in rot-weiße Tütchen füllen, sie sieht verschüchterte Kinder zwischen aufgebockten Harleys, auf denen langmähnige *Sons of Silence* mit vorquellenden Brusthaaren um die Wette rülpsen und die Motoren ihrer Maschinen aufjaulen lassen. Sie macht einen Schritt auf die grinsenden Gesichter auf der Ladefläche zu, schabt sich mit der Zunge die aufgeweichte Erdnussmasse vom Gaumen und greift seufzend nach der ersten Kiste. »Klar. Falls dein Plan nicht aufgeht, stellen wir am 4. Juli den Gartenpool auf und laden deine Motorradrocker zur Popcornbefreiung ein.«

Vor ihrem Mund bilden sich Atemwölkchen, so kalt ist es geworden, eine Wolkenschicht hat sich vor die Sterne geschoben. Die Kisten sind erstaunlich schwer für Popcorn. Aber es sind ja auch Maiskörner, kein fertiges Popcorn. Nach der dritten Kiste wischt sie sich den Schweiß von der Stirn. Die vierte Kiste trägt sie mit Vic zusammen. »Sobald er weg ist, gucken wir erst mal, ob sein Popcorn was taugt, ich hab doch irgendwo noch die Popcornmaschine. Die hab ich besorgt, als er mit seiner Popcorn-Befreiungsaktion Mamas Pfanne ruiniert hat, aber die wollte so was Neumodisches natürlich nicht haben …« Zwanzig Minuten später schieben sie die letzte Kiste unter den Trailer, Harley Dean drückt kurz seine Narbenwange an ihre und dann stehen Vic und sie mit ihren Bierbüchsen in der Auffahrt und winken ihm hinterher, bis die Rücklichter des Pickup in der Novembernacht verschwunden sind. Während Vic unter den Trailer kriecht, um eine Packung aus Harley Deans Kisten zu holen, zieht Shirley den verstaubten Popcornmaker aus dem Regal, wischt ihn feucht ab und steckt den Stecker in die Steckdose. »Ich mache mir Sorgen um H-D«, Vic legt die Maispackung auf den Tresen der schmalen Küchenzeile und verfällt in Schweigen, während Shirley die Maiskörner in den Einfüllbehälter schüttet. Am Ende ist sie ganz froh, dass Vic offensichtlich beschlossen hat, ihre Sorgen nicht weiter auszuführen, von sich aus wird sie jedenfalls nicht nachfragen. Vic zieht hörbar die Luft ein und nimmt sich das nächste Bier, wie gut, dass sie vorhin doch zwei Sixpacks gekauft hat.

»Prost. Also, wenn ich dich vorhin richtig verstanden habe, verpasse ich die große Emanzipation, wenn ich nicht bei deiner Mary Kay anheuere und andere Frauen mit Lippenstift, Cremetuben und Puderquasten bekehre. Klassische Waffen im Kampf gegen ein Weiblichkeitsstereotyp, ich muss schon sagen.« Der hellgelbe Popcornmaker hat Betriebstemperatur erreicht, mit einem weichen Ploppen quellen die ersten Flocken aus seinem Maul. Weiblichkeitsstereotyp! Sie kann sich beim besten Willen nicht vorstellen, dass das ein Kampf ist, den Sue, Sally, Peg oder irgendeine andere ihrer Frauen führen will. »Was glaubst du, Vic, wer von uns beiden mehr für Frauen erreicht? Wir sind im Mittleren Westen, nicht in Alabama, nicht in New York, nicht bei den Westküsten-Hippies. Hier ist schon die Erwägung, sich mit dem Verkauf von Gesichtspflege ein bisschen Freiheit zu erkaufen, eine ziemlich radikale Entscheidung. Ich kann mir kaum vorstellen, dass du mit deinen militanten Forderungen auch nur *eine* Frau gewinnst. Wie viele Mitglieder hat die *Amalgamated* denn letztes Jahr dazugewonnen? Müsste euch doch direkt in die Hände gespielt haben, was die Schlachtkonzerne da gerade durchpeitschen.« Das ist natürlich gemein, aber Vic ist ja auch nicht gerade zimperlich. Die *Amalgamated* ist die Gewerkschaft der fleischverarbeitenden Industrie und wie Shirley selbst arbeiten die meisten Frauen, die in der Verarbeitung tätig sind, nicht auf dem Schlachtboden, wo Vic ihre Mitglieder rekrutiert. Aber wenn die *Socialist Workers Party* ihre Kundgebungen vor den Betrieben abhält, hält Vic da auch immer gezielt die Arbeiterinnen an.

»Das kannst du doch überhaupt nicht vergleichen. Mit meiner Arbeit sensibilisiere ich Frauen doch überhaupt erst für ihre Unterdrückung, die haben doch überhaupt kein Bewusstsein dafür! Ihnen Wege zu zeigen, wie sie sich daraus befreien, ist natürlich der nächste Schritt. – Aber was ihr da bei Mary Kay macht, hat doch mit Emanzipation nichts zu tun!« Vic stößt ihre gewölbten Finger wie eine Baggerschaufel von oben in den Popcornberg, den die Maschine unaufhörlich anhäuft, »ihr appelliert an Sehnsüchte, suggeriert Frauen, sie müssten nur ihr rosa Köfferchen packen und losmarschieren und schon dreht sich die Welt in die andere Richtung. Dabei kommt ihr euch auch noch wahnsinnig modern vor – alles schmerzfrei, ohne Opfer, alles rosa!« Mit angewidertem Gesichtsausdruck stopft sich Vic das Popcorn in den Mund und spuckt es fast umgehend wieder zurück in ihre Handfläche, »Salz! Du hast das Salz vergessen.« Was das Salz angeht, hat Vic recht. Ohne Salz schmeckt das Zeug nicht. Wortlos reicht sie ihr die Packung und lässt Vic eine Handvoll Salz über dem Popcorn verteilen, das aus dem Popcornmaker quillt, bevor sie zum Gegenangriff ansetzt: »Hörst du dir eigentlich manchmal selber zu? Welche Frau ist schon wie du und hat keine Bedürfnisse? Soll ich dir mal verraten, woran es bei der Weltrevolution krankt? Bei der fehlt der Verbraucherschutz: keine Garantie, kein Rückgaberecht, keine Erfolgsprämie. Falls ich mich traue, im Pink Cadillac zur Weltrevolution vorzufahren, werd' ich auch noch ausgebuht. Ganz ehrlich, Vic, Mary Kay ist vielleicht nicht rot, sondern nur rosa, und das einzige, was wir radikal vernichten, ist der Irrglaube, dass man Frauen ihr Alter ansehen muss. Aber ich erreiche mehr.« Wow. Jetzt ist sie fast ein bisschen von sich selbst beeindruckt. Die Argumentation muss sie sich merken, wenn ihr mal wieder eine von diesen emanzipierten Frauen eine Abfuhr erteilen will. Vic ist eine gute Schule.

»Ach, Shirley. Willkommen im Hamsterrad. Solange Frauen wie du sich abstrampeln und kaputt machen, weil sie glauben, mit ein bisschen Disziplin und Leistungsbereitschaft könnten sie die Welt schon aus den Angeln heben, stört ihr keinen der fetten Waschbärenschwänze da draußen. Im Gegenteil, kaum fällt eine vor Erschöpfung aus ihrem Hamsterrad, springt die nächste an ihren Platz.« Waschbärenschwänze findet sie jetzt doch ein bisschen weit hergeholt, aber das richtige Maß war ja noch nie Vics Stärke. Beim Salz übrigens auch nicht. Sie zieht den Stecker vom Popcornmaker und schiebt den Popcornhaufen mit der Handfläche von der Theke in eine Schüssel.

Sie sitzen auf den Trailerstufen, zwischen sich eine Schüssel mit versalzenem Popcorn, und schauen ihren Atemwölkchen hinterher, die in den kalten Nachthimmel aufsteigen. »Es ist doch nicht so, dass ich deine Argumente nicht alle schon mal gehört hätte.« Vic ist noch nicht fertig mit ihr: »Als wir in Atlantic City den Protest gegen die Miss-America-Wahlen organisiert haben, glaubst du im Ernst, da wäre auch nur eine einzige der Kandidatinnen, für deren Befreiung wir uns eingesetzt haben, dankbar gewesen? Im Gegenteil, als neidzerfressen und hässlich hat man uns gebrandmarkt, die Legende von der BH-Verbrennung in die Welt gesetzt, damit nur ja keine auf die Idee kommt, sich uns anzuschließen. Die damalige Miss America hat sich sogar noch zu der Ansicht verstiegen, in ihrer Position könnte sie dank ihrer Kontakte zu all den einflussreichen Männern mehr für Frauen erreichen als wir. Darf ich dich Miss America nennen?«

Es ist still an diesem 5. November 1980, an dem ein Erdnussfarmer die Präsidentschaft an einen ehemaligen Westernhelden abgeben muss und der erste Schnee langsam aus dem Himmel zu fallen beginnt über Boone, Iowa, das bald eine Popcornbude haben wird, als eine Kostümjacke, ein Rock, eine Second-Hand-Bluse, zwei hochhackige Schuhe, eine Nylonstrumpfhose und eine Satinunterhose nacheinander auf ein weiß getupftes Rasenstück fliegen und eine bis auf ihren BH nackte Frau barfuß über das Rasenstück läuft, in die Pumps steigt und mit aufgestellten Härchen durch die dichter werdenden Flocken zurück zur Treppe schwankt.

»Gib mir mal dein Feuerzeug.«

Es ist still an diesem 5. November 1980, als ein FBI-Informant sich von einer anti-kommunistischen Vereinigung, mit deren Mitgliedern er gelegentlich in den Wäldern um Kansas City Kaninchen jagen geht, als Sprengstoffkurier einspannen lässt und es einer schwarzen Gewerkschaftsfunktionärin, der so schnell nichts die Sprache verschlägt, die Sprache verschlägt. Als eine Frau fast splitterfasernackt bei drei Grad unter null ihre umgekippte Mülltonne aufrichtet, den Inhalt in Brand steckt und im Flammenschein die Häkchen an ihrem BH-Verschluss löst, während aus dem dunklen Novemberhimmel Schneeflocken zwischen die aufstiebenden Funken fallen.

Es ist noch hell an diesem 5. November 1980, als Helmut Schmidt im Deutschen Bundestag mit 266 von 491 abgegebenen Stimmen erneut zum Bundeskanzler gewählt wird und eine Frau mit Streichholzfrisur, die aussieht wie eine Kopie des im Vorjahr auf tragische Weise ums Leben gekommenen Filmstars Jean Seberg, mit der Grillzange eine verkackte Männerhose in die Waschmaschine stopft, das Kochprogramm ein- und eine Büchse Ravioli, einen Topf und einen Büchsenöffner auf den Küchentisch stellt, ihre Lippen vor dem Rückspiegel ihres gelben VW-Käfers mit fuchsiafarbenem Lippenstift anmalt und beim Zurückstoßen über die Cotoneasterhecke rollt.

Es ist still und es ist laut, es ist dunkel und es ist hell, es schneit und es ist ungewöhnlich warm an diesem 5. November 1980, als in der westdeutschen Provinz gegen 11:27 Uhr ein gelber VW-Käfer mit einem Jean-Seberg-Verschnitt mit fuchsiafarbenen Lippen rückwärts über eine Cotoneasterhecke fährt und im Mittleren Westen gegen 23:49 Uhr ein weißer Angela-Davis-Verschnitt mit vorgereckten nackten Brüsten auf smaragdgrünen Stöckelschuhen bei minus drei Grad auf den Nachbartrailer zusteuert.

»Los, wir gehen jetzt die andern befreien.«

Die Tatsache, dass vier der fünf Aussagen auf seinem Fragebogen zutreffen (Riecht die Person nach alkoholischen Getränken? Hat die Person blutunterlaufene, wässrige Augen? Hat sie Schwierigkeiten, deutlich zu artikulieren (»Lallen«)? Hat sie Schwierigkeiten, das Gleichgewicht zu halten?), gibt Charles Pepples, dem diensthabenden Beamten im Boone Police Department auf der West Mamie Eisenhower Avenue, Anlass zu der Annahme, dass die Frau, die zwei Stunden zuvor auf der Brainard Street aufgegriffen worden ist, betrunken ist. Was Charles Pepples nicht weiß, ist, dass Shirley Eudora Pesterneck in dieser Nacht die Frauen von Boone befreien wollte. Eine nackte weiße Frau in Stöckelschuhen, die herausfinden will, was Frauen wirklich wollen: sich von Männern und deren Ansprüchen befreien. Oder schön aussehen und eigenes Geld verdienen. Eine nackte weiße Frau in Stöckelschuhen, die die benachbarten Trailer links liegen lässt, von denen will eh keine befreit werden, die 1st Street runterläuft, an den Lagerhallen von *Randy's Frozen Meat* rechts in die Brainard Street abbiegt, da wohnen Familien, da wohnen frustrierte Frauen, da wird sich eine finden, die ihr sagt, wer Recht hat, sie oder Vic Johnson, da wird sich eine finden, die lieber bei Glamour, Wertschätzung, Schönheit und Unabhängigkeit unterschreibt als bei Männerfeindlichkeit, Disziplin und Lustverzicht. Nur ganz leicht schwankend ist Shirley die Auffahrt hochgestöckelt – wozu weite Wege auf sich nehmen. An der Treppe steht ein Bobbycar. Wo Kinder wohnen, muss auch eine Mutter wohnen, und wo eine Mutter wohnt, wohnt Unzufriedenheit. Auch wenn ein Reagan-Schild im Rasen steckt. Auch Reagan-Wählerinnen haben Probleme, von denen sie befreit werden müssen. Vic ist kopfschüttelnd an der Ecke stehen geblieben und hat sich eine angesteckt. Shirley legt den ausgestreckten Finger auf den Klingelknopf, kein Fernseherflackern durchs Fenster, nichts, was darauf schließen lässt, dass die Mutter, die in diesem roten Backsteinhaus wohnt, noch wach sein könnte. Scheiß drauf. Johanna von Orleans ist auch ihren Visionen gefolgt, ohne zu fragen, ob's gerade passt oder nicht. Sie drückt den Klingelknopf.

Der Männerpullover, den die Backsteinhaus-und-Bobbycar-Mutter ihr zugeworfen hat, bevor sie Shirley der Polizei übergeben hat, kann die Kälte, die sich in ihr breitgemacht hat, nicht vertreiben. Es hat sich nicht viel geändert in Iowa. So wenig, wie du dich als weiße Frau für die Belange von Schwarzen einsetzen darfst, ohne Gefahr zu laufen, deine Karriere zu zerstören und dein Baby zu verlieren, so wenig darfst du dich in Boone, Iowa, nachts um halb eins für die Belange unzufriedener Frauen einsetzen, ohne Gefahr zu laufen, von den Beamten des Boone Police Department wegen ungebührlichen Benehmens, Störung der Nachtruhe und Erregung öffentlichen Ärgernisses erst über deine Rechte belehrt zu werden und dem diensthabenden Beamten dann erläutern zu müssen, dass du nur deshalb mitten in der Nacht nackt durch die verschneiten Straßen läufst, um die Frauen von Boone für ihre Unterdrückung zu sensibilisieren und ihnen die Chance ihres Lebens zu bieten. Ob er nicht Mrs. Charles Pepples, deren Foto auf dem Schreibtisch neben seiner Schreibmaschine steht, von dieser einzigartigen Chance berichten könnte, sogar ein Kärtchen habe sie, ach nein, sie hat ja keine Taschen, aber gleich morgen könne sie ...

Als der diensthabende Beamte Charles Pepples im Boone Police Department auf der West Mamie Eisenhower Avenu gegen 2.27 a.m. den letzten Bogen aus der Schreibmaschine zieht, um ihn der übermüdeten Frau zur Unterschrift vorzulegen und sie nach einer Belehrung über ungebührliches Benehmen, Störung der Nachtruhe und Erregung öffentlichen Ärgernisses an eine schwarze Gewerkschafterin zu übergeben, hat Shirley die Bestätigung. Die Bestätigung, dass Frauen sich von Mary Kay befreien lassen wollen, nicht von der Frauenbewegung. Dass diese Befreiung eine Einladung braucht. Dass auch eine Freiheitskämpferin eines angemessenen Auftretens bedarf.

BAND IV
Selbsterhitzung

È pericoloso sporgersi –
Nicht hinauslehnen

KREATIVE MASSAGEGRUPPE
Diese Gruppe ist für jene gedacht, die den Mut zum Experimentieren haben. Massagetechniken werden durch das eigene Experiment entdeckt und erlernt. Diese Gruppe wird recht unstrukturiert sein. Es hängt von der Phantasie des Einzelnen ab, ob es ein positives Erlebnis wird.
Free Clinic Heidelberg

München – Klagenfurt, 30. März 1981

»Drachen leben ewig. Ich nicht, wenn du mir nicht vertraust.« Mit Kugelschreiber auf einen Zwanzig-Mark-Schein gekritzelt. So kurz kann ein Todesurteil sein. Sie weiß, dass es vorbei ist. Vorbei sein wird. Noch sitzt er ihr ja gegenüber und draußen rauschen in der Abendsonne die Berghänge vorbei. Aber solange der Zug nicht anhält, kann er nicht aussteigen.

In der Kopfstütze, an der ihre Schläfe ruht, hat sich der Zigarettenrauch der letzten Jahre eingenistet, die lässig gequarzten Filterlosen der Aufbruchsjahre von Willy Brandts Ostpolitik, die hastig inhalierten und nach drei Zügen ausgedrückten Zigaretten des Deutschen Herbsts und die sozialliberalen Zigarren der großen Koalition. Der jüngste Qualm trägt bereits die Ahnung von Vergänglichkeit, seit beschlossen ist, dass ab Oktober Hinweise auf den Zigarettenpackungen vor der gesundheitsschädigenden Wirkung des Rauchens warnen werden. Wahrscheinlich erlebt sie gerade das Aussterben der Dinosaurier, und wenn ihre Tochter groß ist, wird es keine Raucherabteile mehr geben. Sie muss versuchen, die Dinge aufzuhalten. Ihnen eine andere Wendung zu geben. Noch ist nichts verloren, sonst säße er ihr nicht gegenüber. Auch wenn er sich beim Einsteigen in Dorfgastein mit keiner Geste zu erkennen gegeben hat. Hat sich die Wollmütze vom Kopf gezogen, ihren Abteilgenossen zugenickt und suchend auf die Platznummern geguckt, »die 23, der Fensterplatz, ja, das ist meiner, ob Sie mich wohl durchlassen würden?«, ist lächelnd mit seinen polierten Schuhen über die fremden Füße gestiegen, hat seinen Kamelhaarmantel auf der Ablage ausgebreitet und sorgfältig glattgestrichen. Hat zum Hinsetzen seine Anzughosen an den Knien leicht angehoben und sich ihr gegenüber auf den Fensterplatz gesetzt, »geht das so, gnädige Frau?« Seine Basaltaugen auf ihren Schultern, ihren Haaren, ihren Oberschenkeln. Knapp drei Stunden Fahrt soll sie das aushalten. Aber sie kann nichts beschleunigen. *Er* wird das Zeichen geben. Noch kann sie kaum fassen, dass er sich überhaupt darauf eingelassen hat. Dass Alexander den ÖBB Ex 212/213 nach Klagenfurt bestiegen hat.

Das gelochte DIN-A4-Blatt mit der handschriftlichen Namensliste, die sein Vertrauen wieder herstellen soll, ihren letzten Trumpf, hat sie zum Schutz in einer Klarsichthülle zwischen die verstärkten Pappseiten von Pats' Ali-Mitgutsch-Kinderbuch gelegt. Immer versucht sie, die Dinge zu schützen. Sie kann Hagens hämische Kommentare förmlich hören, »du lernst wohl nie dazu, was, Elisabeth? Sogar das Protokoll deiner eigenen Niederlage, deiner

Minderwertigkeit, deines Versagens versuchst du noch zu schützen, sorgst dafür, dass es nicht schmutzig wird, dass es nicht nass wird, dass es keine Knicke kriegt.« Ja, dann versucht sie es eben zu schützen. Solange der Inhalt der Klarsichthülle Alexander überzeugen kann, dass sie willens und fähig ist, Konsequenzen zu ziehen. Unter dem Buch: feste Wanderschuhe, dicke Pullis, Wollstrumpfhosen, Ohrenschützer, die Zopfmusterstrickjacke, Geburtsurkunde, Heiratsurkunde, Stammbuch, ihr Impfpass (mit einer Büroklammer zusammengeheftet und ebenfalls in Klarsichthülle), ihr Adressbuch (vielleicht schreibt sie ja mal Postkarten), der Karton mit dem Ungarisch-Lehrgang auf vier Kassetten (sie tastet nach dem Walkman in ihrer Handtasche, die erste Kassette hat sie schon eingelegt, aber sich noch nicht anzuhören getraut), ihr Sparbuch, ein Umschlag mit dreitausend Mark in bar, abgehoben innerhalb einer Woche an drei verschiedenen Filialen, ja, eine neue Campingausrüstung für ihren Mann, eine Überraschung, ganz hochwertig, mit Innenkabinen und Campingkühlschrank. Ganz tief, unter Frotteehandtüchern, Schlafsack und Stricksocken vergraben, ihr Dirndl und das Fotoalbum von Pats (die ersten beiden Lebensjahre).

Draußen, hinter der bruchsicheren Scheibe, ziehen Gartenterrassen vorbei, die Sonnenschirme sind aufgespannt. Unter einem Sonnenschirm säße sie jetzt gerne, dick in Schweizer Armeedecken eingemummelt, mit einem Glas Grog in der Hand und Blick auf die über den Berghängen ausgerollten Schneeteppiche. Sie sitzt in ihrem eigenen Traum. Fast bildet sie sich ein, die Kuhglocken zu hören. Bei der Einfahrt in den nächsten Tunnel entspannen sich ihre Augenlider. Die Dunkelheit dämpft Alexanders

Blick. Aber sobald sie den Tunnel verlassen, werden sich seine Augen wieder in ihren Kopf fräsen, in ihr Hirn, ihre Vorstellungen. Er wird ihre Sonnenschirm-und-Kuhglocken-Welt entdecken. Eine Welt, die da draußen an ihnen vorbeizieht, ohne dass sie es schafft, die Notbremse zu ziehen, das Fenster zu zerschlagen und Alexander durch die Scherben unter einen der Sonnenschirme in den Sonnenuntergang zu zerren.

Der säuerliche Geruch von Apfelsinenschalen zieht durch das Abteil. Sie ist allergisch gegen Apfelsinen. Die Armlehne drückt ihr in den Rücken und ihre Kniescheibe pocht. Seit Alexander sich hingesetzt hat, verharrt sie in derselben Position. Verdreht. Um ihre Knie zu entspannen, müsste sie die Füße über seine Beine heben, die er, weit in ihren Fußbereich hinein, vor sich ausgestreckt hat. Oder sich aufrichten, gerade hinsetzen, weg vom Fenster, aber dann säße sie ihm frontal gegenüber, müsste ihm ins Gesicht gucken. Garantiert hat er die Augen auf sie geheftet, und garantiert wird er blitzschnell die Lider senken und das Fahrplanheft studieren, falls sie es nachprüft. Er wird sich nicht erwischen lassen. Die Kombination aus Apfelsinengeruch und Kaffee lässt ihren Magen rebellieren, der Kaffee, von dem sie schon wusste, dass sie ihn nicht hätte trinken sollen, als sie damit vom Zugrestaurant zu ihrem Platz zurückbalanciert ist. Kurz hinter München war das. Jetzt beißt ihr die Gerbsäure in die Magenwand. Sie kann es spüren. Auch wie ihre Kniescheibe pocht. Jemand schält eine Apfelsine, kein Zweifel.

So schwer kann das doch nicht sein. Das übergeschlagene Bein parallel neben das andere stellen, den Rücken aufrichten, sich zurück ins Polster lehnen und geradeaus gucken. Ihm in die Augen. Unverbindlich lächeln. Schon die Vorstellung treibt ihr die Hitze ins Gesicht, bestimmt kriechen ihr hektische Flecken über den Hals. Alles, womit sie sich jetzt von Alexander und seinen Blicken ablenken könnte, Taschentücher, die Packung mit den Gletscherbonbons, ist in ihrer Handtasche. In ihrer Handtasche, die vor ihr auf dem Boden steht. Rechts von seinen Füßen. Sie fühlt sich wie Pats' dämlicher Hase, der in einem Maschendrahtverschlag unter dem Treppenabsatz wohnt. Buddelt sich einen Tunnel unter dem Maschendraht durch und haut ab, nur um dann mitten auf der Straße hocken zu bleiben und wie gebannt in die Scheinwerfer des Autos zu starren, das gerade noch rechtzeitig bremst.

»Entschuldigen Sie, ich habe Sie schon viel zu lange in Ihrer Bewegungsfreiheit eingeschränkt, ob Sie mich wohl eben hinauslassen könnten? Oder darf ich Sie vielleicht zur Entschädigung auf einen Kaffee einladen?« Das ist es, worauf sie gewartet hat. Wo hat er nur immer diese elegante Dramaturgie her? Jetzt wendet sie ihm den Kopf doch zu. Sieht die Orangenschalen. Er hat den Zugfahrplan auf seinem Schoß ausgebreitet und die Schalen darauf verteilt. Er lächelt. Der Speisewagen ist natürlich viel besser geeignet, um ihm ihr Pfand zu überreichen. Aber wie soll sie jetzt unauffällig das riesige Wimmelbuch aus ihrer Tasche holen? Niemand nimmt zu einem Gespräch mit einem Fremden ein Kinderbuch mit. Sie kann ja im Speisewagen schlecht sagen, ›danke für den Kaffee, danke, dass du gekommen bist, aber den Beweis meines Vertrauens habe ich leider zwischen den Pappseiten eines Kinderbuchs im Abteil vergessen.‹ Wenn ihr nicht auf der Stelle etwas einfällt, ist er zur Tür raus, schon hat er die Orangenschalen auf seinem Schoß in den Fahrplan gewickelt, steht mit den eingewickelten Orangenschalen auf und guckt sie erwartungsvoll an. »Wenn es nach meiner Mutter ginge, dürfte ich ja nicht mit Fremden mitgehen.« Sie lächelt. »Aber ich denke, über das Alter bin ich hinaus. – Ob Sie mir wohl meine Tasche aus dem Gepäckfach reichen könnten? Ich reise nie ohne meine Süßstofftabletten.« Ohne das kleinste Anzeichen von Irritation beugt er sich zum Gepäcknetz vor, hebt ihre Tasche herunter, schiebt die Abteiltür auf und lässt ihr den Vortritt. Im Vorbeigehen drückt sie ihr Steißbein gegen seine Gürtelschnalle. Kann schon mal passieren bei dem Geruckel.

Er sitzt ihr gegenüber über einem dampfenden kleinen Braunen, glattrasiert, in seiner *Tabac*-Aftershave-Wolke. Nur der schmale, weiß eingedeckte Speisewagentisch trennt sie voneinander. Auf seinen Lippen ein unverbindliches Lächeln, was sind sie einander schon, eine Zugbekanntschaft, offiziell erst eine halbe Stunde alt. Die Dampferfahrt auf der *Alten Liebe*, die Verführung zwischen Mangelgeräten im Wäschekeller eines DDR-Interhotels, die lispelnd vorgesungene Legende von Puff, dem Zauberdrachen, alles hat er auf ihre Spielfeldhälfte geschoben. Er versteckt ihn gut hinter seinem Lächeln und seinem Aftershave, den Mann, mit dem sie bei ihrem letzten Treffen im Möbelhaus dem Verkäufer von ihrem skandinavischen Ferienhäuschen vorgeschwärmt hat, von der verglasten Veranda mit Blick aufs Wasser, für die sie eine Hängelampe suchten, die die Abendlichtstimmung verlängert, »so eine skandinavische Nacht will perfekt ausgeleuchtet sein.« Dann haben sie ihre skandinavische Nacht ausgeleuchtet, bis es taghell war, das Ehepaar Bengtsson aus Kiel, im Frankfurter Flughafenhotel, Übernachtung ohne Frühstück, nicht auszudenken, sie würden im Frühstücksraum jemandem über den Weg laufen, der Frau Bengtsson mit einem anderen Nachnamen anspricht. Sie haben die Tagesdecke über dem zerwühlten Laken ausgebreitet, das Bett zum Fenster gedreht, die Vorhänge beiseite geschoben und die Fensterflügel weit geöffnet. Haben nackt auf dem Bett gelegen, geraucht und im Lärm der aufsteigenden und landenden Flugzeuge Rauchkringel in die Lichtkegel der Scheinwerfer geblasen. Wenn eins von den Flugzeugen direkt durch einen von den Kringeln fliegt, darf ich mir was wünschen, hat sie gedacht. »Wenn eins von den Flugzeugen direkt durch einen von den Kringeln fliegt, darfst du dir was wünschen«, hat Alexander gesagt. Am nächsten Morgen, um 6.50 Uhr, sie wollte gerade in ihr Taxi steigen, hat er kurz seine Hand auf ihre gelegt. Sie hat sie zusammen mit dem üblichen Zettel in ihrer Manteltasche versenkt, so verabreden sie das nächste Treffen. Alles wie immer. Bis sie im Taxi den Zettel aus der Tasche geholt und geöffnet hat. Den Zettel, der ein Zwanzig-Mark-Schein war. Mit einer Bleistiftnotiz. *Fürs Taxi. – Zauberdrachen leben ewig. Ich nicht, wenn du mir nicht vertraust. Du findest mich, wenn du mir etwas zu sagen hast.*

Sie hat geheult. Sie hat getrunken. Geraucht. Noch mehr geheult. Eine Nacht lang auf Margrets amerikanischem Videorekorder die erste *Dallas*-Staffel geguckt. Danach war ihr klar, dass ihr dieses Drehbuch nicht weiterhilft, dass sie sich ihm noch mehr ausliefern muss als mit ihrem Körper, ihrem Geist. Dass sie seine Fragen nach Menschen, an die sie am liebsten nie wieder erinnert werden würde, nicht verstehen muss. Aber beantworten. Margret war es, die die Kamera draufgehalten hat, vorletzten Herbst. Da hieß das

Sozialistische Patientenkollektiv offiziell längst nicht mehr so, da hatte die Hälfte seiner ehemaligen Mitglieder endlich die Aufmerksamkeit des Staates, auf dessen Fahndungsplakaten sie nun abgebildet waren. Volker hat schon seit Jahren zweimal in der Woche nach seinen regulären Sprechstunden ehrenamtlich zwei Stunden für die SPK-Patienten drangehängt. Als das Kollektiv vor der Auflösung stand, hat er von Beziehungskontinuität gesprochen und einfach weitergemacht, egal, wo und in welchen Strukturen die sich gerade getroffen haben. Er hat ihnen Elisabeth zugeführt. »Elisabeth, draußen reden und drinnen kotzen, da kannst du zu so vielen Weißkitteln rennen, wie du willst, damit füllst du höchstens der privatärztlichen Abrechnungsstelle die Kasse, aber von deinem Trip kommst du so nie runter.« Auf irgendeiner Party war das, sie wollte auf dem Klo verschwinden, wieder einmal. »Im Grunde bist du genauso krank – oder eben auch nicht – wie meine Leute im Sozialistischen Patientenkollektiv. So 'ne Gruppensession könnte bei dir einiges in Bewegung setzen. Vorausgesetzt, du traust dich.« Recht hat er gehabt. Die Gruppensession hat so einiges in Bewegung gesetzt.

Matratzen auf dem Boden, blätternder Putz, volle Aschenbecher. Dass Sozialismus und Befreiung immer damit einhergehen, dass niemand den Aschenbecher ausleert. Und Stuck an der Decke, aber den sieht sie erst später, als sie auf dem Rücken liegt. Zu neunt arbeiten sie an dem Abend ihre *bürgerliche Blockade* auf, ihre »durch repressive Toleranz induzierte Frigidität«. Margret hält alles fest. *Du musst dein bürgerliches Besitzdenken ablegen, deinen Besitzanspruch an die Bilder, die sich andere von dir machen, deinen Kontrollzwang!* Sitzen im Kreis um sie rum und stellen ihre Fragen. Ob sie onaniert, ob sie nackt vor anderen aufs Klo geht und welche Begriffe sie für Penis kennt (seitdem muss sie bei jedem Mann, den sie trifft, daran denken, wie er wohl zu seinem Penis sagt, ob sie will oder nicht, und sie will nicht an den Penis von Margrets Mann denken, wenn sie ihn beim Elternabend trifft, oder an den Penis vom Mann von Pats' Klavierlehrerin, wenn er ihr die Tür aufmacht). Ob sie die Institution Ehe als Unterdrückungsinstrument des bürgerlichen Staats ansieht, wird sie gefragt. Ob sie, als Zeichen ihrer Befreiung von ihren repressiven Moralvorstellungen, bereit ist, sich vor allen und vor laufender Kamera von allen anwesenden Männern ficken zu lassen, während die anderen sie dabei analysieren. Die Zettel mit ihren analytischen Anmerkungen darf sie hinterher mitnehmen. Damit sie sich nochmal damit auseinandersetzen könne. Die Anwesenheitsliste auch, mit Namen und Telefonnummern (größtmögliche Offenheit, keine Heimlichkeit, jeder steht zu dem, was er sagt), falls sie noch Fragen zu einem Standpunkt hat.

Macht die Augen zu = mangelnde Bereitschaft, Verantwortung zu übernehmen, Fremdbestimmung. Oder: *Krallt die Finger in die Teppichfransen = Panik. Wimmert bei der Analpenetration. Kneift die Knie zusammen, wenn Theresa und Eva ihr die Finger einführen. Klaus muss ihn wieder rausziehen, weil sie anfängt zu hyperventilieren.*

Als ob das noch irgendeiner Erklärung bedürfte. Einen Monat später hat sie sich dann in London das Ergebnis der Sitzung wieder aus dem Leib schaben lassen.

Nichts kann Alexanders merkwürdige Fragen nach bestimmten Personen besser beantworten als die Dokumentation dieser Sitzung. Nichts beweist ihm besser, *wie* sehr sie ihm vertraut, sich ihm mit Haut und Haaren auszuliefern bereit ist. Diese Zettel machen sie nackt.

»Natreentabletten, Jelisaweta?« Seine linke Augenbraue schnellt nach oben. Er zieht die Alulasche an seinem Kondensmilchdöschen hoch, mit einem Ploppen entweicht die Luft. In einem Godard-Film hätte sie eine bessere Ausrede bekommen als Süßstofftabletten, in einem Godard-Film wäre es auch nicht der Speisewagen im 2.-Klasse-Abteil. Aber die schneebedeckten Berge im Hintergrund, die stimmen, die Sonne ist schon ganz orange und berührt gerade eine Kuppe, fehlen nur noch die Kühe. Trotzdem muss ihr jetzt endlich der richtige Text einfallen, bevor er seinen Kaffee ausgetrunken hat.

Wozu hat er sie nicht alles gebracht. Losgelassen hat sie wie noch nie in ihrem Leben. Hat sich von ihm Zigaretten in den Mund stecken und Zigaretten aus dem Mund nehmen lassen. Ist barfuß über unbekannte Teppichböden gelaufen. Hat die Fuchsien aus ihren Kästen geworfen und Storchenschnabel und Porzellanblümchen hineingepflanzt (»Storchenschnabel und Porzellanblümchen in Balkonkästen? Das ist eine Rabattenbepflanzung, oder ein Bodendecker für Gehölzränder!«) Sich gezwungen, zu Hause *keine* Nachricht zu hinterlassen, nur die Übersicht der Gefrierfachinhalte auf den Tisch gelegt (und zwei Zeilen für Pats: »Mama ist für ein paar Tage in die Berge gefahren, weil sie frische Luft braucht.« Dass sie ihr ein schönes Andenken mitbringt).

»Ich habe etwas dabei, um den Zauberdrachen aus seiner Höhle zu locken.« Ihre Stimme klingt krächzig. Sie beugt sie sich über die Reisetasche, zieht den Reißverschluss auf und das Ali-Mitgutsch-Buch heraus. Es ist zu groß für den kleinen Tisch und der Platz zwischen ihr und der Tischkante zu schmal, aber sie kann sich ja schlecht mitten im Speisewagen in den Gang setzen, um ein überformatiges Kinderbuch aufzuklappen. Ungerührt liegen seine Augen auf ihr. Irgendwie gelingt es ihr, das Buch hochkant auf ihren Schoß zu stellen, es ist so groß, dass Alexander dahinter verschwindet. Als sie mit den Fingern zwischen die Pappseiten fährt, fallen ihr die Zettel mit den analytischen Anmerkungen in den Schoß, beim Zuklappen weht der Luftstoß sie auf den Boden.

Acht Zettel hat sie schon aufgesammelt, sie schiebt Salz- und Pfefferstreuer, ihren Süßstofftablettenspender und das Tablett mit dem Kaffeekännchen zur Seite und breitet sie vor ihm aus. Belustigt und ohne Anstalten zu machen, ihr behilflich zu sein, lässt Alexander sie auf allen Vieren unter der Tischdecke verschwinden, der letzte Zettel liegt direkt vor seinen Budapester Lochmusterschuhen. Ewig hat sie damals über der krakeligen Handschrift gehangen, um sicher zu sein, dass sie das wirklich richtig entziffert hat:

Vergiss es. Egal, in wie viele Löcher du dir unsere Finger und Schwänze reinstecken lässt, was dich krank macht, kriegen wir nicht aus dir rausgefickt. Da musst du schon selber nen radikalen Schnitt machen.

Es ist eigentlich ganz angenehm hier unten, unter dem Tisch. Hinter dem herabhängenden Saum der Papiertischdecke laufen Beine vorbei, aus den Budapester Lederschuhen ragen Alexanders Unterschenkel wie zwei Säulen, und die Reisetasche mit den Ungarisch-Sprachlernkassetten steht nur wenige Zentimeter von ihr entfernt. Sie wechselt von den Knien in die Hocke, lässt sich auf den Po fallen und lehnt sich gegen Alexanders Beine. Beruhigend, wie der Zug über die Schienen rattert, Sonnenflecken über den Boden huschen, der Geruch nach Gulaschsuppe und Kaffee, das Klappern von Besteck und die klackenden Geräusche über ihr, bestimmt Salz- und Pfefferstreuer, die bei dem Geruckel aneinanderstoßen.

»Hier, hier haben sie gesessen. Ich dachte ja erst, der Mann wär nur schnell auf die Zugtoilette, wobei, da nimmt man ja seinen Mantel nicht unbedingt mit. – Schicker Mantel übrigens, Kamelhaar. – Na, als nach zehn Minuten immer noch keiner von beiden zurück war, dachte ich halt, ich räum mal ab. Ich hatte ja gehofft, die hätten die 30 Schilling auf dem Tisch liegen lassen, aber nichts – nur die ganze Sauerei hier ...« An der Tischdecke kriecht ein hellbrauner Fleck herunter, Alexanders Beine sind nicht mehr da, und zu wem gehört diese Stimme? Sie massiert sich mit den Fingerspitzen die Schläfen, konzentrier dich, Elisabeth. Wo kann Alexander seine Beine denn hinstellen, wenn nicht unter die Tischplatte? Sie taucht mit dem Kopf unter der Tischdecke hindurch, krabbelt unter dem Tisch hervor, zieht das Ali-Mitgutsch-Buch hinter sich her. Von oben mustern sie zwei Augenpaare. Das weiße Häubchen hat sie schon mal gesehen. Die Speisewagenkellnerin, die hat vorhin den Kaffee serviert. Die rote Dienstmütze ist wahrscheinlich der Schaffner. Sie richtet sich auf.

Über Alexanders leerem Platz hängt eine Wolke *Tabac*-Aftershave, seine Kaffeetasse liegt umgekippt neben der Untertasse. Die Natreenpackung. Salz- und Pfefferstreuer stehen in weitem Abstand voneinander. »Ich krieg noch 30 Schilling von Ihnen, für die beiden Braunen!« Dreißig Schilling? Was will die Frau? Abwehrend hält sie das Buch vor ihren Oberkörper. Sie muss doch in die DDR. Zu Alexanders Nichte. Sag das dem Schaffner, Elisabeth, flüstert Ali Mitgutsch ihr zu. Mach 'nen radikalen Schnitt, rufen die durchweichten Zettel auf der Tischdecke. Dabei hätte sie Alexander nur richtig zuhören müssen. Er hat es doch angedeutet, schon in Warnemünde hat er ihr erklärt, warum der Zauberdrachen am Ende vom Lied betrübt in seiner Höhle hockt. Sein Freund, der kleine Junge, verliert das Interesse, mit ihm zu spielen.

Der Dienstmützenschaffner guckt streng. »Da Sie offensichtlich weder willens noch in der Lage sind, Ihre Rechnung zu begleichen, noch, unsere Fragen zu beantworten, begleiten Sie mich erst einmal in mein Dienstabteil, junge Frau. Sie wirken reichlich mitgenommen. In Villach entscheiden wir dann, wie es mit Ihnen weitergeht.« Villach, wieso Villach? Sie muss in die DDR. Alexanders Nichte treffen. Einen Jagdschein machen. Einen Hirsch erlegen. Hirschgulasch einfrieren. Sie kann doch nicht mit leeren Händen dastehen, wenn Alexander zurückkommt.

Während in Bonn ein BKA-Chef verabschiedet wird, der Terroristen durch den Einsatz von V-Leuten und die »Offenlegung würdeloser Reaktionen, zum Beispiel Weinen, Urinieren bei Festnahmen« entheroisieren wollte, und sich die Anmerkungen mutmaßlicher Mitglieder einer terroristischen Vereinigung zum Verhalten der Elisabeth K. während einer konsensuellen Massenvergewaltigung in einer Kaffeelache auflösen, reißt besagte Elisabeth K., Zielperson der einen wie des anderen, im ÖBB Ex 212/213 nach Klagenfurt auf dem Gang zwischen Speisewagen und Dienstabteil das Kippfenster auf und versucht, ihren Kopf durch den Schlitz zu zwängen. Trotz der Warnung auf der Blechplakette. È pericoloso sporgersi. Es ist gefährlich, sich aus dem Fenster zu lehnen.

 Klar kann ich mich an den Mann erinnern - der schuldet mir noch 30 Schilling für zwei kleine Braune. Stimmt, da lagen irgendwelche Papierfetzen in der Kaffeepfütze, jetzt wo Sie's ansprechen, erinnere ich mich. Ich dachte erst, der wär nur schnell auf die Zugtoilette, wobei, da nimmt man ja seinen Mantel nicht unbedingt mit. Schicker Mantel war das, Kamelhaar, damit kenn ich mich aus. Jedenfalls, als beide ewig nicht zurück in den Speisewagen gekommen sind, dachte ich halt, ich räum mal ab. Ich hatte ja gehofft, die hätten die 30 Schilling auf dem Tisch liegen lassen, aber nichts - nur die ganze Sauerei, umgekippte Kaffeetasse, eingesaute Tischdecke - na, ich war bedient, das kann ich Ihnen sagen. Da kommt plötzlich diese Frau unter der Tischdecke vorgekrabbelt, völlig weggetreten war die und ganz glasige Augen, ich hab erstmal den Zugführer gerufen, bis wir sie am nächsten Haltepunkt, Villach war das, glaub ich, den Sanitätern übergeben haben. Was die mir erzählt hat, geht auf keine Kuhhaut. Aber keinen Schilling dabei gehabt und die ganze Zeit dieses riesige Bilderbuch an sich gedrückt, so ein festes, aus Pappe. Hat gesagt, sie muss in die DDR. Hat was von einer Schwester erzählt, oder war's die Nichte?, zu der sie hinwollte, wegen einem Hirsch in der Kühltruhe. Ich sag ja, die war nicht mehr ganz knusper. Ich war froh, als die auf dem Bahnsteig stand und die Tür hinter ihr zuging. Was war ei-

gentlich los mit der, und warum ist das so wichtig, dass ich den Mann identifiziere, Sie sind doch gar nicht von der Polizei?

Carol lässt die Maske fallen + der Präsident fällt um

Eigenschaften einer guten Porkette: 1. Ausdauer: eine starke Gruppenleiterin hält den entscheidenden Meter länger durch. 2. Aufrichtigkeit: man kann ihr trauen. 3. Anstand: sie hat Prinzipien und lebt danach.
Porkette-Handbuch 1979

Boone, March 30th 1981

 Selbst der Rosenstock straft Vic Lügen. Dass sie den nicht mehr blühen sehen wird, hat Vic gelästert. Aber Vic macht ja auch Jagd auf unterdrückte Frauen. Dabei wollen Frauen überhaupt nicht befreit werden. Jedenfalls nicht in Boone. Nicht mitten in der Nacht. Nicht von einer betrunkenen Nackten in Stöckelschuhen. Die Frauen von Boone halten eindeutig mehr von faltenloser Haut, fuchsiafarbenen Lippen und Leistungsbereitschaft. Mit ihren Schminksets verkauft Shirley die Freiheit viel eher. Der diensthabende Officer Charles Pepples muss seiner Frau nicht nur von der nackten Verrückten erzählt haben, die in der Nacht des fünften November die Frauen von Boone befreien wollte, sondern auch von der einzigartigen Chance, von der diese Verrückte geschwafelt hat, denn schon am nächsten Mittag ruft Mrs. Charles Pepples bei Shirley an und bittet um einen Gesichtspflegetermin, »aber sagen Sie meinem Mann nichts davon«. Der Rosenstock, reichlich tot hat der ausgesehen, trotz Klarsichtfolienverpackung und Ringelband, als Carol Annie und ihr letzten September jeder einen überreicht hat, »für meine besten Mädels«. Neben die Trai-

lerstufen hat Shirley ihn gepflanzt, den vertrockneten Rosenstock, windgeschützt und sonnig, und seit ein paar Tagen zeigt er die ersten Triebe. Carol Sendich weiß, wie man totes Gestrüpp zum Blühen bringt.

»Jede von euch, die sich verpflichtet, bis zum Monatsende täglich ein Basis-Set oder andere Produkte vom selben Wert zu verkaufen, kommt jetzt bitte zu mir und schreibt ihren Namen hier an die Tafel«, hat Carol sie im letzten September aufgefordert, kurz vor Ablauf des Mary-Kay-Abrechnungsquartals. Schon in der Folgewoche konnte sie acht Striche hinter Shirleys Namen machen. Jeder Strich ein Basis-Set à 27,50 Dollar. Shirley hat ihrer Direktorin gezeigt, dass auf sie Verlass ist. Shirley will schließlich im Jahr 1981 die Qualifizierung zur Direktorin schaffen. Shirley Eudora Pesterneck will sich nicht von Annies negativer Stimmung anstecken lassen. »Manchmal könnte ich die Weiber an die Wand klatschen«, hat Annie geschnaubt und wütend ihre halbgerauchte Zigarette weggeschnippt, »da interessiert sich doch keine für Hautpflege! Alles, was die wollen, ist Hollywood. Kaum gehen die Glamour-Pröbchen rum, hört mir doch keine mehr zu!« Ja, es gibt ein paar Dinge, die sich in der Praxis ein bisschen anders gestalten als in Carols Cinderellageschichten. Aber dann muss sie sich eben einfach mehr anstrengen. An sich arbeiten. Denn dass das Mary-Kay-Prinzip aufgeht, sieht man ja an Carol. In der dritten Septemberwoche lässt Shirley von Dienstag bis Freitag das Abendessen ausfallen und lauert jeden Abend noch eine Stunde länger Frauen vor dem Einkaufszentrum auf. Am zweiten Montag kann Carol schon zehn Striche hinter Shirleys Namen setzen. »Ich bin überwältigt. Ihr seid das herausragendste Team, das ich je hatte. Eins verspreche ich euch: Mary Kay wird von eurem gigantischen Einsatz erfahren. Diejenige, die die meisten Sets verkauft hat, nehme ich nächstes Jahr mit nach Dallas und stelle sie Mary Kay persönlich vor!« Hinter Annies Namen hat sie 23 Striche gemacht. Obwohl Annie an dem Abend gar nicht da war. Annie hat, wie Shirley später am Telefon erfährt, als sie Annie besorgt anruft (*wir von Mary Kay kümmern uns umeinander*), sich die Mary-Kay-Devise *find a way, make a way* zueigen gemacht und einen genialen Trick entwickelt. Annie gibt keine Pröbchen mehr aus. Annie bereitet jetzt vor jeder Party für jede Frau ein Farbset mit individuell abgestimmten Pröbchen vor. Diese Exklusivpröbchen, die sie jeder Frau in einem namentlich gekennzeichneten Umschlag auf den Platz legt, kündigt sie wortreich an. Aber öffnen lässt sie die Frauen ihre Umschläge erst, wenn sie sich die Gesichtspflegelektion angehört und ein kleines Hautpflegequiz bestanden haben. Das Hautpflegequiz ist wichtig, damit die Zeit auch wirklich abgelaufen ist, wenn die Frauen ihre Umschläge öffnen dürfen, sagt Annie, damit sie dann mit bedauerndem Blick auf den mitgebrachten Wecker ihren entscheidenden Trumpf ausspielen kann. »Oh wie schade, jetzt ist unsere Zeit schon um ... Dabei wollte ich euch doch noch ein paar Tricks für ein unwiderstehliches Glamour-Make-up zeigen! Aber wisst ihr was – ihr habt ja jede eure individuelle Farbprobe, die nehmt ihr jetzt einfach mit und versucht euch zu Hause vor dem Spiegel selber daran.« Ganz simpler Trick. Natürlich kriegt keine dieser Frauen aus dem Stand ein unwiderstehliches Glamour-Make-up hin. Also sind sie ganz scharf auf einen individuellen Make-up-Termin mit Annie. Den kriegen sie, sogar gratis –

vorausgesetzt, sie buchen eine Party bei Annie. »Dann«, fügt Annie hinzu und senkt dabei die Stimme, »erwähnst du ganz nebenbei noch, dass ab einem gewissen Umsatz für sie als Gastgeberin natürlich Gratisprodukte drin sind.« Wegen der vielen Striche, die beim letzten Treffen vor Einreichung der Quartalsergebnisse hinter Annies Namen stehen, und weil Annies viele Striche zusammen mit Shirleys vielen Strichen Carols Buick-Status gesichert haben (wer den Umsatz nicht hält, muss sein Auto wieder abgeben), bringt Carol zum letzten Septembertreffen eine selbstgebackene Hummel mit gelber und brauner Zuckerschrift mit, schreibt »6680 Dollar« an die Tafel und bittet um einen Sonderapplaus für die beiden Frauen, deren Einsatz sie dieses Ergebnis verdankt. Das hochwertige Präsent, das sie Annie und Shirley als Anerkennung ihrer außergewöhnlichen Leistung überreicht, ist in durchsichtige Zellophanfolie verpackt, mit Ringelband umwickelt und mit einer Holzhummel beklebt. Ein Rosenpflanzset. Aber Carol Sendich weiß nicht nur, wie man Frauen motiviert und verdorrtes Gestrüpp zum Blühen bringt, Carol Sendich weiß auch, dass vier Septembertage den Unterschied zwischen einem Buick und einem Cadillac bedeuten können. Den Unterschied zwischen einer erfolgreichen ukrainischstämmigen Mary-Kay-Direktorin, deren Vorfahren Baumrinde, Hunde und tiefgefrorene Leichenteile gegessen haben, um nicht zu verhungern, und der ersten ukrainischstämmigen Mary-Kay-Direktorin, die Buchsbäume, mexikanische Zwerghunde und tiefgefrorene Fertigprodukte in einem pinkfarbenen Cadillac transportieren wird. In vier Tagen kriegt eine erfolgreiche ukrainischstämmige Mary-Kay-Direktorin mit Willen zum Cadillac ihre

Rosenstockmädels dazu, auch noch die 1653 Dollar aufzustocken, die ihr fehlen, um von ihrem Buick-Status zum Cadillac-Status aufzusteigen. Also hat Carol ihre Rosenstockmädels beiseite genommen und ihnen einen Wettbewerb vorgeschlagen. Dass sie das ja nicht jeder zutraut. Aber Shirley schon. Annie vielleicht auch. Derjenigen, die bis zum 30. September den höheren Umsatz macht, wird sie sich erkenntlich zeigen. Falls sie zum Beispiel am Ende ihres *DIQ*-Quartals das Umsatzziel verfehlen und vielleicht noch einmal auf Carols Unterstützung angewiesen sein sollte.

Heute, am 30. März 1981, sechs Monate nachdem sich Shirley sofort nach dem vertraulichen Gespräch mit Carol ans Telefon gehängt und Sally bekniet hat, noch am selben Abend alle Mütter durchzutelefonieren, die sie kennt (bei drei Kindern sind das so einige), und ihnen von Shirleys einmaliger, *leider, leider* auf drei Tage beschränkten Vorher-Nachher-Schminkaktion inklusive Fototermin und Produktverlosung zu erzählen, sechs Monate nachdem sie Produkte im Wert von 900 Dollar nachbestellt, 110 Dollar für eine Polaroid-Kamera Modell 440 mit Fokusblitz, Porträt- und Close-up-Aufsatz hingelegt und Harley Dean bekniet hat, seinen Totenkopfring abzuziehen und mit der Polaroid-Kamera Vorher-Nachher-Porträts der verlegen lächelnden, stark geschminkten Frauen zu machen, sechs Monate nachdem sie Hautpflegesets, Lippenstifte und Lidschatten im Wert von 230 Dollar verschenkt hat und auf der letzten ihrer neun Partys innerhalb von 48 Stunden mit Latexhandschuhen aufgetaucht ist und etwas von Hygienevorschriften erzählt hat, damit sie ihre blutig gekauten Fingerkuppen nicht sehen, heute ist der Zeitpunkt gekommen, Carol Sendich an ihr Versprechen zu erinnern. Denn seit Januar diesen Jahres schwingt Carol Sendich ihre nylonbestrumpften Beine tatsächlich aus einem hellrosa Cadillac.

Shirley nimmt den Hörer von der Station, aus dem Augenwinkel sieht sie, wie Präsident Reagan auf dem Fernsehbildschirm auf seine Limousine zuläuft, er kommt von einem Treffen mit Gewerkschaftsvertretern in Washington, hört sie die Kommentatorin sagen, bevor sie ihr den Ton abdreht und Carols Nummer wählt, um sie an ihr Versprechen zu erinnern. Heute, drei Monate nachdem Carol dank ihres Einsatzes Cadillac fährt, fehlen Shirley noch 370 Dollar an der Umsatzsumme, die sie zur Direktorin qualifiziert. Morgen muss sie ihren Umsatzbericht einreichen. Sie versucht, *nicht* wütend auf Annie zu sein, versucht, ihre Wut runterzuschlucken. Aber hätte sie sich letzte Woche nicht eine geschlagene Dreiviertelstunde mit Annies Zweifeln herumgeschlagen, müsste sie diesen Bittanruf bei Carol jetzt gar nicht machen. Annie hat es nie für nötig befunden, ihren Rosenstock aus seiner Zellophanumhüllung zu befreien, er vertrocknet seit September zwischen Gummistiefeln und Keramiktöpfen auf Annies Veranda. Annie ist seit Anfang des Jahres kaum zu einem der Montagstreffen aufgetaucht. Annie hätte wirklich genug Zeit gehabt, sich zu überlegen, ob sie sich der *DIQ* gewachsen fühlt. Annie fällt das aber ausgerechnet in der entscheidenden Woche ein. Ob Shirley eigentlich klar sei, wie teuer sie ihre Krönung zur Mary-Kay-Direktorin bezahlen wird. Dass sie als Direktorin sozusagen wieder bei null anfangen muss. »Jede Frau, die du in den letzten drei Monaten rekrutiert hast, fällt an Carol, sobald du Direktorin wirst und aus ihrem Team rausfällst. Sozusagen als Ablöse. Dann hast du zwar 'ne Krone auf, aber keine einzige Frau in deinem Hofstaat. Hat Carol natürlich nie erwähnt, konnte sich ja drauf verlassen, dass wir uns den Arsch wund rekrutieren, statt uns auszutauschen. Weißt du eigentlich, wie lange du mich nicht mehr besuchen warst? Scottie kurvt schon auf Petes altem Kettcar rum und kriegt im Herbst ein Geschwisterchen. Mensch, Shirley, manchmal hab ich das Gefühl, Mary Kay frisst uns auf. Weißt du, wie froh ich zurzeit bin, wenn ich einfach nur stupide an meinem Fließband stehe? Weil das der einzige Ort ist, an dem ich nicht unter Druck stehe, permanent nach Frauen Ausschau halten zu müssen, die ich rekrutieren kann.«

Sie hat auf Annie eingeredet wie auf einen lahmen Gaul. Aber wenn Annie sich etwas in den Kopf gesetzt hat, ist Hopfen und Malz verloren, Annie ist ja schon vor zwei Jahren auf der Iowa State Fair einfach nicht aus dem Riesenrad gestiegen und Shirley musste alleine nach Hause fahren. Was hat sie Annie bekniet, durchzuhalten, jetzt, wo sie doch schon so weit gekommen ist, dass sie einfach nur erschöpft sei, so alleine mit Scottie und dann noch die Schichten bei Oscar, warum sie da nicht endlich aufhört. Was sie in der Zeit an Umsätzen reinholen, sich davon locker einen Babysitter leisten könnte. Dass das *DIQ*-Abschlusstraining in Dallas doch schon zum Greifen nahe ist. Dass sie kaum abwarten kann, mit ihrer neuen Polaroid auf Mary Kays Marmorbadewanne ein Foto von Annie zu machen. »Mensch Annie, erinner' dich doch, du und ich in Dallas, alle springen auf und jubeln uns zu, wir sehen atemberaubend aus und goldene Pailletten rieseln auf uns runter.« »Du schnallst es nicht, oder? Für eine Unterschrift versprechen wir diesen Frauen doch alles, dass wir immer für sie da sind und unser ganzes Wissen, unsere ganze Erfahrung mit ihnen teilen ... Würde ich wirklich alles erzählen, was ich weiß, müsste ich ihr auch erzählen, dass ich sie nur brauche, um nächsten Monat bei Mary Kay auf dem Badewannenrand zu sitzen und im nächsten Quartal doppelt so viel Provision zu bekommen wie sie.« »Annie! Du bist negativ! Du bietest diesen Frauen eine Chance. Eine Chance, für die ich selber bis heute jeden Tag dankbar bin. Dankbar, dass jemand wie Carol an mich geglaubt hat. Carol *war* immer für mich da und *hat* all ihr Wissen mit mir geteilt!« »Bist du sicher? Was glaubst du denn, wie Carol zu ihrem Cadillac gekommen ist? Hast du den kompletten Betrag im September etwa ganz alleine rangeknüppelt? Von mir kam nämlich nichts. In der Nacht, in der Carol uns die verkrüppelten Rosen geschenkt und ihre kleine Bestechungsaktion verklickert hat, hat Scottie wahnsinnig hohes Fieber gekriegt. Die nächsten vier Tage hab ich nichts anderes gemacht, als seine feuchten Wickel zu wechseln und ihm Tee mit dem Löffel einzuflößen. Keinen einzigen Cent hab ich in diesen vier Tagen rangeschafft. Ich weiß nicht, wie viel von dir gekommen ist, aber den Rest hat sie selber draufgelegt, da geh ich jede Wette ein! Wenn eine den Jubel in Dallas braucht, dann doch Carol, nicht wir – *sie* muss doch beweisen, dass der Cadillac-Traum wahr werden kann! Ich sag dir noch was: Keine Ahnung, wie dicht *du* am *DIQ*-Umsatz dran bist, aber bei mir sieht's nicht gut aus. Das hab ich Carol auch gesagt. Rate mal, was sie dazu zu sagen hatte? ›Denk an all diese Frauen, die an dich glauben, Annie, du bist ihr Vorbild, willst du die enttäuschen? Stell dir vor, Mary Kay hätte so kurz vor dem Ziel aufgegeben. Der ist der Mann tot umgefallen, und trotzdem hat sie zwei Wochen später ihr Unternehmen eröffnet. Also, ich an deiner Stelle würde jetzt meine Produktvorräte aufstocken. Damit hättest du den Fehlbetrag doch ausgeglichen. Wozu gibt es denn Kreditkarten?«"

Auch wenn es ihr leid tut, Annie so verzweifelt zu sehen, manchmal muss man eben ein Risiko eingehen. »Du rufst jetzt auf der Stelle deine besten Mädels an, bis Ende März kriegt jede Gastgeberin, die sie gewinnen, von dir persönlich ein Glamour-Make-up verpasst. Was glaubst du, was danach für ein Run auf die Glamourprodukte einsetzt ... Um den bedienen zu können, werden deine Mädels das Zeug bestellen wie verrückt. Da kannst du die Nummer mit der Kreditkarte ganz schnell vergessen. Wir *fahren* im Sommer zusammen nach Dallas, Annie!«

Eine geschlagene Dreiviertelstunde hat das Telefonat mit Annie sie gekostet (denn natürlich hat sie Annie danach doch noch zu ihrer neuen Schwangerschaft befragt). 45 Minuten, innerhalb derer sie die entscheidenden fünf Frauen aus ihrem Team dazu hätte bringen können, Bestellungen im Wert von je 75 Dollar aufzugeben. Damit hätte sie die 370 Dollar drin gehabt, die ihr jetzt fehlen. Dann müsste sie Carol jetzt nicht an ihr Versprechen erinnern. Aber das gehört eben auch dazu. Füreinander da zu sein, wenn eine das Wesentliche aus dem Blick zu verlieren droht.

Während Ronald Reagan am offenen Verschlag der Präsidentlimousine steht, darf sich Shirley erst einmal eine

Lobeshymne auf ihre Freundin Annie anhören. Annie hat ihr Team tatsächlich dazu gebracht, innerhalb von fünf Tagen 27 Partytermine zu organisieren. Annie ist jeden Morgen um halb fünf aufgestanden und insgesamt 960 Meilen zwischen Rippey und Corning und Iowa City und Osceola und Riceville und Marshalltown und Boone und Des Moines hin- und hergefahren. Vier, manchmal fünf Glamour-Make-up-Termine hat Annie jeden Tag absolviert, direkt im Anschluss Hautpflegepartys geschmissen, bis noch die letzte übergewichtige Kassiererin mit Schlupflidern sich gefühlt hat wie einer der *Drei Engel für Charlie*. Annie hat die erfolgreichste *DIQ*-Woche hingelegt, an die sie sich in ihrer Geschichte als Mary-Kay-Direktorin erinnern kann, schwärmt Carol durch den Hörer, während Shirley den Präsidenten winken sieht und mit feuchten Handflächen auf eine Redepause wartet, um Carol an ihr Versprechen zu erinnern. Daran, dass sie derjenigen ihrer Rosenstockmädels, der sie ihren Cadillac-Status verdankt, jetzt unter die Arme greifen wird, um ihr *DIQ*-Umsatzziel zu erreichen.

»Honey, ich kann gar nicht glauben, dass du diese Möglichkeit wirklich in Betracht ziehst. Ich meine, gerade habe ich dir von Annie erzählt! Was die geleistet hat. Aus eigener Kraft – da erwartest du doch nicht im Ernst von mir, dass ich deinetwegen mal eben die Regeln breche. Nein, Shirley, das verstößt gegen alles, was bei Mary Kay zählt. Dieses Mal musst du das schon selber schaffen. Was hindert dich denn daran, ein bisschen was vorzustrecken und deinen Umsatz mit einer Bestellung aufzustocken?« Auf dem Bildschirm winkt Ronald Reagan einem Fotografen zu. »Überhaupt, wie kommst du eigentlich darauf, dass *du* im

September gewonnen hast? Du kennst doch den Betrag, um den es ging, und du kannst rechnen.« Plötzlich sackt der Präsident zusammen. »Annie hat den Wettbewerb gewonnen!«

Sie wollen mir also erzählen, dass Ihnen die Tatsache, dass es sich beim Gatten Ihrer Kollegin um einen Inhaftierten handelt, der den Straftatbestand der Unterstützung einer terroristischen Vereinigung erfüllt, nicht bekannt war? - Aha. Das war Ihnen also bekannt. Schön. Dann ist Ihnen sicher auch bekannt, dass besagte Kollegin unter Verdacht steht, regelmässig mit zur Fahndung ausgeschriebenen Terroristen zu kommunizieren? - Richtig. Selbstverständlich ist Spekulation nicht strafbar. - Da dürfte es Sie doch kaum verwundern, wenn wir das Verschwinden einiger dieser Personen, die strafrechtlich relevanten Schmiereien Ihrer Kollegin und die Tatsache, dass sie sich in den vergangenen Wochen verstärkt bei Ihnen aufgehalten hat, in einen Zusammenhang stellen? Einen Zusammenhang, der Sie als auf die freiheitlich demokratische Grundordnung eingeschworenen Beamten in ein äusserst fragwürdiges Licht stellt. Ganz besonders in Anbetracht des DDR-Aufenthalts und der intensiven Kontakte Ihrer Frau zum Ministerium für Staatssicherheit der Deutschen Demokratischen Republik …

Wie, Ihre Frau ist nie in die DDR gereist? Da haben wir aber ganz andere Informationen. - Sie wollen mir also weismachen, dass Ihnen die Tatsache, dass sich Ihre Frau wiederholt mit einem Mitarbeiter des Ministeriums für Staatssicherheit getroffen und intimen Kontakt mit ihm gepflegt hat, nicht bekannt war? - Oh. Das war Ihnen nicht bekannt. Entschuldigen Sie bitte.

Pfirsichdosen, Galgenmännchen und andere Todesarten

Waldhilsbach, 17. Juli 1981

Kaum hat das frühmorgendliche Krankenwagenblaulicht die Gesichter hinter den Vorhängen hervorgelockt, kaum hat Elisabeth die vollgepinkelte Unterhose in den Wäschekorb geworfen und Hagens Blut von der Pfirsichbüchse gewischt, endet ihr Versuch, den Morgen mit frischem Kaffee zu retten, damit, dass sie die Kaffeekanne fallen lässt. An ihrer Botanica-Kanne von Villeroy & Boch hängt sie. Das weiße Rosenthal-Service, das sie von Mutti bekommen hat, ihre Aussteuer, kommt nur an Feiertagen auf den Tisch. Oder eben, wenn Mutti zu Besuch ist. Botanica ist da irgendwie erdiger, nicht aufs Dekorative reduziert. Kann ja sein, dass die meisten Menschen sich eher für Blüten und Früchte begeistern, für den oberirdisch sichtbaren Teil, aber Pflanzen haben eben auch Wurzeln. Und lateinische Namen. Sie verteilt Pattex auf den Bruchkanten der Bota-

nica-Kanne, wirft zwei Toasts in den Toaster und setzt Kakao für Pats auf. Zehn Minuten soll der Kleber antrocknen, bevor sie die Teile aneinanderpressen kann, zehn Minuten sollten reichen, Pats vor der Schule noch schnell den Pony zu schneiden, soll ja keiner auf die Idee kommen, sie würde ihre Tochter vernachlässigen. Das Schwarze am Toast schabt sie mit dem Messer in die Spüle, den Kakao lässt sie durch ein Teesieb in die Tasse laufen. Pats stellt sich natürlich trotzdem an, wegen des verschnittenen Ponys sowieso. Dabei muss sie die Haare nur ein bisschen zur Seite kämmen, dann fällt die Kante gar nicht groß auf, aber so, wie die Türscheibe vibriert, nachdem Pats die Tür zugeschmissen hat, sieht sie das anders. Sie könnte Margret anrufen, solange die zweite Lage Pattex trocknet (die erste Schicht hat natürlich nicht mehr geklebt, die überstehenden Pattexränder muss sie später mit der Nagelfeile abschleifen), muss nur vorher noch schnell die abgeschnittenen Haare wegfegen, gleich kommt Rosel zum Putzen, nicht, dass die denkt, sie hätte ihren Haushalt nicht im Griff.

»Sorry, ich hör mich bestimmt komisch an, ich hab Zachs Schnorchelbrille auf, wegen der Zwiebeln, und mit den Zwiebelfingern kann ich die Brille nicht absetzen, wollen wir später telefonieren, oder ist es was Wichtiges?« Gute Frage. Ist *so was* wichtig? Margret hat den abgebrochenen Neotantra-Abend nie auch nur mit einem Ton erwähnt, aber sie kann ihn nicht vergessen haben, dazu war sie nicht betrunken genug. Andererseits, Margret erwähnt ja auch Elisabeths sexuelle Befreiungssitzung nie. Margret hat diese entschiedene Art, bestimmte Dinge zu behandeln, als hätten sie nie stattgefunden, andere wiederum gnadenlos dem Scheinwerferlicht auszusetzen. »Heute ist doch mein letzter Kursabend, ich hab versprochen, Gulasch mitzubringen, aber diese Zwiebeln ...« Margret hat Elisabeths Kurs übernommen, Englisch für Fortgeschrittene an der Volkshochschule. Elisabeth hat sich wirklich bemüht, aber es war nicht auszuhalten, wie fremdgesteuert die Kursteilnehmer da drin ihre Zeit abgesessen haben. Haben die einfachsten Dinge nicht begriffen, auch nach der fünften Lektion (Fortgeschrittene!) nicht, zum Beispiel, dass Fragesätze mit *to do* gebildet werden. Klar kommt man auch mit *have you* und *can you* durch, aber wozu macht sie sich dann eigentlich so einen Kopf? Sie hat eben einen gewissen Anspruch, hat versucht, Konversation zu betreiben. Was sie über die Präsidentschaftswahlen in den USA denken. Das war zu schwierig. Ob sie wissen, was für einen Beruf der amerikanische Präsident früher hatte. Keine Reaktion. Erst, als sie mit *Dallas* angefangen hat, kam ganz zaghaft »J.R.« und »Sue Ellen«. Irgendwann letzten Winter hat sie angefangen, am Vorabend ihrer Kursstunden Long-Distance-Telefonate mit Shirley zu führen und sich zu erkundigen, was in der jeweils letzten Folge passiert ist, damit sie mit ihren Schülern ein Gesprächsthema hat. Anfang März, nur wenige Tage nachdem Alexander ihr auf einem Zwanzig-Mark-Schein das Todesurteil überreicht hat, lag dann plötzlich die Videokassette mit der ersten *Dallas*-Staffel im Briefkasten. Als Gegenleistung für das Paul-Breitner-Eintracht-Braunschweig-Trikot. Aber vielleicht hatte Shirley auch einfach keine Lust mehr, jede Woche eine Folge Dallas nachzuerzählen. Elisabeth hat sich sofort bei Margret vor dem Videorekorder einquartiert. Wie ein Junkie hat sie sich die ganze Nacht eine Folge nach der anderen reingezogen, dabei dreieinhalb Flaschen

Rotwein getrunken und sich im Anschluss gefragt, wo das Leben eigentlich stattfindet, in einem Volkshochschulkurs oder auf einer texanischen Ranch. Danach hat sie Margret den Psychothriller, in dem *sie* die Hauptdarstellerin ist (Kamera: Margret/Produktion: Sozialistisches Patientenkollektiv) abgeschwatzt, morgens um halb drei in einen Umschlag gepackt und an die Wohnung mit dem Grete-Jalk-Sofa adressiert. Margret hat ihren laufenden Volkshochschulkurs übernommen.

»Letztens hab' ich versucht, zur Auflockerung am Anfang der Kursstunde *Tom Dooley* mit denen zu singen, das kennt man doch auch in Deutschland, wollte damit eine Debatte über die Todesstrafe anstoßen. Ich hab mich für ganz schlau gehalten und sie erst mal gefragt, was sie denn alles für Todesarten kennen. ›Shooting‹ kam natürlich als erstes, ›heart attack‹, ›cancer‹, die Klassiker halt. ›Drowning‹ hat schon ein bisschen länger gedauert, sogar ›asphyxiation‹ ist einer eingefallen, hätte ich gar nicht erwartet, Erstickungstod ist ja wirklich eher selten, und noch dazu die Aussprache, naja, auf den elektrischen Stuhl sind sie jedenfalls nicht gekommen. Also hab ich ihnen die Story erzählt, wie sich unser Kater beinahe selbst *electrocuted* hätte, als er ins Kabel der elektrischen Christbaumkerzen gebissen hat, und dass er seitdem Tom Dooley heißt. Immerhin wissen sie jetzt, was ›bound to die‹ heißt. Das ist wenigstens ein bisschen lebensnah, oh shit, meine Zwiebeln brennen, hang on, Sweetie!« Hang on. Wie gerne würde sie das tun. Nicht hängen. Aber an jemandem hängen bleiben. *Hang on to your man*. An einem, der nicht nach Zwiebeln stinkt, einer, mit dem sie in die Berge fährt, statt ein Alpenpanorama zu halluzinieren, wenn sein Körper über sie rollt.

Dem sie beim Essen gegenüber sitzt, statt an ihn zu denken, wenn ihr das Essen über der Klobrille hochkommt. Dessen Ungarisch in ihren Ohren mehr Sinn ergibt als Hagens Deutsch. Für den sie freiwillig täte, was Hagen gestern Nacht nicht erzwingen konnte. Alexander. Von dem nichts geblieben ist außer einer Notiz auf einem Zwanzig-Mark-Schein (mit dem sie natürlich *nicht* das Taxi bezahlt hat) und dem kleinen Spielzeugdrachen, der unter ihren Socken im Kleiderschrank darauf wartet, dass ein kleiner Junge zurückkommt und wieder mit ihm spielt. Pats' Enttäuschung, als Elisabeth ohne Souvenir aus den Bergen zurückgekommen ist. Hätte sie ihr etwa sagen sollen, dass sie nicht vorgehabt hatte, zurückzukommen?

Sie muss das Schlafzimmer lüften und sich eine Erklärung für das Loch in der Tür überlegen, bevor Rosel mit dem Bad fertig ist. Noch kniet sie vor dem Klo, schiebt mit zwei Fingern eine Haarsträhne unter ihr Kopftuch und wringt den Lappen aus. Das macht sie mit Absicht. Warum wringt sie den Lappen nicht im Stehen aus, sie müsste sich dazu doch nur über den Eimer beugen, und den zu treffen kann ja nicht so schwer sein, klein, wie sie ist. Das mit dem Hinknien macht Rosel nur, damit sie ihr nicht in die Augen gucken muss. Ihr nicht zeigen muss, was sie davon hält, dass die kleine dürre Person mit den Rosinenbrüsten, die nicht mal Dialekt kann, ihren Mann nicht im Griff hat. Tausendmal hat Elisabeth Hagen angebettelt und gefleht, gezetert und appelliert, dass er sich zum Pinkeln hinsetzt. »Ist ja wohl meine Sache, ob ich mich zum Pissen hinsetze oder nicht.« *Er* muss die Spritzer am Heizkörper und an den Kacheln ja nicht wegmachen. »Und wenn ich im Kopfstand pinkeln wollte, was geht dich das an? Ich frag dich ja auch nicht, was du mit deiner Fotze alles anstellst, wenn du sie mal wieder auf 'ner anderen Klobrille parkst.« (Ja, darauf haben sie sich geeinigt: Er darf Fotze sagen. Fotze, Fotze, Fotze. Kann sie gut aushalten, und irgendwie macht's Spaß zuzugucken, wie er dasteht und Fotze, Fotze, Fotze schreit, ohne dass was passiert. So what.) Sie hatte wirklich geglaubt, zumindest darüber hätten sie Waffenstillstand vereinbart. Aber offensichtlich erstreckt sich der nicht auf die elf zitronengelb gekachelten Quadratmeter Badezimmer. Das Bad scheint Hagens geostrategischen Interessen zu unterliegen, die Klobrille seine Golanhöhen, der Badvorleger sein Gazastreifen. Deswegen darf Rosel jetzt hinter einem her putzen, der ihr zwar den Nahostkonflikt erklären kann, aber neben die Toilette pisst und Türen eintritt.

Was sie wohl denkt, die schwerfällige Frau mit der Impfnarbe am Oberarm, während sie den Lappen auswringt? Was sie wohl denkt über das dürre Huhn in Strumpfhosen und BH, das in ihrem verqualmten Schlafzimmer vor dem Kleiderschrank steht und eine Büchse Pfirsiche zwischen ihren Socken versteckt? Am liebsten würde sie die Tür zuschmeißen. Aber solange Rosel auf dem Badezimmerboden kniet, ist das Loch genau auf ihrer Augenhöhe und eine zugeworfene Tür mit Loch drin erfüllt ihren Zweck nicht. »Mein Schwager arbeitet in einer Schreinerei, soll ich da mal nachfragen, ob die so was machen?« *So was. So was* sind Löcher, die Männer in Türen treten, wenn sie die eigene Frau nicht unterworfen kriegen, wenn sie unverrichteter Dinge ihre Hose hochzerren müssen und dabei natürlich hängenbleiben, weil der Schwanz ja immer noch steil geradeaus ragt, wahrscheinlich das einzige Monument, das für eine Niederlage steht, *erected*, im Englischen ist das identisch. Elisabeth greift sich die Bettdecke an allen vier Zipfeln und führt sie in der Mitte zusammen. Am offenen Fenster wirft sie das Bündel über das Fensterbrett und lässt die Zipfel los. Wie Puderzucker legt sich die Zigarettenasche über die roten Sandsteinplatten.

»Glaubst du, ich hab nie gemerkt, dass dein Gugelhupf unter dem ganzen Puderzucker kohlrabenschwarz war? Immer schön geschluckt hab ich, nix gesagt, um dich nicht bloßzustellen, aber hast du wirklich gedacht, ich merk das nicht? Du kannst nicht einfach Puderzucker über alles stäuben, das hat vielleicht bei deiner Mutter funktioniert, aber bei mir nicht! Die Wahrheit lässt sich nicht mit Puderzucker überdecken, und die Wahrheit ist, dass meine Frau mir den Verfassungsschutz auf den Hals hetzt und sich von einem Stasi-Spitzel ficken lässt.« Bei ›Verfassungsschutz‹ hat er seinen Reißverschluss aufgerissen. Man hat Volkers Frau verhaftet, als sie auf der A 81 *Freiheit für alle politischen Gefangenen* an die Pfeiler einer Autobahnbrücke gesprüht (und ihren Mann gemeint) hat. Daraufhin hat der Verfassungsschutz Hagen in die Mangel genommen, immerhin ist er mit Volker befreundet und als Sympathisant bekannt. Mit der freien Hand (die, mit der er gestern die Zwiebeln für den Flammkuchen geschnitten hat) schiebt sich der als Sympathisant bekannte Mann die Cordhose über die Hüften (aus der letzten Saison, war runtergesetzt bei C & A, da durfte Pats endlich auf dem Palominopferdchen reiten). Holt ihn raus. Oh ja, ganz groß ist er in seinem Zorn. Stößt zu. *Berge. Kühe. Blühende Geranien. Bank im Sonnenuntergang. Männer in Lodenjankern und Kniebundhosen. Wiesen, Enzian, Silberdisteln. Trachtenumzug, Dirndl, Heilquellen. Kurkonzert. Zitherspieler. Heimatabend. Blaskapel-*

le, Festzelt, Schunkeln, Heidi, Almöhi, Romy Schneider. Kuhmilch, Melkschemel, Scheune. Ofenbank. Jetzt die Spinnwebe. Jetzt der Türrahmen. Spinnwebe. Türrahmen. Spinnwebe. Bei jedem Stoß rutscht ihr Hinterkopf über die Badvorlegerkante auf den Kachelboden und ihr Bildausschnitt verschiebt sich um ein paar Zentimeter. Spinnwebe. Türrahmen. Spinnwebe. Türrahmen. Konstant nur der Zwiebelgeruch. *Mittelstation. Skihütte, Selbstbedienung, Gulaschsuppe. Almdudler, Jagertee, Ovomaltine. Skilift, Schlepplift, Sessellift. Après-Ski. Skibrille, Skiwachs. Gemme. Strickweste. Hirschzahnbrosche. Geweih. Jägerzaun. Förster. Kiefernadelbad. Räuchermännchen. Setzkasten. Alphorn. Apfelbäume, Zwetschgendatschi, Bergsee.*

Draußen zwitschern die Amseln, früher hat sie die immer für Nachtigallen gehalten und sich gewundert, weil Nachtigallen doch eigentlich erst mitten in der Nacht zu singen anfangen und jetzt ist es ja noch fast hell. Bis ihr jemand erzählt hat, dass das Amseln sind. Wer war das, ihr Gynäkologe? Ja, das kann sein, der hat ein Fernglas und zieht manchmal schon ganz früh, noch vor sechs Uhr, los in den Wald, Vögel beobachten. Er hat ihr die Nachtigall genommen. Türrahmen und Spinnwebe wechseln sich immer schneller ab, wie in diesem Daumenkino von Mordillo, bei dem die Giraffe beim Durchblättern erst einen langen und dann wieder einen kurzen Hals kriegt. – Wird schneller, ist bald vorbei. *Gipfelkreuz. Berghütte, Wanderschuhe, Regenjacke, Wanderstock. Bettelarmband. Endmoräne. Jagdhorn. Stubaital. Pudelmütze. Heilige Messe, Sternenhimmel, ewiges Licht. Bauernbrot, Schweinehaxe, Obazda. Kuhfladen. Elektrischer Zaun.* – Wenigstens in einer Disziplin hält sie immer länger durch als er. Sie ist noch lange nicht durch mit ihrem Alpen-Repertoire, als klar wird, dass er das heute nicht mehr hinkriegt.

Dann musste er aus Frustration eben die Schlafzimmertür eintreten. Da musste sie ihm eben die Büchse mit den Pfirsichen an den Kopf werfen. Dafür, dass er ihr vor vierzehn Jahren die Freude an hartgekochten Eiern genommen hat. Dafür, dass er ihr vor elf Jahren ein Kind angehängt hat, in dem sie sich selber wiedererkennt. Dafür, dass sie nicht mit Alexander im Sonnenuntergang sitzt. Zum Glück ist der Schlafzimmerteppich burgunderfarben und schluckt das Blut, das von Hagens Stirn tropft. Sein Brüllen kann sie schon seit Jahren ausblenden. Später sitzt sie auf dem Bett, zündet sich eine Zigarette an der Glut der vorigen an, summt *Hänschen klein* vor sich hin und lässt die Asche auf die Bettdecke fallen. Ganz lange sitzt sie da. Irgendwann wird es dunkel, und als sie die Nachttischlampe anmacht, sitzt sie in einem Kreis aus lauter kleinen Aschepyramiden und ihre Hose ist nass. Im Anschluss versucht sie, mit dem Schalter der Nachttischlampe den Rhythmus von *Puff, the Magic Dragon* zu knipsen.

Irgendwann hat sie etwas übers Parkett schleifen hören und Zigarettenqualm gerochen, und Hagen ist aus dem Geruch gekrochen gekommen, mit der fast leeren Pastisflasche in der Hand und blutiger Stirn, hat sein Kinn auf die Matratze gelegt und gelallt, »müssn uns was einfalln lassn, Lisabeth.« Ist umgekippt. Als die Vögel wieder angefangen haben zu zwitschern, hat sie einen Krankenwagen gerufen.

Halbe Hummeln sind nicht wettbewerbsfähig

Iowa State Fair, July 17th

»Wenn Sie noch eine halbe Stunde warten, kommen sie zu zweit zum Preis von einem rein, Ma'am.« Was will der Typ im Kassenhäuschen ihr damit sagen, er sieht doch, dass sie nur eine halbe gelbe Wackelpuddinghummel dabei hat, keinen Begleiter. Soll sie etwa den nächstbesten Mann kidnappen, um sich den halben Eintritt zu sparen? Der Zwei-zum-Preis-von-einem-Eintritt ist doch sowieso nicht für die alleinerziehenden Shirleys dieser Welt, sondern für gestandene Bierbauchväter, Mitglieder der *Iowa Pork Producers Association*, den Geldbeutel in der Arschtasche mit Gliederkette und Karabinerhaken am Gürtel gesichert, das verschwitzte Töchterchen im hochgerutschten Röckchen an die Brust gepresst, die freie Hand um die Schulter oder am Hinterteil von Mary oder Joan oder wie auch immer die dazugehörige Kindsmutter heißt. Die Zwei-zum-Preis-von-einem-Nummer ist ohnehin Augenwischerei. Hinter den Drehgittern auf dem Messegelände kostet dann jeder wieder einzeln. Da will jede Zuckerwatte (50 Cent), die hinterher am Muskelshirt klebt, einzeln bezahlt sein, jeder heliumgefüllte Luftballon (1 Dollar das Stück), den, halt-ihn-gut-fest-der-war-teuer, klein Sweetheart sowieso loslassen wird, siehste-hab-ich-dir-doch-gleich-gesagt-heul-nicht-komm-ich-kauf-dir-ein-Eis (50 Cent), das die nächste Spur hinterlässt und die anderen müssen dann ja auch eins bekommen (mal drei), Autoscooter wirklich jeder nur einmal,

aber-5-Fahrten-sind-doch-viel-günstiger (5 für 2 Dollar), ich brauch jetzt ein Bier (80 Cent), so'n-Rummelbesuch-mit-Euch-hält-ja-kein-Mensch-aus, und auf einem Bein kann man nicht stehen (nochmal 80 Cent), gib mir mal Geld, wenn du eh Bier trinkst, geh ich mit den Kindern halt nochmal Lose ziehen (10 für 50 Cent), ach guck mal, da drüben, der Stand von der Dreifaltigkeitsgemeinde, die verkaufen selbstgesteppte Decken, wär doch schön für unser Bett, der Erlös kommt Vietnamveteranen zugute, na los, jetzt rück halt einen Zehner raus (10 Dollar), jetzt brauch ich erst mal was Festes zwischen die Zähne (Steak 1,99 Dollar). Macht fast 23 Dollar zusätzlich zum Eintrittspreis für zwei-statt-vier (den Kleinen im Buggy haben die Kassenfrauen großzügig durchgewinkt), klebrig (Kind 1 und 2), betrunken (Portemonnaie-Mann), beseelt (Steppdecken-Frau) und heliumgefüllt (Luftballon um Babyfuß).

Schon ewig hat sie das nicht mehr gemacht, andere Menschen dabei beobachtet, wie die mit ihrem Leben umgehen. Früher konnte sie das stundenlang, hat mit Smokie Sue und Porkypeg rumgehangen und wilde Thesen über Passanten aufgestellt, aber seit sie mit Mary Kay fremde Leben bereichert, ist das auf der Strecke geblieben. Ein Bündel heliumgefüllter Luftballons holt sie wieder zurück in die Realität. In die Realität, in der Cindy am entgegengesetzten Ende des Messegeländes mit der anderen Hälfte der Wackelpuddinghummel auf sie wartet. Mit der anderen Hälfte der Wackelpuddinghummel, mit der sie beim Jell-O-Wettbewerb den ersten Preis abräumen wollen. Heliumfüllung, das wär's jetzt, damit könnte sie direkt über die Buden und die Verkäufer und die Köpfe der Messebesucher hinweg zur Wettbewerbsbühne fliegen. Cindy fragt sich bestimmt schon, was zum Teufel sie so lange treibt. Um sich mit ihrer Hummelhälfte bis zum Stand mit dem Wackelpudding-Wettbewerb durchzudrängen, braucht sie in dem Gewühl garantiert eine Viertelstunde. Cindy hat das Unterteil und die Fühler, und sie müssen die Teile ja noch zusammensetzen. Shirley stemmt sich in ihren hochhackigen Schuhen auf die Zehen, um noch einen halben Zentimeter mehr rauszuholen, die Platte mit der halben Jell-O-Hummel neigt sich gefährlich. Vor ihr ein Meer von Haarscheiteln, die jeder tief fliegende Vogel sofort als ›made in Midwest‹ identifizieren könnte. Wer weiß, vielleicht ist Annie sogar besser dran, jetzt, wo sie raus ist bei Mary Kay, ihr Einkommen nicht mehr von den Gesichtern unter diesen Made-in-Midwest-Frisuren und den Made-in-Midwest-Gefühlen in diesen Köpfen abhängt. Sie haben alle zusammengelegt, um Annie einen Trockner zu schenken, als sie nach ihrem Zusammenbruch aus dem Krankenhaus gekommen ist. Aber Annie hat ihr sehr schnell klargemacht, dass ihre Freundschaft kein Trockenprogramm ist. »Lass es uns langsam angehen, Shirley. Du kannst nicht einfach auf Knopfdruck wieder das volle Programm fahren, als wär nichts gewesen. Klar will ich unsere Freundschaft zurück. Aber mit dir auf die State Fair? Nächstes Jahr vielleicht wieder.«

Shirley lässt die Fersen zurück in ihre Schuhe sinken. Am Softeisstand gegenüber durchwühlt eine Frau im gelben Rock das Einkaufsnetz an ihrem Sportkinderwagen. Ein Kinderwagen wäre jetzt praktisch. Menschen haben Respekt vor Kinderwägen. Wenn schon nicht die Menschen, dann zumindest ihre Knöchel und Füße. Die Frau mit dem gelben Glockenrock (Glockenrock! Es ist das Jahr

1981, Kennedy ist seit fast 20 Jahren tot!) hat sich der Verkäuferin zugewandt, um ihr rosa-weiß gestreiftes Softeis zu bezahlen. Mit *den* Absätzen kann die unmöglich rennen. Das Kind auf der Schulter der Glockenrockfrau beäugt sie misstrauisch, Augen wie schmelzendes Wassereis. Das Kind ist höchstens ein paar Monate alt. Nie würde die Glockenrockfrau das Kind der Softeisfrau in den Arm drücken, um ihrem Kinderwagen hinterher zu jagen. Einen Mann scheint sie nicht dabei zu haben.

Shirley schlägt eine Schneise in die fluchenden Festbesucher, die den Fehler begehen, dem Sportkinderwagen mit der halben Hummel nicht rechtzeitig aus dem Weg zu springen. Mit Schlammspritzern bis hoch in die Kniekehlen rollt sie ihre leicht lädierte Wackelpuddinghummelhälfte vor das Holzpodest, auf dem die Einreichungsfrist für den Iowa-State-Fair-Jell-O-Wettbewerb 1981 vor zehn Minuten abgelaufen ist. Cindy hat es mit der hinteren Hummelhälfte versucht, aber eine kopflose Hummel konnten die Preisrichter laut Statuten, und die haben sie Cindy sogar vorgelesen, nicht zulassen, selbst wenn Cindys Hinterteil sie hätte überzeugen können (und da waren sie wohl gar nicht so abgeneigt). Fühlt sich aber plötzlich gar nicht so falsch an, mit Cindy in der untergehenden Sonne auf dem Holzpodest zu sitzen und die vorbeilaufenden Besucher durch ein gelbliches Stück Wackelpudding zu betrachten, bevor sie es sich in den Mund schiebt, die zitternde Portion nicht prämierter Hummel.

Cindy hat sich nie von ihr anwerben lassen, Cindy mit ihrer vernarbten und ausgetrockneten Haut, die ihr den Spitznamen »Choppy« eingetragen hat, verhackstückt, wie sie ist. »Lass mal, Shirley. Auf meine Haut kannst du schmieren, was du willst, kannst mich sogar in einen Tank mit Gerbsäure einlegen, das nutzt nichts mehr. Ich will das auch gar nicht. Meine Haut ist mein Beitrag zur Geschichte. Hier, mein Bauch: Legt Zeugnis ab, dass dieser Körper fünf Kinder geboren hat. Die Brüste: drei davon gestillt. Die Haut auf meinen Händen: Kartoffelernte. Kürbisernte. Apfelernte. Auf meinen Unterarmen: 46 Jahre lang jeden Tag 13 Stunden in der Sonne, zwischen Kühe melken um halb sechs und Tomaten wässern am Abend. Das vernarbte Stück Haut hier: zu wenig Zeit, den Topf mit dem kochenden Kartoffelwasser vom Herd zu nehmen. Die Krater unter den Augen: nur vier Kinder durchgebracht.« Cindy rollt ihren Blusenärmel wieder über den Unterarm und knöpft die Manschette zu. »Nein, danke, Shirley. Ich gehöre ins Museum. Oder in die Geschichtsbücher. Eines Tages wird jemand die Geschichte des Mittleren Westen an mir ablesen. Die will ich nicht mit Kosmetikprodukten verfälschen.« Während sie über Cindys Worte nachdenkt, verspürt sie eine wahnsinnige Nähe zu der klugen, zerklüfteten Frau, die sich in diesen Zeiten wie ein Dinosaurier ausnimmt. Sie legt Cindy den Arm um die Schulter. Nein, Shirley Eudora Pesterneck ist nicht Carol Sendich. Ihre Fingernägel bezeugen das deutlich. Sie erreicht ihre Quartalsziele nicht. Liefert Wettbewerbsbeiträge zu spät ab. Klaut Kinderwägen. Und spielt ihr Team nicht gegeneinander aus.

Ihr Team. Smokie Sue, ihre erste, geködert mit Seide und einem Platz im Scheinwerferlicht. Die einzige, deren Traum aufgegangen ist. Sue hat ihr eine Postkarte aus Dallas geschickt. Vom Mary-Kay-Seminar, der Veranstaltung, auf der es Goldkonfetti auf Annie und sie hätte herabregnen sollen. Als Carol Mary Kay ihre neue Hoffnungsträgerin vorgestellt hat, hat Mary Kay zu Sue gesagt: »Du bist nicht nur der Stoff, aus dem Männerträume gemacht sind. Du bist der Stoff, aus dem Direktorinnen gemacht sind. Du hast den Erfolgsblick. Dich werde ich im nächsten Jahr auf dieser Bühne sehen.« Oder ihre zweite Rekrutierung, Betty, Mindestmengen-Betty, die auf den Cent genau die erforderliche Mindestmenge bestellt, um ihre 50 Prozent Rabatt auf jede Bestellung nicht zu verlieren. Was sie selber nicht verbraucht, verkauft sie an Gloria und ihre Nachbarinnen. Dann natürlich Helen und Rosalyn, ihre Errungenschaften vom Walmart-Parkplatz. Sally. Die Shirley zur Teamleiterin gemacht hat, aber schon nach ein paar Monaten wieder ausgestiegen ist, weil sie viel zu gut rechnen kann. »Sei mir nicht böse, Shirley, aber um mit Mary Kay wirklich Geld zu verdienen, müsste ich mehr Zeit reinstecken, als die Kinder zulassen. Ich bleib gerne so lange in deinem Team, bis du mich ersetzen kannst, aber danach werde ich lieber wieder deine Kundin, da hast du ja auch was von.« Sallys Schwester, keine Überfliegerin, aber verlässlich. Trish, ihre alte Friseuse aus Perry, die ihr die Angela-Davis-Frisur verpasst hat. Als Friseuse fallen ihr die Kundinnen fast von alleine in die Hände. Trish liegt jede Woche irgendwo zwischen 100 und 200 Dollar und ist mit Sue zusammen zum Seminar gefahren, die beiden haben sich ein winziges Zimmer im Flamingo-Motel 15 Meilen außerhalb von Dallas geteilt und sich gegenseitig fotografiert wie die Wahnsinnigen. Rhonda, die unzufriedene Kassiererin von der Tankstelle, die bald mit dem eigenen Auto bei ihrem Ex-Boss vorfahren wird. Schließlich Harriet, Mrs. Clyde Olsen, die sie mit der VHS-Kamera und

Glitzerfädchen-Cocktails in Florida geködert hat. Harriet, die sich wild entschlossen jeder Frau in den Weg wirft, die mit gesenktem Kopf an ihr vorbeistürmen will, die nicht mehr bereit ist, ihr Potenzial ungenutzt verpuffen zu lassen, die schon Packlisten für Florida schreibt und nicht aufgeben wird, bis sie Clyde die Tickets auf den Tisch legen kann.

Wann ist der Preis zu hoch, wo fängt die Lüge an? Shirley schiebt sich den letzten Löffel Wackelpudding in den Mund. Der Gedanke erscheint ihr plötzlich gar nicht mehr erschreckend. Eher befreiend. Sie muss die Hummel schlachten. Nicht auf den Montagstreffen, da werden Erfolge gefeiert (die keine sind) und Preise verteilt (die den Namen nicht verdienen). Aber vielleicht arrangiert sie demnächst ein Treffen außer der Reihe, schlachtet eine Wackelpudding-Hummel und erklärt dabei alles. Sie legt Cindy die Hand auf den Arm. »Danke, dass du nicht sauer bist, weil ich uns den Preis vermasselt habe. Ich bring jetzt besser den Kinderwagen zurück.«

Die Fundstelle ist in einem der Kassenhäuschen untergebracht, durch das Fenster sieht sie zwei Männer in blauen Overalls, die Köpfe einem kleinen Kofferradio zugewandt, zwischen sich ein Schachbrett und eine Batterie Büchsenbier. Als sie an die Scheibe klopft, wendet sich ihr ein trauriges Augenpaar über einem Schnauzer zu und der mächtige Mann, der zu den traurigen Augen gehört, wuchtet sich aus seinem Regiestuhl und dreht am Radioknopf, bevor er sich ihr zuwendet. »Was gibt's, Ma'am?« Der Schnauzer schiebt sich vor das Schiebefenster, durch das sonst Tickets für Pferdeshows, Achterbahnfahrten und Schweineprämierungen geschoben werden. Shirley zeigt auf den blauen Sportkinderwagen neben sich und zieht mit nach oben geöffneten Handflächen die Schultern hoch. Der Kassenmann gestikuliert sie zur Seitentür. »Na gut, Ma'am, schieben Sie die Karre in die Ecke, ich hab da grad gar keinen Nerv für«, er deutet auf das Radio, »im Hyatt Regency in Kansas City sind zwei Skywalks eingestürzt, mitten in die Tanzveranstaltung, mindestens 44 Tote!«

BAND V
Zersetzung

Gesang des Schweinesystems

i wish i were an oscar mayer wiener, that is what i'd truly like to be, and if i were an oscar mayer wiener everyone would be in love with me
Oscar Mayer Wiener Commercial

Boone, August 3rd 1981

 Clydes Gesicht ist fast so weiß ist wie das Kulleraugengesicht auf dem Karton mit der aufgedruckten Popcorntüte, den er ihr entgegenstreckt. Sieht aus wie einer von den Kartons, die sie letzten Winter mit Vic unter dem Trailer verstaut hat. »Shirley. Es tut mir so leid …« Er stolpert über seine Worte und alles, was *Dirty Harry* an ihm war, ist weg. Clyde lässt sich auf die oberste Treppenstufe fallen und vergräbt den Kopf zwischen den Händen. Seine Schultern heben und senken sich und aus seinem Innern dringt ein unterdrücktes Stöhnen. Selbst, als sie das beerdigt haben, was man in Kansas City an Einzelteilen von Harley Dean aus den Trümmern gezogen hat, hat sie Clyde nicht so fassungslos gesehen. (Wer weiß, ob die Finger und Kniescheiben, die man Gloria in einer Tupperdose übergeben hat, nicht die Finger und Kniescheiben irgendeines anderen Sohnes waren. Ein Totenkopfring war jedenfalls nicht in der Dose.) Hand in Hand mit Harriet ist Clyde an die Grube getreten, hat kurz innegehalten, Glorias Hände in seine genommen und lange gehalten, während Harriet ihr hilflos über die Haare gestreichelt hat. Die Porkettes waren da, Annie mit Scottie, Larry, ein, zwei von den Männern,

mit denen Harley Dean in seiner Zeit bei Oscar gelegentlich Bier trinken war, und in gebührendem Abstand, so nah sie eben mit ihren Maschinen an den Friedhof rangekommen sind, zehn, zwölf Biker in Lederjacken, *Donec Mors non separat* unter dem Weißkopfseeadler, ›solange der Tod uns nicht trennt‹, die Augen hinter ledergepolsterten Fliegerbrillen. Jetzt hat der Tod sie getrennt, bevor Harley Dean einer von ihnen werden konnte, nicht mal bis zum Anwärter hat er es gebracht, ist immer ein Hang-around geblieben. Selbst Carol hat es sich nicht nehmen lassen, einen riesigen Kranz aus weißen Lilien zu schicken. Im P.S. ihrer Kondolenzkarte hat sie Shirley einen guten Anwalt empfohlen, falls sie das Hyatt Regency Hotel auf Schadensersatz verklagen will.

Shirley will keinen Schadensersatz, keine grinsende Popcorntüte und auch der schluchzende Clyde ist ihr zu viel. *Sie* ist diejenige, die umarmt und getröstet werden will. Der Platz auf der Treppe neben Carols Rosenstock gehört *ihr*. »Ich habe noch Kaffee in der Thermoskanne, ist aber koffeinfrei, soll ich dir eine Tasse bringen?« Sie deutet sein Schweigen als Zustimmung. Letztendlich spielt es überhaupt keine Rolle, ob er ihren Kaffee tatsächlich trinken will oder nicht. Solange sie nur die Kanne aufschrauben darf. Für andere ist es der WC-Stein im Elternhaus, ein bestimmter Weichspüler, der Geruch von gekochtem Blumenkohl oder von Pferden. Für Shirley ist es eben Kaffeegeruch. Auch wenn Annie behauptet, entkoffeinierten Kaffee schon am ersten Schluck zu erkennen, am Trostfaktor ändert der Koffeingehalt zum Glück nichts.

»Ich war dabei, Shirley. Ich war mit in Kansas City. Ich musste nochmal zurück ans Auto, hatte meinen Geldbeutel im Handschuhfach vergessen. Harley Dean war schon vorgegangen, weil er den Anfang nicht verpassen wollte.« In unveränderter Position sitzt Clyde auf der obersten Stufe, die Ellbogen auf den Knien aufgestützt, den Kopf zwischen den Händen, fallen seine Worte auf die Stufen unter seinen Füßen. Er kann sie nicht kommen gehört haben, sie ist barfuß. Niemand hat ihr erklären können, was Harley Dean auf dieser Tanzveranstaltung zu suchen hatte, Gloria nicht, Vic nicht, Larry nicht. Warum sollte ausgerechnet dieser große, hagere Fleischkontrolleur, der nicht weiß, dass seine Frau heimlich Hautcreme verkauft, um ihm eine Reise nach Florida zu schenken, mehr darüber wissen? »Trink deinen Kaffee, bevor er kalt wird, und dann lass mich alleine, Clyde. Ich will deine Geschichte nicht hören.« Clyde steht auf, mit seinen großen Händen zieht er seinen Anorak am Strickbündchen über die Hüften nach unten. Er beugt sich zum Treppenabsatz, der Anorak rutscht nach oben. Clyde richtet sich auf und streckt Shirley den Karton entgegen. »Es ist nicht meine Geschichte, Shirley. Es ist seine Geschichte. Er wollte, dass du sie hörst.«

Boone, 24. Juni 1981

Wo es angefangen hat? Shirl, wenn ich das wüsste. Bestimmt nicht erst in der Raststätte in Dickcissel. Auch nicht erst mit der Narbe. Das muss früher angefangen haben. Vielleicht, als ich gemerkt habe, dass Jimmy Kauzlarich lieber seine Fahne für mich auf Halbmast gesenkt hätte, als meinen Namen in seinem Rasen wieder zuwachsen zu lassen. Damit, dass ich keinen Vater habe? Irgendwas ist da in mir, das mich anfällig gemacht hat. Die Tatsache, dass du diesen Brief jetzt liest, ist ein Zeichen, dass sich jemand meine Angreifbarkeit zunutze gemacht hat. Vielleicht kannst du mich zu diesem Zeitpunkt nicht mehr dazu befragen, vielleicht erzählt dir jemand eine andere Version. Lass mich dir ein paar Fäden in die Hand geben. Damit Pete mit seinen Fragen später nicht so beschissen dasteht wie du und ich. Vielleicht kann er nicht mehr der erste Mensch sein, der den Mond betritt. Aber er kann immerhin derjenige sein, der beweist, dass wir gar nicht da waren. Du kannst dir nicht vorstellen, wie viel von dem, was wir für die Wahrheit halten, gemacht worden ist, damit wir's für die Wahrheit halten ... Falls du je daran gezweifelt hast oder ihre Aussagen für Verschwörungstheorien gehalten hast: Vic hat in allem Recht. Das sind keine Verschwörungstheorien. Aber Vic kennt auch nur Bruchstücke – wenn du alles wissen willst, musst du schon Akteneinsicht beantragen. Steht dir zu in diesem Land, wozu haben wir denn den Freedom of Information Act. Meine Fetzen schmeiß ich dir jetzt vor die Füße, dann kannst du selbst entscheiden, woraus du die Erinnerung an mich zusammensetzen willst.

Dein Bruder

Die Erinnerung, ach H-D, sie lässt die eng beschriebene Postkarte sinken. Als ob du es in der Hand hättest, an welchen Bruder sich eine Schwester erinnert. Welches Bild sie vor Augen hat, wenn sie an dich denkt. Das Bild des Rebellen, der aussieht wie Marlon Brando in *Endstation Sehnsucht*, der mit Kettcarpedalen in der Brusttasche auf seiner uralten *Indian* vorfährt, Pete hinter sich auf den Sattel packt und ihn Stunden später verschwitzt und staubüberzogen wieder abliefert wie einen frisch frittierten und in Puderzucker gewälzten Donut? Oder das Bild des Bruders mit dem zernarbten Lächeln, dem Waynes Messer nicht nur das Gesicht zerschnitten hat, sondern auch das Selbstbild? Nein, es ist ein viel älteres Bild, das sich Shirley aufdrängt über der Kiste, mit der Clyde sie alleingelassen hat, über der Postkarte mit Harley Deans letzter Botschaft, auf deren Vorderseite Neil Armstrong vor der U.S.-Flagge auf dem Mond posiert. Der Harley Dean, den Shirley vor Augen hat, steht in Unterhosen vor Glorias Gasherd, hat sich Glorias bestickte Küchenschürze umgebunden und gibt den Maiskörnern, die an den Pfannendeckel knallen, Namen. »Pass auf, Pete, jetzt lassen wir sie frei! Freiheit für dich, Tallulah Bankhead, Freiheit für dich, J. Edgar Hoover, Freiheit für Greta Garbo, Freiheit für Ma Barker, Freiheit für – na los, Pete, hilf mir ...« »Freiheit für Richard Nixon, Freiheit für Dino Feuerstein, Freiheit für die Panzerknacker und Oma Knack!« Das frisch getaufte Popcorn regnet auf den damals siebenjährigen Pete und seinen Onkel herab, sie fassen sich an den Händen, wie zerplatzendes Popcorn springen sie durch Glorias Küche, der Siebenjährige mit dem schief geschnittenen Pony und der Zwanzigjährige mit den haarigen Beinen und der bestickten Küchenschürze, für den seit diesem Tag, dem 30. Juni 1973, keine Gefahr mehr besteht, in Vietnam für sein Vaterland fallen zu dürfen. Für den seit diesem Tag keine Chance mehr besteht, in Vietnam als Held für sein Vaterland zu fallen.

An jenem 30. Juni 1973, als das Einberufungsgesetz ausläuft, schiebt sich in Afrika der Mond vor die Sonne und über der Ostküste von Afrika tauschen die Passagiere einer DC-8 alle zwanzig Sekunden die Sitze, damit jeder exakt dreimal die Chance bekommt, die Sonnenfinsternis zu fotografieren. Da ist es über Afrika kurz vor Mittag und in Iowa viel zu früh zum Aufstehen, aber der Harley Dean, an den Shirley jetzt denkt, hat sich den Wecker gestellt, damit er mit seinem Neffen und einer Schüssel Popcorn auf den Stufen vor der Haustür auf eine Sonnenfinsternis warten kann, die sie nicht sehen werden, von der sie aber wissen, dass auf einem anderen Kontinent andere Jungs auf anderen Treppenstufen sitzen und sich rußgeschwärzte Glasscherben vor die Augen halten.

Als Shirley am Tag der Sonnenfinsternis nachmittags von ihrer Schicht kommt, kniet unter Glorias Walnussbaum ein *Puff, the Magic Dragon* pfeifender Harley Dean. Vor ihm ein Karton mit ausgeschnittenen Augenlöchern, aus dem zwei spiralförmige Drähte ragen. Dann bricht die Sonnenfinsternis doch noch über Marshalltown herein. »*Puff, the Magic Dragon*, ja?«, schaltet sich Larry ein, »War ein verdammt guter Kampfhubschrauber, dein Zauberdrache, der AC-47 Spooky, auch bekannt als *Puff, the Magic Dragon*. Hat gerade mal drei Sekunden gebraucht, um auf einer Fläche groß wie'n Fussballfeld jeden gottverdammten Quadratzentimeter abzumähen. Im Februar '65 haben wir eine von unseren Spookys vier Stunden lang in so ein Vietkong-Nest spucken lassen, 300 haben wir erwischt.« Larry hat sein Feuerzeug rausgezogen, sich die Sprühkleberbüchse geschnappt, »Pass also auf, wenn du von Drachen singst, dass du ihnen nicht vor den Flammenwerfer kommst«, und direkt vor Petes Papphelm eine Stichflamme hochgehen lassen. Da lag sein eigener Vietnameinsatz schon fast drei Jahre zurück, aber manchmal hatte er einfach Aussetzer. Hätte Pete nicht den Raumhelm aufgehabt, hätte er jetzt keine Augenbrauen mehr. »Verdammt, Larry, lass die Scheiße, wir wollen keine Vietnamesen abfackeln, wir wollen zum Mond!« *Das* ist der Harley Dean, an den Shirley denkt. Der Popcornbefreier. Der Weltraumanzugbauer. Der Lotteriekugelhypnotiseur. Nicht der Bruder, der in Clydes Karton steckt. Schweigend ist Clyde in seinem viel zu kurzen Anorak die Auffahrt runter zu seinem Ford gegangen, hat den Motor angelassen, das Fenster runtergekurbelt, sie von oben bis unten gemustert und ihr zugenickt. Sie mit der Entscheidung allein gelassen, ob sie auch den an Pete adressierten Brief liest, der gleich unter der Mondlandungspostkarte in der Kiste liegt.

Pete.
Es reicht nicht, Popcorn zu befreien, um zum Mond zu fliegen. Es liegen so viele Lügen im Weg. Du musst verstehen, wie du da reingerätst. Damit du die Zeichen erkennst und dich von diesem Schweinesystem nicht einspannen lässt. So wie ich.

Ich hab die Zeichen nicht rechtzeitig erkannt, dabei waren sie von Anfang an da. Die Schlachtstrecke war ja ganz neu für mich, als Neuling machst du immer erstmal die Drecksarbeit. Ich war für die Kadaverentsorgung und fürs Vorsortieren der angelieferten Tiere zuständig. Was nicht den Schlachtrichtlinien entspricht, landet auf dem Krüppelhaufen. An dem Tag war der noch ziemlich niedrig. Fünf, vielleicht sechs Viecher, lässt sich nie so genau sagen, wie viele Beine da rausragen. Im Grunde hätte man die auch gleich rüber in die Verarbeitung schaffen können, die kommen ja schon fast zu Formfleisch gepresst vom Transporter. Im Winter sogar vorgefrostet. Aber Lebendschlachtung widerspricht den Richtlinien der humanen Schlachtung. Also müssen sie sich erst halbgefrostet durch die Gänge prügeln und elektroschocken lassen. Wenn sie dann wachgeschockt und aufgetaut sind, werden sie aufgeschlitzt und abgebrüht. Lebendig. Um sie dann wieder einzufrieren. Lassen sich besser zerlegen so.

Am Anfang hab ich noch versucht, Rücksicht auf die mit den abgerissenen Ohren oder gebrochenen Beinen zu nehmen. »Weisst du, was das kostet, wenn wir hier für jeden Krüppel den Rollstuhl ausfahren, verdammte Scheisse?!« Irgendeiner findet sich immer, der sich ein Bleirohr schnappt und das Tier durch den Gang drischt, immer auf die Beine, bis du drei, vier Zentner Schwein im Schlick liegen hast, kommt ja nicht mehr hoch, mit zerbrochenen Beinen. Die nächsten Tiere werden gnadenlos drübergetrieben, die Fahrer müssen ja ihre Ladeflächen leerkriegen, also wird weitergedroschen. Offiziell muss so ein zertrampeltes Tier mit zerbrochenen Beinen aussortiert werden und landet auf meinem Kadaverstapel. Vorübergehend. Am Ende des Tages landet auf wundersame Weise so einiges vom Kadaverstapel doch noch auf dem Band, manche zucken dann sogar noch.

Wenn du erstmal solange mit einem Bleirohr auf ein Schwein eingedroschen hast, bis es aufhört zu schreien, vergisst du das nicht mehr. Hat mich immer an eine Kreissäge erinnert, als ob die mit ihrem Kreischen den Himmel zerreisst. Ich steh da also und würge, da hab ich plötzlich diese Hand auf der Schulter, »mach dir nichts draus, Junge, so geht's allen am Anfang. Wollen wir nach der Schicht ein Bier trinken?« Beim Bier hat mir der nette Fleischkontrolleur erklärt, warum die Stahlrohre nur bei den Krüppeln eingesetzt werden dürfen. Unversehrte Tiere würde das zu sehr strapazieren, die schütten dann Stresshormone aus und dadurch wird ihr Fleisch unverwertbar. Wer will schon Mortadella, die nach Schweinepanik schmeckt? Also haben wir diese handlichen kleinen Elektroschocker, um die Tiere durch die Gänge zu treiben. Wenn eins aus der Reihe tanzt oder umzudrehen versucht, hältst du ihm das Ding eben ins Auge. Sehr wirksam. »Alles Gewöhnungssache. Wie Autofahren. Denkst du auch irgendwann nicht mehr drüber nach, schalten, kuppeln, bremsen. O.K., beim Auto zischt die Kupplung vielleicht nicht so.« - Nie mach ich das, hab ich gedacht. Ich mach ja nur sauber hinterher, kratz nur die toten Reste zusammen, mit der Quälerei hab ich nichts zu tun. Aber wie willst du dich da raushalten? Nach drei Tagen hab ich nicht mehr gezuckt, nach vier Tagen hab ich ihnen dabei ins Auge geguckt und irgendwann hab ich das Zischen nicht mehr gehört und konnte dabei rauchen. »Du machst dich, H-D«, hat Larry mich gelobt, »wir machen hier noch nen richtigen Mann aus dir.«

Da war der freundliche Fleischkontrolleur schon Clyde, und ich nicht mehr der Junge, und wir sind nach jeder Schicht zusammen Bier trinken gegangen. Da hatte es längst angefangen. Aber es ging ja noch weiter. »Du hältst das, was da draussen bei den Transportern stattfindet, für Quälerei? Dann guck besser nicht, was Wayne in der Betäubungsbox mit denen veranstaltet.« Wayne. Betäuber aus Leidenschaft - »Ausknipser« -, kurzgeschorener Schädel (Schutzhelm trägt so einer natürlich nicht), stahlharte Oberarme. *Noch jemand?*, steht auf seinem T-Shirt, darunter eine Strichliste. Ob das die Trefferquote für seine Ficks ist oder für seine aufgeschlitzten Kehlen, will niemand so genau wissen. Drei Jahre Vietnam, freiwillig gemeldet mit 17. Wie lange das Training dauert, bis man mit dem Betäubungsbolzen umgehen kann, hab ich ihn gefragt. »Training? - Setz den Bolzen auf der Sau an. Das war mein Training. Damit unser wertvolles Fleisch ja nicht durch hässliche Ergüsse verunstaltet wird, setzen die mir die Spannung immer weiter runter. Musst du halt noch mal und noch mal und nochmal draufhalten, bis die Ruhe geben. Würdest dich ja auch nicht willenlos abstechen lassen, wenn du nur mal eine gewischt kriegst …« Ich hab wirklich geglaubt, es reicht, wenn ich oben bei der Aufsicht Bescheid gebe, hab geglaubt, die wissen einfach nicht, dass da Tiere bei vollem Bewusstsein übers Band gehen. Als ich gemerkt hab, wie naiv ich war, haben Clyde und ich das selbst in die Hand genommen. Aber es hat nicht lange gedauert, bis ein fettes Schloss am Schaltraum hing.

Nach Waynes Sonderbehandlung werden die Tiere auf die Anschlingkette aufgezogen und schlingern zur nächsten Station. Was dann da beim Stecher ankommt, ist kein bewusstloses Schwein. Das ist ein panisches Monster, das um sein Leben kämpft. Vor diesem Monster stehst du also, eine höllisch scharfe Klinge in Reichweite seiner Hufe, und hast maximal ein paar Sekunden, bevor das nächste vor dir hängt. Da stocherst du nicht lange rum, da versuchst du, der Wucht von vier Zentnern auszuweichen und haust deine Klinge rein, wo du eben hinkommst. Ist fast nie die Arterie. Deswegen ist das Tier bis zur Brühwanne auch nie voll ausgeblutet, wie es der *Humane Slaughter Act* verlangt. Wird angestochen und lebendig über der Brühwanne abgesenkt. Kommt auf der Wasseroberfläche an. Heiss. Sehr heiss. Borsten absengen, das funktioniert nicht mit lauwarmem Badewasser. Überleg mal, was du machst, wenn du den Zeh ins Badewasser steckst und merkst, dass es brühheiss ist? Genau das versucht unsere arme Sau auch. Ist allerdings nicht ganz einfach, wenn du kopfunter an einer Eisenkette hängst. Ganz schlechte Ausgangsposition. Strampelst. Kreischst. Bis der Rotationsarm kommt. Dich runterdrückt. Ob die lebendig verbrühen oder vorher ertrinken, kann ich nicht sagen. Aber es dauert, bis die auf-

geben. Kannst schon fast von Glück reden, wenn
dir das erspart bleibt, weil das Band genau in
dem Moment angehalten wird, in dem du kopfunter
durch die Blutwanne schleifst. Dann ersäufst du
nämlich nur, statt zu verbrühen. Als ich zum ersten Mal neben der Blutwanne stand, als die Blubberblasen an die Oberfläche gestiegen sind, hab
ich in meinen Container gekotzt. An dem Tag hat
Clyde mir gesteckt, wie die anderen das durchhalten. Aber mit Drogen wollte ich da noch nichts zu
tun haben. Clyde hat mir stattdessen ein Röhrchen
Pervitin aus der Krankenstation besorgt.

Ich weiss. Popcorn befreien und hinter mir auf
der Indian über die Highways fliegen hat mehr
Spass gemacht. Mir auch. Ich erzähl dir das auch
nicht, um dir die Freude an deinem nächsten Steak
zu verderben. Das war noch nicht mal alles. Noch
stehe ich ja ganz gut da. Vielleicht nicht gerade das, was du von einem Onkel, der mit dir Popcorn befreit, erwartet hättest, aber auch keiner, der Anlass bietet, sich von ihm abzuwenden.
Der Teil kommt noch. Der Teil, bei dem du siehst,
was passiert, wenn du versuchst, dich vom Haken
zu reissen.

Shirley lässt den Brief sinken. Sie muss schlucken. Was jetzt kommt, weiß sie. Waynes mörderisches Brüllen hat sogar das Kreischen der Wizardmesser oben auf dem Cold Floor übertönt, wo sie mit dutzenden anderen Frauen die tiefgekühlten Fleischklumpen, die unaufhörlich auf dem Fließband an ihnen vorbeikommen, in vorgeschriebene Einzelteile zerlegen. Da gab es am ganzen Band keine, die Waynes Schrei nicht erstarrt hätte innehalten lassen. Es folgt ein dumpfer Aufprall. Sie weiß, dass sich in diesem Moment unten auf dem Killfloor 300 Köpfe auf die Stechgrube richten. Was die Untersuchungskommission erst später rekonstruiert: An dem Tag hatte sich schon das zweite Schwein vom Haken gerissen und ist in der Stechgrube gelandet – das passiert, wenn die nicht richtig betäubt sind. Der Stecher zieht also seine Klinge aus dem Schwein in der Grube und richtet sich wieder auf. Genau in dem Moment schlingert das nächste Tier panisch kickend auf ihn zu, erwischt ihn an der Schläfe, löst sich von der Kette und kracht ebenfalls in die Grube. Drei Tiere in der Grube, da muss das Band angehalten werden. Stille. Stiefeltritte auf der Gittertreppe. »Für nix kommen die Idioten da oben runter, aber wehe, das Band hält an«, regt sich Clyde an dem Abend in Glorias Küche auf, irgendeiner musste ihr ja berichten, was passiert war, und plötzlich, über Harley Deans Brief, durchfährt Shirley eine Ahnung, dass sie Clydes Rolle in Harley Deans Leben unterschätzt haben könnte. »Der Stecher presst sich die Hand an die blutende Schläfe, Wayne kommt aus der Betäubungsbox gestürmt, reißt dem Stecher die Klinge weg, wirft sich auf das tobende Schwein und packt es am Ohr, ›auf gehts, Hayride, einmal noch gefickt werden, ist das nicht ein schöner Tod?‹, er reißt triumphierend den Arm hoch und fängt an, *America the beautiful* zu grölen. Hat ihm einfach das Ohr abgerissen! Das Tier kämpft sich hoch und peitscht los, wir springen zur Seite wie die Bekloppten, einem verletzten, panischen Vier-Zentner-Geschoss stellst du dich nicht in den Weg. Der Stecher mit seiner klaffenden Fleischwunde steht noch, das Blut läuft ihm in die Augen, unklar, wie der noch was sehen kann, wirft ein Messer nach Wayne und dem Schwein, zack, dem Tier klappen die Vorderbeine weg, Messer oder Panik, keine Ahnung, das Vieh kracht auf die Seite und schlittert ungebremst weiter durch die Halle, schleift Wayne mit, der wie angestochen brüllt, klar, sein Bein ist da ja drunter. Schlittern durch Blut und Schleim, direkt auf mich zu, ich kann gerade noch hinter den Betonpfeiler springen, dann macht es einen Wahnsinnsschlag. Knirschen. Wayne brüllt. Will aufspringen, aber das Mordsvieh liegt ja noch auf seinem Bein, ich denk, dem platzen gleich die Adern. Da reißt er den Schocker hoch und rammt ihn dem Vieh in den Hintern, ›du willst mich ficken, verfickte Drecksau?‹ Ich kenn ja Waynes Aussetzer, wenn der mal wieder zu viel Crank eingeworfen hat, aber in dem Moment dachte ich, jetzt dreht er endgültig durch, rammt dem Tier den Schocker in den Hintern, einmal, zweimal, dreimal, sticht mit der anderen Hand wie bekloppt mit dem Messer nach ihm, das Tier versucht sich weg zu wälzen, es kreischt und kracht und knirscht bestialisch, ›ficken, na komm schon, Prinzessin, ich fick dich, wie du noch nie gefickt worden bist!‹

H-D ist bei ihm, will ihn beruhigen, streckt die Hand nach ihm aus, da reißt Wayne den Arm hoch und zieht ihm die Klinge quer durchs Gesicht, ›fass mich nicht an! Lieber werd ich von 'ner Sau zerquetscht als von 'ner Schwuchtel begrapscht! Arschficker haben hier nix zu suchen!‹ H-D presst sich die Hände vors Gesicht, der Stecher springt auf Wayne drauf und reißt ihm den Daumen nach hinten, bis er die Klinge fallen lässt, dann sind da auch schon Larry und Josh mit der Trage, stemmen den Schweinekörper vom tobenden Wayne, Larry drischt ihm den Unterarm ins Gesicht, dann zurren sie ihn fest und bringen ihn raus. Ab da verschwimmt mir die Erinnerung. Nur das Tier über der Blutwanne, das hab ich scharf gesehen. Als das Band wieder angesprungen ist, sind da keine Blasen mehr gekommen.«

Mit versteinerter Miene hat sich Gloria Clydes Bericht angehört, Shirley hat längst geheult wie ein Schlosshund, aber Gloria hat nicht mal gezuckt, als Clyde ›Arschficker‹ gesagt hat. Hat ihren selbstgebrannten Birnenschnaps rausgeholt, drei Wassergläser vollgegossen und sich bei Clyde bedankt, dass er ihr den Hergang berichtet hat. Dann sind sie ins Krankenhaus gefahren.

```
Als sie mir im Krankenhaus den Verband abgenommen
haben, wollten sie mir erst keinen Spiegel geben.
Für die ersten paar Wochen hab ich richtig starke
Schmerzmittel bekommen, Pervitin war Hustensaft
dagegen. Damit konnte ich zwar den Schmerz aus-
halten, aber nicht, was ich im Spiegel gesehen
hab, denn blind bin ich davon natürlich nicht ge-
worden. Zu Oscar bin ich nie wieder zurückgegan-
gen, ich renn doch nicht als Waynes Trophäe über
den Kill Floor. Ab da hab ich mit den Bikern in
Boone rumgehangen. Die Narbe und die Schlacht-
hofnummer haben sie irgendwie beeindruckt, dabei
war meine abgerockte Indian natürlich für solche
wie die Sons of Silence ne komplette Lachnummer.
Die waren es dann auch, die mich mit Stoff ver-
sorgt haben, als mit den Schmerzmitteln Schluss
war.
```

Da sass ich also, statt des toten Helden, der ich hätte werden sollen, ein verunstalteter Versager ohne Job, ohne Kohle. Dann kam Larrys Anruf, wie's mir so geht, ob wir uns am nächsten Tag in Dickcissel treffen wollen, ein Kumpel von ihm hätte vielleicht einen Job für mich. Dass Larry immer mal für irgendwelche miesen Typen Dinger dreht, wusste ich, aber dass sich das ganze rechte Gesocks an der Raststätte in Dickcissel rumtreibt, nicht. Mein Gott, war ich naiv. Aber statt mit der Kellnerin zu flirten, mit den Truckern über die Sowjets herzuziehen oder Long Johns mit Vanillecreme zu essen, muss ich Vollidiot natürlich mit diesem Typen auf den Parkplatz marschieren und mein photographisches Gedächtnis vorführen.

Keine zwei Tage später krieg ich den Anruf von diesem Unbekannten. Man hätte ihm von mir erzählt und er würde mich gerne kennenlernen. Er hätte da was für mich, was meinen aussergewöhnlichen Fähigkeiten angemessen wäre. Ob wir uns nicht in Des Moines treffen wollten. Im *Garden*. Hat nicht nur die richtige Bar vorgeschlagen, sondern auch sonst gleich gewusst, welche Knöpfchen er drücken musste: Wie bigott und verlogen diese Welt doch sei. Dass es immer die Falschen treffe, nämlich ausgerechnet die, die sich Gedanken machten, sich nicht abfinden wollten, was zu ändern versuchten. Der wusste genau, womit er mich kriegen kann. Ich hab wirklich geglaubt, ich kann Vic damit schützen, ich wusste ja, dass sie auch unter ihren eigenen Leuten Feinde hat. Schien doch gar nichts dabei, sie zu begleiten und ein bisschen ein Auge auf ihr Umfeld zu halten. Natürlich war ich scharf drauf, mich auf anderen Schlachthöfen umzugucken, mich mit den Belegschaften auszutauschen, wie die mit der Scheisse umgehen, Clyde und ich hatten ja fast kein anderes Thema mehr. Nebenbei drauf zu achten, wie die Socialist Workers Party da rekrutiert oder mal eine Ausgabe vom *Militant*, also deren Kampfblatt, mitzunehmen, da hatte ich kein Problem mit. Einen kommunistischen Staat, der mir vorschreibt, wie ich zu leben und zu lieben und was ich zu denken habe, den wollte ich ja selber nicht. Gutes Motiv, oder? Dass es denen eigentlich um Vic ging, hab ich viel zu spät kapiert.

Sechshundert Dollar und nochmal in etwa dasselbe für Spesen war denen das wert, alle zwei Wochen. Das lief ungefähr so ab: Mein SAC, also mein Führungsagent, beantragt die Kohle in der FBI-Zentrale. Die schicken ihm einen Scheck, den er einlöst, und ich krieg das dann in Cash. Den Empfang hat er sich natürlich quittieren lassen, ist ja ein penibler Haufen, für jede Ausgabe musste ich Belege anschleppen. Am Anfang war ich ganz angefixt, hab auf deren Kosten alle möglichen elektronischen Spielzeuge ausprobiert. Kam mir vor wie Kojak, wie ich da mit Pilotenbrille, Wollmütze und Dauerlutscher auf nem Supermarktparkplatz steh und mit ner kleinen Kamera die Kundinnen filme, die Kamera hab ich auf ein ferngesteuertes Auto montiert, damit die keinen Verdacht erregt. Erst, als die dann immer mehr wollten, Anwesenheitslisten, Protokolle, Mitschnitte, da ist mir das aufgestossen. Ich hab immer weniger verstanden, wozu mein Einsatz gut war. Die Standpunkte der Gewerkschaft zu irgendwelchen Arbeitskämpfen stehen jeden Tag in der Lokalpresse, Vics Positionen kann man im *Meatpackers Bulletin* nachlesen, da muss ich kein Tonband mitlaufen lassen. Dass die im Hinterzimmer heimlich die Enteignung der Schlachtbetriebe und die Verstaatlichung der Fleischproduktion geplant hätten, davon kann überhaupt keine Rede sein. Ausserdem bin ich ja immer als Vics Schosshund aufgetaucht, an den Sitzungen durfte ich ja nicht mal teilnehmen, bin ja kein Mitglied.

Irgendwann ist mein Verbindungsmann direkter geworden. »Dir scheint nicht ganz klar zu sein, dass du mich brauchst.« Wer für die Brüder arbeitet, geht nicht unvorbereitet in so ein Gespräch. »Du wirst Geld brauchen, wenn du dir weiter deine, na, nennen wir sie mal Zuckerwatte, leisten willst, meinst du nicht?« Ich hab das für einen Bluff gehalten, woher soll der wissen, dass die Sons mich mit Crank versorgt haben? Hab ich ihm auch gesagt. Da grinst der mir ins Gesicht, »das mag ja sein, mein Lieber, aber das ist ja nicht das einzige. Laut der mir vorliegenden Informationen gibt es zwei Dinge, an denen du ein existenzielles Interesse hast: zum einen, dass eine bestimmte Person über ihren Ehemann *nichts* erfährt. Zum anderen, dass eine weitere Person *etwas* erfährt. Die Identität seines Vaters zum Beispiel. Wir sind diejenigen, die für beides sorgen können. Oder auch nicht. Wir sollten reden.« Wenn es nur um mich gegangen wäre, hätte ich damit ja noch leben können, aber Clyde hätte das umgebracht. Das hätte ich ihm nie angetan.

Tja, Pete. *So* ist das. Das Schweinesystem fordert seinen Tribut. Ich hab mich bereit erklärt, ihn zu zahlen.

Dancing Queen

 Klar kenn ich das Foto. Hab's ja selber rausgesucht damals, als es drum ging, unseren Teil der Abmachung einzuhalten. Der Junge ist uns ja quasi in den Schoss gefallen. Unser Verbindungsmann in der Secret Army Organisation hat den eher zufällig in ner Gaststätte aufgetan, wir sollten uns den mal angucken. Stellen Sie sich das mal vor, da haben Sie plötzlich Zugriff auf einen, der ist mit ner schwarzen Kommunistin befreundet, hat Kontakt zum Ex seiner Schwester, der sich im Dunstkreis militanter Elemente bewegt, die gerade dabei sind, sich als Secret Army Organisation neu zu formieren, und lässt sich von

kriminellen Bikern mit Meth versorgen. Er ist erpressbar. Wegen seiner, hm, ich sag jetzt mal, sexuellen Orientierung. Daher auch sein Deckname. Dancing Queen ...

Als uns klar geworden ist, dass der n Sechser im Lotto war, mussten wir richtig feilschen, wer den kriegt: die Kollegen, die die White-Hate-Gruppen bearbeitet haben, die Jungs, die an den Outlaw Motorcycle Clubs dran waren, oder eben wir. Aber die Secret Army Organisation-Geschichte war ja nach Watergate so heiss, dass die ihre Informanten handverlesen haben, und an den Motorradrockern in Boone war eh schon einer von unseren Leuten dran. Also hab ich ihn gekriegt. Der Traum eines Führungsagenten. Weich wie ein Salzwasser-Taffy. Kam genau zum richtigen Zeitpunkt. In den Schlachtbetrieben war damals echt die Kacke am Dampfen, in Greeley hatte *Monfort* ja gerade die Gewerkschaft in die Knie gezwungen, da stand die Socialist Workers Party natürlich Gewehr bei Fuss. Immer diese Frau. Die Dubuque Packing Plant ist n richtiges Pulverfass geworden, seit die da agitiert hat. Gibt ein paar Aufnahmen aus der Zeit, die schreiben garantiert mal Gewerkschaftsgeschichte ... Für ne schwarze Fotze hat die ganz schön was drauf gehabt, meine Fresse. Marshalltown war ja fest in IBP-Hand, die haben keine Gewerkschaft zugelassen, aber die Oscar-Mayer-Belegschaft war fast geschlossen in der UFCWA, zu der gehörten die Schlachtarbeiter ja seit 1979. Wir brauchten also ganz dringend jemanden, den man da unverdächtig einschleusen kann - Gewerkschaftler sind misstrauisch wie nur was. Dancing Queen hatte den Vorteil, dass er ihr Vertrauen nicht erst gewinnen musste. Er war der Bruder ihrer Freundin, noch dazu ne Schwuchtel, da hat sie keinen Verdacht geschöpft.

Das Problem war nur sein Gewissen, hat immer wieder dazwischengefunkt. Kennen wir schon, ist oft das Problem, wenn einer auf Meth ist. Wir würden alles, was er uns liefert, völlig aus dem Zusammenhang reissen. Dass wir ihm zusichern müssten, dass wir seine Informationen nicht gegen diese Leute verwenden, sonst würde er nicht weitermachen, and so on. Konnten wir natürlich nicht geben, diese Zusicherung. Da musste ich ihm schon dezent klarmachen, dass wir enge Beziehungen zur Holy-Trinity-Gemeinde pflegen, deren Schatzmeisterin eine gewisse Harriet Olsen ist. Das könne er doch nicht wollen, dass sie erfahre, in welcher Beziehung er und ihr Mann Clyde stünden? Das hat ihn überzeugt.

Hat sich dann ja ziemlich schnell gezeigt, dass die in den Schlachtbetrieben zwar für ihre Arbeitsplätze kämpfen, und das zum Teil auch mit harten Bandagen, aber von kommunistischer Unterwanderung keine Rede sein kann. Ich meine, wen lockst du in Iowa schon mit Sozialismus hinter dem Ofen vor? Jedenfalls ist bei der ganzen Nummer nicht viel bei rumgekommen, ausser dass diese Vic ne warme Schwester ist, die hat das mit der Frauenbewegung wohl irgendwie wörtlich genommen.

Man könnte also sagen, ausser Spesen nix gewesen. Aber mit dem Foto, da hatten wir nochmal richtig Spass. Haben uns mit ner Flasche Whiskey ne Nacht zusammengesetzt und Dancing Queen wie versprochen was über seinen Vater zusammengestellt. Hier ein Foto, da ein Detail, hier ein Geburtstdatum, da die Familienverhältnisse - echt interessant, was da für ne Vaterfigur zusammengekommen ist. Aber Hauptsache, er hatte eine.

Terror Make-up

Auf einen oder mehrere ranghohe Offiziere des Hauptquartiers der amerikanischen Landstreitkräfte in Europa (USAREUR) in der Heidelberger Römerstrasse war bzw. ist ein terroristischer Anschlag geplant, dessen Vorbereitungen bereits konkrete Formen angenommen haben. Sicheren Informationen zufolge sollte demnach, oder soll, falls der Plan weiterverfolgt wird, ein US-Offizier auf dem Weg von seiner Wohnung zum Hauptquartier überfallen werden. Anzeichen sprechen dafür, dass die Tat vor Dienstbeginn ausgeführt werden soll.
Rhein-Neckar-Zeitung, 14. Juni 1981

Heidelberg Emmertsgrund, 13. September 1981

Ein toter Bruder, der vom Popcornbefreier und Weltraumastronauten zum Verräter abgestiegen ist – da kam Elisabeths Einladung nach Deutschland gerade recht. Klar schmeißt sie eine Mary-Kay-Party für die Frau, die Pete seit zwei Jahren mit Fußballbildern versorgt, kürzlich hat sie sogar ein Trikothemd des Vereins geschickt, für den dieser Paul Breitner mal gespielt hat. Pete hat das T-Shirt nicht mal für Harley Deans Beerdigung ausgezogen, und weil über dem Hirsch ein großes Kreuz thront, hält ganz Boone *Eintracht Braunschweig* jetzt für eine deutsche Kirchengemeinde.

Shirley hat Pete in seinem gelben T-Shirt bei Gloria abgeliefert, den Trailer abgeschlossen und Cindy gebeten, ihren Briefkasten zu leeren (wer soll ihr schon schreiben?). Carol war natürlich hellauf begeistert, dass Shirley sich aufmacht, auch das Leben deutscher Frauen zu bereichern, ganz zu schweigen von dem Markt, den sie Mary

Kay dadurch eröffnet, »ich wusste doch, Sweetie, dass du dich wieder hochrappeln würdest, warst doch immer mein bestes Mädchen! In Annie hab ich mich einfach getäuscht, hätte nie gedacht, dass sie sich so gehen lassen, so einfach aufgeben würde ...« Eine große Abschiedsparty hat Carol für sie veranstaltet, mit dem ganzen Team und einem großen Banner hat sie am Busbahnhof gestanden, *Paint Germany pink, Shirley!*

Die beiden Frauen, die sich auf dem Flughafen im Ankunftsterminal gegenüber gestanden haben, sind nicht mehr dieselben wie vor zwei Jahren in London. Die ungeborenen Kinder, die vor zwei Jahren im Klinikmüll einer Londoner Abtreibungsklinik gelandet sind, wären jetzt etwas über ein Jahr alt. Die Hummel, die zum Fliegen zu bringen Shirley vor zwei Jahren noch so begierig war, ist längst im Sinkflug begriffen. Auch wenn es Shirley nicht mehr geschafft hat, zusammen mit ihren Mädels eine Wackelpuddinghummel zu schlachten, wie sie das auf der Iowa State Fair noch vorhatte. Dazu konnte sie sich nach Harley Deans Tod einfach nicht mehr aufraffen. Aber als sie wegen des Fluglotsenstreiks nicht von Des Moines aus fliegen konnte, hat sie die Fahrt im überfüllten Greyhound-Bus nach Chicago genutzt, um die Mary-Kay-Verheißung, die für Elisabeth und ihre Freundinnen noch so schillernd ist wie der längst nicht mehr im Sortiment vertretene fuchsiafarbene Lippenstift, abzuwickeln. Auf dem Deckel ihres Kosmetikkoffers hat sie endlich die fälligen Briefe an ihre Mädels geschrieben.

Gleich am Tag nach ihrer Ankunft hat sie die Briefe mit Elisabeth in dieser deutschen Postfiliale abgegeben. Während sie in der Schlange vor dem Schalter gewartet haben, sind ihr die Frauen auf den Plakaten aufgefallen, die dort an der Wand hingen. Wie dringend die eine Farb- und Schönheitsberatung nötig hätten. Aber dann hat sie sich zur Vernunft gerufen und sich erinnert, dass es in Shirleys Leben keine zukünftigen Kundinnen mehr geben soll. Dass das Fahndungsplakate sind, und die abgebildeten Frauen polizeilich gesuchte Terroristinnen, hat Elisabeth ihr erst hinterher erklärt. Dass die im Falle ihrer Ergreifung in Hochsicherheitsgefängnissen landen, in die man nicht mal einen Lippenstift reinschmuggeln könne. »Alles musst du da abgeben, sogar Tampons. Aber Briefe mit Schnüren, Stricken und sonstigen Strängen, die haben sie durchgelassen. Versehentlich natürlich.« Was die Schnüre und Stricke mit Tampons und Lippenstiften zu tun haben, bleibt Shirley schleierhaft, aber vielleicht liegt das auch daran, dass Elisabeth britisches Englisch spricht.

Jetzt, an ihrem dritten Abend, sitzt Shirley Eudora Pesterneck aus Boone, Iowa in einer überheizten deutschen Hochhausküche, kennt das deutsche Wort für Lippenstift und ist dankbar, dass die drei Frauen ihr zuliebe auch untereinander Englisch sprechen. Margret kommt ursprünglich aus Nebraska, Elisabeth ist Englischlehrerin und Sigrid, ihre Gastgeberin, naja, an der Wand hängen Bilder von ihrem Sohn, also entweder hat da jemand einen Fehler bei der Belichtung gemacht oder der hat einen schwarzen Vater. Auf der Hinfahrt hat Elisabeth Shirley das Heidelberger US-Hauptquartier gezeigt, ist also durchaus möglich, dass Sigrid sowohl ihren Sohn als auch ihr Englisch von einem G.I. hat.

Dass die Deutschen alles mit Messer und Gabel essen,

daran hat sie sich nach zwei Tagen ja schon halbwegs gewöhnt, aber das Werkzeug rechts neben ihrem Teller könnte auch dem Koffer des Schlachthofveterinärs entstammen. Dafür hat die Gabel, die daneben liegt, nur zwei Zinken und der Teller mit den abgeteilten Kuhlen könnte glatt als Mary-Kay-Pröbchentablett durchgehen. Die besondere kulinarische Spezialität, die die Frauen ihr angekündigt haben, riecht stark nach Knoblauch. Deutschland und Iowa ließen sich jederzeit problemlos am Geruch auseinanderhalten. Bisher riecht Deutschland vor allem nach abgestandenem Zigarettenrauch und ungelüfteten Warteräumen. Kein Vanille-Potpourri, keine Faulgase, selbst die gebratenen Burger, die Elisabeth ihr gestern serviert hat (und die sie ›Frikadellen‹ nennt), riechen hier anders. Nichts, außer der Lippenstiftfarbe auf Elisabeths Mund, das ihr vertraut wäre, nichts, das sie an Iowa erinnert.

Wie merkwürdig anders sich die eigene Welt plötzlich ausnimmt, wenn man sie durch die Augen einer Amerikanerin betrachtet. Wie Shirley sich über dunkles Brot freuen kann. Wie klein die deutschen Autos sind. In einem Federbett zu schlafen. Wie sie die Fahndungsplakate für Wahlplakate gehalten und sich gewundert hat, wie jemand, der so schlecht geschminkt ist, das Vertrauen der Wähler gewinnen will. Oder jetzt das Schneckenbesteck. Ihrem Blick nach zu urteilen hält sie es für eine Geburtszange. »Pats verdient sich damit manchmal ein paar Groschen dazu, kriecht auf allen Vieren durch die Weinberge und sammelt Weinbergschnecken. Da herrschen strikte Bedingungen, kann ich dir sagen. Bei der Sammelstelle haben sie diese vorgefertigten Plastikringe, durch die darf das Schneckenhaus nicht durchpassen. Wenn sie zu klein sind, müssen sie wieder ausgesetzt werden.« Manchmal wünscht sich Elisabeth, jemand hätte *sie* rechtzeitig durch den Ring geschoben, gemerkt, dass sie noch zu klein ist, und die Schonfrist verlängert. Stattdessen schreibt sie zornige Briefe an den Verfassungsschutz und das Ministerium für Staatssicherheit, damit die ihr Alexander zurückgeben, mit dem sie gemeinsam zwischen Kühen und Alpenpanorama im Sonnenuntergang sitzen wollte. Sie hätte damals die Notbremse ziehen müssen. Hat sie aber nicht. Sie hat sich nur aus dem Fenster gelehnt, und das war nicht genug. Stattdessen besucht sie einmal in der Woche im Psychiatrischen Landeskrankenhaus ihren Ehemann, der in Folge eines Schädeltraumas mit anschließendem Delirium Tremens nicht mehr er selbst ist, der wackelnd und schwitzend zwischen lauter anderen Idioten über seinem aufgeklappten Solitaire-Brettchen hängt und die roten Holzstecker mit überraschender Zielgenauigkeit übereinander hüpfen lässt. Er schafft es immer, dass nur einer übrig bleibt. Nur nie der in der Mitte.

»Meine Mom hat die Schnecken in ihrem Garten immer aus den Beeten gesammelt, in ein Einmachglas gesteckt und

Spülsalz drüber geschüttet. Dann hat sie das Glas zurück ins Beet gestellt. Zur Abschreckung für die anderen. Ich hab immer ganz fasziniert zugeguckt, wie die Schneckenkörper sich langsam im Salz auflösen.« Shirley versucht, unauffällig ein Salatblatt über das Schneckenhäufchen auf ihrem Teller zu schieben. Vielleicht hätte sie Glorias Schneckenvernichtung nicht erwähnen sollen, während die anderen noch mit dem Besteck in den Gehäusen kratzen. Sie vergisst immer wieder, dass es Menschen gibt, deren Arbeit nie darin bestand, Schlachthofcontainer zu befüllen, deren Inhalt irgendwann wieder als Belag auf dem eigenen Sandwich landet. »Aber die Knoblauchbutter war wirklich lecker.«

Sie guckt sich suchend um. Den Backofen haben die Weinbergschnecken belegt, aber eine Mikrowelle hat sie nirgends in Sigrids winziger Einbauküche entdecken können. Dann wird es hier wohl auch keine vorgewärmten Handtücher geben. Hier ist wirklich überhaupt nichts wie in Iowa. Egal, wo sie zu einer Party aufgeschlagen ist, in Marshalltown, Perry, Boone oder sonstwo, immer hatte die Gastgeberin schon die Handtücher in der Mikrowelle vorgewärmt und jeder Platz war mit einem Kosmetikspiegel und Namensschildchen ausgestattet. Auf diesem Tisch hier stehen Teller. Essen hat bei einer Mary-Kay-Party überhaupt nichts zu suchen, allenfalls ein Schälchen mit Knabbereien oder Salat aus Pappschälchen, und wenn, dann erst hinterher. Sie hätte es eigentlich ahnen müssen, schon als sie ihre Taschen reingeschleppt und gefragt hat, wo sie aufbauen kann. Lachend haben Elisabeth und Sigrid sie durch den engen Flur in die kleine Küche zum Esstisch gezerrt, auf dem diese komischen Muldenteller standen, »jetzt trinken wir erst mal einen Campari Orange, dann gibt's Schnecken. Hinterher finden wir schon ein Eckchen, wo du uns verzaubern kannst.« Noch vor zwei Monaten hätte so ein Satz automatisch ihr inneres Zeitverwaltungsprogramm geöffnet und jede vergeudete Minute mit einem roten Minus verbucht. Wahrscheinlich hätte sie es nicht ausgehalten. Wahrscheinlich hätte sie etwas vom Weinbergschneckeneiweiß erzählt, behauptet, dass es die Wirkung der Hautpflege verfälscht. Ihre Verpflichtung ins Feld geführt, jedes Produkt unter bestmöglichen Voraussetzungen vorzustellen. Noch vor zwei Monaten hätte sie Sigrid umgehend genötigt, den Backofen runterzuschalten und die Schnecken im Ofen verschrumpeln zu lassen. Hätte. Hätte. Hätte. Hätte sie Harley Dean bei seinen Plänen mit der Popcornbude unterstützt, statt sich im rosa Glitzernebel zu verirren, säße sie jetzt nicht vor einem Häufchen Schneckenkörper zwischen drei überdrehten deutschen Frauen, die von ihr verzaubert werden wollen. Aber sie mag die drei. Sie sind ganz anders als die Frauen, die sie in den Supermärkten und Schulen von Boone, Perry und Altoona angesprochen hat. Sie wünscht sich, dass sie sich nicht verzaubern lassen. Sie wünscht sich, dass sie so bleiben. So bleiben wollen.

»Ich glaube es nicht. Vorhin, als ich mir die Strumpfhose angezogen habe, hab ich noch die Fädchen aus dem Gewebe gezogen, so rau waren meine Fingerkuppen.« Margret hätte ihre Hände genauso gut in einer sandigen Pfütze waschen und danach mit Vaseline einreiben können und dieselbe Wirkung erzielt. Aber soll sie ihr das sagen? »Und mein Gesicht erst! Das hat so gespannt, ich dachte, wenn ich jetzt noch mit Reinigungslotion komme, reißt's mir die Fetzen aus dem Gesicht. Und jetzt? Straff und kein bisschen trocken. Wie ein Dosenpfirsich im eigenen Saft.«

Auch Sigrid ist bereit, sich auf den Zauber einzulassen. Das funktioniert doch wirklich nur bei Frauen. Die wünschen sich etwas so sehr, möchten so unbedingt daran glauben, dass sie bereit sind, auf zwei vollständig identischen Bildern fünf Unterschiede zu finden. Davon hat sie gelebt. Zeit, die drei aus der rosa Wolke zu holen.

»Hab ich das jetzt richtig verstanden, Shirley – ich kann den Mary-Kay-Kram nicht nur bei dir kaufen, sondern bekomme auch noch Rabatt, wenn ich ihn selber verhökere?« »Das ist noch nicht mal alles, Sigrid!« Wo hat Elisabeth nur auf einmal diesen Tonfall her? »Wenn du selber Frauen rekrutierst, kriegst du auf deren Verkäufe noch zusätzlich Provision. Also wenn ich jetzt zum Beispiel Magret und dich für Mary Kay anwerben würde, wäre ich in Zukunft nicht mehr davon abhängig, dass Hagens Vormund den Unterhalt pünktlich anweist.« »Gut, aber was hätte *ich* davon?«, Sigrid hat zwar eine Falte auf der Stirn, aber ihre geröteten Wangen verraten sie. Sie ist längst angefixt. »Deine Provision geht doch bestimmt von meinen Einnahmen ab?« Ganz typischer Mustereinwand aus Carols Rekrutierungshandbuch. Nur, dass Shirley keine Einwände mehr entkräften wird. Die klugen Deutschen werden schon von selber drauf kommen, dass es das Glück nicht auf Provisionsbasis gibt. »Falsch! Das ist doch der Clou – dein Gewinn bleibt ohne jeden Abzug bei dir. Die Provision zahlt doch Mary Kay!« Sie hat Elisabeth unterschätzt. Carol würde ihren Goldzahn dafür geben, wenn sie die Szene hier als Schulungsvideo kriegen könnte. Fehlt nur noch, dass selbst die toten Schnecken von ihrem Teller gekrochen kommen, um als Mary-Kay-Vertreterinnen anzuheuern, so wie Elisabeth argumentiert. Sie soll ihre Restbestände ja kriegen, aber sie soll doch bitte nicht all die Lügen nachbeten. Shirley muss an *Ist das Leben nicht schön?* denken, den sie jedes Jahr zu Weihnachten mit Pete guckt. Da gibt es diesen Engel, der sich seine Flügel erst noch verdienen muss, indem er einen Menschen davor bewahrt, sein Leben wegzuwerfen. Wie gerne würde sie sich jetzt Flügel verdienen.

»Verdammt, es hat geklingelt. Elisabeth, kannst du mal eben aufmachen, ich hab von der Orangenschale ganz klebrige Finger. – Wenn das mal niemand vom Frauenhaus ist, bitte mach, dass nicht ausgerechnet jetzt eine Frau abgeholt werden will ...« Sigrid hat Bereitschaftsdienst, deswegen haben sie das Schneckenessen in ihre enge Küche verlegt. Sigrid ist die einzige aus dem Frauenhaus-Team, die ein eigenes Auto hat, deswegen bleibt es immer an ihr hängen, die Frauen vom vereinbarten Treffpunkt abzuholen, denn die Adresse vom Frauenhaus rücken sie natürlich unter keinen Umständen raus. Nicht, dass da plötzlich einer mit Besitzansprüchen vor der Tür steht, um seine Frau zurückzuholen.

Sigrid, Margret und Elisabeth haben sich nicht umsonst gefunden. Sigrid hat die Erfahrung auch gemacht, die sie eint, die Wut über Beziehungen, die immer darauf hinauslaufen, dass die eigene Wahrnehmung nichts gilt. Oder, besser noch, eben *nur* ihre Wahrnehmung sei. Also falsch und minderwertig und nicht ernst zu nehmen. Irgendwann hat Sigrid kapiert, dass es nicht nur ihr so geht, nicht nur *ihre* Wahrnehmung ist. Da hat sie angefangen, von struktureller

Gewalt zu sprechen, für die es ein Bewusstsein zu schaffen gelte. Von einer Gesellschaft, die Gewalthandlungen gegen Frauen toleriert, von sexualisierter Werbung, von öffentlicher Anmache, und wie dämlich sie eigentlich wären, zu glauben, sie könnten aus eigener Kraft und in ihrem individuellen Lebensumfeld gegen diese Bedingungen angehen. Irgendwann hat Sigrid das Gelaber vom krankmachenden *System* nicht mehr ausgehalten (ganz zu schweigen von sexuellen Gruppenexperimenten), hat sich mit ein paar Frauen zusammengetan und das Frauenhaus aufgebaut.

Elisabeth hat die Hand noch auf der Klinke, da wird sie von der auffliegenden Tür an die Wand gedrückt. Mit stierem Blick fegt ein klappriges Gerippe an ihr vorbei in Sigrids Küche. Wären die Schultern noch schmaler, würde der Körper der Frau durch die Halsöffnung ihres ausgeleierten Rippenpullis durchrutschen. Kreuz und quer toupierte Haarsträhnen, fleckige Haut und eingefallene Wangen, Hautfetzchen auf den ausgetrockneten Lippen. Ein Blick, der vermuten lässt, dass sich den Film, den diese Augen gesehen haben, niemand freiwillig angucken würde. Wahnsinnsaugen müssen das mal gewesen sein. Aber jetzt, undurchdringlich. Grün müssen die mal gewesen sein, aber im Vergleich zu Margrets Bergseeaugen erinnern sie allenfalls an ein veralgtes Feuchtbiotop. »Greta. Was gibt's? Hast du Lust auf einen Campari Orange? Elisabeth kann ihren eh nicht trinken, Zitrusfruchtallergie. Guck mal, wir haben Besuch vom Klassenfeind ...« Aus dem Augenwinkel sieht Elisabeth, dass auch Shirley die Gestalt irritiert mustert, ihr Blick wandert über den ausgeleierten Pulli erst zu den Augen der Gestalt, dann fragend zu Sigrid, die ihrem Gast gegenüber natürlich ins Deutsche verfallen ist. »Das ist Elisabeth und das ist Shirley, ihre Freundin aus Iowa. Die weiht uns gerade in die Geheimnisse der Hautpflege ein, damit wir alle ihre Porzellanhaut kriegen. Vorausgesetzt, wir benutzen das Zeug hier ...« Sigrid legt dem Klappergestell die Hand auf die Schulter. »Greta Maria Hafermann, meine Nachbarin. Wir kennen uns aus dem Sozialistischen Patientenkollektiv. Greta haben wir damals den Fängen der bürgerlichen Psychiatrie entrissen. Jetzt arbeitet sie mit mir im Frauenhaus.« Ob die bürgerliche Psychiatrie Greta Maria Hafermann wohl in diesen Zustand versetzt hat oder erst der Versuch, sie daraus zu befreien?

Greta Maria Hafermann will keinen Campari Orange, Greta Maria Hafermann möchte ein bisschen Waschpulver. Die Hände in den Ärmeln versteckt, wartet sie im Türrahmen, bis Sigrid mit der Papptrommel aus dem Bad kommt und ihre Geschirrregale nach einem Gefäß sondiert, in das sie das Waschpulver umfüllen kann. Greta Marias Arme sind komplett in ihren Ärmeln verschwunden, die Öffnungen hat sie nach innen gekrempelt und hält sie von innen umklammert. Die ist aber auch wirklich zu dürr, diese Person. Unruhig. Weicht Elisabeths Blick sofort aus. Medusa auf Pervitin.

Gretel Mary So-and-so müsste nur eine ordentliche Frisur verpasst und zum Shoppen mitgenommen werden. Steckt eigentlich eine schöne Frau in dieser Ruine. Ihre fahrigen Bewegungen erinnern Shirley sofort an Harley Dean nach

Waynes Messerattacke. Natürlich hat diese Deutsche, die sich offensichtlich Waschpulver leihen will, auch Shirleys Fingernägel registriert. Frauen mit abgebissener Nagelhaut müssen nicht dieselbe Sprache sprechen, um einander zu erkennen. »Hier«, Shirley schüttet ihre Vorführ-Lippenstifte, Lidschattendöschen und Wimperntusche aus dem Plastikbecher mit dem *Mary Kay*-Schriftzug auf den Tisch. Carol hat bei einem Geschenkartikelhersteller 500 von diesen Bechern produzieren lassen, »der Boden ist mit Glitzersternchen gefüllt!«, selbstredend mussten alle aus ihrer Einheit fünf Stück davon abnehmen. Einen hat Shirley zum Zahnputzbecher umfunktioniert, in einem sammelt sie Einmachgummis, Bleistifte und Büroklammern und zwei hat sie Gloria gegeben, die stehen jetzt als Teelichthalter auf der Veranda. »Hier. Für dein Waschpulver. Ich bin froh um jedes Teil, dass ich nicht wieder nach Iowa mit zurücknehmen muss.« Sigrid holt einen Plastiktrichter aus dem Regal und lässt das Waschpulver auf die Silbersternchen rieseln und Greta Maria Hafermann zeigt auf den Lippenstift, der auf dem Tisch liegt. »Ist das die Farbe, die du gerade draufhast?« Es ist mehr ein Befehl als eine Frage. »Gefällt er dir?« Greta Maria Hafermanns Finger schnellen über die Tischplatte auf den Lippenstift zu und verschwinden mit ihrer Beute wieder in ihrem ausgeleierten Ärmel. »Ich will das nicht geschenkt. Kohle hab ich nicht. Komm mit, ich geb' dir was anderes dafür.« Mit einer bestimmenden Kinnbewegung bedeutet sie Shirley, ihr zu folgen, und dreht sich im Rausgehen nochmal zu Sigrid um, »und du treib's nicht zu wild. Ich muss mich übermorgen auf dich verlassen können ...« Dann wirft sie die Wohnungstür zum zweiten Mal an die Wand und stürmt hinaus in den Flur, mit dem letzten fuchsiafarbenen Lippenstift.

Der Fahrstuhl braucht ewig für die acht Stockwerke. Trotzdem ist Elisabeth auch im Erdgeschoss noch nicht klar, warum Shirley den letzten fuchsiafarbenen Lippenstift ausgerechnet Sigrids durchgeknallter Nachbarin schenken musste. Ihr dann auch noch hinterhergedackelt ist, statt mit Sigrid, Margret und ihr runter auf den Spielplatz zu kommen. Überhaupt, warum reitet sie plötzlich so drauf rum, wie manipulativ das Mary-Kay-System ist, die letzten beiden Jahre scheint sie doch gut damit gefahren zu sein. Sie hat diesen schrecklichen Typen abgeschossen, dessen Kind sie sich damals in London hat wegmachen lassen, fährt einen apfelsinenfarbenen Mustang und hat eine Horde Frauen, die zu ihr aufschauen und ihr vertrauen. Aus denen sie das Beste rausholt. Zu Bedingungen, die die Frauen selber gestalten. So klang das die letzten beiden Jahre. Bis zu ihrem letzten Telefonat vor Shirleys Ankunft. »Gestalten? Na wenn du's unbedingt so nennen möchtest ... Für eine Unterschrift tue ich doch alles. Ich will, dass du eine Party schmeißt? Versprech ich dir als Dankeschön eben eins von diesen befüllbaren Lidschattendöschen. Für jede Freundin, die du mir anschleppst, kriegst du einen Lidschatten deiner Wahl. Damit die auch ordentlich zulangen, deine Freundinnen, winkt dir als Prämie dein Lieblingslippenstift, wenn ich an dem Abend über 100 Dollar mache. Über 150 Dollar? Ich leg noch das Make-up drauf. Ziemlich durchschaubar, das Prinzip, oder? Dabei komme ich mir sogar noch wahnsinnig großzügig vor. Dabei mach ich das gar nicht für dich oder deine Freundinnen, ich will gar nicht *dein* Leben bereichern. Ich will nur ein einziges Leben bereichern. *Meins*.« Hinter ihr schließt sich die Fahrstuhltür, jemand muss oben gedrückt haben »Kommst du, Elisabeth?« Durch die schwere Glastür tritt sie an Sigrid vorbei in die sternenklare Nacht und den faulig-süßlichen Geruch.

Irgendwo muss hier eine Müllhalde sein. Bis hier oben kann man das riechen, im 8. Stock eines Hochhausblocks, in dem Shirley unter dem wachsamen Blick von Angela Davis am Küchenfenster einer Frau steht, die sich in sich selber versteckt. Greta Maria Hafermanns winzige Küche erinnert Shirley an ihre Trailerküche, nur dass da kein Angela-Davis-Poster an der Wand hängt. »Warte kurz, ich muss was suchen. Kannst rauchen, wenn du willst«, hat Greta ihr zugerufen und ist im Nebenzimmer verschwunden. Acht Stockwerke unter ihr schlingern drei untergehakte Frauen, jeden ihrer Schritte laut anzählend, auf ein Karussell zu. Drei Frauen, die ihre Freundinnen geworden sind. Früher wären sie ihre Kundinnen geworden. Nie kaufen sie ihr das ab, hat sie geglaubt. Bis der dicke Luftpostbrief im Briefkasten gesteckt hat. Der dicke Luftpostbrief, um den Carol sie furchtbar beneidet hat, voller lukrativer Informationen. Mit blauer Tinte hat Elisabeth den Fragebogen ausgefüllt: Extrem empfindliche Haut attestiert sie sich, die sofort nach dem Eincremen wieder spannt. Würde sich eher als natürlichen Typ beschreiben, wüsste aber gerne, wie sie ihre Lippen betonen kann. Ordnet ihre Farbskala im bläulich-grünlichen Bereich ein, wäre bereit, für eine Hautpflegelinie, die sie überzeugt, zwischen 20 und 40 Dollar im Monat auszugeben. Margrets Fragebogen. Fettige T-Linie, Glamour, lila, koralle, orange, 30 Dollar, plusminus. Sigrid: Mischhaut, sportlich, nur Mascara und Fettstift für die Lippen, max. 12 Dollar.

Um Frauen wie Elisabeth, Sigrid und Margret Fettstift, Hautprobleme und den natürlichen Typ auszureden, hat sie zwei Jahre ihres Lebens geopfert, ihren Bruder verloren und Annies Freundschaft verspielt. Hat bei Porkette-Aktionen Verlosungscoupons mit Zahnstochern in Hackbällchen gesteckt, ihr Team im Wochentakt zu neuen Umsatzrekorden angestachelt und sich nicht gescheut, Harriet am Abrechnungstag um 22 Uhr mit einem Appell (»Außer dir wüsste ich keine, die das schaffen könnte!«) und einem Floridakalender (Werbegeschenk von *Dole Fruit*) zu ködern, noch vor Mitternacht eine Bestellung aufzugeben. Ohne Harriets Bestellung hätte Shirley ihr Umsatzziel für diesen Monat nicht erreicht. Es ging doch immer um Petes Zukunft. Deswegen hat Shirley sich auch skrupellos der Telefonkontaktliste von Petes Klasse bedient. Selbst vor Petes Klassenkameradinnen hat sie nicht halt gemacht, als sie die Mütter alle durch hatte. Als ob es je darum gegangen wäre, Frauen ein besseres Leben zu bieten. Es geht um Frischfleisch und Nachbestellungen. Aber das wollen die drei da unten gar nicht hören. Ein paar Gläser Campari Orange, ein paar Knoblauchbutterschnecken, eine Haut, die sie an ihre Jugend erinnert, und schon fangen sie an zu träumen und vergessen ihre radikalen Forderungen.

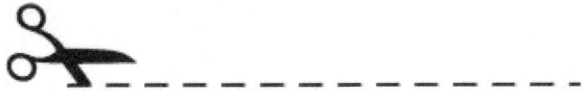

»Rosafarbene Cadillacs sind natürlich reaktionär. Da bräuchten wir eine Alternative zu. Wie wär's mit VW-Bussen? Als Prämie für besondere Leistungen eine Busreise im Kollektiv, vielleicht zum Campen in der Bretagne?« Sigrid legt den Kopf in den Nacken und die Füße in Margrets Schoß, die, mit den Händen an der Metallscheibe, das Drehkarussell beschleunigt. »Noch besser, Bildungsreisen, soziale Bewegungen besuchen. Oder was haltet ihr davon? Eine Mary-Kay-Solidaritätsbrigade nach Kuba!« Elisabeth ist schon als Kind auf diesen Karussells immer schlecht geworden, wie kann Sigrid da mit zwei Campari Orange intus freiwillig die Augen zumachen? »Ich hab's! Die besten Verkäuferinnen schicken wir zur Belohnung ins Mutterland der Bewegung, eine Reise in die USA, auf den Spuren der Frauenbewegung.« »Grandios! Mit öffentlicher BH-Verbrennung! Damit schlagen wir noch das letzte Chauvischwein in die Flucht: Deutsche Kosmetikvertreterinnen, die barbusig auf Highheels ins Weiße Haus einmarschieren. Oder gleich ins Pentagon.« Wo Shirley nur bleibt, Greta wollte sie doch gleich nach ihrem kleinen Tauschhandel runterbringen. »Dann rufen wir das Feminat aus und stecken alle militanten Schwänze in den Hochsicherheitstrakt.« »Ja, aber nur die Weißen, die Schwarzen halten wir uns als Sexsklaven.« Immer schneller fliegen

Margret und Sigrid an ihr vorbei, jedes Mal, wenn sie an Elisabeth vorbeikommen, schnappen sie ihr die Campariflasche weg, trinken jede einen Schluck und drücken ihr die Flasche nach der nächsten Umdrehung wieder in die Hand. Sie hätte längst kotzen müssen. »Bestand der Plan nicht mal darin, Ausbeutung und Unterdrückung abzuschaffen und unsere Sexualität zu befreien von ihrem genitalen Charakter und der Fixierung auf die orgiastische Entladung?« »Spaßverderberin. Fehlt nur noch, dass du verlangst, dass wir in unserem Weiberparadies ein Eckchen für Hagen und seinen Rollstuhl organisieren.«

Shirley dreht Angela Davis, die sie von einem Poster in Greta Maria Hafermanns Küche aus mustert, den Rücken zu und lehnt die Stirn ans Küchenfenster. Albern sehen Elisabeth, Sigrid und Margret von hier oben aus. Könnten glatt als betrunkene Teenager durchgehen, wie sie versuchen, das Drehkarussell zum Abheben zu bringen. Das Karussellquietschen erinnert sie an Petes Kettcar. Bei einer Haushaltsauflösung hatte Larry das aufgetrieben, als sie sich gerade kennengelernt haben, ohne Pedale, die Freilaufschaltung hat auch nicht richtig funktioniert. »Ich bring das in Ordnung«, hat Larry gegrinst, seine Baseballkappe in den Nacken geschoben und Shirley die kettenölverschmierte Hand um den Hals gelegt, »ich reparier das, Shirl, ich versprech's.« Damals wusste sie noch nicht, was Larrys Versprechungen wert sind, hat sich aus Dankbarkeit bereitwillig von ihm hinter die Garage ziehen lassen, Pete hat in der Einfahrt an seinem neuen Kettcar rumgeschraubt, die weiß lackierte Garagenrückwand, an die Larry sie mit seinen großen Händen drückt, aufgeheizt von der Augustsonne, zwischen ihren Schulterblättern sammeln sich die abgeplatzten Schüppchen auf der nackten Haut, wie Käferflügel. Pete ist dann immer im Leerlauf gefahren, hat sich mit den Füßen abgestoßen, bis Harley Dean eines Tages von seiner *Indian 841* gestiegen ist, mit ausgebeulter Brusttasche, aus der er zwei Original-Kettcarpedale gezogen hat. Im Grunde hat sie sich ihr Leben lang verhalten wie ein betrunkener Teenager, wie die drei da unten auf ihrem Drehkarussell. Musste nur einer kommen und den Eindruck erwecken, die Dinge in Ordnung zu bringen, und schon war sie bereit, nach neuen Regeln zu spielen und über alles andere hinweg zu sehen. Pete immer wieder aufs Neue einzureden, dass diesmal wirklich alles gut und alles anders würde. Dabei gab es immer schon starke Frauen in ihrem Leben, die ihr bedeutet haben, wie es auch anders gehen kann. Gloria, die zwei Kinder alleine durchgebracht hat, Vic, die für die Rechte der Schlachtarbeiter kämpft, Carol, die Hummeln das Fliegen lehrt. Jane Elliott, Petes Grundschullehrerin in Riceville, als sie noch mit Carl verheiratet war. *Die* Mrs. Elliott. Sogar Elisabeth und ihre Freundinnen kennen den Namen der Grundschullehrerin aus dem Mittleren Westen, die nach der Ermordung von Martin Luther King 1968 ihre Schüler nach Augenfarbe sortiert hat, damit sie am eigenen Leib erfahren, was Diskriminierung heißt. Damit sie nie wieder über einen Menschen urteilen, bevor sie nicht 100 Meilen in dessen Mokassins gelaufen sind. Shirley ist bis heute nicht klar, wie Jane Elliotts Experiment so lange funktionieren konnte. Es muss sich doch rumgesprochen haben, wie sie das macht. Kinder reden doch miteinander. Die erzählen sich doch, dass sie den Wasserhahn nicht benutzen und sich in der Cafeteria keinen Nachschlag holen dürfen, nur weil diese Lehrerin festgelegt hat, dass sie die falsche Augenfarbe haben? Hat sich doch kein Fernsehsender entgehen lassen, diese fanatische Lehrerin aus Riceville zu interviewen, die am liebsten die ganze Nation in fremden Mokassins herumlaufen lassen würde. Oder Angela Davis, die schwarze Bürgerrechtlerin, deren Frisur Shirley zu kopieren versucht, seit sie das erste Mal ein Interview mit ihr gesehen hat. Die ihr jetzt ausgerechnet auf einem Poster in Greta Maria Hafermanns Küche begegnet.

Was auch immer Greta Maria Hafermann gesucht hat, während Shirley in Gedanken in Riceville war, sie muss an einem Spiegel vorbeigekommen sein. Die abstehenden Hautfetzen auf ihren Lippen sind unter einem fuchsiafarbenen Balken verschwunden. »Falls dir jemals jemand einreden will, dass du krank bist – das stimmt nicht. Krank ist nicht der Patient, krank ist die Gesellschaft, die ihn zum Patienten macht. Krank sind die Bedingungen, die so eine Gesellschaft hervorbringt.« Auf dem Buch, das sie Shirley entgegenstreckt, steht ein Paar Wildlederhalbstiefel mit Fransen. »Hier. Ist kein normales Kochbuch. Stehen Rezepte drin, mit denen du mehr anfangen kannst als mit Weinbergschnecken, glaub mir. Andere Schuhe brauchst du auch für deinen Weg. Wir dürften dieselbe Größe haben, müssten also passen.«

Spurensuche auf der Kanincheninsel

Mit der Zunahme berufstätiger Frauen, die weniger Zeit zum Einkaufen haben, wird der Party-Plan immer attraktiver.
Neil Offen, Direktor der Direct Selling Association

Home parties, where the selling is easy.
N.Y. Times, Sep 3rd, 1981

                                                Coney Island, September 15th 1981

Sie hat gedacht, *they won't buy it. Now they're even going to sell it.* Sie saßen im Flughafencafé mit Blick auf die Startbahn, vor sich den bitteren deutschen Kaffee, als Elisabeth ihr den Brief über den Tisch geschoben hat. Dass sie, also Margret, Sigrid und sie selbst, der Meinung seien, dass auch in Deutschland, gerade in Deutschland, in dieser bleiernen Zeit (erst hat Shirley »lethal« gelesen, dann hat sie gemerkt, dass da »leaden« steht), Frauen einen Anspruch darauf hätten, ihr Leben zu vervollkommnen. Die Entfremdung der zu emanzipierenden Frau von ihrem Körper sei dialektisch zu überwinden. Es gelte, den trüben Männerchauvinismus als strahlende Lichtgestalt zu bekämpfen. Mit der Waffe ewiger Jugend. Dass sie, progressiv gesinnte deutsche Frauen, im Interesse feministischer und emanzipatorischer Kämpfe um eine Lizenz für den Vertrieb von Mary-Kay-Kosmetik in der Bundesrepublik Deutschland ersuchen wollen. Die zwanzig Minuten, die Shirley vor dem Abflug blieben, reichten nicht, um Elisabeth zu vermitteln, dass Mary Kay weder progressiv noch feministisch ist und gegen chauvinistische Männer überhaupt nichts einzuwenden hat, solange sie ihr die Tür aufhalten und sich nicht gegenseitig küssen. Aber das würden sie auch noch selber herausfinden. Shirley hat die Wildlederschuhe, die Greta Maria Hafermann ihr geschenkt hat, gut eingelaufen. Sie kann keine Rücksicht mehr nehmen. Es ist Zeit für den großen Ausverkauf. Zeit, die Tür mit einem großen Knall zuzuschlagen. So, dass keine Frau diesen Laden mehr betritt. Keiner Frau mehr ein Traum angedreht wird, für den sie ihre Freundinnen und ihre Seele verkaufen muss.

Das Sonnenlicht ruht warm auf ihren Lidern, hin und wieder rattern Rollstuhlräder über die Holzplanken, kreischen Möwen, ansonsten ist es still. Sie hat ihren Rückflug über New York gebucht, um auf Coney Island nach der Familienwurzel zu suchen, die sie mit Harley Dean gemeinsam hat: Opa Jerzy, ihren polnischen Großvater. Er war es, der ihnen das Suchen, das Verlangen eingepflanzt hat (ganz zu schweigen von der Liebe zur Wurst). Aber über die Uferpromenade von Little Odessa flanieren keine polnischen Hot-Dog-Verkäufer mehr, sondern alte Russinnen mit Pelzmützen und tief hängenden, blauschillernden Lidern, die einer Zeit nachtrauern, die nichts mit Opa Jerzys Blaubeererzählungen zu tun hat.

Opa Jerzy war knapp über zwanzig, als er 1914 seine Kleinstadt mit dem unaussprechlichen Namen und den besten Pfifferlingen und Blaubeeren in ganz Polen verlassen hat, um auf Coney Island als Küchenhilfe bei *Feltman's* anzuheuern. Als zwei Jahre später Nathan Handwerker, auch einst Küchenhilfe bei *Feltman's*, die Hot-Dog-Preise seines ehemaligen Chefs um 50% unterbietet, ist Opa Jerzy schon weiter nach Westen gezogen, nach Chicago, heuert im Wurstladen eines polnischen Landmanns an und lernt dort ihre Großmutter kennen.

Fünfundzwanzig Jahre später verschlägt es Opa Jerzys Tochter Gloria auf der Suche nach Glück als Saisonkraft nach Coney Island zurück. Während Opa Jerzy mit den amerikanischen Truppen am *Omaha Beach* landet, um Europa zu befreien, landet auf Coney Island einer auf Gloria, der sie drei Jahre lang befreit. Und sitzen lässt, als die Befreiung Früchte trägt. Fünf Jahre später versucht Gloria ein weiteres Mal, auf Coney Island den Fahrschein zum Glück einzulösen, besteigt mit einem verheirateten Lehrer eine Drahtgondel, die sie 40 Meter über dem schmutzigen Boden schweben lässt. Knapp ein Jahr später ist auch dieser Höhenflug vorbei und Gloria auf dem Boden der Tatsachen angekommen. Dass sie dort auch vorerst bleibt, dafür sorgen Shirley Eudora (7) und Harley-Dean (1). Aber nicht nur für Gloria, auch auf Coney Island ist die Zeit der Vergnügungsparks endgültig vorbei. Die Küche, in der Opa Jerzy als Kartoffelschäler angefangen hat, stellt den Betrieb ein, und das berühmte Feltman-Karussell, vor dem er sich hat fotografieren lassen, muss dem Bau des 250 Fuß hohen *Astrotower* weichen.

Zu Opa Jerzys Zeiten wurden verloren gegangene Kinder auf Coney Island von Rettungsschwimmern eingesammelt und in Drahtkäfigen unter der Strandpromenade aufbewahrt, bis die dazugehörigen Eltern ihren Anspruch geltend machten. Heute sitzt sie auf dieser Strandpromenade, sie, die Fachkraft für Fleischproduktion und Vermarktung, Tochter einer Kantinenkraft, Enkelin eines

Hot-Dog-Verkäufers. Shirley schraubt ihre Thermoskanne auf.

Seit die Sowjets ihre Juden auswandern lassen, hat die Zeitung *Novoye Russkoye Slovo* hier so viele neue Käuferinnen gefunden, dass man den Strandabschnitt *Little Odessa* getauft hat. Wie auf Kommando steuert ein passendes Gespann mit hohen Pelzmützen und lackierten Fingernägeln auf Shirley zu. Zwei alte Schachteln in identischer Ausführung, mit Pergamentlächelgrübchen und *I love Ukraine*-Anstecknadeln am Mantelaufschlag. Shirley verharrt, den Plastikbecher in der Hand. Lächelnde Ukrainerinnen scheinen ihr Schicksal zu sein. Aber Shirley will nicht mehr teilen. Nicht die Mary-Kay-Chance, nicht ihren Kaffee, nicht ihre Aufmerksamkeit. Teile, was du hast, ist das ihr polnisches Erbe oder der Mary-Kay-Go-Give-Spirit? Manchmal hasst Shirley die Verfassung dieses Landes, das jeden zur Großzügigkeit und zur Toleranz verpflichten möchte, das sie als Viertelpolin dazu zwingen möchte, ihre Kaffeepause mit ukrainischen Zwillingen zu teilen. Sie schraubt den Deckel auf die Kanne zurück und stellt sie vorsichtig in ihre Tasche. Als sie sich wieder aufrichtet, haben sich die beiden Ukrainerinnen vor ihr aufgebaut. Ob sie schon mal jemand auf ihren strahlenden Teint angesprochen habe, ihren exquisiten Stil. Exquisit könne man doch sagen, oder? Früher, zu ihren Zeiten, die alten Damen kichern kokett, da habe man das ja noch anmutig genannt. Sie arbeite doch bestimmt als Mannequin. Nicht? Unglaublich. Dass eine mit ihrem Erscheinungsbild und Auftreten doch bestimmt an einer Chance interessiert sei, mit der sie all ihre Träume verwirklichen könne, sie hätten da diese exquisite Hautpflegeserie und seien auf der Suche nach attraktiven Testpersonen, sagenhafte Vorteile seien damit verbunden, ob sie vielleicht Interesse …

Immerhin, die ukrainischen Zwillinge sind noch vom alten Schlag (oder wollen die polnisch-ukrainischen Beziehungen nicht erneut gefährden), akzeptieren Shirleys Absage und ziehen weiter. Sie stellt ihre Thermoskanne wieder neben sich auf die Bank und zieht den Korken aus der Kanne. Inzwischen ist sie bei vier Löffeln pro Tasse angelangt, aber von *Maxwell* auf *High Point* umgestiegen, entkoffeiniert, seit sie diesen Fernsehspot mit Lauren Bacall gesehen hat. »Dein Gesicht verrät deine Anspannung«, hat Lauren Bacall gewarnt, *tension will show on your face*. Allerdings. Wenn es bloß reichen würde, den Kaffee zu wechseln, um die Anspannung loszuwerden. Die Anspannung, die nicht mehr weichen will, seit Harley Deans Brief. Die Anspannung, die nicht mehr weichen will, seit sie weiß, wie exquisit sich Carol um Annie gekümmert hat, als die nämlich Shirleys Rat befolgt und versucht hat, nicht mehr negativ zu sein, an die neun Prozent zu glauben und ihr Umsatzziel doch noch zu schaffen. Annie hat sich von Carol einen Verlängerungsmonat einräumen lassen. Dann ist sie zusammengebrochen. »Du bist doch mein Mädchen, du beißt jetzt die Zähne zusammen und guckst, dass du bis übermorgen wieder auf die Beine kommst. Ich brauche eine strahlende, zuversichtliche und erfolgreiche Annie. Ich brauche eine Annie, die beweist, dass Mary Kay für jede Frau *die* Chance ihres Lebens bereithält – selbst wenn alles dagegen zu sprechen scheint! Jetzt schluckst du erst mal diese Zaubertabletten, dann bist du morgen wieder meine Annie, nimm ruhig gleich zwei!« Richtig sichtbar ist die Anspannung auf Shirleys Gesicht geworden, als

Annie nach stundenlangen Krämpfen und Blutungen mit Blaulicht ins Krankenhaus gefahren worden ist, weil Carols Zaubertabletten das Kind in Annies Bauch weggezaubert hatten.

»Du kannst doch jederzeit noch eins haben!«, hat Carol behauptet und Annie eine Lilie aufs Bett gelegt. Am nächsten Morgen hat der Arzt Annie mit gesenkter Stimme erklärt, dass sie ihr die Gebärmutter entfernen mussten. Und jetzt sitzt Shirley im ukrainischen Hoheitsgebiet auf Coney Island und gießt sich entkoffeinierten *High-Point*-Kaffee in den Becher. *And tension shows on her face.*

Vor ein paar Jahren hat ein Brand nicht nur den letzten Rest des *Feltman*-Gebäudes, sondern auch den letzten Rest von Opa Jerzys Küche vernichtet. Nur bei *Nathan's Famous* stehen weiter russische, mexikanische, vietnamesische Einwanderer, Amerikaner, Touristen in langen Schlangen für die legendären Hotdogs an. Die Ellbogen auf einen der Stehtische gestützt, beobachtet Shirley aus der Ferne das Riesenrad, in dessen Gondeln sie keine Annie sieht, wenn sie den Kopf in den Nacken legt. Selbst das Blau des Himmels ist nur eine 200 Dollar pro Minute teure Kulisse für das Werbebanner, das ein kleines Motorflugzeug über den Köpfen der Imbissbesucher durch den Himmel zieht. Als es den Anflugwinkel ändert, kann sie den Schriftzug entziffern, ›I'd like to be an Oscar Mayer Wiener.‹ Ach wär ich gern ein Oscar-Mayer-Würstchen. Kein amerikanisches Kind, das den Oscar-Mayer-Werbeslogan da am Himmel nicht kennen würde, den Slogan, der eine Reinheit und Beständigkeit vortäuscht, die selbst ein Wurstfabrikant mit fast 100-jähriger Tradition wie Oscar Mayer nicht mehr bietet. Im Werbespot für die neuen Oscar-Mayer-Käsewürstchen quellen beim Reinbeißen kleine Käsetropfen aus dem Fleisch.

Die Pappschale in Shirleys Handfläche wird heiß, sie stellt sie auf dem Tisch ab und pickt mit der Plastikgabel nach ein paar Strähnen Sauerkraut. Das fettige *German Wurstel*, das ihr eben noch eine Verbindung zu Opa Jerzy zu sein schien, wirft sie den Möwen zum Fraß vor. Die fressen alles. Nichts hat Bestand. Annie hat ihr Kind verloren und sie Annies Vertrauen. Harley Dean wird kein Popcorn mehr befreien. Carol wird andere finden, denen sie das Pink vom Himmel verspricht. Oscar Mayer produziert Käsewürstchen. Auf der Strandpromenade von Coney Island findet sich weit und breit kein Drahtkäfig mehr, in den Shirley sich setzen kann, bis sie jemand abholt.

Sie wird sich wohl selber befreien müssen. Dieses Mal wird sie am Ende nicht nackt dastehen.

Alles vorbei, Tom Dooley

This time tomorrow, reckon where I'll be, hadn't a-been for Grayson,
I'd a-been in Tennessee

Schlossberg/Karlstorbahnhof, 15. September 1981

Ein bisschen Fantasie muss sich General Frederick Kroesen schon abringen, damit die Marmorsäulen der Jugendstilvillen auf der anderen Neckarseite sich in die Holzveranden am Tennessee River verwandeln. Er inhaliert das Kamillearoma, das aus Mrs. General Kroesens Haaren steigt, die, den Kopf an seine Schulter gelehnt, mitsummt, *Hang down your head, Tom Dooley, hang down your head and cry, hang down your head, Tom Dooley, poor boy, you're bound to die* ... Sein neuer Leibwächter muss den Kopf einziehen, um aus dem Seitenfenster hinaus den dunklen Schlossberg auf verdächtige Bewegungen hin abzusuchen. 1,93 Meter steht in seinem Personalbogen, 27 Jahre alt, protestantisch, tadelloses Führungszeugnis, ausgezeichnete Englischkenntnisse, geschieden, eine Tochter, drei Jahre. Der Nachthimmel ist jetzt gerade so ausgebleicht, dass sich die dunklen Umrisse der Baumgrenze abzuheben beginnen. »Kennen Sie den Song, Eberhard? Geht um diesen Tom Dooley, der in seiner Zelle sitzt und auf seine Hinrichtung wartet, hat angeblich eine Frau erstochen. Am nächsten Morgen soll er gehängt werden.« Eberhard zuckt zusammen, als er angesprochen wird, und stößt sich den Kopf am Haltegriff über dem Fenster. General Kroesen hatte sich schon gefreut, jetzt einen statt-

lichen deutschen Fluch zu hören, aber Eberhard gräbt nur die Schneidezähne in die Unterlippe. Selbstbeherrschung gehört zum ersten, was man Personenschützern in ihrer Ausbildung einpeitscht, da steht der Bundesgrenzschutz dem FBI in nichts nach. Pünktlich sind die Jungs, das ist der Vorteil an den Deutschen. »Ja, bei unseren Nachbarn hab ich das Lied häufig gehört, die haben abends immer Hausmusik gemacht. Ich kann mich aber nur noch an die Stelle erinnern, wo Tom Dooley seinen letzten Whiskey trinkt.« Um 7:17 Uhr am Morgen des 15. September 1981 klatscht General Frederick Kroesen, Oberbefehlshaber der amerikanischen Streitkräfte in Heidelberg, seinem neuen Personenschützer Eberhard, der sich gerade den Kopf am Handgriff der hellgrünen Mercedeslimousine gestoßen hat, auf den Oberarm. »Na, dann wollen wir mal loslegen, Eberhard, ich auf Englisch, Sie auf Deutsch, und du, my dear, machst auch mit! – *I met her on the mountain, there I took her life, met her on the mountain, stabbed her with my knife* ...«

»Ey, den Becher hat Shirley *mir* geschenkt, such' dir gefälligst was anderes!« Sigrid hat den Kopf nur aus dem Laubhaufen gestreckt, um auf die Uhr zu gucken, zwischen den Blättern und Ästchen kann sie das Ziffernblatt nicht erkennen. »Erst einen auf verantwortungsvolle Mutter machen, und dann keinen eigenen Zahnputzbecher mitnehmen. Mit dir kann man echt keine Revolution machen ...«

Klamm fühlt sie sich an, die Revolution, feucht fühlt sie sich an. Zusammen mit dem säuerlichen Muff von zwei Tagen Camping schält Sigrid sich aus dem viel zu kleinen Kinderschlafsack mit den Sandmannmotiven, den Elisabeth ihr geliehen hat. Dass sie in den letzten beiden Tagen die Unterhose nach dem Pinkeln immer schon hochgezogen hat, bevor es die letzten Tropfen auf den Boden geschafft haben, macht den Geruch nicht besser. »Mann, reg dich ab, hast du grad deine Tage oder was? Wir sind hier in 'ner Kriegssituation!« »Ja und? In Vietnam oder Stalingrad wärste ja auch selber für deinen Krempel verantwortlich, oder hättste dich da drauf verlassen, dass deine Haushaltshilfe dir Klopapier und Zahnpasta in den Tornister packt?« Zeugin zu werden, wie sich zwei Mitglieder des antiimperialistischen feministischen Kommandos *Jean Seberg* über einen Zahnputzbecher mit Glitzersternchen in die Haare kriegen, gibt ihr den Rest. Sigrid presst ihr Walkie-Talkie ans Ohr und schießt unter der Che-Guevara-Kappe hervor giftige Blicke auf Greta und Margret. »Sagt mal, habt ihr den Arsch offen? Ich kann hier jede Sekunde das Signal kriegen, dass die Karre anrollt, und dann versteh ich keinen Ton, also Fresse!« Sie darf das. Sie hat die Che-Guevara-Mütze auf. Sie hat das Kommando. Das haben sie so ausgewürfelt, Margret, Greta und Sigrid, nach der wilden Karussellfahrt auf dem Kinderspielplatz, als sie, angeschickert von zu vielen Campari Orange, wieder in Sigrids Küche saßen. Bei jeder sechs ein Kleidungsstück ausziehen, so war die Abmachung, und wer als letzte noch was anhatte, darf heute das Walkie-Talkie bedienen. Elisabeth hat natürlich gekniffen, die alte Spielverderberin.

Nimm dir noch einen Whiskey, trink ihn mit dir allein, es wird ein harter Whiskey und wird dein letzter sein ... Jede Wette, sein neuer Personenschützer singt morgens unter der Dusche. Fest und ohne Atempause schmettert Eberhard sich bis zum Ende durch. Die richtige Melodie muss man sich halt dazu denken. »Ach, das ist ja charming, diese Stelle gibt's in der amerikanischen Version gar nicht. Ist bestimmt 1920 der Prohibition zum Opfer gefallen, political correctness, Eberhard, darin sind wir gut ...« Das klirrende Lachen seiner Frau lässt General Kroesen an die Eiswürfel in seiner Bloody Mary denken, die er morgen auf dem Rückflug zum Klimpern bringen wird, mit einem der Plastikrührstäbchen, die das Logo der US-Luftwaffe tragen, morgen, auf dem Rückflug nach Tennessee. *This time tomorrow, reckon where I'll be, down in some lonesome valley, hangin' from a white oak tree,* fällt Kroesen in den Gesang ein, sein Bariton ein Produkt des rauchigen, jahrelang in Eichenfässern gereiften Whiskeys, den er hinter einer in die Wand eingelassenen Holztür ebenso zu Hause in Tennessee zurückgelassen hat wie seinen halbstarken Sohn (weswegen der Barschlüssel in seiner Brusttasche steckt), fällt ein in die letzten Töne seines Personenschützers Eberhard, Vater einer entzückenden Dreijährigen, deren Foto er hinter Folie in seinem Portemonnaie aufbewahrt, das sich durch die Gesäßtasche seiner Uniform ins Lederpolster der pistaziengrünen Mercedeslimousine mit dem amtlichen Kennzeichen US-HD 001 drückt, die gerade den

Karlstorbahnhof passiert, während zwei stark verwahrloste und nach Urin riechende Frauen in einem Wald 300 Meter oberhalb wegen bürgerlicher Eigentumsfragen beinahe den Moment zum entscheidenden Schlag gegen den US-Imperialismus verpassen. Wäre da nicht die dritte, die mit zerknautschter Che-Guevara-Mütze auf dem Kopf und fuchsiafarbenen Lippen den Trigger an der russischen Panzerfaust RPG-7 auslöst, die um 7:18 Uhr in die pistaziengrüne Limousine einschlägt.

```
Hang down your head, Tom Dooley
Hang down your head and cry
Hang down your head, Tom Dooley
Poor boy, you're bound to die
```

Stilllegung der Schlachtstrecke

Schweineverarbeiter, die 16.00 Dollar/Stunde zahlen, müssen schliessen, wohingegen jene, die 8.00 Dollar/Stunde zahlen, diesen Vorteil in den Ausbau der Schweineverarbeitung investieren.

Boone, November 13th 1981

Wütend rammt Shirley den Löffel ins Fleisch, so ein Halloweenkürbis ist widerspenstiger als sie gedacht hat. Harley Dean ist fürs Kürbisaushöhlen zuständig. Oder Gloria, zusammen mit Pete. Aber Pete ist bei einem Freund und Gloria rettet sich mit der exzessiven Produktion von Eimachgurken und selbstgemachter Sülze über Harley Deans Tod. Also muss Shirley den harten Kürbis alleine aushöhlen und niemand lenkt sie von der Schlagzeile ab, die ihr von der untergelegten Zeitung entgegenspringt. *Dubuque ›Packing Plant schließt Schweineschlachtstrecke.* Haben die Bosse in Dubuque ihre Drohung also wahrgemacht. Die Schweineschlachtstrecke von Dubuque ist Vics Arbeitsplatz. *War* Vics Arbeitsplatz. ›Jetzt habt euch nicht so wegen der lächerlichen fünfzig Prozent, wenigstens habt ihr noch Arbeit‹, haben die Betreiber versucht, der Belegschaft fünfzig Prozent Lohneinbußen zu verkaufen. Vic hat natürlich dafür gesorgt, dass die Gewerkschaft die Lohnkürzung mit überwältigender Mehrheit niederstimmt. Also haben die Betreiber Nägel mit Köpfen gemacht und Vic die Rechnung kassiert. Seit dem drittem Oktober steht die Schweineschlachtstrecke still, 530 Arbeiter hat man entlassen und die Schweineverarbeitung nach Illinois verlegt. Vic hat versucht, zu retten, was zu retten ist, den Arbeitern die Untersuchung der Gewerkschaftsführung vorgelegt, versucht, zu erklären, dass sich die Probleme der Schlachtbetriebe nicht über Lohnkürzungen lösen lassen. Aber natürlich ist der verbleibenden Belegschaft der Arsch auf Grundeis gegangen. Haben dann doch zugestimmt, um ihre Jobs zu behalten. Vic betrifft das nicht mehr. Die ist eine von den 530, deren Job jetzt in Illinois erledigt wird.

Wie eine Spooky, diese Vietnam-Kampfhubschrauber, auf die Larry so abgefahren ist, feuert Shirley Eudora Pesterneck Kürbisfetzen auf die Schlagzeile. Leider fällt die Schlagzeile davon nicht tot um. Es zahlt sich nicht aus, das Maul aufzureißen, Vic. Genauso wenig, wie es sich auszahlt, sich das Fingernägelkauen abzugewöhnen, immer freundlich zu nicken und sich die Abneigung gegen Sellerie abzutrainieren.

Shirley zieht den Aschenbecher über die Tischplatte zu sich. Bis das Wasser kocht, kann sie noch eine rauchen. Irgendwann muss auch Carols Traum unschuldig und naiv gewesen sein. Irgendwann hätte auch Carol bestimmt lieber ein Kind als einen Goldzahn gehabt. Shirley versucht, sich Carol als alleinerziehende Stewardess bei einer drittklassigen Fluglinie vorzustellen: »Sie können doch sowjetisch, oder welche Sprache spricht man in Ihrer alten Heimat, Fräulein Sendich?« Wie sie handsortierten Sowjetfunktionären Hühnchen Kiew aus der Mikrowelle serviert, während ihr halbstarker Sohn irgendwo in einem Randbezirk von Chicago, Pittsburgh oder Philadelphia in der Küche mit Kaffeefiltern, Ethyläther und Ephedrin hantiert. Nein, diese Carol kann sie sich nicht vorstellen. Die Carol, die gestern Shirley und Annie, heute Sue und nächstes Jahr wer-weiß-wen zu ihrem neuen Sweetheart kürt, fährt Cadillac, stellt sich Marmorengel in den Garten und wird im Sommer beim Mary-Kay-Seminar in Dallas vor den sehnsüchtigen Augen tausender Frauen, die genau das erreichen wollen, was sie erreicht hat, über die Bühne marschieren, getragen vom Applaus tausender Frauen, die sie dahin gebracht haben, wo sie jetzt ist. Tausender Frauen, die den Preis dafür noch nicht kennen. Tausend minus Annie. 999 minus Shirley. Harriet und Betty werden bestimmt auch nicht dabei sein. Shirley zieht an ihrer Zigarette. Vic ist nicht da, also muss sie sich selber das Stichwort geben. Muss sich eingestehen, dass sie nur von einem Förderband aufs nächste gesprungen ist. Und in Einzelteile zerlegt hinten rausgekommen. Nichts ist intakt geblieben. Sie hat Elisabeth all ihre Produktvorräte in Deutschland gelassen und Carol mitgeteilt, dass sie aussteigt. Seitdem steht sie wieder am Band. In Marshalltown bei *Swift* ist das Tempo schneller und der Ton härter als bei Oscar Mayer und nach der Gewerkschaft braucht sie gar nicht erst zu fragen, aber die Handgriffe sind dieselben und vor der Frühschicht kann sie bei Gloria übernachten.

Sie drückt ihre Zigarette im Aschenbecher aus, schaltet den Wasserkocher an und rollt die Zeitung mit den feuchten Kürbisfetzen zusammen. Der Ruß an der Mülltonne hinter dem Trailer kündet noch immer von ihrer Befreiungsaktion letzten November. Da hat Vic noch an die Macht der Gewerkschaft geglaubt und Shirley an die Prinzipien von Mary Kay und Harley Dean an die Befreiung von Popcorn. Was hat sie nicht versucht, sich ihren Bruder hinter einer Popcornmaschine vorzustellen, wie er mit seiner Narbe im Gesicht Kindern Popcorntüten aushändigt. Hat versucht, ihm zu glauben, dass er sich gar nicht von ihr entfernt. Hat erst weggehört, als er ihr unterstellt hat, dass *sie* sich verändert hat. Sie lässt den Deckel auf die Mülltonne fallen und tritt den Rückweg an. Mit jedem Schritt, den sie dem Trailer näher kommt, verlangsamen sich ihre Schritte. Vor der untersten Stufe bleibt sie stehen. Statt die Treppe hinaufzusteigen, macht sie einen Schritt daran vorbei und kriecht gebückt unter den kleinen Vorsprung, unter dem noch immer die Kartons mit den grinsenden Popcorngesichtern stehen. Sie hat sie nie weggeräumt.

Wird Zeit für ihre eigene Befreiungsaktion.

Sie stellt den Karton mit dem Mais neben den Wasserkocher auf die Küchentheke, stöpselt den Popcornmaker in die Steckdose und greift sich die *High-Point*-Dose. Fünf Löffel Kaffeepulver häuft Shirley in ihre Tasse. Neben dem zischenden Wasserkocher hat sich ein gelblicher Schmetterling niedergelassen. Bestimmt nur ein Falter. Muss ein Falter sein. Wo soll denn mitten im November ein Schmetterling herkommen. Er wirkt apathisch, kaum merklich pumpen seine Flügel. Die Kontrolllampe am Popcornmaker leuchtet auf. Zeit, die Maiskörner einzufüllen.

Shirley schraubt das Glas mit dem Kaffeegranulat wieder zu, stellt es auf die Arbeitsfläche und geht zum Telefon. Sie will ihre Popcornbefreiung nicht alleine feiern. Vic müsste doch jetzt viel Zeit haben. Oder Annie. Während Shirley Eudora Pesterneck die Tasten ihres Telefons drückt, zuckt zwischen einem erhitzten Popcornmaker, einem Karton mit Popcornmais und einem brodelnden Wasserkocher ein

Zitronenfalter mit dem Flügel, der eingeklemmt ist unter einem Glas Kaffeegranulat. Wahrscheinlich ein Versehen.

Vertrauensbildende Maßnahmen

Paff, der Zauberdrache, lebte am Meer, auf einem Inselparadies, doch das ist lange her. Und lockte sie die Ferne, schwamm Paff bis nach Shanghai

ZAH Röntgental, 13. November

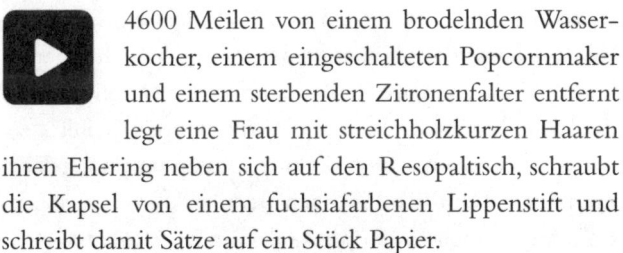

4600 Meilen von einem brodelnden Wasserkocher, einem eingeschalteten Popcornmaker und einem sterbenden Zitronenfalter entfernt legt eine Frau mit streichholzkurzen Haaren ihren Ehering neben sich auf den Resopaltisch, schraubt die Kapsel von einem fuchsiafarbenen Lippenstift und schreibt damit Sätze auf ein Stück Papier.

Ich bin attraktiv. Naja, nach ein bisschen Schlaf und einem Friseurbesuch vielleicht wieder. *Ich arbeite gerne mit Menschen.* Das stimmt zwar nicht, aber es geht ja nur darum, DDR-Frauen amerikanische Hautpflegeprodukte anzubieten, die werden sie ihr aus der Hand reißen, da muss sie nicht mal versuchen, sympathisch zu wirken. *Ich bin voller Energie. Ich bin entschlossen.* Richtig. Sie kann es kaum erwarten, dem zuständigen Beamten ihr Anliegen vorzutragen. Draußen auf dem Gang sind Schritte zu hören. Es ist kurz vor acht, um acht wird sie zum Gespräch geholt. Der

Tagesablauf ist immer gleich, Wecken um 6:30 Uhr, ab acht Uhr Gespräche mit einem der verschiedenen Herren Kultur (sie heißen alle »Herr Kultur«, ausnahmslos), und nachmittags Filmvorführungen im Gemeinschaftsraum. Dabei weiß sie doch, wie das Leben im Sozialismus ist, da muss sie niemand für begeistern, deswegen ist sie ja hergekommen, mit einer Kühltasche voller Mary-Kay-Produkte und einer Bosch-Gefriertruhe voller Königinpastetchen im Gepäck. Hat dem Grenzbeamten an der Grenzübergangsstelle Herleshausen/Wartha ihren Pass hingehalten und dann jedem der Herren, an die sie in den nächsten Stunden weitergereicht worden ist, wiederholt, dass sie in die DDR einreisen und die Staatsbürgerschaft annehmen möchte und dass sie der Liebe wegen gekommen ist und die Bosch-Tiefkühltruhe auf der Rückbank ihres VW-Käfers ein Geschenk für die Nichte des Mannes ist, dessentwegen sie hierhergekommen ist, und dass diese Nichte in der Hotelwäscherei des Hotel Neptun in Rostock Warnemünde arbeitet.

Der erste Beamte, dem sie ihr Anliegen vorträgt, telefoniert lange. Dann wird sie nach Berlin eskortiert, ins Zentrale Aufnahmeheim Röntgental, kurz ZAH, fünf Tage ist sie jetzt schon hier und ihre letzte Packung Gauloises neigt sich dem Ende zu. Eine andere AE, also Aufnahme Ersuchende – wie schnell sie sich an diese ganzen Abkürzungen gewöhnt – hat ihr neulich eine Juwel angeboten. Ein bisschen gewöhnungsbedürftig, aber die Packung erinnert Elisabeth an ihre Jugend in den Sechzigern, schön altmodisch, und billiger sind sie auch. Das Leben in der DDR ist überhaupt so viel billiger und viele der Kosten, die auf der Liste stehen, die Shirleys Mary-Kay-Direktorin ihr geschickt hat, fallen für sie gar nicht an. Da wird sie sich sogar weiterhin teure Westzigaretten leisten können. Der Verkauf des Hauses und der Möbel (beim Sideboard hat sie kurz gezuckt, dann aber doch nur den Holzkranich in Zeitungspapier eingeschlagen und mitgenommen) hat ihr ein ordentliches Polster beschert. Hagens Klinikaufenthalt zahlt die Krankenkasse, bis die Scheidung durch ist. Pats ist bei ihrer Großmutter in Bad Hersfeld ohnehin besser aufgehoben, die macht mit ihr Ausflüge in die Rhön und wird Pats immer rechtzeitig neue Strumpfhosen kaufen und sich über irgendwo abgerissene Blumen freuen. Fahrtkosten zu Kundinnen kommen schon gar nicht auf sie zu, im Hotel Neptun gehen die Devisenausländerinnen ja täglich ein und aus, und wenn sich unter den DDR-Frauen erst Mal rumgesprochen hat, dass sie Westkosmetik vertreibt, wird sie sich vor Bestellungen kaum noch retten können. Sie darf nur nicht vergessen, den Beamten zu fragen, wie sie eigentlich von Rostock aus am besten zu den Mary-Kay-Jahresversammlungen nach Dallas fliegt, Direktflüge wird es wohl kaum geben. Aber vielleicht fliegt sie über Frankfurt, dann kann sie ein, zwei Tage Zwischenstopp einlegen und auch Sigrid, Margret und Greta Maria Hafermann mit Lippenstift versorgen, vorausgesetzt, die dürfen im Vollzug überhaupt Besuch empfangen. Haben sich tatsächlich zwei Tage nach dem Schneckenessen in den Wald gelegt und mit einer Panzerfaust auf diesen amerikanischen General geschossen. Die Herren Kultur interessieren sich fast mehr für Sigrid, Margret und Greta Maria Hafermann als für Elisabeths Motive, in die DDR überzusiedeln.

Im Lautsprecher über dem Türrahmen knackt es, auf dem Gang und in den Zimmern ist eine Rufanlage installiert, durch die sie morgens geweckt und darüber informiert wird, wenn ein Lichtbildvortrag ansteht, oder ihr täglicher Gesprächstermin.

 Von seinem Rücken rief dann laut der Jacky froh: »Ahoi!« Die Schiffe der Piraten, die nahmen gleich reissaus, und alle riefen: Paff in Sicht, wir segeln schnell nach Haus.

Paff, der Zauberdrache, ist noch nie aus ihrem Lautsprecher gekommen. Elisabeth schiebt ihr Brillengestell ein Stück nach oben und wischt sich über die Augen. Die Tür geht auf, mit ernster Miene kommt der heutige Herr Kultur auf sie zu und bedeutet ihr, sitzen zu bleiben. »Sie haben in den letzten Tagen wiederholt den Wunsch geäußert, Bürgerin der Deutschen Demokratischen Republik zu werden. Sie werden Verständnis haben, dass wir gegenüber Bürgerinnen aus dem nicht-sozialistischen Ausland einen gewissen Vorbehalt hinsichtlich ihrer Motive haben. Liebe. Sie werden verstehen – was glauben Sie, wie häufig wir dieses Lied zu hören bekommen ....« Der missbilligende Blick, den er durch seine dicke Hornbrille auf das Blatt Papier mit den fuchsiafarbenen Sätzen vor ihr auf dem Tisch wirft, entgeht ihr nicht. »Aber wir sind ja keine Unmenschen. Ich habe heute Morgen mit dem Genossen Major telefoniert. Sie haben sicher Verständnis, dass wir ihrer Übersiedlung nur unter bestimmten Voraussetzungen zustimmen können, die ich, hm«, er zieht ein Päckchen Karo-Zigaretten aus seiner Brusttasche, »sagen wir mal, als vertrauensbildende Maßnahmen bezeichnen würde. Zigarette?«

 Jacky kam nie wieder, einsam lag Paff am Strand und hieb mit seinem Drachenschwanz hoch in die Luft den Sand.

Der Mann stößt einen Rauchkringel aus und deutet ein Lächeln an. Dieses Brillengestell. Dieser Anzug. Sieht aus, als wäre er aus Kunststoff. Wie die Tischplatte. »Hier, auf der gestrichelten Linie, und das Datum nicht vergessen.« Elisabeth lässt die Hand auf das Papier sinken. Irgendetwas stimmt hier nicht, was macht Paff in der Zimmersprechanlage? Sie setzt ihre Brille ab. Loslassen, Jelisaweta, du musst loslassen. Der Weg zu Alexander führt über diese Unterschrift. Alles andere muss sie ausblenden, das hat doch bisher immer geklappt, *Dampferfahrt. Wellen. Möwen. Wäschekeller. Paff, der Zauberdrache. Möbelhaus. Gulaschwürfel. Königinpastetchen.* Der Mann hält ihr einen aufgeschraubten Füllfederhalter hin, sie darf auf keinen Fall vergessen, ihn zu fragen, was aus ihren Königinpastetchen wird, wäre schade drum.

Sie schüttelt den Kopf, nein, seinen Füller braucht sie nicht. Sie dreht den letzten Stumpen Lippenstift aus der Hülse und unterschreibt auf der gestrichelten Linie.

Jelisaweta Mata Paff

SYSTEM

 Haben Sie vielleicht ein Taschentuch für mich? – Hat halt jeder so seine Schwachstelle. Die einen müssen weinen, wenn Kate Winslet und Leonardo die Caprio auf der Titanic-Reling stehen, andere werden sentimental, wenn die Internationale angestimmt wird. Bei mir ist es eben dieses Lied. Aber wenn Sie jetzt glauben, dass ich mich nackig gemacht habe, nur weil ich Ihnen den gerührt zitternden Greis im Unterhemd gebe, irren Sie sich gewaltig. Ist denn wirklich nichts von dem, was ich Ihnen im Fast-Forward-Modus einprogrammiert habe, bei Ihnen hängen geblieben? Bilder sind großartige Lügner. Zittern vor Rührung? Kaum ein Parkinsonpatient ohne Tremor. Nackig gemacht, weil ich im Unterhemd hier sitze? Temperaturregulationsstörung, ganz typische Pramipexol-Nebenwirkung, schon vergessen? Und die Tränen – ach, kommen Sie, das lässt sich üben ... Also: Solange Sie die wichtigste Zeugin nicht wieder aufs Spielbrett bringen, erkenne ich kein Schachmatt an.

Aber wir sind ja noch nicht ganz durch. Mal sehen, wie nah Sie der Wahrheit kommen. Räumen Sie das Spielbrett besser ein Stück weg von mir. Nicht, dass uns so kurz vor Schluss noch ein Tremoranfall einen Strich durch die Rechnung macht und das schöne Schweinesystem durcheinanderbringt und plötzlich nur noch m-y-s-t-i-s-c-h-e W-e-s-e-n übrig sind.

Bad Hersfeld, Dezember 1981

Lieber Paul Breitner,
Sie waren der Lieblingsfußballer von meinem Papa, bevor meine Mama ihm eine Büchse Dosenpfirsiche an den Kopf geschmissen hat. Das hat bestimmt damit zu tun, dass Sie gegen die Isolierhaft protestiert haben (dass Sie sein Lieblingsfußballer waren, nicht das mit den Dosenpfirsichen). Jetzt sind Sie auch der Lieblingsfußballer von Pete (aber nicht, weil Sie gegen die Isolierhaft protestiert haben, sondern weil Sie eine Frisur haben wie ein Black Panther). Pete wohnt in Iowa (das ist in den USA), und weil seine Mutter meiner Mama immer Lippenstifte geschickt hat, hat meine Mama Pete ein Fußballsammelheft geschickt. Als Sie dann auch der Lieblingsfußballer von Pete waren, ein Eintracht Braunschweig-Trikot (mit dem Hirsch). Jetzt wird es ein bisschen kompliziert, weil nämlich nicht nur mein Papa die Dosenpfirsiche an den Kopf gekriegt hat, sondern auch im Kopf von Petes Mama ein paar Pfirsiche durcheinandergeraten sind, was irgendwie mit den Lippenstiften zu tun hat, die sie meiner Mama immer geschickt hat. Jedenfalls ist Petes Mama jetzt tot und in Iowa ist es Winter und Pete friert bestimmt, wenn er immer nur das kurzärmelige Hirschtrikot anhat. Sie bekommen doch bestimmt zu jeder WM eine neue Trainingsjacke. Da

dachte ich, wenn Sie die alte Jacke von 1974 noch irgendwo hätten, vielleicht könnten sie die Pete schicken? Ich glaube, dann wäre er nicht mehr so traurig.

Vielen Dank, Ihre Pats

P.S. Ich kann mir vorstellen, dass das für Sie ziemlich kompliziert klingt. Wenn Sie das nicht verstanden haben, können Sie mich gerne anrufen: (außer in der Mittagsruhe 12-15 Uhr, ich wohne zur Zeit bei meiner Großmutter)

P.P.S. Passen Sie bitte auf sich auf und halten Sie sich in Form, wenn Sie nämlich 1982 wieder Weltmeister werden, ist Ihnen viel mehr Aufmerksamkeit sicher, wenn Sie gegen Isolationshaft protestieren.

Nach dem tragischen Tod ihres Mannes (Psychiatrie-Insasse von Kastanie erschlagen, Nov. 1981, BILD berichtete) liess Elisabeth K. ihre Tochter im Westen zurück, um in der DDR nach ihrem Geliebten zu suchen. Einem Mann, den die Stasi auf sie angesetzt hatte. In der Hoffnung, seinen Aufenthaltsort ausfindig zu machen, dient sich Elisabeth K. selber ihren Häschern an: Jahrelang arbeitet sie unter dem Schutz der Staatssicherheit unbehelligt in der Hotelwäscherei des Devisenhotels Neptun in Warnemünde. Sogar einen Jagdschein macht die passionierte Wildliebhaberin, die das MfS unter IM Kaltmamsell führte. Begeistert erinnern sich ehemalige Kolleginnen an eine westdeutsche Delikatesse, die Elisabeth K. in schier unerschöpflicher Menge in ihrer Tiefkühltruhe hortete: Königinpastetchen mit Ragout Fin.

Anders als der Rest der in der DDR untergetauchten Terroristen flog Elisabeth K. 1990 nicht auf. Dank ihrer Fremdsprachenkenntnisse (Elisabeth K. ist Englischlehrerin) betreute sie nach der Wende die internationalen Gäste des Hotels. Bis zu dem Tag, an dem die Ex-Terroristin Greta Maria H. nach zwanzig Jahren Haft wegen ihrer Beteiligung am Panzerfaust-Attentat auf den US-General Frederick Kroesen 1981 einen Kaffee auf der Terrasse des Hotel Neptun in Warnemünde trinken möchte.

Das hätte sich diese Ex-Terroristin wahrscheinlich auch nicht träumen lassen. Fährt nach ihrer Entlassung an die Ostsee, gönnt sich ein Kaffeegedeck auf der Hotelterrasse und plötzlich steht ihre Vergangenheit vor ihr. Klar redet so eine mit der Presse, RAF-Enthüllungsgeschichten gehen ja gut heutzutage. Danach war's nur noch eine Frage der Zeit, bis irgend so ein Enthüllungsjournalist die Tochter dieser Person ausfindig macht, die über 20 Jahre unerkannt im Osten untergetaucht ist. Die daraufhin Antrag auf Akteneinsicht im BStU-Archiv stellt. Sich ihre Version zusammenstrickt. Geheimdienste, Scheißspiel, naja, können Sie sich ja vorstellen, was im Kopf von einer vorgehen muss, die als Kind von ihrer Mutter sitzengelassen worden ist. Das steckt man nicht so leicht weg, wenn einem mit elf Jahren der Vater wegstirbt und die Mutter verschwindet. Einfach abgehauen ist. Untergetaucht. – Warum sie sie nie gesucht hat? Na, was hätte ihr diese Mutter denn schon sagen können? Was kann man einem Kind sagen, damit es aufhört zu glauben, es wäre schuld am Verschwinden der eigenen Mutter? Da muss man sich Legenden stricken, sonst ist das ja gar nicht auszuhalten. Reframing nennt sich das, hat mir der Klinikpsychologe hier erklärt. Dass es vollkommen unwichtig ist, wie plausibel eine Geschichte ist, so lange sie dir ermöglicht, mit einer traumatischen Erfahrung umzugehen. Denk dir einen Geheimdienst aus, einen Verräter, einen Schuldigen, und schon wird es leichter erträglich, dass deiner Mutter eben was anders wichtiger war als du. Sie haben die Bänder ja gehört, die die Therapeutin der Tochter mir, hm, ich sage mal, zur Verfügung gestellt hat ...

Back to business, bevor wir hier sentimental werden. Spielen Sie Schach? Dann kennen Sie ja das Prinzip der Bauernumwandlung: Wenn es Ihnen gelingt, Ihren Bauern durch die gegnerischen Linien bis auf die andere Seite durchzuschleusen, können Sie ihn in jede beliebige andere Figur umwandeln. Die meisten Spieler machen den Fehler, ihren Bauern gegen eine Dame einzutauschen. Aber auf die sind ja alle Blicke gerichtet. Ich habe die Unterverwandlung immer für viel klüger gehalten. Wenn man Sie unterschätzt, können Sie viel unbehelligter agieren. – Ich brauche jetzt jedenfalls erstmal eine Verdauungszigarette. Irgendwas rumort mir im Magen, wahrscheinlich hätte ich die letzten zwanzig Trockenfleischstreifen nicht alle auf einmal runterschlingen dürfen. Aber Sie wissen ja, Impulskontrollstörung ... – Ob Sie mir mal eben Feuer geben könnten?

 Tja, wer hätte das gedacht, dass die verhaltensbestimmenden Interessen dieser Person für uns doch noch nutzbar geworden sind. Sobald wir ihre Unterschrift hatten, hat der Gen. General sie bei sich in Bad Saarow untergebracht und, ich sag jetzt mal, Himmel und Hölle in Bewegung gesetzt. Im Januar 1982 ist ihre Übersiedlung nach Rostock erfolgt, Arbeit haben wir ihr in der Wäscherei vom Neptun Hotel verschafft. Die hat ja wirklich geglaubt, sie würde da seine jagende Nichte treffen. So haben wir die Zielperson des abgeschlossenen Vorgangs Kaltmamsell erfolgreich zur IM Waschmamsell gemacht. Ist übrigens die einzige der Übersiedlerinnen aus der Zeit, die nach 1989 nicht aufgeflogen ist. Da bin ich schon ein bisschen stolz drauf.

Den operativen Vorgang Kaltmamsell hatten wir im September 1979 als Ergänzungsmassnahme zum OV Stern eröffnet. Sie glauben gar nicht, wie viele Vorgänge wir damals angelegt haben, um Zugriff auf diese bundesdeutschen Terroristen zu erlangen … Ich hab das Stichwort ja vorhin schon genannt, um die verhaltensbestimmenden Interessen der Zielperson verhaltenswirksam zu machen, brauchten wir natürlich eine passende operative Legende. So haben wir unserem Mann eben die Bestellungslegende kommunistischer Dissident verpasst. - Der ungarische Hintergrund hat dem Ganzen noch ein bisschen Exotik verliehen. Völlig nebensächlich, dass unser Mann eigentlich Jugoslawe war, aufgrund unserer brillanten Bestellungslegende musste IME »Gulasch« nur noch die richtigen Knöpfchen drücken. Bei dem Miniaturformat natürlich nicht ganz einfach …

Trotz seiner Unterhaltungsqualitäten war der Vorgang zwei Jahre später zur Schliessung vorgesehen. Die Nummer im Wäschekeller hätten unsere besten DEFA-Regisseure kaum besser hinkriegen können - aber wir sind ja hier nicht die Hauptabteilung Unterhaltung. Zu dem Zeitpunkt hat der OV Stern längst seine operativen Früchte abgeworfen und die Informationen, die sie dem IME Gulasch im Speisewagen noch übergeben hat, waren letztendlich völlig irrelevant, weil die gesamte RAF-Riege ja ohnehin schon auf gepackten Koffern saß. Da haben am Objekt 74 ja längst Schiesstrainings stattgefunden. Wie das Gebaren der eingeschleusten Genossen Terroristen in unserem Schulungsobjekt gezeigt hat, waren die den Gepflogenheiten der Deutschen Demokratischen Republik durchaus nicht abgeneigt. Hipp hopp, rin in Kopp, Grillroster und Nordhäuser Doppelkorn, da stellt sich das nötige Vertrauen doch viel leichter ein, statt darauf zu warten, dass die verhaltensbestimmenden Interessen einer unberechenbaren, völlig neurotischen Zielperson verhaltenswirksam werden. Selbstkritisch möchte ich hinzufügen, dass wir möglicherweise beim Herauslösen des IME Gulasch aus dem OV *seine* verhaltensbestimmenden Interessen nicht hinreichend berücksichtigt haben. Schade ei-

gentlich, war ein guter Mann, der IME Gulasch.
So einen könnt ich heute gut gebrauchen.

FINAL CUT

SCHWEINESYSTEM

In Bad Gastein bin ich aus dem Zug gestiegen, die westlichen Dienste haben mich natürlich mit Kusshand genommen. Wofür die sich natürlich besonders interessiert haben, waren die Berichte und Arbeitsakten der DDR-»Kundschafter«, wie wir als inoffizielle Mitarbeiter der Staatssicherheit im Auslandseinsatz hießen. Es ist ja gewissermaßen schon fast dialektisch, dass man für die Vernichtung dieser Unterlagen '89 auf Technik vom Klassenfeind zurückgreifen musste: Reißwölfe made in Japan oder USA. Dabei war das Schreddern gar nicht das Problem, nur mit dem Verkollern ist man nicht hinterhergekommen, die Säcke mit dem gehäckselten Material haben sich damals bis in die Flure gestapelt, die wussten gar nicht mehr, wohin mit dem Zeug. Sollten mir eigentlich dankbar sein, dass ich einen Teil davon 1981 schon so vorausschauend entsorgt habe. Diese alberne ABM-Maßnahme, mit der man die ehemaligen Kollegen heute auf Staatskosten beschäftigt, die ganzen Schredderfetzen wie ein antikes Fußbodenmosaik zu rekonstruieren, ist ja ohnehin nichts als ein breit angelegtes Ablenkungsmanöver. Sie glauben doch nicht im Ernst, dass einer der effizientesten Geheimdienste des Kalten Krieges nicht wüsste, wie man Vorgänge legendiert und entsprechend auch wieder abwickelt? Ich hab da einfach vorausschauend gehandelt und meinen operativen Vorgang gegen eine neue Existenz eingetauscht. War einer der seltenen Fälle, dass einer aus dem Osten kommt und alle sich um seine Währung reißen ...

Aber als die alte Hafermann vor zehn Jahren nach ihrer Entlassung ausgerechnet im Neptun Kaffee trinken musste, musste ich natürlich handeln. Ich konnte doch nicht zulassen, dass mein Material so verwurstet wird. Mit der Wahrheit verhält es sich doch nicht anders als mit Fleisch. Ist nicht jede Erzählung der Versuch, ein Stück Realität haltbar zu machen? Nur über die geeignete Konservierungstechnik scheiden sich natürlich die Geister. Meine Haltung dazu kennen Sie ja. Gucken Sie sich die moderne Kühltechnik doch bloß an: Zerlegt, tiefgefroren, eingeschweißt, der Traum von der ewigen Haltbarkeit. Was für ein Quatsch. Lass da einmal den Strom ausfallen oder die Verpackung beschädigt werden. Dann holst du dein vermeintlich ewig haltbares Gefriergut aus der Truhe und es ist verdorben. Fleisch ist ein sensibles Lebensmittel, das hält sich selbst gekühlt gerade mal fünf Tage. Kommen Sie mir jetzt bloß nicht mit der Verpackung unter Schutzatmosphäre, diese ganze Schutzatmosphäre ist doch eine einzige Luftnummer – letztendlich macht der Sauerstoff nur, dass das Fleisch frischer aussieht, als es ist. Ich bleib dabei, Trocknen und Einsalzen ist die einzig wahre Konservierungsmethode für Fleisch … Ist danach fast unbegrenzt haltbar, Sie brauchen keine Kühltruhe und es macht jede noch so weite Reise mit. Wie meine Trockenfleischstreifen. Gleich fünf Kisten hab ich mir 2003 liefern lassen. War gar nicht so einfach, haben Sie schon mal versucht, Fleischprodukte in die USA zu importieren? Am schlimmsten haben die sich mit Büchsenfleisch, da muss aus dem Etikett hervorgehen, dass das Fleisch nach der Versiegelung in der Büchse erhitzt worden ist. Aber um Fleischkonserven ging's ja zum Glück nicht. Mein Trockenfleisch hab ich mit einem kleinen Umweg über Kanada dann ja doch noch legal eingeführt.

Aber ich ahne schon: So genau wollten Sie's gar nicht wissen. Das Ende gefällt Ihnen auch nicht. Trösten Sie sich: Das Testpublikum mag die erste Version meistens nicht ... Dafür gibt's ja den Final Cut. Nehmen Sie *King Kong* – übrigens auch nur aus Kaninchenfellen zusammengeschustert, wussten Sie das? –, musste mehrfach neu geschnitten werden. Weil das Testpublikum nicht aushalten konnte, dass so ein Riesenaffe der Hauptdarstellerin an den Brüsten rumspielen darf. Patzer sind da passiert, das glauben Sie nicht. Da drehen die einen halben Tag an einer Stop-Motion-Szene, die im Film gerade mal ein paar Sekunden dauert – und merken nicht, dass im Hintergrund eine Primel aufgeht, in der Filmsequenz läuft die dann natürlich im Zeitraffer ... Tja. Das war die Geburtsstunde der Tricktechnik. Was die inzwischen alles kann .... Klar fragt man sich da als Zuschauer, warum sollte ich mir da noch unbearbeitete Originalaufnahmen antun? Wo, bitte, kämen wir hin, wenn wir die Geschichte von Erinnerungen und Tonbändern schreiben ließen? An der Stelle kann ich mich nur wiederholen: Die originalgetreue Konservierung ist ohnehin eine Illusion. Gibt Dinge für Originale aus, die letztendlich auch bloß eine Schnittversion sind: Voyeuristische Verfassungsschutz-Mitschnitte, Softpornos auf dem Flokati, manipulierte Tonbänder – wer will denn sowas sehen? Ich bin überzeugt, dass die historische Wahrheit auf bestimmte Szenen verzichten kann.

Sie verstehen mich, oder? Gut. Dann lasse ich Sie mit den Originalaufnahmen und der Fernbedienung allein. Hier: *Markieren, Ausschneiden* und *Löschen*. Ich muss Sie ja nicht daran erinnern, dass Sie eine Vertraulichkeitserklärung unterschrieben haben. Ich setze mich solange an den Final Cut.

Break the dull Steak Habit

Verzweiflungstat oder tragischer Unfall? Schlachtarbeiterin kommt bei Explosion ums Leben. Möglich, dass die 34-jährige Shirley P. die Explosion aus Verzweiflung über den tragischen Unfalltod ihres Bruders beim Zusammensturz des Hyatt Regency in Kansas City im Juli diesen Jahres selbst herbeiführte. Auch einen Zusammenhang mit der kürzlich erfolgten Schliessung etlicher Schlachtbetriebe, zuletzt die Schweineschlachtstrecke in Dubuque, schliessen die Behörden nicht aus.

Motel Flamingo, November 15th 1981

Dass gleich beim ersten Versuch ihr Trailer in die Luft gehen würde, konnte sie ja nicht ahnen.

Shirley zieht den Aschenbecher mit dem *Motel Flamingo*-Aufdruck über die Tischplatte. Eine Zigarette noch, bevor sie in den Bus steigt. Flamingo, passend zu rosa Träumen und pinkfarbenen Hummeln. Im selben Motel hat Sue diesen Sommer gesessen, bevor Carol sie Mary Kay vorgestellt hat. Hat sie wirklich geglaubt, dass irgendwann auch Carols Traum unschuldig gewesen sein muss? Die Carols dieser Welt werden in Serie produziert. Es reicht nicht, eine davon auszuschalten. Es ist die serielle Carolproduktion, die sie stoppen muss.

Das ist Shirley an dem Tag klargeworden, als die Teelichter ihr flackerndes Licht durch die Augenhöhlen ihres Halloweenkürbis' auf die Seiten des *Anarchist Cookbook* geworfen haben, das Greta Maria Hafermann ihr geschenkt hat.

Anarchisten haben kein Interesse an ordnungs-
gemässer Opposition. Anarchisten favorisieren
Belästigung, Konfusion, Unterwanderung und Zer-
störung als realistischste und angemessenste Be-
tätigung in einer Welt voller Chaos. »Positive«
Kritik und Opposition würde sie zu einem Bestandteil dieser Welt machen.

Was Greta Maria Hafermann bewogen hat, ihr dieses Buch zu schenken, in dem furchtbar umständlich das ausgedrückt wird, was sie gerade fühlt, weiß Shirley nicht. Aber sie weiß, wie es ist, wenn das »Positive« einen zum Bestandteil einer Welt macht, die einem nicht gefällt. Dann kam die entscheidende Passage. Dass sie es sich sparen kann, ihre Zukunft in Tages- und Wochenziele einzuteilen, auf Klebezetteln an ihr Leben zu heften und abzuarbeiten. Dass es Zeitverschwendung ist, nach einer Wahrheit Ausschau zu halten und davor niederzuknien. Dass sie viel konsequenter sein muss. Das Bestehende ins Wanken bringen muss. Ohne Rücksicht auf Verluste.

Anarchisten wissen nicht, wo die Reise hingeht,
also ist jeder Weg der richtige.

Für den Kampf, der ihr bevorsteht, gibt es keine goldene Regel. Kein Skript. Nur ein Bewusstsein kann sie entwickeln. Hoffen, dass es sie in die richtige Richtung trägt. So zumindest hat sie das verstanden. Und eine Fahrkarte nach Dallas gekauft.

Carol kann ja auch gut mit Worten. Aber den Worten in Gretas Buch ist anzumerken, dass es dem, der sie gesagt hat, nicht darum geht, bald einen Cadillac zu fahren. Dass es ihm ziemlich egal sein kann, ob jemand seinen Worten folgt oder nicht. Es muss dieser Unterschied zwischen Carols Worten und den Worten in Greta Maria Hafermanns *Anarchist Cookbook* sein, ab da jedenfalls hat Shirley den Inhalt der Popcornkiste unter dem Trailer mit ganz anderen Augen gesehen. Natürlich wollte sie immer an Harley Deans Popcornbude glauben. Trotzdem hat sie schon in der Nacht, in der sie aufgebrochen ist, die Frauen von Boone zu befreien, geahnt, was sich zwischen dem Popcornmais verbirgt. Warum die Kisten so schwer sind. Noch am selben Abend, kaum waren die Rücklichter von Harley Deans Pickup in der Nacht verschwunden, hat sie zusammen mit Vic jede einzelne Kiste durchwühlt. Aber erst, seit sie das Kochbuch mit den anarchistischen Rezepten aus Deutschland mitgebracht hat, weiß sie auch, wie sie die Popcornladung einsetzen muss. Vor allem, wo. (Dass ihr gleich beim ersten Versuch der Trailer hochgeht, war zwar nicht geplant, hat ihr aber einen grandiosen Abgang verschafft.)

Shirley spuckt den Nagelhautfetzen, den sie gerade abgebissen hat, in den Aschenbecher des Motel Flamingo in Carrollton/Dallas, keine zwanzig Meilen von dem Gebäude entfernt, in dem die Serienträume erdacht und die Seriencarols erzeugt werden. Dort muss sie hin, das Scheinwerferlicht erobern, das Harriet und Betty und Annie und all den anderen zusteht. Auch wenn die Scheinwerfer erst hinterher auf sie gerichtet sein werden. Greta Maria Hafermann hat Recht. Für den Weg, der vor ihr liegt, braucht sie festes Schuhwerk.

Mit erhobenem Kopf, die Haare mit Aqua Net festgesprüht, über der Schulter die schwere Umhängetasche, besteigt sie den Bus, den sie an der Corporate Row, Dallas, Texas, verlassen wird, um den Parkplatz zu überqueren, auf dem unzählige Reihen pinkfarbener Cadillacs stehen. Voller Bewunderung lässt der Busfahrer seinen Blick an ihrem Körper entlanggleiten, als die Bustür sich öffnet. An ihren Lippen bleibt er hängen. *Paradise Pink*. Hat sie immer gut verkauft, aber nie selbst verwendet. Heute hat sie gleich vier Stück eingepackt. Heute wird sie im Scheinwerferlicht stehen. Selbst wenn am Eingang ihre Handtasche kontrolliert wird, mit vier Lippenstiften, einer Großpackung Popcorn und einer Polaroidkamera geht sie jederzeit als unverdächtiger Mary-Kay-Fan durch.

Mit erhobenem Kopf, die Haare mit Aqua Net festgesprüht, über der Schulter die Umhängetasche mit Lippenstift, Popcorn und Polaroid überquert sie den Parkplatz vor dem Mary-Kay-Headquarter in Dallas, Texas, auf dem sich die Sonne in den Karosserien unzähliger pinkfarbener Cadillacs spiegelt. ›Make me feel important‹, stehe jeder Frau auf die Stirn geschrieben, rechtfertigt Mary Kay ihr Geschäftsmodell. Heute ist ihr das gelungen. Heute macht Mary Kay, dass Shirley sich bedeutend vorkommt.

Carol hat es sich nicht nehmen lassen, ihr höchstpersönlich einen Termin im Headquarter zu verschaffen. Schließlich ist die kleine Schlachtarbeiterin aus Iowa, die *Mary Kay Cosmetics* mit Elisabeths Brief den deutschen Markt eröffnen wird, *ihr* Verdienst. Dieses eine Mal lässt Shirley Carol ihre Story noch teilen. Nur den Schluss, den wird sie in der Zeitung nachlesen müssen.

Noch einmal wird sie sich ausziehen, um Frauen zu befreien. Nur wird sie heute nicht auf einer Polizeistation enden. Heute werden sich die Scheinwerfer auf sie richten. Sie wird eine ganze Nation erreichen. Noch einmal wird sie einen Striptease hinlegen. Aber diesmal wird sie sich nicht auf ihr nacktes Fleisch verlassen. Sich nicht mehr über eine Lüge definieren. *Break the dull steak habit.* Sie wird der Lüge das falsche Etikett vom Leib reißen und zum Vorschein bringen, als was Frauen hier wirklich betrachtet werden. Als Formfleisch. Als Schlachtstücke.

Sie ist durch die großen Glastüren getreten, hat der Empfangsdame ihren Namen gesagt und sich den Besucherausweis ans Revers geklemmt. Den Weg zur Damentoilette säumen Schaukästen mit Erinnerungsstücken aus fast zwanzig Jahren *Mary Kay Cosmetics* und aus riesigen Bilderrahmen verfolgt die weißhaarige Mary Kay in vielfacher Ausführung jeden Schritt, den Shirley durch ihre heiligen Hallen macht.

In der Besuchertoilette schiebt Shirley als erstes den schweren Abfalleimer für Kosmetiktücher unter die Türklinke. Ab jetzt hat Mary Kay keinen Zutritt mehr, ab jetzt definiert sich Shirley wieder selbst. Sie tritt an die Spiegelfront und stellt die Umhängetasche ab. Diesmal steht keine deutsche Studienrätin mit Pixie-Cut neben ihr und bewundert ihren Lippenstift. Diesmal stehen nur eine Popcornbox, vier Lippenstifte und eine Polaroidkamera auf der Waschbeckenablage. Sie atmet tief durch und löst den obersten Knopf ihres Blazers. *Ich bin attraktiv.* Sie zieht ihren Blazer aus und öffnet die Blusenknöpfe. *Ich bin kontaktfreudig.* Sie denkt an den Walmart-Parkplatz und zieht den Reißverschluss an ihrem Kostümrock auf. *Ich arbeite gern mit Menschen.* Denkt an Annie, Betty, Sue, Harriet und die anderen. Steigt aus den Pumps, rollt die Nylonstrümpfe über die Füße und schiebt die Unterhosen über die Hüften. *Ich bin entschlossen.* Sie greift nach einem der vier Lippenstifte, die aufgereiht vor ihr stehen. Senkt die Augen. Wenn sie in den Spiegel guckt, beschriftet sie sich noch seitenverkehrt.

Zehn Minuten später stehen vier leere Lippenstifthülsen auf der Waschbeckenablage. Mit spitzen Fingern wedelt sie das Foto, das sie gerade dem Ausgabeschacht der Polaroidkamera entnommen hat, trocken. Dann öffnet sie die Pappflügel, mit denen der Popcornkarton verschlossen ist. Beim Umschnallen erinnert der schwere Gürtel ein bisschen an diese Korkgürtel für Nichtschwimmer, aber natürlich wird er sie nicht vor dem Ertrinken bewahren. Im Gegenteil. Wie Popcorn wird sie durch die Luft fliegen.

Kurz darauf jagen in Dallas, Texas, die ersten Einsatzkräfte mit Sirenen und Blaulicht über den Regal Drive. Die ehemals spiegelnde Glasfassade starrt aus geborstenen Fensterscheiben auf ein Heer pinkfarbener Cadillacs. Wie Brillanten funkeln die Glassplitter in den letzten Sonnenstrahlen.

Wenige Stunden nachdem die Spurensicherung den Briefumschlag mit dem Polaroid aus einem Blechspender für Papierhandtücher in der Besuchertoilette des Gebäudes gefunden hat, steht sie im Scheinwerferlicht der Nation.

»*Don't bee-lieve the Bumblebee-lie. Women like us will never fly*, glaub bloß nicht an die Hummel-Lügen – Frauen wie wir werden niemals fliegen!« lesen Annie, Sue, Sally, Peg, Gloria, Harriet und Vic am nächsten Morgen auf der Titelseite der Dallas Morning News. Darunter ein Polaroidfoto, auf dem ihre Freundin Shirley zu sehen ist. Splitterfasernackt. *4%. 9%. Make my dream come true. Get me a Cadillac. Order me rich,* steht mit pinkfarbenem Lippenstift auf ihrer Haut geschrieben. Shirley Eudora Pesterneck hat sich ausgezogen, um eine Lüge zu entblößen, glauben Annie, Sue, Sally, Peg, Gloria, Harriet und Vic. Shirley Eudora Pesterneck hat sich in die Luft gesprengt, um zu beweisen, dass Frauen nicht fliegen können, glaubt die Zeitung zu wissen.

 *Finom Volt.* Erinnern Sie sich noch? Ist ungarisch. Lecker war's. Tja. Dass der debile Pflegeheiminsasse, der Sie dafür bezahlt, seine alten Bänder zu sichten, und Sie mit seinen traditionellen Konservierungstechniken langweilt, zu jedem Zeitpunkt alles im Griff gehabt haben könnte, haben Sie nicht geglaubt, stimmt's? Tremorfrei seine Steinchen verschoben und seine Partie zu Ende gespielt. Trotz Parkinson. – Leider kann ich mich jetzt selber nur noch per Konserve von Ihnen verabschieden, meine Abholung ist nämlich schon da. Stilecht in Gabardineanzügen natürlich. Würde Ihnen in New York kein Mensch mehr abkaufen, aber hier bei uns sind wir ja in den Gabardine-70ern stehen geblieben … *I've gone to look for A-me-ri-ca*, Simon and Garfunkel, kennen Sie doch, oder? Dazu musste ich wohl erst nach Amerika kommen. Um mich von Herren in Gabardineanzügen abholen zu lassen. *Fizetni szeretnék.* Die Rechnung bitte. Diesmal bin ich ja wirklich bereit, die Rechnung zu übernehmen.

Ich vermute mal, ich komme nicht mehr dazu – ob Sie das Band wohl löschen würden, wenn Sie es zu Ende gehört haben? In meinem Fall überlasse ich *Ihnen* den Final Cut. Die Entscheidung, ob es mich gegeben haben wird. Oder nicht.

 Viele der Techniken, derer man sich damals bediente, wären heute in einer demokratischen Gesellschaft intolerabel, selbst wenn sämtliche Zielpersonen in gewalttätige Aktivitäten involviert gewesen wären, aber COINTELPRO ging weit darüber hinaus ... Das Bureau (FBI) führte eine ausgeklügelte Operation durch, die voll und ganz darauf ausgerichtet war, das im ersten Verfassungszusatz garantierte Recht der freien Rede und der freien Vereinigung zu verhindern, ausgehend von der Theorie, dass man die nationale Sicherheit schützen und Gewalt verhindern könnte, wenn man nur die Ausbreitung gefährlicher Gruppierungen und ihrer gefährlichen Ideen eindämmen würde.

BONUS TRACKS

Chronik 1979–2013

1971

»Suppose we imply that a pretty little blond actress from Iowa is having a baby with a black militant from California. In this way, not only will we jeopardize her career, but we can convince Americans that the only reason a white woman works with black people is sexual.« FBI-Memo

1976

MfS-Richtlinie 1/76 zur Entwicklung und Bearbeitung Operativer Vorgänge (OV).

1979

MfS-Befehl 17/79 zur Aufklärung, vorbeugenden Verhinderung und Bekämpfung subversiver Pläne, Absichten und Maßnahmen linksextremistischer und trotzkistischer Organisationen, Gruppen und Kräfte.

Das Bundesamt für Verfassungsschutz gestattet Amtsinspektor Heinz Carolus, das Mitarbeiterverzeichnis des BfV bis Buchstabe B ans Ministerium für Staatssicherheit der DDR zu übermitteln. Dessen Operativkasse finanziert im Gegenzug Heinz Carolus' Opel-Kadett.

1980

Who shot J.R.?, die vierte Folge der vierten Dallas-Staffel erreicht mit 83 000 000 Zuschauern die höchste Einschaltquote in der US-Geschichte.

1981

MfS-Dienstanweisung, verstärkt Operative Vorgänge zu bestimmten terroristischen Kräften im NSW-Gebiet durchzuführen, um Erkenntnisse über Mitglieder, Sympathisanten, Rekrutierungsmechanismen und Hinweise auf Verbindungen zu gegnerischen Geheimdiensten zu gewinnen.
In Briesen, Forsthaus an der Flut, Objekt 74, DDR, veranstaltet das MfS Schießtrainings für RAF-Mitglieder.
Alexander steigt in Bad Gastein aus dem Zug, in der Sichtungsstelle des Zentralen Aufnahmelagers (ZAH) erfolgt seine Überprüfung durch die BND-Unterabteilung Befragungswesen, im Anschluss einjähriger Aufenthalt im zentralen Vernehmungs- und Befragungszentrum «Camp King» Oberursel/Taunus.
Im Juni Hinrichtung von Werner Teske; Klaus Kuron, Bundesamt für Verfassungsschutz heuert beim MfS an.

1982

Schließung der Hormel-Schlachtanlage, Fort Dodge, USA.
Wiederöffnung der Monfort-Schlachtfabrik, Greeley, ohne Gewerkschaft.
Schließung der Dubuque Packing Company, Dubuque und Rochelle, Illinois.
Reagans *Executive Order* 12 356 ermöglicht dem FBI,

die Herausgabe von Dokumenten gemäß *Freedom of Information Act* aus nahezu jedem beliebigen Grund zu verweigern.

Der *Intelligence Identities Protection Act* verhindert die unautorisierte Offenlegung von Informationen zur Identifikation von Geheimdienstbeamten, Agenten, Informanten und Quellen.

FBI-Resettlement Alexander Kranicic (aka IME Gulasch) unter neuer Identität als Sasha Crane in Dallas, Texas.

1983
Heißluftballonfahrer Maxie Anderson kommt beim Versuch, den Grenzübertritt nach Ostdeutschland oder die Tschechoslowakei zu verhindern, ums Leben.

1986
Eröffnung der deutschen Niederlassung von Mary-Kay Cosmetics.

1989
Alexander (»Sascha«) Prinzipalow übergibt im SMAD Karlshorst die HVA-Agentenkartei auf Mikrofilmrollen an einen KGB-Verbindungsoffizier.

1990
Am 17. Juni wird Greta Maria Hafermann in der DDR entdeckt und inhaftiert.

1991

Ein KGB-Offizier bietet einer US-Botschaft die Rosenholz-Dateien; Kaufpreis: 75 000 Dollar.

2002

Sasha Crane hält vor der FBI Agents Association einen Vortrag über die Operative Psychologie des MfS.

2003

Mary Kay Ash wird als weibliches Gegenstück zu Henry Ford posthum zum »Greatest Female Entrepreneur in American History« gekürt.

2004

Die USA übergeben die Rosenholz-Dateien an die Bundesrepublik.
Sasha Crane importiert 25 kg falsch deklariertes Dörrfleisch aus Deutschland über Kanada in die USA.

2013

International Jean-Seberg-Film-Festival in Marshalltown, Iowa, anlässlich des 75. Geburtstages der 1975 verstorbenen Jean Seberg.
Sasha Crane bezieht ein Zimmer in der Marshalltown Village Cooperative.

2014

21.–23.11. International Jean-Seberg Festival präsentiert Sasha Cranes Aufzeichnungen und Bänder.

Ich danke.

Sebastian Funke, der eine Flasche in ein Genogramm gezeichnet und das *Schweinesystem* damit auf den Weg gebracht hat. Christian, dessen »Container-System« mir ermöglicht hat, den Stoff zu strukturieren. Shirley. Für ein Jahr in Iowa, *Watchamacallits* bei Ben Franklin in Perry und dafür, dass sie ihren Namen geliehen hat. Michaela Mullin. Für die Begleitung zum Jean-Seberg-Filmfestival in Marshalltown, eine Nacht im *Motel Flamingo* & »being in sync«. Karenin, Lotta und Mattis. Für all das Eis, das wir in den letzten Jahren nicht gegessen, die Ausflüge, die wir nicht gemacht, die Filme, die wir nicht gesehen haben. Nicht zu vergessen die klugen Fragen, die sie gestellt haben. Talina und Beate, die eine erste Version gelesen haben. Conny Lotthammer. Für so unbezahlbare wie unbezahlte Textkritik und die Lizenz fürs *Schweinesystem*. Frau Richardt. Für unerschütterlichen Glauben, unerschütterliche Freundschaft und Holzstapeln in Brach. Jutta und Manu. Für einen Samtsessel im Kaminzimmer und einen Pfau, der täglich einen Zitronenkuchen bekommt. Frau Mende. Für ein Taxi nach New York. Uta und Luci. Für einen Nachnamen. Georg Klein, der sein Fensterputzen unterbrochen hat, um mir ein paar Dinge ganz deutlich zu sagen, und auch weiterhin mit mir gesprochen hat, als ich diese Dinge zum Teil in den Wind geschossen habe. Uta Finke (die *nichts* mit Carol Sendich gemein hat). Für eine Mary-Kay-Party. Matthias Senkel. Für eine Zugfahrt durch Tunnel und Berge, vorbei an Kühen und Sonnenuntergängen. Pip Gordon und Nancy Adams vom Orpheum Theater, Marshalltown, Iowa. Janet Weaver vom *Iowa Women's Archive*. Tracy Coenen und all den ehemaligen Mary-Kay-Vertreterinnen, die auf *Pink Truth* ihre Mary-Kay-Erfahrungen teilen. Liesel Schwind für Waldhilsbacher Geschichten. Ijoma Mangold für die Richtigstellung geographischer Verhältnisse rund um Königstuhl und Thingstätte. Der Kulturstiftung des Landes Sachsen. Alheidis und Ebs in Gera, Maria und Hannes in Idar-Oberstein, Gaby und Axel in Leipzig. Weil wir Geschichten nur erzählen können, wenn uns jemand an der Zeit teilhaben lässt, in der wir noch nicht dabei waren. Sven. Für seinen Anteil daran, das Schweinesystem sichtbar zu machen. Mr. Tom Miller. Für gnadenloses Lektorat und Gnadenbrot für Aleksandar Kranicic.

Last, not least: All denen, die versuchen, der Überwachungsmaschinerie die Stirn zu bieten. Weil Dank allein dieses Engagement nicht finanziert, gehen für jedes verkaufte Exemplar des *Schweinesystems* 10% meiner Einnahmen an netzpolitik.org e.V.

Leseprobe aus

JELLE BEHNERT

LIEBE STEINE SCHERBEN

ROMAN

I

Das Mittagsgespenst

Hitzefrei. In der gleißenden Mittagssonne warte ich auf Tilda. Ich sitze auf einem Pfeiler ihres Gartenzauns, von da kann ich die ganze Straße überblicken. Wir wohnen in einer Sackgasse mit einem Wendekreis.

Tilda sammelt Papierschirmchen, die man in Eiskugeln sticht, und trägt Haarspangen mit Plastikschmetterlingen. Sie hat einen Garten, eine Schaukel und ein Baumhaus. Sie ist vierzehn und rothaarig. Tilda findet sich schön. Ihre Schönheit ist ein Befehl, dem ich gehorche. Ich bin wehrlos gegen sie. Dafür ist sie wehrlos gegen das Mittagsgespenst. Ein Gespenst, das Kinder wegsaugt ins Nichts. Das Mittagsgespenst kommt genau zur Mittagsstunde und nur im Sommer, wenn die Luft vor Hitze flimmert und der Teer am Rande des Asphalts weich wird wie Knetgummi.

Am Wendekreis ist noch nichts von ihr zu sehen. Die Luft flimmert wie nach einer Atombombenexplosion. Ich komme mir vor wie der einzige Überlebende, der Ausschau hält, ob noch jemand kommt. Aber Angst, dass mich ein Gespenst am Mittag holt, habe ich nicht. Ich weiß nämlich, dass Tilda Angst haben will. Es gefällt ihr, sich zu gruseln. Tildas Angst ist wie ein schwarzes Loch in der Mittagsstunde. Ein Loch in ihrem Kopf. Sonst nirgendwo. Ich soll auch Angst haben, fordert sie. FÜRCHTE DICH! Das ist unser Gesetz, auch wenn ich nicht einsehe, warum. Ich fürchte mich. Aber wir haben noch ein anderes Gesetz, an das ich mehr glaube als sie: TILDA UND ICH, ICH UND TILDA.

Es ist nicht langweilig, nur zu warten. Man kann über alles Mögliche nachdenken. Ich denke an Nastassja Kinski. Seit dem *Tatort* denke ich nur an sie. Das gehört zu den Sachen, die ich Tilda nicht sage, weil sie mein Geheimnis sind. Ich denke darüber nach, ob Nastassja Kinski mich haben möchte, obwohl ich erst dreizehn bin und sie sechzehn. Da sehe ich Tilda am Wendekreis.

Wenn Tilda kommt, ist als Erstes eine Flamme aus roten Haaren am Horizont, und je näher sie kommt, umso größer wird das Feuer um sie. Mein Herz klopft, als wenn ich zusehe, wie ein Komet brennend die Atmosphäre durchbricht und auf der Erde einschlägt! Der Kopf eines Kometen ist eine Gluthülle aus leuchtenden Gasmassen und heißt Koma, Tildas Kopf ist eine Koma aus roten Haaren. Davon kommt ihr ganzes Licht, ihre ganze Einbildung.

Tildas Gestalt verschwimmt und teilt sich wie eine Zelle in zwei Gestalten. Ich muss scharf hinsehen, um zu erkennen, was da durch das Hitzeflimmern auf mich zukommt. Tilda und ein Junge.

Und dann ist sie da.

Sie setzt sich auf den anderen Zaunpfeiler an der Eingangspforte. Den Jungen, den sie mitgebracht hat, lässt sie auf der Straße stehen. Es gibt keinen dritten Pfeiler für ihn.

Wie der da steht. Wie einer vorm Tribunal. Ich merke gleich, dass an dem was Sonderbares ist, das Gegenteil von dem Besonderen, das Tilda für uns in Anspruch nimmt. Damit meint sie zuerst mal sich selber und dann alles, was ihr gehört: ihren Garten, ihren Hamster, ihr Baumhaus und mich.

Sie zeigt mit dem Finger auf mich. »Das ist Johann.«

Ich habe die Sonne im Rücken, ihm blendet sie ins Gesicht. Er beschirmt die Augen mit der Hand. Der Schatten verdunkelt seinen Blick, so dass ich auf seinen Mund schaue. Er hat da eine Narbe. Wie eine Raupe auf der Oberlippe. Eine Hasenscharte.

Jetzt zeigt Tilda mit dem Finger auf ihn. »Das ist Sebastian.«

Sebastian schaut zu mir hoch, so stumm verschwitzt wie einer, der seinen Auftritt hatte und sich nun dem Urteil unterwerfen muss.

»Na, Hasenfresse«, sage ich.

Ich sonne mich in der Stille. Bis Tilda vom Zaunpfeiler springt. Sie landet direkt vor Sebastian und leckt mit der Zunge über seinen Mund und die Narbe. Sebastian weicht nicht zurück, zuckt nicht zusammen, er sieht mich über Tildas Schulter hinweg ganz ruhig an. Da erwischt mich der eiskalte Schock. Tilda und er, er und Tilda.

Tilda hat fünf Barbies und einen Ken. Die Barbies kriegen immer neue Anziehsachen, Handtaschen, Stöckelschuhe und all so'n Zeug. Ken hat nichts. Nicht mal eine Unterhose. Ken ist nackt. Weil ich mit Ken spiele, ist es meine Sache, ihm was zum Anziehen zu kaufen, wenn mir seine Schwanzbeule peinlich ist, sagt Tilda. Darum bleibt Ken nackt. Weil es mir peinlich ist, nach Sachen für Ken in einem Barbiepuppenladen zu suchen, wo nur Mädchen rumwühlen.

»Wie findest du ihn?«, will Tilda wissen.

»Meinst du den Gesichtskrüppel?«

»Ich find seine Narbe cool«, sagt Tilda. »Die ist Punk.«

»Was soll die sein?«

»Punk.«

Ein neues Wort. Wie immer erklärt sie es nicht.

Kommt der wieder? Ist das der, den Tilda gemeint hat, als sie sagte, sie weiß einen für unsere Bande? Einen, der gefährlich ist. Tilda hat bestimmt, dass wir eine Bande gründen. Eigentlich dachte ich, dass wir schon eine Bande sind, Tilda und ich, ich und Tilda. Tilda kann meinetwegen auch der Chef unserer Bande sein. Aber Tilda meinte, zu einer Bande müssen mehr gehören als zwei. Sie als Chef. Ich als Zweiter. Und dann muss noch einer dazu, den wir in unsere Bande aufnehmen. Ob ich einen kenne? Klar kenn ich welche. Aber Tilda fand noch nie Freunde von mir gefährlich. Da sagte sie: »Ich weiß einen.«

Wir finden, dass man mit zwölf ins Koma fallen und erst mit sechzehn wieder aufwachen sollte. Dann würde man die Pubertät verschlafen, in der man zwischen Kindheit und Klarheit ist. Für uns vergeht die Zeit auf extrem kurze Sicht. Wir können nur ein paar Stunden sicher überblicken. Ein ganzer Tag ist nichts Gewisses. »Heute ist wieder so ein scheißschöner Tag.« Das ist Tildas Spruch, wenn sie nicht fassen kann, dass alles immer so ist wie immer. Denn sie findet, das Leben ist einsturzgefährdet oder so. Zeit ist eine kipplige Sache. Unsere Kindheit ist eine Pyramide. Die Spitze bedeutet: *Jetzt!* Auf dieser Spitze steht unsere ganze Zukunft wie eine Luftspiegelung der unteren Pyramide. Die Spitze der Vergangenheit trägt die Spitze der Zukunft: Zwischen *Jetzt!* und *Und dann?* sind wir da, und unser ganzes Leben steht immer auf dem Spiel.

Wenn sie solche Sachen erzählt, ist sie keine Bestimmerin mehr. Dann bewundere ich sie auch ohne Befehl.

»Heut ist wieder so ein scheißschöner Tag«, sagt Tilda und füllt den Trinknapf ihres Hamsters mit frischem Wasser. Knabberstangen kriegt er auch. Der Hamsterkäfig steht auf der Fensterbank. Tilda zeigt nach draußen. »Da!«

Sebastian macht die Pforte auf und kommt rein. Gleich darauf klingelt es.

»Du gehst«, befiehlt Tilda.

Von mir aus. Ich gehe auf den Flur. Hinter der Glastür zeichnet sich seine Gestalt ab. Verschwommen. Er sieht mich auch. Verschwommen. Ich mache die Tür auf. Mein Blick geht an ihm runter und wieder rauf zu seiner Fresse. »Na?«, sagt Sebastian mit einer Lampenfieberscheu, die mich zu umkreisen scheint. Ich schlag die Tür zu.

»Wo ist er?«, fragt Tilda, als ich wieder ins Zimmer komme. Sie schaut aus dem Fenster. Draußen geht Sebastian weg. Da rennt sie ihm nach. Die Haustür kracht. Die ist aus Panzerglas, weil ihre Eltern ein echtes Gemälde über dem Kamin haben. Tilda sagt, das Mädchen auf dem Gemälde sei sie. Botticelli habe sie gemalt, wie sie auf einer Muschel steht, aber das hätten ihre Eltern zu kitschig gefunden, darum hat Andy Warhol nur ihren Kopf mit dem Feuerschweif noch mal neu abgemalt. Muss nicht stimmen. Kann aber sein. Das Mädchen auf dem Gemälde sieht genau so aus, wie ich Tilda malen würde, wenn ich malen könnte. Oder wie ich Glück malen würde, wenn man Glück malen könnte. Tildas Haare tanzen wie wilde Flammen in der Luft. Das Bild flirrt so vor Hitze, dass man glaubt, Glück ist eine Fieberhalluzination.

Als ich rauskomme, sitzen Tilda und Sebastian drüben auf dem Bürgersteig in der knallen Sonne und flüstern. Mir wird ganz schwer, als ich über die Straße zu ihnen hingehe. Zu zweit ist alles leicht. Zu dritt ist einer die Sträflingskugel, die die zwei mit sich rumschleppen und loswerden wollen. Ich will nicht die Sträflingskugel sein. Ich will, dass der die Sträflingskugel ist und Tilda und ich miteinander abmachen, wie wir den loswerden.

Ich setze mich daneben. Sie hören auf zu flüstern. Als wenn das Licht seine Messerklingen wetzt, so bedrohlich ist die Stille.

In der Hitzestunde am Mittag ist die Welt ausgestorben. Niemand geht dann nach draußen. Als wären alle Erwachsenen tot.

Tilda drückt ihre Zehen in den weichen Teer, dann zieht sie sie wieder raus. Sie guckt sich an, was sie gemacht hat. »Das hier ist der Beweis, dass ich da bin.«

»Wir sind auf Fotos drauf«, sagt Sebastian.

»Das ist Papier. Ein Feuer, und weg bist du.«

Sie reißt etwas Teer heraus. Sie presst den Brocken zu einer flachen Scheibe und hält die gegen die Sonne. Um ihren Rand schimmert ein Kranz von Licht. Tilda nimmt eine Schmetterlingsspange und ritzt damit etwas in die Teerscheibe ein. Sie lässt uns sehen, was sie schreibt. Seinen Namen: *Sebastian*. »Siehst du.« Ihren Blick hat sie auf Unendlich gestellt. Den Blick hat sie auch, wenn sie die *Bay City Rollers* anhimmelt. Oder was Grausames ausbrütet.

»Es kommt aus dem Wasser«, flüstert sie. »Wenn es hell, heiß und still ist. Dann kommt es und holt einen.«

»Was kommt?«, fragt Sebastian.

»Das Mittagsgespenst.«

Eigentlich ist das Mittagsgespenst unser Geheimnis. Auch wenn ich nicht daran glaube, das geht Sebastian nichts an. Tilda und er schauen in die Sonnenstichhitze, wie hypnotisiert davon. Aber da ist nichts. Da ist nur dieser Mittag, von dem nur Tilda glaubt, dass er töten kann. Sie schlingt ihre Finger in Sebastians Hand. Beide blicken die Straße hinunter, wo am Wendekreis die Luft in der Mittagsglut flimmert.

»Wen das Mittagsgespenst holt, der verschwindet für immer«, sagt sie zu Sebastian. »Aber uns beide kriegt es nicht. Es holt einen, der alleine ist.«

Ich sehe auf einmal in der hellen Sonne etwas Finsteres. Es kommt auf mich zu, es kriecht mir kalt über die Haut. Etwas Gespenstisches holt mich. Ich bin alleine.

Jeder hat Dinge, die zu wichtig sind, um vergessen zu werden. Tilda sammelt ihre in einer Schachtel. Ihre Milchzähne. Den Zopf ihrer Oma, gerollt zum Dutt und durchbohrt mit Haarnadeln. Von ihrem toten Opa zwei Manschettenknöpfe mit Hakenkreuz. Eispapierschirmchen und Schmetterlingsspangen.

Ich besitze auch eine Schachtel für ein Ding, das zu wichtig ist, um vergessen zu werden. Meine ist das Baumhaus. Weil Tildas Vater keine Ahnung hatte, wie man ein Baumhaus baut, hat mein Vater das gebaut und dafür Geld bekommen. Mein Vater kann alles bauen. Das Wichtige da drin ist noch nicht passiert. Mein erstes Mal mit Tilda. Der Gedanke kam mir, als ein Sommerregen auf uns niederging. Wir flüchteten ins Baumhaus. Der Regen rauschte. Die Luft dampfte. Tilda legte sich lang und bettete ihren Kopf in meinen Schoß, die Haare flossen wie Ketchup über meine Beine. Von da an war mein Lovesong im Universum. Dafür hat Tilda das Baumhaus gekriegt. Damit ich Tilda da drin kriege. Aber vorher muss ich noch Schamhaare kriegen. Erst dann.

Tildas Zimmer ist eine rote Kapitänskajüte mit Messingbeschlägen an den Eckkanten der Möbel. Als Tilda elf war, fand sie so was toll und den ganzen Scheißschön, der ihr gehört. Den Hüpfball mit den pimmeligen Haltegriffen. Den rosa Schaukelstuhl. Den ausgestopften Fuchs. Den Setzkasten mit dem gegossenen Blei von vierzehn Silvestern. Tilda ist ihre Vergangenheit jetzt manchmal peinlich.

Es ist Abend. Sie liegt auf dem Bett, die Hände hinterm Kopf gefaltet, und schaut zur Decke. »Glaubst du, dass man vor Glück sterben kann?«

Ich bin zu beschäftigt, um zu antworten. Ich hebe ihr T-Shirt am Saum hoch und schiebe den Hamster da rein wie in eine Höhle.

»Wenn mein Glück zu groß wird und mein *Kopf explodiert!*«

»Der explodiert nicht.«

»Aber wenn die Fontanelle da oben aufgeht.«

»Die geht nicht auf.«

»Doch. Das ist nur eine Naht zwischen den Schädelplatten.«

»Schwachsinn.«

»Aber es fühlt sich so an. Wie wenn mein Kopf platzt! *PCH! GLÜCK!*«

Der Abend ist dunkelblau, und unter dem T-Shirt macht der Hamster ihr eine Brust. Ich stülpe meine Hand darüber. Mich durchfährt ein Schauder. Sie ist mein Lovesong im Universum. Sie ist der Anfang und das Ende.

CLUBBING | LESU
GESPRÄCH | LIVE-
KLUSIVE TEXTE |
STATT | PARTYS |
TRAILER | **SEHEN**
REZENSIONEN | IN
PARTNERBUCHHA